SAUERLÄNDER

J. D. Rinehart lebt in Nottinghamshire, England. Wenn er nicht gerade schreibt, besichtigt er Burgen, schaut Filme oder streift mit seiner Dänischen Dogge Sir Galahad durch die Natur.

Weitere Informationen zum Kinder- und Jugendbuchprogramm der S. Fischer Verlage, auch zu E-Book-Ausgaben, gibt es bei *www.blubberfisch.de* und *www.fischerverlage.de*

J. D. Rinehart

Die Chroniken von Toronia

Die Prophezeiung

Aus dem Amerikanischen
von Friedrich Pflüger

SAUERLÄNDER

FSC
www.fsc.org
MIX
Papier aus verantwortungsvollen Quellen
FSC® C083411

Erschienen bei FISCHER Sauerländer

Die Originalausgabe erschien 2015
unter dem Titel ›Crown of Three. The Cursed King‹
bei Simon & Schuster, New York, USA

Covergestaltung: Hauptmann & Kompanie Werbeagentur, Zürich
Coverillustration: Iacopo Bruno
Lektorat: Regine Teufel
Satz: Fotosatz Amann, Memmingen
Druck und Bindung: CPI books GmbH, Leck
Printed in Germany
ISBN 978-3-7373-5323-6

Mit besonderem Dank an Graham Edwards

Für Y. K.

Toronia, das Land der drei
Ächzt' lang in dunkler Nacht.
Wo schwache Menschen nimmer frei,
Verführt von großer Macht.

Viel Blut und Treu' verlorengeht
In der verwünschten Zeit.
Doch zieht der Dreistern auf, ersteht
Das Königreich erneut.

Erstarkt im neuen Himmelslicht
Drei Erben zieh'n ins Land.
Die Macht des Unrechtskönigs bricht,
Er fällt durch ihre Hand.

Drei Kronen tragen sie fortan
An Herz und Klugheit gleich.
Und eine neue Zeit bricht an
In Frieden für das Reich.

Gryndor, erster Zauberer von Toronia

Prolog

Melchior stand im Burghof von Schloss Berg und wandte das runzlige Gesicht zum Himmel. Über ihm funkelte das Sternenmeer, aber das Licht der Sterne war alt und längst erkaltet. Melchiors Augen jedoch waren noch viel älter.

Kahl und leer war er gewesen, dieser Himmel, vor langer Zeit. Erde und Meer waren voller Dunkelheit und seltsamer Magie. Alles war anders gewesen vor langer Zeit, bevor die Sterne aufgeflackert waren.

Melchior schloss seine uralten Augen und versuchte, ein Bild aus dieser längst vergangenen Zeit heraufzubeschwören. Aber seine Erinnerung versagte. Das Vergangene war verloren.

Auch ein Zauberer kann sich nicht an alles erinnern, dachte er.

Als er die Augen wieder aufschlug, hatte sich der Himmel verwandelt.

Dort oben funkelten nun, eingerahmt von den steinernen Zinnen der Burg, drei neue Sterne. Der erste schimmerte blassgrün, der zweite rot, der dritte golden, und jeder für sich überstrahlte alles andere am Himmel. Sie bildeten ein winziges Dreieck, das wie ein unfassbares Juwel in der Schwärze prangte.

»Die Prophezeiung«, flüsterte Melchior.

Er reckte seinen gebeugten Rücken auf, und die Last der

Jahre fiel von ihm ab. Seine knotigen Finger schlossen sich um den Stab. Er wandte sich um und eilte auf die Turmtreppe zu. Sein abgewetzter gelber Umhang bauschte sich dabei auf wie Flügel. Er jagte an den Küchen vorbei. Ein Küchenjunge wollte gerade Spülwasser ausschütten, wie versteinert blieb er im Türstock stehen, der vom Feuerschein orange gerahmt war. Die Kupferschale fiel scheppernd zu Boden.

Melchior nahm zwei Stufen auf einmal. Die Steintreppe führte an der Außenmauer des Bergfrieds hoch. Seine nackten Füße tappten leise auf den schmalen Steintritten.

Drei Stockwerke weiter oben betrat er den Turm und ging durch unzählige dunkle Gänge tief ins Innere des Bergfrieds. Schloss Berg war in diesen Zeiten so gut wie verlassen, da König Brutans Armee bei Ritherlee gegen die Rebellen ins Feld zog. Melchior murmelte etwas, woraufhin kaltes Feuer aus der Spitze seines Stabs sprühte und ihm den Weg erleuchtete.

Der Zauberer zog vor einem niedrigen Bogen den Kopf ein und eilte weiter in einen großen, runden Raum, von dem aus eine Wendeltreppe nach oben führte. Auf einem wackligen Tisch unter dieser Treppe brannten drei Talglichter. Zufall oder ein weiteres Zeichen?

Melchior glaubte nicht an Zufälle.

»He! Wer ist da?« Ein dickbäuchiger Wächter hievte sich von der Bank hoch, auf der er gedöst hatte. »Ihr dürft Kalia nicht sprechen. Ich habe meine Befehle.«

Ohne seinen Schritt zu verlangsamen, ließ Melchior den Stab in der Hand herumwirbeln. Das Feuer an der Stabspitze wurde zu einem Lichtkreis, und das Licht sprang über den Kopf des Wächters, wo es sich rasch zu einer schimmernden Kugel zusammenzog. Als es die Stirn des Mannes berührte, rollten seine Augen in den Schädel hinein, und er sank zu Boden.

Melchior blickte durchs Fenster. Die drei Sterne waren deutlich zu sehen. Der Wächter hatte sie offenbar noch nicht bemerkt gehabt, aber früher oder später musste sie jemand entdecken und würde Alarm schlagen.

Nie war Melchior die Zeit kostbarer vorgekommen, obwohl er schon älter war, als er an Jahren zählen konnte.

Er jagte die zweihundertzehn Stufen zu Kalias Gemächern hinauf. Die Stufen zählte er, ohne darüber nachzudenken. Magie bestand für ihn aus Zahlen. *Ermesse die Welt und du wirst ihr Meister sein.* In diesem Wissen lebte er – und lehrte es sogar –, aber er war sich wohl bewusst, dass es außer seinen Zaubersprüchen noch andere Wege gab, Macht auszuüben.

Magie bestand aus sehr viel mehr als nur aus Zahlen.

Die Treppe endete an einer massiven Eichentür. Melchior stieß sie krachend auf und trat in einen weiten Raum mit hochgewölbter Decke. Die Wände waren mit Teppichen verkleidet und im offenen Kamin flackerte ein Feuer. Er eilte weiter durch einen Gang, in dem ein polierter Tisch und ein einzelner Stuhl standen, und trat in eine Kammer. Auf einem Bett mit seidenem Baldachin saß eine Frau. Ihr Gesicht war gerötet, das lange, rotgoldene Haar hing ihr in schweißnassen Strähnen herunter.

»Sie haben alle drei die Augen ihres Vaters«, sagte sie.

Melchior blieb stehen. Er ging neben dem Bett auf die Knie und legte seinen Stab auf die Bettdecke. Das Licht an seiner Spitze erlosch. Obwohl der Zauberer gerade quer durchs Schloss gejagt war, atmete er völlig ruhig.

»Drei«, sagte er.

»Ja«, antwortete Kalia.

Vor ihr lagen drei Bündel auf dem Bett. Man hätte sie leicht für Wäschehaufen halten können. Aber Melchior wusste es besser.

Er beugte sich vor, schlug die Decken zurück und betrachtete den Inhalt der Bündel, einen nach dem anderen. In jedem lag ein Neugeborenes. Alle drei waren rosig und hatten einen rotgoldenen Flaum auf dem Kopf. Und jedes hatte Augen so schwarz wie der Nachthimmel.

»Die Prophezeiung.« Melchior deutete zum Fenster, wo die drei Sterne eben in Sicht kamen.

»All die Zeit, als ich sie getragen habe, sagte ich mir immer wieder, dass es nicht sein kann«, sagte Kalia. »Selbst jetzt kann ich es kaum glauben.«

»Mit Glauben hat das nichts zu tun«, antwortete Melchior milde. »Dies ist das Schicksal. Seit tausend Jahren kennt Toronia nichts als Krieg. Hier …«, er breitete die Hände über den Babys aus, »… hier liegt nun endlich die Hoffnung auf Frieden.«

»Aber sie fortzuschicken, Melchior … es ist so entsetzlich.«

»Das Schicksal nimmt keine Rücksicht, Kalia.« Er deutete mit dem Finger zum Fenster. Schon wanderten die Sterne zur Mitte des Himmels hinauf. »Drei Sterne für drei Kinder, genau wie es in der Prophezeiung geheißen hat. Kalia, auch der König wird die Sterne sehen. Nun kann ich deine Kinder nicht mehr geheim halten.«

Sie blickte verzweifelt auf die Neugeborenen. »Ich habe sie doch gerade erst in diese Welt gebracht. Wie kann ich sie da schon hergeben?«

»Wenn du sie mir nicht anvertraust, werden deine Kinder sterben.«

Seine Worte verfehlten ihre Wirkung nicht. Aber Melchior hasste sich dafür, so grausam zu sein.

Wenn wir nicht rasch handeln, ist alles verloren.

»Er wird es nicht wagen«, sagte sie.

»Doch, das wird er. Du müsstest doch am allerbesten wissen, wie die Prophezeiung lautet. Dem König werden Drillinge geboren. Sie werden ihren Vater töten und an seiner Stelle herrschen. Erst wenn sie auf dem Thron sitzen, wird Toronia Frieden haben.« Er deutete auf die drei Babys. »Was, glaubst du, wird König Brutan tun, wenn er sie sieht? Glaubst du wirklich, sie werden den nächsten Morgen erleben?«

Kalia packte die Hand des Zauberers. »Dann nimm mich auch mit!«

»Kalia, ich …«

Draußen auf der Treppe hallten schwere Schritte. Schwerter schlugen an die steinernen Mauern, und eine Stimme bellte laut und unmissverständlich herauf. »König Brutan ist da!«

Melchior fluchte innerlich. Sie hatten zu lange gewartet!

Es gab keinen anderen Weg aus den Gemächern. Jetzt saßen sie in der Falle.

Der alte Zauberer griff seinen Stab und ließ die Fingerkuppen über die abgegriffenen, vor Urzeiten eingekerbten Runen gleiten. Dann tanzten seine Finger auf dem Stab wie auf einem Musikinstrument, ohne dass jedoch ein Laut ertönte. Er zählte den Takt des stummen Liedes, das er schuf, und hoffte, dass er es rechtzeitig vollenden würde.

Vier Soldaten – sie trugen die bronzene Rüstung der Königlichen Legion – kamen in die Schlafkammer marschiert. Und kaum waren sie eingetreten, drängte sich ein Fünfter zwischen ihnen hindurch. Er war größer und breiter als die anderen und trug nur ein leichtes Nachtgewand. Sein schwarzes Haar und der Bart waren zerzaust; dennoch war König Brutan eine imposante Erscheinung, der keiner seiner Männer nahekommen wollte.

Kalia stockte der Atem. Sie zog das schweißnasse Nachthemd eng um den Hals und rief: »Brutan! Ich kann das erklären …«

»Erklären?«, donnerte die Stimme des Königs. »Kannst du das erklären?« Er zeigte zum Fenster hinaus, wo die drei Sterne hoch am Himmel standen. Kalia sagte nichts.

Brutan trat einen Schritt ans Bett heran. Auf seiner Stirn glänzte der Schweiß, die schwarzen Augen hatte er weit aufgerissen. »Du hast gelogen. Hast gesagt, es wäre nur ein Kind. Aber die Prophezeiung stimmt.«

Er beugte sich über die drei Bündel. Kalia warf sich in seine Arme, aber er stieß sie weg. Sie fiel schluchzend aufs Bett zurück. Brutan packte die Decke, in die das erste Kind eingeschlagen war, und riss sie auf.

Er starrte auf den Inhalt, dann grunzte er.

Er schlug das zweite Bündel auf und grunzte wieder.

Dann zog er langsam das dritte, winzige Flanellbündel auseinander und musterte lange das Neugeborene.

Abermals grunzte der König.

Melchior trat vor. Seine Finger schlossen sich sorgsam um den Stab.

»Wie Ihr seht, Herr«, sagte er, »waren die Kinder nicht für diese Welt bestimmt.«

Alle drei Neugeborenen lagen nun aufgedeckt auf dem Bett, Arme und Beine von sich gestreckt. Ihre Haut war jetzt runzlig und blau angelaufen, die Augen geschlossen. Kein Atem regte sich in ihrer Brust.

»Tot?«, sagte Brutan.

Kalia riss den Kopf hoch und schrie auf.

»Totgeburten«, meinte Melchior mit einer Verbeugung. »Deshalb wurde ich hergerufen – in der Hoffnung, dass meine Magie noch etwas ausrichten könne. Leider war es zu spät.«

»Und die Prophezeiung?«, fragte Brutan.

»Hat nicht zugetroffen.«

Langes Schweigen folgte, gebrochen nur durch Kalias Schluchzen, die sich über ihre toten Kinder warf. Da fing Brutan an zu lachen.

»Nicht zugetroffen!«, rief er aus. »Könnte es einen schöneren Moment geben als diesen, Zauberer? Sagt es mir.«

»Nein«, entgegnete Melchior. »Dies ist wahrhaftig ein erhebender Moment.«

Brutan packte Kalia am Schopf und riss ihren Kopf zurück. Er presste seine Lippen auf ihren Mund und küsste sie. Als sie versuchte, sich loszureißen, zog er an ihrem Haar, bis sie aufschrie. Dann stieß er sie zur Seite.

»Solltest du mich noch einmal anlügen«, zischte er, »wirst du als Hexe brennen, verlass dich darauf.« Er deutete auf die Babys. »Bring sie so weit fort von mir wie irgend möglich. Das ist ein Befehl. Verstanden, Zauberer?«

»Vollkommen, Herr«, antwortete Melchior.

Der König und seine Söldner hatten kaum die Kammer verlassen, als Melchior die Finger vom Stab löste. Es war, als würde ausgeatmete Luft durch den Raum wehen, obwohl sich nichts regte.

Sofort wurde die Haut der Neugeborenen wieder rosig. Die Falten glätteten sich. Bei einem nach dem anderen begann sich wieder die Brust zu heben und senken. Sie schlugen die Augen auf, dann öffneten sie die Münder.

»Pssst…«, sagte Melchior und breitete die Hände über ihnen aus. »Weint nicht, ihr Kleinen. Ihr braucht nicht zu weinen.«

Eines nach dem anderen verstummte wieder. Drei Paar schwarze Augen blickten den Zauberer an, weit geöffnet, doch ohne Furcht. Kalia hob die Kinder auf und drückte sie an ihre Brust. Tränen liefen über ihre Wangen.

»Vergib mir«, sagte Melchior. »Es war die einzige Möglichkeit.«

»Besser hätten wir es nicht erhoffen dürfen«, sagte Kalia, die vor Schluchzen nur stoßweise atmen konnte. »Er glaubt jetzt nicht mehr an die Prophezeiung. Nun werden sie in Sicherheit sein, nicht wahr? Nur …«

»Ja?«

Sie blickte unendlich traurig auf die Kleinen. Die Kinder sahen zu ihr auf. »Du hast recht – ich darf nicht mitkommen. Brutan würde sofort Verdacht schöpfen. Er würde mir folgen und …«

»Was wirst du tun?«

Ihr Blick wurde hart. Melchior spürte ihre Stärke und hoffte, dass auch ein wenig davon auf ihre Kinder übergegangen war. Sie würden es brauchen.

»Das liegt nun nicht mehr in meiner Hand. Es ist nun an dir, Melchior. Nimm sie. Bringe sie an einen Ort, an dem Brutan sie niemals finden wird.«

Sie hob das erste Kind hoch, einen Jungen, und küsste ihn auf die Stirn. »Du bist Tarlan«, flüsterte sie. Mit zitternden Händen reichte sie ihn Melchior.

Das zweite Kind war ein Mädchen. Kalia küsste ihre Wange. »Elodie, meine Tochter.«

Das dritte Kind, einen Jungen, küsste sie auf die Nasenspitze und sagte: »Dein Name ist Agulphus.«

Bald waren die drei Neugeborenen sicher in Melchiors weitem Umhang verstaut, und Kalia rannen aufs Neue die Tränen übers Gesicht.

»Diese Namen trage ich euch an, meine Liebsten«, sagte sie. »Sie sind alles, was ich euch geben kann. Kein Kind verdient ein solches Schicksal. Seid stark, alle drei, und bleibt euch treu. Ich hoffe, dass wir uns eines Tages wieder …«

Sie wandte sich ab – unfähig weiterzusprechen.

»Meine Herrin?«, sagte Melchior.

»Geh, Melchior. Bevor ich es mir anders überlege.«

So geschah es.

Die große südliche Mauer von Schloss Berg zeichnete sich hoch und dunkel gegen den fahlen Morgenhimmel ab. Melchior schlüpfte im Schatten des Torhauses durch jene Ausfallpforte, die von allen Zugängen zum Schloss am wenigsten benutzt wurde, und hielt auf drei Reiter zu.

Alle drei starrten zum schlanken Turm an der Südwestecke des Schlosses hinauf. Dort oben hing noch eine feine, gelbe Rauchfahne – der Rest des Signals, mit dem Melchior die Reiter herbeigerufen hatte. Es war nicht einfach gewesen, unbemerkt das Zeichen zu geben; quälend lange hatte er auf die Morgendämmerung und die Ankunft der Männer warten müssen.

Das Schicksal ist hart.

Gleichzeitig rissen die drei Männer die Augen vom Signal los und wandten sich Melchior zu.

»Wir sind bereit«, sagte der Erste. Er war kräftig gebaut, breiter noch als König Brutan, und hatte eine zerfurchte Stirn. Seine Augen waren trotz der mürrischen Miene gütig.

Wortlos griff Melchior in seinen Umhang, zog ein kleines weißes Bündel hervor und übergab es dem Mann.

»Ich werde den Jungen mit nach Yalasti nehmen«, sagte der Reiter. »Die Kälte wird ihn stark machen.«

»Wohl wahr, Hauptmann Leom«, sagte Melchior. Das zweite Bündel reichte er dem hochgewachsenen Mann auf einem glänzenden, grauen Streitross. »Und Ihr, Lord Vicerin?«

»Sie wird als Mitglied meiner eigenen Familie aufwachsen«, antwortete Vicerin. »Es wird ihr an nichts fehlen.«

Das dritte Kind gab Melchior dem letzten Reiter, einem grauhaarigen Ritter mit ramponierter Rüstung. Auch sein Pferd war alt und voller Narben.

»Werdet Ihr ihn gut behüten, Sir Brax?«

»Ich weiß eine Schenke«, erwiderte der alte Ritter. »Sie liegt tief verborgen in den Wäldern Isuriens. Niemand wird den Jungen dort finden.«

Die drei wendeten ihre Pferde und stoben in die Morgendämmerung davon. Am äußeren Ende des Burgplatzes wurde der Pfad zur Straße, die hinaus zur großen Brücke von Idilliam und weiter ins Königreich hineinführte.

Melchior sah sie immer kleiner werden, bis sie zu einem einzigen wandernden Punkt schmolzen. Am Ende der Brücke schlug jeder einen anderen Weg ein, und der Punkt zerteilte sich wieder. Der Staub, den die Hufe aufgewirbelt hatten, wurde dichter. Als er sich gelegt hatte, waren die Punkte verschwunden.

Nun machten sich Müdigkeit und Erschöpfung bemerkbar. Melchior fühlte sich wieder alt und leer.

Habe ich das Richtige getan?

Er hoffte es. Drillinge waren ungewöhnlich in Toronia. Wenn sie zusammenblieben, würde Brutan sie früher oder später finden, und alles wäre vergebens gewesen. Sie mussten weit voneinander entfernt aufwachsen, das war ihre einzige Chance. Wenn sie überlebten, würde das Schicksal sie vielleicht wieder vereinen.

Und dann konnten sie endlich gemeinsam die Krone übernehmen.

Melchior trottete den Fußweg zum Schloss zurück. Kurz vor dem Tor blickte er noch einmal zum Himmel hinauf. Die meisten Sterne waren verblasst. Nur drei leuchteten noch.

»Ihr seid Toronias einzige Hoffnung«, flüsterte er und ging durch das Tor.

ERSTES BUCH

Dreizehn Jahre später

Gulph starrte auf die Menge. Ein Meer von Gesichtern umringte ihn, manche erwartungsvoll, andere gelangweilt. Es mussten Hunderte Zuschauer sein – vielleicht sogar tausend –, und alle erlesen gekleidet, wie er es noch nie gesehen hatte. Sie füllten die Ränge der Großen Halle von Toronia. In eitlen Tagträumen hatte er sich oft vorgestellt, vor einem solchen Publikum zu spielen – allerdings nicht als Gefangener des Königs.

Er schöpfte Atem, und die Düfte der saftigen Bratenstücke, die die Diener auf Tabletts vorbeitrugen, ließen seinen leeren Magen knurren. Er lauschte auf das dumpfe Gemurmel der Menge. Die Gäste des Königs unterhielten sich, rückten sich auf ihren Stühlen zurecht und fächelten sich Luft zu. In den Lichtstrahlen, die durch die golden schimmernden Dachfenster hereinfielen, sah er den Staub tanzen. Gab es so etwas? Glas, das aus Gold gemacht war? Gulph wusste es nicht.

»Fangt endlich an!«, rief jemand aus den hinteren Reihen.

Als ob wir eine Wahl hätten, dachte Gulph.

Er verbeugte sich tief, so tief, dass seine Nase die linke Schuhspitze berührte. Und er wartete, bis die Welle der Belustigung die ganze Menge erfasst hatte. Dann richtete er sich wieder auf, wartete und bog sich nach hinten. Diesmal stockte den Zuschauern der Atem. Gulph krümmte seinen Rücken so weit, dass er die Fesseln mit den Händen packen konnte, streckte den Kopf durch die Beine vor und grinste, so breit er nur konnte.

Derartig verrenkt durchquerte Gulph die Arena. Dabei kam er an Pip vorbei, die von einem Fuß auf den anderen hüpfte und dabei mit Äpfeln und Birnen jonglierte. Sie zwinkerte ihm deutlich sichtbar zu, aber die Traurigkeit in ihren braunen Augen war nicht zu übersehen. Die anderen Tangletree-Mitglieder sahen zu und klatschten in die Hände. Sidebottom John, der den Narren spielte, setzt noch eins drauf, indem er einen Handstand machte und die Schellen an seinen Fußgelenken klingeln ließ.

Die Menge stimmte in den Applaus mit ein. Als Gulph wieder in der Mitte ankam, waren viele aufgesprungen. Er stellte die Hände auf den Boden und schwang die Beine über den Kopf. So landete er auf den Füßen und verbeugte sich wieder, diesmal in Richtung der Königsloge.

König Brutan und Königin Magritt waren in ihren Purpurmänteln nicht zu übersehen. Der König strich sich ausdruckslos über den Bart. Und die Königin nickte kurz, aber anstelle eines Lächelns glaubte Gulph, eine finstere Miene zu erkennen.

Da schob sich eine Wolke vor die Sonne, und das goldene Licht erlosch. Mit einem Mal sah Gulph die Große Halle, wie sie wirklich war: ein ehemals prächtiger Saal, der mit den Jahren arg heruntergekommen war. Von den mächtigen

Säulen blätterte der Putz, die Uniformen der Bediensteten waren zerschlissen und nur notdürftig geflickt.

Schloss Berg mochte noch immer das Herz des Königreichs sein. Aber es war krank, dieses Herz.

In der Königsloge entdeckte Gulph noch ein anderes Gesicht, das er am liebsten niemals gesehen hätte: der aufgeblasene General Elrick glich einem Wiesel, wie er selbstgefällig neben dem Königspaar saß und immer wieder auf die beiden einredete, ohne ihr Missfallen zu bemerken.

Elrick war es gewesen, der die Tangletree-Truppe hier nach Idilliam gebracht hatte. Kriegsmüde, wie er war, hatte er bei einer Aufführung vor Brutans Soldaten in den nahen Wäldern von Isur Gefallen an Gulph und seiner Gruppe fahrender Gaukler gefunden. Reichtümer und wohlgefüllte Bäuche hatte er ihnen versprochen, dazu ein warmes Quartier in der Obhut des Königs.

Aber alles war anders gekommen. General Elrick hatte die Artisten dem König als Kriegsbeute vorgeführt, und ihre neue Behausung war eine eiskalte Gefängniszelle, die sie sich zu zwölft teilen mussten. Schon zuvor hatten sie ein hartes Leben geführt, unter Hecken geschlafen, immer in Sorge, wo sie die nächste Mahlzeit herbekommen sollten oder ob ihnen im Schlaf irgendein Rohling die Kehle aufschlitzen würde. Aber wenigstens waren sie frei gewesen, fand Gulph.

Als Zugabe machte er noch ein paar Rückwärtssalti. Die Menge tobte. Nach jedem Sprung machte er eine Verbeugung, wobei er wieder seine Gelenkigkeit zur Geltung brachte und noch einmal einen verstohlenen Blick auf Königin Magritt warf.

Ihre Miene wurde mit jedem Mal noch grimmiger.

Schau doch, wie du willst. Ich bin das ohnehin gewohnt.

Dass Gulph sich so verrenken konnte, hielten die meisten für eine Missbildung, ebenso wie seine hervorstehenden Augen und seinen krummen Rücken. Aber Königin Magritts Blick war anders.

Sie starrte ihn so eindringlich an, dass er bei seinem letzten Salto ins Stolpern kam und mit verknoteten Beinen hart auf dem Rücken aufschlug, dass der Staub nur so aufwirbelte. Die Zuschauer bogen sich vor Lachen.

Königin Magritt sprang auf. Sie hatte die Fäuste geballt. Auf ihren blassen Wangen leuchteten rote Flecken. Der König hob die Hand und wollte sie wieder auf den Sitz ziehen, aber sie wand sich los.

»Aus meinen Augen mit ihm!«, kreischte sie und zeigte auf Gulph. Die Menge verstummte. Gulph starrte sie entgeistert an, während ihre Worte durch den Saal hallten:

»Dieses … dieses missgebildete Ungeheuer wird nichts als Unglück über das Land bringen.«

»Aber … Euer Majestät …!«, rief General Elrick und erhob sich. Der König stieß ihn wieder zurück, wandte sich um und musterte seine Königin, wobei er eine Braue hochzog.

»Die Himmelsgruft!«, rief Königin Magritt. Aus dem Publikum kamen Rufe des Erstaunens. Sie winkte einen Söldnertrupp nach vorn. »Bringt ihn fort. Jetzt gleich. Ich will ihn keinen Moment mehr sehen.«

Die Soldaten marschierten heran, und Gulph blickte in die entsetzten Gesichter seiner Freunde.

»Das lassen wir nicht zu!«, rief Sidebottom John.

»Die Tangletree-Truppe bleibt zusammen«, sagte Willum, der Dudelsackspieler mit den hellen Augen. Er kam auf Gulph zugerannt. Nach kurzem Zögern folgten die anderen.

Die Jongleurin Pip war am allernächsten. Sie packe Gulphs Hand und zog ihn vom Boden hoch.

»Was ist das für eine Himmelsgruft?«, fragte Gulph verwirrt.

»Ich weiß auch nicht.« Pip schloss ihn fest in die Arme. »Ich werde das nicht zulassen, Gulph!«

Die Söldner erreichten Gulph vor seinen Freunden. Sie packten Pip und stießen sie zur Seite. Als sie Gulph umringten, trommelte ihnen Pip mit den Fäusten auf den Rücken. Die Übrigen der Gauklertruppe blieben unschlüssig stehen.

»Lass sie«, rief Gulph aus Sorge um Pip. »Du kannst mir nicht helfen!«

»Doch, das kann ich!«, erwiderte Pip.

Sie jagte quer durch die Arena bis vor die Königsloge und fiel vor dem König auf die Knie.

»Bitte, Hoheit, ich flehe Euch an«, rief sie. »Habt Gnade mit meinem Freund. Er möchte Euch doch nur unterhalten. Er hat doch nichts Böses getan.«

Lächelnd beugte sich der König vor. »Solche Treue für eine derart abstoßende Kreatur!« Sein Grinsen verfinsterte sich. »Weißt du, was mit kleinen Mädchen passiert, die sich königlichen Befehlen widersetzen?«

Gulph spähte an den Köpfen der Soldaten vorbei und musste mitansehen, wie einer Pip mit dem stumpfen Ende seiner Lanze quer über die Brust schlug. Sie stürzte rücklings in den Sand.

»Lasst sie in Frieden!«, brüllte Gulph und versuchte, sich zwischen den Söldnern hindurchzudrängen. »Mir ist egal, wo ihr mich hinbringt. Aber lasst meine Freunde in Frieden!«

Er wurde an Armen und Schultern gepackt und wehrte sich vergeblich, während Königin Magritt einen großen, grauhaarigen Mann in der Bronzerüstung der Königlichen Legion heranwinkte.

»Hauptmann Ossilius«, sagte sie. »Kommt her.«

Die Menge verstummte, während sie dem Söldner etwas zumurmelte. Gulph hörte auf zu zappeln. Er hörte den Puls in seinen Ohren hämmern.

Als die Königin gesprochen hatte, nickte Hauptmann Ossilius und schritt zu Gulph herüber. Die Soldaten traten zurück, sodass Gulph allein dastand.

»Willst du dich mir widersetzen, Junge?«, fragte Hauptmann Ossilius.

Gulph starrte ihm in die Augen. Er sah müde aus und irgendwie traurig.

Gulph sah, dass Sidebottom John der Jongleurin Pip wieder auf die Füße half. Zwei Söldner standen bedrohlich neben ihnen.

»Nein, Herr«, antwortete Gulph. Er hatte keine Ahnung, warum dies alles geschah – oder was hier überhaupt passierte. Er wusste nur, dass er gehorchen musste, wenn er seine Freunde retten wollte.

»Sehr gut«, sagte Hauptmann Ossilius. Er packte Gulph am Arm und zerrte ihn aus der Großen Halle. Als sie an der Königsloge vorüberkamen, richtete König Brutan seinen Zorn auf General Elrick.

»Du Narr!«, bellte er den General an, der sich ängstlich duckte. »Wie kannst du es wagen, meine Königin so zu verärgern? Du hast uns den ganzen Tag verdorben!«

In Gulphs Kopf lärmten so viele Gedanken durcheinander, dass er nichts von dem Zorn des Königs mitbekam. *Die Himmelsgruft*, dachte er aufgewühlt. *Was mag das wohl sein?* Eigentlich klang der Name angenehm, aber seine Angst linderte das nicht.

Die Gassen vor dem Schloss waren voller Bauern, die Tische und Stände aufbauten. Hauptmann Ossilius bugsierte Gulph wortlos durch das Gewirr. Sein Griff war hart wie Eisen.

Diesmal werde ich mich nicht herauswinden können.

Eine Frau hinter einem Gemüsestand warf einen Kohlkopf nach Gulph. Er traf ihn am Kopf und glitt als faulige Masse schmieriger Blätter auf seine Schulter herunter. Der Gestank war entsetzlich und genauso fühlte sich Gulph. Er zerrte am Arm des Hauptmanns und wollte erklären, dass er kein Verbrecher war; dies alles musste ein Missverständnis sein.

Dann sah er, dass alles Gemüse an diesem Verkaufsstand verfault war – nicht nur der Kohl, den die Frau geworfen hatte. Und die Kleider, die es am nächsten Stand zu kaufen gab, waren so oft geflickt, dass sie beinahe von selbst zerfielen. So verzweifelt Gulph war, bemerkte er doch, dass Idilliam kein glücklicher Ort war.

Sie bogen um eine Ecke, ließen den Markt hinter sich und gelangten auf einen offenen Platz. Hauptmann Ossilius blieb stehen.

»Hier sind wir«, sagte er.

Gulph verstand nicht. Er hatte mit einer Art Gefängnis gerechnet, aber er sah nur einen Wald aus Baumstämmen. Sie ragten wie die Beine eines riesigen Untiers aus dem groben Pflaster.

»Was …?«, fragte er. Dann sah er nach oben.

Die Stämme waren Stützen, auf denen etwas ruhte, das einem riesigen Vogelnest glich – so groß, dass die gesamte Große Halle hineingepasst hätte, in der die Tangletree-Truppe eben aufgetreten war.

Was Gulph für Äste gehalten hatte, waren Eisenträger, die zu einem engen Netz aufgestellt waren. Dazwischen sah man gelegentlich eine orangefarbene Flamme züngeln. Ansonsten war das Innere des Nests völlig schwarz.

»Komm, Junge«, sagte Hauptmann Ossilius.

Eine schmale Treppe führte die Stützpfeiler hinauf. Die Stufen hingen an knarrenden Seilen und schwangen hin und her. Sie gelangten an eine rechteckige Eisentür. Daneben war eine Reihe verrosteter kleiner Eisenkäfige, gerade so groß, dass ein Mann hineinpasste.

Hauptmann Ossilius schob Gulph in einen Käfig und ließ

das Schloss zuschnappen. Dann zog er einen Schlüssel aus der Tasche, öffnete die Tür und verschwand im eisernen Nest.

Gulph starrte durch die Gitterstäbe hinunter zum Boden, tief unter ihm. Im Käfig neben ihm entdeckte er einen Haufen Knochen.

War das nun sein Ende? Sollte er hier elend verdursten und verhungern? Und warum? Weil der Anblick seines verwachsenen Körpers die Königin beleidigt hatte?

Er kniff die Augen zu. Weinen würde er nicht.

Scheppernd ging die Eisentür auf. Jemand fingerte am Käfigschloss herum. Gulph schlug die Augen auf – Hauptmann Ossilius stand vor ihm. Gulph forschte im Gesicht des Mannes nach einem Zeichen der Hoffnung.

»Vergib mir«, sagte der Hauptmann und Gulph war erleichtert. Alles war nur ein Missverständnis gewesen! Aber Ossilius fuhr fort: »Ich musste dich einsperren, bis ich deine Einweisung geregelt hatte. Komm!«

Wieder schloss sich seine Hand fest um Gulphs Arm, und er wurde durch die Tür ins Dunkel gezerrt. Die Tür schlug zu, und aus der schwarzen Leere vor ihm tönte eine Reibeisenstimme:

»Ah, da bist du ja. Willkommen in der Himmelsgruft.«

Kapitel 2

Heiße Luft schlug ihm wie eine Welle ins Gesicht. Es stank nach Rauch und Schweiß. Von irgendwoher hörte Gulph Menschen rufen und schreien. Die Stimmen hallten von den Eisenträgern zurück, aus denen die Wände des Kerkers bestanden.

»Was ist das hier für ein Ort?«, fragte er.

»Sei still«, sagte Hauptmann Ossilius, der Gulph einen langen, gewundenen Gang entlangführte. Vor ihnen flackerte orangefarbenes Licht auf. Je näher sie ihm kamen, desto stärker wurde das Getöse.

»Das ist die Gruft«, antwortete die raue Stimme, die ihn begrüßt hatte.

Gulph sah sich um. Ein kleiner, dicker Mann eilte hinter ihnen her. Ein riesiger Schlüsselbund hing klingelnd vor seinem massigen Bauch, und von seinem kahlen Schädel tropfte der Schweiß.

»Was ist …?«, begann Gulph, aber da erreichten sie das Ende des Ganges und kamen in eine riesige Halle. Direkt vor ihnen war die Lichtquelle, die Gulph schon gesehen hatte: eine riesige Metallkugel mit zahllosen runden Löchern, aus denen Flammen schossen. Sie hing an Kabeln von der Decke und schwang langsam hin und her. Dabei spie sie einen Funkenregen auf den unebenen Boden herunter.

Die Wände! Sie bewegen sich!

Gulph kniff die Augen zusammen und begriff allmählich, was er da sah. Was er für Wände gehalten hatte, waren Käfige voller Menschen – ein Spinnennetz eng verflochtener Eisenstangen, hinter denen sich ein Gewirr menschlicher Leiber, Arme und Beine wand. Die Gefangenen der Himmelsgruft!

»Noch Fragen?«, knurrte der Dicke und blies Gulph seinen nach verrottetem Fleisch und Knoblauch stinkenden Atem ins Gesicht. »Sieht ziemlich voll aus, die Gruft, nicht wahr? Aber für einen kleinen Wurm wie dich finden wir schon noch ein Plätzchen.«

Er zog Gulph weg von Hauptmann Ossilius und schob ihn an der Feuerkugel vorbei auf eine Zelle zu, in der sich kreischende Häftlinge drängten wie Heringe in einem Fass. Als Gulph und der Dicke näher kamen, reckte ein dürrer Mann, der nur einen Fetzen um die Lenden trug, seinen abgemagerten Arm durch die Stäbe.

»Her mit der Missgeburt!«, rief er. »Wir werden gut auf ihn achtgeben!«

»Der ist ja noch magerer als du, Shankers!«, gackerte eine Frau mit Haaren, die wie ein Rattennest aussahen.

»Der sieht ja wie ein Frosch aus mit seinen Glubschaugen«, rief ein anderer.

»Froschschenkel zum Abendessen«, sagte der, den sie Shankers nannten. »Frosch-Schenkel, Frosch-Schenkel!«

Die anderen Gefangenen stimmten mit ein. Gulph stampfte mit den Füßen auf und versuchte, sich von seinem Bewacher loszureißen, aber der Dicke hielt ihn noch fester gepackt als Hauptmann Ossilius.

»Weg vom Gitter!«, brüllte er. »Räudige Rebellen, alle zusammen! Ihr wollt es mit der Krone aufnehmen? Was glaubt ihr, wer ihr seid? Ich könnte kotzen, wenn ich euch bloß ansehe!«

Er hob die Arme. In einer Hand klimperten nun die Schlüssel, von der anderen baumelte Gulph. Er wollte schreien. Schreien und weglaufen. Dann bemerkte er, dass zwischen den Gitterstäben relativ viel Platz war. Vielleicht konnte er sich ja hindurchzwängen.

Wenn ich so lange überlebe.

»Schluss jetzt!« Plötzlich war Hauptmann Ossilius wieder da und stellte sich breitbeinig vor den Käfig. Mit steinerner Miene starrte er auf den Dicken herunter. »Du hast den Befehl gehört, Blist. Also führe ihn gefälligst aus!«

Das rundliche Gesicht des Dicken bebte. »Ich dachte, das wäre ein Scherz …«

»Ich scherze nie. Und du nennst mich ›Herr‹, verstanden?«

»Aber … die Schwarze Zelle? Das kann nicht Euer Ernst sein, Herr.«

Ossilius beugte sich zu ihm. »Der Befehl kommt nicht von mir, Blist, sondern von der Königin persönlich. Soll ich ihr melden, dass du ihn nicht ausführen wolltest?«

»Nein, Herr«, erwiderte Blist. Seine Augen, die eben noch geleuchtet hatten, wurden eiskalt. »Der Königin bin ich ebenso treu ergeben wie einem Hauptmann der Legion.«

»Ausgezeichnet. Erfülle deine Pflicht, Wärter, dann will ich auch meine erfüllen.«

Hauptmann Ossilius machte auf dem Absatz kehrt und marschierte davon. Als er in den Gang einbog, blieb er stehen und blickte Gulph an. Er öffnete den Mund, als wolle er etwas sagen, besann sich aber anders und trat aus der Gruft hinaus ins gleißende Tageslicht.

»Könntet Ihr mich absetzen, bitte?«, sagte Gulph. »Mein Arm schmerzt.«

Blists andere Hand schloss sich fest um den Schlüsselbund, und Gulph befürchtete schon, er würde ihm mit der Faust ins Gesicht schlagen. Doch dann ließ der Wärter die Schultern hängen und setzte Gulph auf dem Boden ab.

»Und keinen Mucks mehr von dir, du Missgeburt«, knurrte er. Dann zerrte er ihn an der Feuerkugel vorbei in einen engen Gang, der in einer ebenfalls engen Spirale nach oben führte. Das Geschrei der Gefangenen verklang allmählich hinter ihnen, aber dafür nahm die Hitze zu. Als sie oben ankamen, triefte Gulph am ganzen Körper vor Schweiß.

Vor ihnen lag eine niedrige Tür. Wortlos wählte Blist einen langen schwarzen Schlüssel von seinem Bund, stieß ihn ins Schlüsselloch und drehte ihn um. Mit einem langgezogenen Quietschen öffnete sich die Tür. Der Wärter ließ Gulphs Arm los und beförderte ihn mit einem kräftigen Tritt in den Raum. Instinktiv rollte Gulph sich ab und kam gleich wieder auf die Füße.

Die Tür schlug hinter ihm zu. Der Schlüssel knarrte im

Schloss und kurz hallten noch Blists Schritte, bis sie im allgemeinen Getöse des Gefängnisses untergingen.

Gulph drehte sich langsam um. Der Raum hatte einen unebenen Boden und seltsam schiefe Wände ... aber es war ein Raum, keine Zelle. In einer Ecke stand ein mit Büchern und Schriftrollen bedeckter Schreibtisch mit einer flackernden Öllampe.

Hoch über ihm liefen die Eisenträger im spitzen Winkel zusammen; es fühlte sich an wie in einer merkwürdigen Dachkammer aus Metall. Fenster gab es keine. Nur durch einen dünnen Schlitz zwischen den Sparren fiel etwas Tageslicht herein. Vor dem Schreibtisch stand ein Stuhl mit kunstvoll bestickten Kissen, daneben ein Bett, auf dem sich Decken türmten. Auf dem Boden lag ein dicker Teppich.

Plötzlich sauste etwas aus dem Schatten neben dem Bett: eine Gestalt mit einem blassen Gesicht.

Ein Geist!

Gulph schlug die Hand vor den Mund und machte einen Satz nach hinten. Er blieb an der Teppichkante hängen und wäre beinahe gestolpert. Die Gestalt stand nun ganz im Licht – kein Geist, sondern ein hochgewachsener Junge in einer weiten Robe. Er war so blass, wie Gulph es noch nie gesehen hatte, und hatte große, blaue Augen. Er lächelte.

»Willkommen«, rief er freudig und breitete zitternd die Arme aus. »Sei willkommen!«

Gulph wich bis zur Tür zurück; weiter ging nicht. Der Junge war etwas älter als er und wirkte zwar kränklich, aber trotzdem selbstbewusst.

»Wer bist du?«, fragte Gulph.

»Ich bin Nynus. Und wie heißt du?«

»Gulph.«

Das Lächeln wurde zu einem begeisterten Grinsen. »Schön, dich kennenzulernen, Gulph. Du hast keine Ahnung, wie froh ich bin, wieder Gesellschaft zu haben. Ich bin in dieser Zelle eingesperrt, seit ich sechs bin, und …« Sein Gesicht war voller Trauer. »Zehn Jahre. Ist es tatsächlich schon so lang?«

»Zelle?«, sagte Gulph. »Das nennst du eine Zelle?«

»Du hast recht, es könnte schlimmer sein.« Er grinste wieder. Die Verzweiflung war so schnell verflogen, wie sie gekommen war. »Aber es ödet mich an, immer wieder dieselben alten Bücher zu lesen und hier im Kreis zu laufen.«

Gulph erwiderte mit etwas Unbehagen das Lächeln. »Na ja, verglichen mit dem Rest der Anlage, hast du's hier ziemlich luxuriös.« Sein Blick wanderte über die feingearbeitete Robe, deren Säume mit Gold eingefasst waren. »Also, wie kann das sein? Bist du etwa reich oder so?«

»O ja.« Nynus nickte fröhlich.

»Ah. Na schön. Ganz im Gegensatz zu mir. Ich verstehe überhaupt nicht, warum sie mich hier einsperren. Königin Magritt hat das angeordnet, aber …«

»Nun, ich bin nur deswegen hier, weil mich König Brutan nicht mag. Ich habe niemandem etwas getan.«

»Besonders gerecht hört sich das nicht an.«

»Das ist es auch nicht. Aber ich kann es nicht ändern.«

Das Lächeln verschwand wieder, und mit ihm schien alle

Kraft aus seinem Körper zu weichen. Noch nie hatte Gulph jemanden in so erbärmlichem Zustand gesehen.

»Das tut mir leid«, sagte er. »Es muss schrecklich sein, wenn man so viele Jahre von seiner Familie getrennt ist.«

Nynus zuckte mit den Schultern. »Ich weiß nicht einmal mehr, wie sie aussehen.« Er summte etwas, das wie ein Wiegenlied klang, und fuhr sich dabei mit der Hand übers Gesicht, streichelte sich die Wange.

Gulph wurde ganz mulmig zumute. Sollte er diesen merkwürdigen, blassen Jungen trösten und ihm erzählen, dass er sehr gut wusste, wie es war, ohne Familie aufzuwachsen? Schaudernd fragte er sich, ob er an diesem Ort genau wie Nynus werden würde.

Ein Tropfen fiel ihm auf die Wange. Gulph blickte zum Schlitz im Gebälk hinauf. Der Himmel war grau geworden. Wahrscheinlich hatte sich eine Wolke vor die Sonne geschoben. Immer mehr Tropfen fielen auf sein Gesicht, es hatte zu regnen begonnen.

Gulph schöpfte Hoffnung.

»Hast du jemals versucht zu fliehen?«, fragte er.

Bevor Nynus antworten konnte, war Gulph schon beim Schreibtisch und wischte mit einer Handbewegung die Bücher auf den Boden.

»He!«, protestierte Nynus. »Meine Bücher!«

»Es gibt genügend Bücher auf der Welt«, sagte Gulph. »Du wirst schon sehen.«

Er sprang auf den Schreibtisch, schob die Finger in das eiserne Flechtwerk und zog sich langsam empor. Es war schwierig – wie bei einem Baum, an dem man sich nur in der rauen Borke festkrallen konnte. Aber Gulph hatte die nötige Kraft und war geschmeidig, und bald hatte er die Hälfte geschafft. Die Wände wurden nun glatter. Er musste sich verrenken und die Arme so weit nach dem nächsten Halt strecken, wie es kein anderer gekonnt hätte. Bei jeder seiner Bewegungen hörte er, wie Nynus unten der Atem stockte, und ihm wurde ganz warm vor Stolz. Die anderen Gefangenen hatten ihn eine Missgeburt genannt – könnten sie ihn jetzt nur sehen!

Schließlich erreichte er die Dachschräge und hängte sich wie eine Spinne ein, presste sein Gesicht an den Schlitz zwischen den Trägern und spähte hinaus. Abwassergestank zog ihm in die Nase.

Unten lagen die Straßen von Idilliam mit ihrem Gedränge. Dahinter ragte am Stadtrand ein schroffer Felsen auf. Er wurde High Peak genannt, wie ihm Pip am Tag ihrer Ankunft erzählt hatte.

»Von dort oben kann man alle drei Länder des Königreichs sehen«, hatte sie gesagt. »Ich wünschte, wir könnten hochsteigen!«

Die Erinnerung stach Gulph ins Herz. Würde er Pip jemals wiedersehen?

Am Fuß des High Peak lag die große Brücke von Idilliam. Das gewaltige steinerne Bauwerk überspannte die Schlucht zwischen der Hauptstadt von Toronia und den endlosen Wäldern von Isur. Es kam Gulph wie eine Ewigkeit vor, dass er sie mit dem Rest der Tangletree-Truppe auf dem Weg in die Stadt überquert hatte. Dabei war das nur fünf Tage her. Jetzt verhieß die Brücke Flucht und Freiheit, schien ihm aber unendlich fern. Wie sollte er sie nur jemals erreichen?

Eins nach dem anderen.

Gulph musterte die Außenseite des Daches. Gleich unterhalb der Lücke, durch die er spähte, liefen bei einem großen Fallrohr mehrere Dachrinnen zusammen. Von dort zog auch der Abwassergestank herauf. Das Rohr war oben offen und lief seitlich an der Himmelsgruft abwärts.

Bis zum Boden.

Es klapperte an der Zellentür. Mit pochendem Herzen hangelte sich Gulph wieder an der Wand hinunter und ließ sich das letzte Stück fallen. Er war kaum gelandet, als sich eine Klappe am Fuß der Tür öffnete und eine fette Hand zwei zerbeulte Blechschüsseln hereinschob. Eine enthielt ein dampfendes Schweinekotelett, zwei Kartoffeln und eine Portion Kohl, in der anderen befand sich eine graue, undefinierbare Masse.

»Und jetzt sollen wir uns wohl darum streiten!«, rutschte es Gulph heraus.

In Augenhöhe sprang eine zweite Klappe auf und Blist starrte herein. »Vergiss nicht, wer du bist, Missgeburt«, knurrte der Wärter. »Von Vorzugsbehandlung war bei dir nicht die Rede. Oder bist du etwa ein Prinz?«

»Natürlich bin ich kein Prinz!«, rief Gulph, aber die Klappen waren längst wieder zugeschlagen worden. »Was meint er nur damit? Was soll das damit zu tun …?«

Zu seiner Überraschung verbeugte sich sein Zellengenosse. »Prinz Nynus zu deinen Diensten. Ich könnte dich jetzt auffordern, mir die Hand zu küssen, aber ich glaube, das brauchen wir nicht mehr, oder?«

»Prinz … Du meinst, du bist der Sohn von …?« Gulph war so schockiert, dass er die Worte kaum herausbekam. »Aber warum bist du dann hier oben eingesperrt? Du sagst, der König habe das befohlen, aber ist er nicht …?«

»Mein Vater? Doch, das ist er. Und außerdem hat er völlig den Verstand verloren. Er verdächtigt jeden, ihm den Thron stehlen zu wollen.«

»Und warum?«

»Wer weiß? Vielleicht, weil er ihn selbst gestohlen hat«, meinte Nynus. »Ich war sechs, als er auf die Idee kam, ich könnte der Nächste sein, der es versucht. Also hat er mich einsperren lassen. Mutter – ich meine, die Königin – konnte es nicht verhindern, aber sie tut alles, um mir das Leben so angenehm wie möglich zu machen.«

Plötzlich wurden seine Augen ganz groß. »Deshalb bist du hier! Sie hat dich geschickt, damit du mir Gesellschaft leistest!«

Begeistert schlang er die Arme um Gulph und drückte ihn so fest, dass er ihn vom Boden hob. Gulph ließ es geschehen und versuchte zu verstehen, wie er als Schlangenmensch aus einem Wanderzirkus in eine Fehde der Königsfamilie hatte geraten können. Aber wie musste es erst für Nynus sein? Gulph konnte sich an seine eigenen Eltern zwar überhaupt nicht erinnern, aber auch Nynus wusste nur noch von dem Tag, als sie ihn wegsperrten.

Kein Wunder, dass er so geworden ist.

Nynus lächelte immer noch, als er Gulph wieder absetzte und die Schüsseln vom Boden aufhob.

»Wollen wir teilen?«, fragte er freudig.

Kapitel 3

Schwarzbl …«
Die Worte erstarben auf den blauen Lippen der Frosthexe. Ein Schauer lief ihr über den ganzen Körper. Das Hirschfell glitt zur Seite, und ein weißes, knochiges Handgelenk und eine spinnenartige Hand kamen zum Vorschein.

Tarlan zog die Felldecke wieder zurecht und strich der Hexe über die Stirn. Ihre Haut war kälter als das Eis am Höhleneingang. Er zog noch eine Decke von der Wand herunter und breitete sie über die reglose Gestalt.

»Nicht reden, Mirith«, sagte er. »Ruh dich aus.«

Er nahm einen Stock und stocherte damit im Feuer. Die Flammen leckten etwas höher, aber schon bald blieb nur noch ein schwaches Flackern. Bald würde er frisches Feuerholz holen müssen. Aber so konnte er Mirith nicht alleine lassen. Sie sah so klein aus, so schwach. Wie ein Baby.

Wie er sie so sah, wurde Tarlan leicht schwindlig, als wäre die Zeit stehengeblieben oder hätte sich umgekehrt. Hatte er so ausgesehen, als Mirith ihn vor 13 Jahren als hilfloses Baby fand, verlassen in den eisigen Weiten von Yalasti? Sie hatte ihn aufgehoben, ihn mit sich genommen und für ihn gesorgt, als er aufwuchs.

Wie eine Mutter.

In der Glut am Rand des Feuers stand ein Tontopf mit dem

Rest der Brühe, die Tarlan am vorigen Abend gekocht hatte. Er tauchte eine Schale in den Topf und hob sie dampfend heraus.

Er schob Mirith seinen anderen Arm unter die Schulter und setzte sie auf. Sie war so leicht, dass er erschrak. Zum ersten Mal dachte er daran, dass sie vielleicht sterben würde. Der Gedanke entsetzte ihn. Und der darauf folgende Gedanke war noch schlimmer.

Es war seine Aufgabe, für sie zu sorgen. Wenn sie starb, dann war das seine Schuld.

»Hier«, sagte er und hielt ihr die Schale an die Lippen. »Versuch zu trinken.«

Mirith schüttelte den Kopf. Sie nahm ihre Kräfte zusammen, hob zitternd eine Hand unter den Hirschfellen hervor und schob die Schale weg.

»Schwarz…«, sagte sie, bevor ein Hustenanfall sie unterbrach.

»Was? Schwarz was?«

»…blatt… Schwarzblatt.«

Tarlan verwünschte sich, weil er nicht schneller begriffen hatte. »Schwarzblatt? Soll ich das holen? Ist das eine Medizin? Wird sie dir helfen?«

Mirith nickte. Tarlan glaubte fast, dass er die Knochen in ihrem Hals dabei knirschen hörte.

Er stellte die Schale weg und bettete Mirith wieder aufs Lager. Dann sprang er auf, schnappte sich seinen Umhang und zog ihn über die Schultern. Wieder packte ihn der Schwindel. In diesen Umhang war er gewickelt gewesen, als Mirith ihn gefunden hatte. Inzwischen war er so groß geworden, dass er ihn tragen konnte, ohne dass der Saum auf den Boden hing. Er ergriff seinen Jagdspeer und marschierte aus der Höhle.

Kaum war er auf den Vorsprung hinausgetreten, drückte ihn der eisige Wind von Yalasti rückwärts gegen die Felswand. Tarlan lehnte sich dagegen. Sein ganzes Leben schon kannte er diesen Wind, und er war ihm mehr als gewachsen. Er zog den Umhang eng um sich. Der schwarze Samt hielt ihm Schnee und eisige Kälte vom Leib.

Tarlan legte die Hände an den Mund, reckte den Kopf hoch und schrie. Sein Gellen durchdrang den Sturm wie ein Messer. Als ihm der Atem ausging, holte er tief Luft und schrie noch einmal.

Bei seinem dritten Ruf erschienen die Thorrods.

Sie kamen aus einer niedrig hängenden Wolke gestürzt, als hätten sie auf sein Signal gewartet. Vielleicht hatten sie das sogar. Die goldenen Federn an den Spitzen ihrer Schwingen flatterten, als sie auf das Sims niederschwebten. Ihre riesigen gebogenen Schnäbel schimmerten im Morgenlicht. Sie glichen mächtigen Adlern, aber der verständige Ausdruck ihrer Augen hob sie deutlich von anderen Vögeln ab.

Auf Höhe des Felsbandes begannen die vier Tiere zu kreisen. Seethan, der den Schwarm anführte, wandte seinen grauen Kopf Tarlan zu. Thorrods waren etwa so groß wie Pferde – Seethan war mehr als doppelt so groß.

»Irgendetwas stimmt nicht«, sagte der riesige Vogel. Seine Stimme klang wie zersplitterndes Holz.

»Mirith ist krank«, rief Tarlan in der Sprache der Thorrods hinaus in den Wind. »Es geht ihr immer schlechter. Sie braucht Schwarzblatt. Wenn ich ihr keines bringe, dann« – die Worte blieben ihm im Hals stecken –, »dann wird sie sterben, fürchte ich.«

»Ostwald«, sagte Seethan und stieg über die anderen Vögel in die Höhe. Seine Flügel warfen gewaltige, huschende Schatten auf den Felsrand.

»Kitheen!«, rief Tarlan.

Ein Thorrod von der Größe eines Ponys landete auf dem Felsband. Tarlan streckte ihm die geöffnete Hand wie einen Flügel entgegen, und Kitheen berührte sie mit der Spitze seines tödlichen Schnabels – Zeichen gegenseitigen Vertrauens unter Thorrods.

»Wirst du hierbleiben?«, fragte Tarlan. »Und Wache halten?«

Kitheen sagte nichts, sondern hüpfte an Tarlan vorbei, stellte sich vor den Eingang der Höhle und plusterte das Federkleid – schwarz bis auf die goldenen Flügelspitzen – gegen den Wind auf.

Tarlan ballte die ausgestreckte Hand zur Faust. Sofort löste sich ein Thorrodweibchen aus der Formation und strich dicht unterhalb der Felskante vorbei. Tarlan sprang genau im richtigen Augenblick los und landete auf ihrem Rücken. Er hakte die Beine hinter ihren Schwingen ein und hielt sich im dichten Federkragen am Hals fest. Theeta war die Einzige der Thorrods, die vom Schnabel bis zum Schwanz in goldene Federn gekleidet war

»Du hast mich einst im Wald gefunden, Theeta«, sagte

Tarlan. »Du hast Mirith zu mir gebracht. Du hast mich gerettet … und nun ist sie es, die wir retten müssen. Flieg, so schnell du kannst!«

Theeta zog mit ihm tief über das schneebedeckte Land. Seethan und Nasheen mit dem weißen Brustgefieder flogen voran, damit Theeta sich in ihrem Windschatten halten konnte.

Je weiter sie sich von Miriths Einöde in den Bergen entfernten, desto mehr ließ der Wind nach, aber es blieb kalt.

Sie überflogen viele Dörfer, die Häuser aus blankem Eis gehauen. Von zahllosen Feuerstellen stieg Rauch auf. Die Menschen hier trotzten hartnäckig dem endlosen Winter von Yalasti.

Ein dunkler Fleck am Horizont wurde rasch größer. Wenig später flogen sie über den großen Ostwald. Theeta schoss über turmhohe Aschkiefern hinweg. Die Stämme dieser majestätischen Bäume waren im unteren Bereich kahl, aber oben breitete sich eine weite Krone aus glänzenden grünen Nadeln aus. Sie waren mit Harz überzogen, das die Leute als Brennstoff sammelten, um sich im Winter daran zu wärmen.

Tarlan spähte durch die Baumkronen, aber das Grün war zu dicht. »Wo finden wir das Schwarzblatt?«, fragte er.

»Unten«, erwiderte Theeta. »An den Stämmen.«

»Dort«, rief Nasheen und senkte den Schnabel. »Eine Lücke.«

Theeta tauchte zwischen die Wipfel hinab. Tarlan zog den Kopf ein und schloss die Augen, bis sie in den freien Raum unter dem Kronendach durchgestoßen waren.

Als er die Augen wieder aufschlug, schien er in einer anderen Welt zu sein. Statt des klaren blauen Himmels breitete sich über ihm nun ein leuchtend grüner Baldachin aus. Überall ragten die kerzengeraden Stämme der Aschkiefern in die Höhe. Tarlan klammerte sich in Theetas Federkleid, während sie zwischen den Bäumen hindurchschwebte. Wäre ihr Auftrag nicht so ernst gewesen, er hätte laut aufgejauchzt vor Freude.

»Hier«, sagte Theeta.

In die Rinde einer riesigen Kiefer krallte sich eine Pflanze mit gelockten Ranken und herabhängenden Blättern. Schwarzen Blättern.

»Das ist sie!«, schrie Tarlan. »Flieg näher heran!«

Theeta flatterte so dicht wie möglich am Stamm. Tarlan reckte sich, raffte büschelweise Blätter zusammen und stopfte sie in eine Tasche in seinem Umhang. Dort hoben sie sich deutlich vom blutroten Futterstoff ab.

Seethan, der ihnen unters Kronendach gefolgt war, kam hinter dem mächtigen Stamm hervorgeschossen.

»Menschen«, zischte der alte Vogel. »Viele.«

Unter ihnen zog eine lange Reihe berittener Jäger durch den Wald. Sie ritten nicht auf Pferden, sondern auf Hirschen. Deren riesige Geweihe wippten beständig, während die Reiter die Tiere durch den Schnee vorantrieben. Auch sie trugen aus Holz geschnitzte Geweihe an ihren Helmen.

»Hirschmenschen!«, sagte Theeta.

Tarlan schwand der Mut. Mirith hatte ihn immer vor den gnadenlosen Jägern gewarnt. Sie durchstreiften den Wald nicht nur, um Nahrung zu finden, sondern schlachteten alles ab, was ihnen in den Weg kam – aus purer Lust am Jagen.

Auch Menschen, dachte Tarlan bedrückt.

Unten gellte ein Schrei. Die Kolonne fächerte sich auf, und viele Gesichter wandten sich nach oben. Münder öffneten sich und schrien laut. Ein Pfeil schoss an Tarlans Gesicht vorbei, dann noch einer.

»Schnell, Theeta!«, rief er. »Weg von hier.«

Der riesige Thorrod drehte kreischend ab. Einer der Reiter unten war abgestiegen und rannte mit einer brennenden Fackel an den Hirschen vorbei. Dabei steckte er die vorgereckten Pfeilspitzen seiner Kameraden in Brand.

»Los!«, rief Seethan. Mit brausenden silbrigen Flügelspitzen stieß er in einer steilen Spirale direkt auf die Jäger hinab. Sechs Männer spannten die Bögen und ließen die Pfeile von den Sehnen schnellen. Der alte Thorrod schoss durch die tödliche Gefahr, aber die Feuerpfeile flogen zischend an ihm vorbei ins Blätterdach.

Sofort fingen die harzigen Blätter Feuer. Es sprang augenblicklich von Krone zu Krone, schneller, als Tarlan mit dem Blick verfolgen konnte. Innerhalb von Sekunden standen alle Baumwipfel in Flammen.

Feuer über ihnen und unten die Jäger. Kein Entkommen!

Theeta kreischte und schlug die gewaltigen Schwingen gegen die sengende Hitze. Sie jagten zwischen den Baumstämmen hindurch.

Es regnete glimmende Asche. Was auf den Federn landete, klopfte Tarlan sofort ab. Aber bald standen die Bäume zu dicht. Theeta musste wenden und wieder auf die wartenden Jäger zufliegen.

Ein Mann stand mit drohend erhobenem Speer auf dem Rücken seines Hirschbullen. »Du wagst es, die Thorrods zu zähmen!«, rief er. »Hexenjunge! Deine Vögel sind für uns Nahrung für einen ganzen Monat!«

»Niemand wird die Thorrods fangen!«, rief Tarlan zurück und schwang wütend seinen Speer. Aber er hatte Angst und war verzweifelt.

Wie sollen wir nur entkommen?

»Dorthin!« Nasheen tauchte vor der keuchenden Theeta auf und flog auf eine entfernte Lücke zwischen den Bäumen zu. Die drei Thorrods schossen hinterher, Seethan bildete die Nachhut. Die Jäger trieben ihre Tiere mit wütenden Schreien und Tritten an und blieben ihnen auf den Fersen. Brandpfeile schwirrten vorbei, landeten zischend im Schnee oder setzten noch mehr Bäume in Brand.

»Fast geschafft!«, rief Tarlan, als sie kurz vor der Lichtung waren. Da gellte hinter ihnen ein entsetzlicher Schrei.

Tarlan drehte sich um und sah, wie Seethans gewaltige Schwingen einknickten und zusammenklappten. Der alte Thorrod drehte sich in der Luft auf den Rücken. Ein brennender Pfeil ragte aus seiner Brust. Noch während er auf den schneebedeckten Boden zustürzte, hüllten ihn Flammen ein und beim Aufprall stand er lichterloh in Flammen.

Theeta schwankte und stieß ebenfalls einen Schmerzensschrei aus. Der Anführer der Hirschmenschen ließ sein Reittier über Seethans brennenden Leichnam hinwegsetzen, legte seinen Speer an und zielte nach oben, genau auf Theetas Herz. Bevor Tarlan seinen eigenen Speer auf den Feind schleudern konnte, schoss ein anderer Pfeil direkt auf Theetas Kopf zu. Tarlan riss erschrocken an ihren Federn. Sie duckte sich seitwärts und der Pfeil zischte an ihrem Schnabel vorbei. Er traf Tarlan am rechten Oberarm und riss eine tiefe Wunde.

Jäh durchzuckte ihn der Schmerz. Er verlor den Halt, glitt von Theetas Rücken und stürzte zu Boden. Ihm war, als käme ihm eine große Schneewehe entgegen, und er konnte nur an Mirith denken, die frierend und allein in ihrer Berghöhle lag.

Nun hatte er sie doch im Stich gelassen.

Kapitel 4

»Das ist einfach nicht die richtige Farbe«, sagte Elodie und warf den Ballen blauer Seide weg, den sie beim Marktstand ausgewählt hatte.

»Wie meinst du das?«, fragte Lady Sylva Vicerin. »Das ist doch blau, oder?«

»Aber nicht das richtige Blau. Ich möchte etwas …« Elodie wedelte ungeduldig mit der Hand.

»Wie der Himmel?«

»Nein.«

»Wie ein Fluss?«

»Nein.«

»Aber was dann, Elodie?«

»Ich weiß es, wenn ich es sehe!«

Elodie marschierte über den Schlosshof zur nächsten Reihe von Marktständen hinüber.

Ein scharfer Wind ließ die Seiden- und Leinenstoffe wie Wimpel flattern. Sylva hastete hinterher.

»Wie wär's damit?«, fragte sie und deutete auf eine saphirblaue Tuchrolle an einem nahen Marktstand.

»Das ist nur Baumwolle«, meinte Elodie. »Willst du nicht auch, dass ich schön aussehe beim Festmahl? Willst du, dass man Lord Vicerin für einen Geizkragen hält?«

»Mein Vater meinte, dass er es vielleicht absagen muss«, sagte Sylva.

»Was?« Das waren schreckliche Neuigkeiten. Vicerins Bankette waren für ihre Pracht und die sorgfältige Vorbereitung in aller Munde. Seit Wochen dachte Elodie an nichts anderes. »Das kann er nicht machen. Die Näherinnen warten schon darauf, mein Kleid zu schneidern. Ihnen bleiben nur noch drei Tage und …«

»Es tut mir leid, Elodie. Ausnahmsweise hat mein Vater einmal andere Dinge im Kopf.«

»Was meinst du damit?« Elodie konnte sich beim besten Willen nichts Wichtigeres vorstellen als ein großes Festmahl.

Sylva zog sie in eine Nische zwischen zwei Ständen. »Sag es niemandem, aber ich habe Vater sagen hören, dass die Armee des Königs schon das Tal von Nordwald erreicht hat.«

»Ach, das ist doch meilenweit entfernt. Außerdem – haben wir dort nicht Leute, die sie aufhalten?«

»Doch. Aber Vater sagt, dass die Königlichen Truppen schon die wichtigsten Grenzübergänge kontrollieren. Er fürchtet, dass unsere Verbündeten zu weit übers Land verteilt sind.« Sylva blickte ernst aus ihren grauen Augen. »Elodie, die Händler hier hatten großes Glück, dass sie durchgekommen sind – gut möglich, dass es nächsten Monat überhaupt keinen Markt gibt. Wer weiß, wenn die Kämpfe nicht bald aufhören, könnte sogar Burg Vicerin bald eingeschlossen sein.«

Elodie sah zu den roten Steinmauern und den Wehrgängen hinauf, die dort oben entlangliefen. Die daruntergeduckten

Stände wirkten tatsächlich kläglich dagegen. So bunt und laut der Markt war, schien er doch eilig und notdürftig zusammengezimmert und konnte ebenso schnell wieder abgebrochen werden. Einige Händler trugen sogar leichte Rüstungen. So etwas hatte Elodie noch nie gesehen. Fürchteten sie tatsächlich, König Brutans Leute würden sich die Mühe machen, die paar Klapptische hier anzugreifen?

»Ich weiß nicht, warum sich alle solche Sorgen machen«, sagte sie. »Wir sind hier doch in Sicherheit. Außerdem hat Lord Vicerin alles noch immer zum Besten gewendet.«

Sie griff nach einem Stück schimmernder türkisfarbener Seide und legte sie sich um den Hals. »Was meinst du? Ist das zu grün?«

»Ich finde, wir sind jetzt lange genug hier gewesen«, sagte Sylva, packte die Seide und legte sie auf den Tisch zurück. Der Händler – er wirkte ausgehungert und begierig – ließ sie nicht aus den Augen. »Mein Vater wollte, dass wir vor Mittag zurück sind.«

»Ich gehe erst, wenn ich meine Seide habe. Geh du nur, wenn dir das Einkaufen keinen Spaß macht. Ich brauche keine Anstandsdame.«

Sylva seufzte. Elodie ärgerte sich ein wenig, konnte sie andererseits aber gut verstehen. Sylva war ebenso ungern die Aufpasserin wie sie die Beschützte. Sie mochte Sylva und wünschte, ihr Verhältnis wäre etwas einfacher gewesen.

Wärst du doch bloß meine Schwester!

Elodie ging weiter an den Ständen entlang – wie immer folgte ihr Sylva auf Schritt und Tritt. Bog Elodie nach links, dann bog auch Sylva nach links. Blieb eine stehen, dann blieb auch die andere stehen.

Es war nicht auszuhalten.

Elodie raffte die Röcke und rannte los durchs Gewirr der Marktbuden. Da waren Karren voller frischem Gemüse von den großen Feldern um Ritherlee: Kartoffeln, Möhren und saftiges Blattgemüse. Ein Wagen ächzte unter der Last zahlloser Fässer voller Bier oder Rübensirup. In einer Gasse pendelten große Schlachthälften im Wind.

»Elodie!«, rief Sylva. »Warte auf mich.«

Elodie blickte zurück, als sie um eine Ecke bog. Mühsam und mit rotem Kopf versuchte Lord Vicerins Tochter, ihr in ihren edlen Schuhen zu folgen.

»Fang mich doch!«, lachte Elodie und duckte sich hinter einen hohen Stapel mit Zinnschalen und -kelchen.

Elodie fand die Verfolgungsjagd immer lustiger – und lächerlicher. Dass sie in Wahrheit König Brutans Tochter war und eines Tages über ganz Toronia herrschen sollte, war ein Geheimnis, das nur der engste Kreis der Familie Vicerin kannte. Warum sonst sollte sich Lord Vicerin gegen die Krone erheben, wenn nicht, um seine Adoptivtochter auf den Thron zu bringen? Glaubte Sylva wirklich, dass Elodie vor solch einer Bestimmung davonlaufen würde?

Wenn sie mich nur gehen ließen, dann würden sie sehen, dass ich bleiben möchte.

Da blitzte es bunt vor Elodie auf, und sie blieb stehen – ein Stand mit hohen Stapeln aus so feinen Seidenstoffen, wie sie sie noch nie gesehen hatte. Sie ließ die Finger darüber gleiten, schob einen Ballen nach dem anderen beiseite. Ein Gewebe war zu grob, das nächste zu blass, dann wieder zu dunkel …

»Ist das alles, was Sie haben?«, fragte sie die alte Händlerin, die gerade einen hochgewachsenen und elegant gekleideten Herrn bediente. Eingeschnappt legte Elodie ihr die Hand auf die Schulter. »Ich sagte …«

»Lass das!«, hörte sie eine Stimme. »Du benimmst dich wie eine verzogene kleine Göre!«

Elodie wirbelte herum. Sylva stand mit hochrotem Kopf vor ihr.

»Wie kannst du es wagen, so mit deiner zukünftigen Königin zu sprechen?«, zischte sie. Am liebsten hätte sie Sylva geschüttelt oder ihr eine Ohrfeige verpasst. Was hatte sie nur geritten, sich so im Ton zu vergreifen? Wie konnte sie so etwas auch nur denken? Und warum taten ihre Worte so weh?

»Still, Elodie«, sagte Sylva. »Pass auf, was du sagst. Niemand darf wissen, wer du bist.«

»Ich soll meine Zunge hüten? Meinst du das? Das muss gerade die sagen, die mich eben ein verzogenes Gör geschimpft hat!«

»Verzogenes Gör?«, sagte Sylva entgeistert. »Wer hat dich ein verzogenes Gör genannt?«

»Du. Du hast gesagt …«

»Elodie, ich habe nichts gesagt. Ich bin nur herangekommen, da hast du mich schon angefahren. Mit wem hast du geredet?«

Für eine Sekunde war Elodie wie in einer schalldichten

Kapsel, und das Markttreiben trat in den Hintergrund. Sie starrte in Sylvas gerötetes, ernstes Gesicht und hatte nur eine Sorge: dass die Kapsel platzte und die Welt wieder auf sie eindrang.

»Ich dachte, ich hätte jemanden gehört«, murmelte sie.

Langsam gingen die Mädchen durch die Tischreihen zum südlichen Ende des Marktes zurück, wo sie ihren Bummel begonnen hatten. Die Lust am Einkaufen war Elodie mit einem Mal vergangen. Eigentlich war die Seide dort gar nicht so schlecht gewesen.

Immer wieder warf sie verstohlene Blicke in die dunklen Nischen zwischen den Marktbuden. Es war nicht das erste Mal, dass sie eine seltsame Stimme gehört hatte. Einmal hätte sie in der großen Vicerin-Festhalle schwören können, dass ihr ein alter Mann etwas ins Ohr geflüstert hatte. Aber niemand war in ihrer Nähe gewesen. Ein anderes Mal hatte sie im Rosengarten unter ihren Privatgemächern Gelächter gehört. Und nachts hörte sie Stimmen hinter den Kleidern in ihrem Wandschrank, sie riefen ihr etwas zu.

Sylva mochte sich sorgen, dass jemand herausbekam, wer ihre Adoptivschwester in Wahrheit war. Elodie dagegen plagte die ungleich größere Furcht, Lord Vicerin könnte erfahren, dass sie Stimmen hörte, und sie deswegen für wahnsinnig halten. Womöglich schickte er sie dann fort.

War es nicht das, was man mit Verrückten tat?

Konnte es nicht sein, dass ihre leibliche Mutter genau das getan hatte, vor all den Jahren? Dass sie bemerkt hatte, dass mit ihrer Tochter etwas nicht stimmte?

Sie standen wieder vor der Auslage mit den Stoffen, die sie zuerst angesehen hatten. Elodie zeigte auf einen blauen Ballen, der direkt vor ihr lag. »Dieser«, meinte sie matt zum Händler. Die rätselhafte Stimme hatte ihr die ganze Freude am Aussuchen der passenden Farbe verdorben.

Elodie suchte in ihrer Geldbörse nach den passenden Münzen, als ein rothaariges Mädchen aus einem nahe gelegenen Zelt heraustrat. Sie war groß und mochte ein paar Jahre älter als Elodie sein – vielleicht gerade so alt wie Sylva. Der Wind fuhr in ihren langen Rock, und darunter blitzte etwas im Licht der Mittagssonne: um den Schenkel geschnallt trug sie in einem offenen Lederfutteral ein kurzes Schwert. Das Mädchen kam auf die beiden zu und starrte ihr direkt in die Augen.

Elodie steckte die Geldbörse weg.

»Was ist los?«, fragte Sylva.

»Hier stimmt etwas nicht«, sagte Elodie. Mit klopfendem Herzen packte sie Sylvas Hand. »Komm mit.« Mit der anderen Hand griff sie unwillkürlich nach dem Smaragd, den sie an einer Goldkette um den Hals trug, und hielt den grünen Stein fest wie immer, wenn sie nervös war.

»Willst du die Seide nicht kaufen?«, fragte Sylva.

Das fremde Mädchen kam immer näher und strich sich das Haar aus dem Gesicht. Sie warf einen Blick zur Seite. Dort sah Elodie neben einem Schankzelt einen jungen Mann in einem grünen Kittel warten. Als das Mädchen das Haar zurückwarf, nickte er ihr fast unmerklich zu.

Ohne Vorwarnung kippte der ganze Marktstand nach

vorn, und die Stoffballen rollten über den Boden. Elodies Seide blähte sich im Wind zu einem leuchtend blauen Ballon. Dann brach ein Stand mit Gebratenem zusammen, und überall rannten Menschen herum. Jemand hob einen Kohlkopf auf und warf ihn in die Menge. Dann flog eine Holzschale wie ein Diskus durch die Luft. Schnell gab es erste Raufereien.

Sylva hielt Elodies Hand ganz fest gepackt – und wurde plötzlich weggerissen. Im selben Moment tauchte aus dem Nichts ein dicker Mann auf, der Elodie anrempelte und sie fast umstieß.

Als sie sich gefangen hatte, trieb sie längst im Menschenmeer; von ihrer Gefährtin war weit und breit nichts zu sehen.

»Sylva!«, rief sie erschrocken.

Elodie versuchte, sich einen Weg durch die Menge zu bahnen. Wo waren all diese Menschen nur so plötzlich hergekommen? Dann hörte sie ein Geräusch, das ihr das Blut in den Adern gefrieren ließ: das unmissverständliche *Ssching*, mit dem ein Schwert aus der Scheide gezogen wurde.

Hatte Sylva etwa recht gehabt? Stürmte die Armee des Königs in diesem Moment die Tore von Burg Vicerin?

»Elodie!«

Für einen Augenblick war Sylva zu sehen – mit verzweifeltem Ausdruck und weit aufgerissenen Augen. Dann wurde sie wieder von der Masse verschluckt. Elodie stemmte sich gegen die herandrängenden Menschen und duckte sich, wenn Gegenstände über ihren Kopf flogen. Aber Sylva blieb verschwunden.

Ein Mann packte sie am Handgelenk. Sie schrie, aber niemand achtete auf sie. Elodie versuchte sich loszureißen, aber die Finger ließen nicht locker. Der Mann, von dem sie nur einen breiten, grüngekleideten Rücken sah, zog sie durch die Menge. War er derselbe, der neben dem Zelt gelauert hatte? Wieder stemmte sie sich gegen ihn, aber er war stärker.

Entführen-und-Befreien war als Kind ihr Lieblingsspiel gewesen. Sylvas großer Bruder Cedric hatte sie dabei immer durch das Kinderzimmer zu einem Piratennest geschleppt, das er aus Kisten und Betttüchern gebaut hatte. Jetzt wünschte sie, auch das hier wäre nur ein Spiel, bei dem sich der Mann irgendwann umdrehte, mit Cedrics breitem Grinsen und den fröhlichen Augen.

Aber Cedric war in den Krieg gezogen, und auch sie war kein Kind mehr.

Dies hier war kein Spiel.

Sie erreichten den Rand des Marktplatzes, wo eine Kutsche wartete. Mit ihren schlammverkrusteten Rädern und den langen Kratzern in den hölzernen Bordwänden wirkte das Gefährt schäbig, aber die vier Schimmel im Geschirr sahen so frisch und kräftig aus, als könnten sie ohne Pause quer durchs ganze Königreich jagen.

Der Anblick der Kutsche versetzte Elodie in neue Schrecken. Also tatsächlich eine Entführung. Aber die Befreiung …?

»Lass mich los!«, schrie sie und versuchte wieder, sich loszureißen. »Weißt du nicht, wer ich bin? Wenn du mir auch nur das Kleid schmutzig machst, lässt dich Lord Vicerin am Galgen hängen!«

Der Mann beachtete sie gar nicht, riss die Tür der Kutsche auf und versuchte, sie über die Stufen ins Innere zu bugsieren. Elodie stemmte sich breitbeinig und mit aller Macht dagegen. Sie dachte schon, dass sie Erfolg hätte, als ein zweites Paar Hände sie packte und ohne Federlesens hineinbugsierte. Die Tür wurde zugeschlagen, und sie konnte nur durch einen schmalen Fensterschlitz auf das Mädchen mit den roten Haaren hinausstarren. Sie drückte vergeblich auf die Klinke, die nicht nachgab. Die Tür war versperrt. Sie war gefangen.

Eine Peitsche knallte, und die Kutsche ruckte an. Elodie drückte das Gesicht an die kleine Öffnung und schrie.

»Ruft die Wache! Ich werde entführt! Hilfe! Helft mir doch!«

Ausdruckslose Gesichter huschten draußen vorbei. Elodie schrie wieder und heulte bald nur noch in ihrer Verzweiflung.

Keiner hörte sie.

Die Kutsche wurde langsamer, als sie in die Nähe des Haupttors der Burg kam … und plötzlich war Sylva da. Sie hatte die hochhackigen Schuhe abgestreift und sprintete barfuß hinter der Kutsche her. Sie war so schnell, dass sie sogar näher kam. Nun sah sie nicht mehr ängstlich aus, sondern wütend und wild entschlossen.

»Sylva!«, schrie Elodie. »Hilf mir!«

Einen Augenblick lang dachte sie, Sylva würde sie einholen. Dann knallte die Peitsche wieder, und Elodie wurde gegen die harte Holzbank hinten in der Kutsche geschleudert. Sie schlug mit dem Kopf gegen die Rückwand und sah für kurze Zeit nichts als blitzend grelles Weiß.

Als sie es wieder zurück ans Fenster schaffte, war Sylva verschwunden. Auch die Burg war nicht mehr zu sehen. Sie waren nun auf einer breiten Straße und sausten die lange, gleichmäßige Gefällestrecke zu den weiten Ebenen von Ost-Ritherlee hinunter. Die Knechte, die auf den Feldern ackerten, ahnten nichts von Elodies Not.

Wann immer sie jemanden sah, trommelte sie an die Tür der Kutsche und schrie durch das kleine Fenster. Aber die Menschen waren entweder zu weit entfernt oder zu vertieft in ihre Arbeit. Anstelle reichbehangener Felder zogen allmählich immer mehr Weiden mit Rindern und Schafen vorbei, und die Empörung wich lähmender Angst. Schlimmer noch als die Unaufmerksamkeit der Knechte fand Elodie, dass ihr Schicksal sie in ihrer Einfalt gar nicht zu kümmern schien, so dass die Tränen, die sich seit der Abfahrt von der Burg in ihr aufgestaut hatten, schließlich doch aus ihr herausbrachen.

Elodie weinte, bis sie keine Tränen mehr hatte. Erschöpft warf sie sich auf die harte Bank. Jede Kurve und jedes Schwanken der Kutsche fand sich wieder im Ächzen des Wagens und dem Knirschen der Räder auf dem Schotter. Bald mussten sie auf die Große Straße kommen, die nach Norden bis zur Brücke von Isur, über das Waldland dahinter und bis nach Idilliam zum Schloss von König Brutan führte.

Elodie hatte nicht den geringsten Zweifel, dass sie Leuten des Königs in die Hände gefallen war. Irgendwie hatte Brutan von ihr erfahren und ihre Gefangennahme befohlen. Was hatte er mit seiner Tochter vor, jetzt, wo er sie in seiner Gewalt hatte? Elodie war verzweifelt. Lord Vicerin hatte ihr immer gesagt, König Brutan sei ein eifersüchtiger und grausamer Tyrann, der alles dafür tun würde, den Thron von Toronia in seinem eisernen Griff zu behalten.

Selbst wenn das den Tod rechtmäßiger Nachfolger bedeutete.

Die Kutsche jagte weiter durchs Weideland von Ritherlee. Mit jeder zurückgelegten Meile und jeder vergossenen Träne war Elodie noch weiter von Burg Vicerin, von ihrer Heimat, entfernt.

Und von ihren Träumen, einst Königin zu werden.

Was siehst du?«, rief Prinz Nynus nach oben. Er hockte in der Ecke der Zelle, die Arme um die Knie geschlungen, und wippte langsam vor und zurück.

»Nichts«, zischte Gulph ärgerlich zurück. »Es ist Nacht. Und wir sollten lieber leise sprechen.«

In Wahrheit konnte Gulph eine Menge sehen, wenn er den Kopf in den Schlitz im Dach zwängte: die langen, bleichen Schatten, die der zunehmende Mond über die Dächer der Stadt warf; das Flackern der Feuer hinter tausend winzigen Fenstern und die Sterne, die wie Funken am Nachthimmel leuchteten.

Idilliam sieht so schön aus.

Gulph drückte seinen Kopf tiefer in die Lücke. Sie war so schmal, dass er für einen entsetzlichen Augenblick dachte, er stecke fest. Das wäre ein Anblick für die Wärter am Morgen: ihr leichtsinniger Häftling, der mit dem Kopf im Gebälk feststeckte, während seine Arme und Beine schlaff wie Taue herunterhingen. Er zappelte und schob und schaffte es schließlich, den Kopf hindurchzustecken. Er atmete tief ein, freute sich schon auf die kühle, frische Luft – aber er hatte vergessen, wie nahe er am Abwasserrohr war. Der Gestank war unbeschreiblich.

Wieder rief Nynus herauf, nun mit gedämpfter Stimme.

Gulph zog seinen Kopf zurück, und er ploppte aus der winzigen Öffnung wie ein Korken aus einer Weinflasche.

»Brauchst du mehr Licht?«, fragte Nynus. Er stand jetzt neben dem Schreibtisch und winkte mit der Öllampe nach oben. Das Licht zeichnete seltsame Schatten auf sein Gesicht.

»Halt sie einfach nur so hoch du kannst. Und halte sie still.« Gulph brachte es nicht übers Herz, dem Prinz zu sagen, dass er seine Hilfe gar nicht brauchte. »Schnarcht er noch?«

Die beiden Jungen lauschten für einen Augenblick. Zuerst hörte Gulph nichts, aber dann war da ein Geräusch wie eine ferne Sägemühle, ein stetiges An- und Abschwellen.

»Wie ein Baby«, sagte der Prinz.

»So ein Baby ist mir im Leben noch nicht begegnet. Wenn ich ihn sogar hier oben hören kann, will ich gar nicht wissen, wie sich das direkt neben ihm anhört.«

»Hoffentlich weckt er sich nicht selbst auf!« Nynus verzog ängstlich das Gesicht. Er stellte die Lampe auf den Tisch zurück und huschte zurück in die Ecke.

»Keine Sorge«, meinte Gulph. »So lange Blist schläft, kümmert es ihn auch nicht, was wir hier treiben. Das ist unsere Chance, Nynus. Bist du bereit?« Keine Antwort. »Bist du bereit, Nynus?«

Der Junge sah auf. Sein Blick war wieder auf entsetzliche Weise klar und durchdringend. »Ich bin seit zehn Jahren bereit, Gulph.«

Gulph wandte sich erneut dem Dach der Kammer zu und

steckte die freie Hand durch den Schlitz. Wie zuvor klammerte er sich mit der anderen Hand und den nackten Füßen an der Wand fest.

Als er den Arm ganz ausgestreckt hatte, ließ er seine Schulter in einer seltsamen Weise zucken, die ihm das Gelenk auskugelte. Die Übung war ihm nur zu vertraut und erlaubte ihm, den Hals ungewöhnlich eng an sein Schlüsselbein zu legen. So konnte er besser auf dem Dach herumtasten.

Er fühlte kalte Schieferplatten, die vom Regen am Nachmittag noch feucht waren. Ihre Ränder waren verwittert und bröselten, wenn er sie berührte. Perfekt.

Er zog den Arm wieder zurück.

»Wie machst du das?«, fragte Nynus. Im Licht der flackernden Flamme schien sein hochgerecktes Gesicht noch blasser als der Mond.

»Gute Neuigkeiten«, erwiderte Gulph und ignorierte die Frage. »Bald wirst du kein Gefangener mehr sein. Wirf mir eine Schüssel herauf.«

Nynus gehorchte und lächelte. Gulph löste einen Fuß von der Wand und fing die trudelnde Metallschale mit den Zehen auf, woraufhin der Prinz noch breiter grinste. Gulph zog den Körper zusammen und schob den Fuß am Kopf vorbei. Dann zwängte er die Schale mit den Zehen durch den Schlitz, wo er sie mit der Hand ergriff.

Er suchte wieder sicheren Halt an der Zellenwand und begann, die krümeligen Schieferplatten, die den Schlitz einfassten, mit dem scharfen Rand der Schüssel zu bearbeiten.

Bald war die Lücke so breit, dass das Mondlicht direkt auf das Gesicht des Prinzen hereinfiel. Sein Lächeln war einem Ausdruck großer Sorge gewichen.

»Du kommst doch und holst mich, oder?«, fragte er und hörte sich dabei so kläglich an, wie er als kleiner Junge geklungen haben musste am Tag, als sie ihn wegsperrten.

»Warum nicht?«, meinte Gulph.

»Ich bin so lange allein gewesen. Ich möchte nie wieder alleine sein.«

»Wir sind jetzt Freunde, wir beide.« Wie lange war es wohl her, dass jemand diesem armen Jungen so etwas gesagt hatte? »Ich komme wieder. Versprochen.«

Als er das Loch groß genug gemacht hatte, ließ Gulph den Blechnapf aufs Bett fallen, renkte seine Schulter wieder ein und zog sich ohne Probleme aufs Dach hinaus. Dort blieb er auf allen Vieren und musterte die Umgebung. In regelmäßigen Abständen ragten Wachtürme aus verflochtenen Eisenträgern aus der schrägen Dachfläche. In den von Lampen erleuchteten Beobachtungsständen schien sich nichts zu regen, aber er durfte keinerlei Risiko eingehen. Alles musste sehr schnell gehen.

Wie eine Spinne krabbelte er geschwind bis an die Traufkante und spähte hinunter. Unter der Dachrinne tauchte die geflochtene Außenwand der Himmelsgruft ins Dunkel hinab.

Gulph konnte nachts ausgezeichnet sehen, und es dauerte nicht lange, bis er eine schmale Leiste gefunden hatte, die sich gut greifen ließ. Er schwang die Beine über die Dachrinne und hangelte sich an den Händen bis zu den Zellen hinunter. Nach kurzer Suche fand er – wie erwartet – eine Lücke zwischen den Trägern, durch die er hineinschlüpfen konnte.

Er landete leise auf den Füßen und blieb stehen. Mit einem Mal wurde ihm bewusst, auf welchen Wahnsinn er sich da eingelassen hatte.

Auf Befehl der Königin war er eingesperrt worden, zusammen mit einem unerwünschten Prinzen des Landes.

Und er war sofort wieder entflohen.

Aber wohin?

In eine andere Zelle, die auch noch zum Bersten voll war mit schnarchendem, schniefendem Abschaum der Stadt. Wenn auch nur einer von ihnen aufwachte, dann war das sein Ende.

Langsam und lautlos schlich Gulph durch die Zelle. Die schlafenden Gestalten kamen ihm im Dunkeln vor wie in einem Keller gelagerte Säcke. Mehrmals streifte er mit den nackten Zehen eine ausgestreckte Hand oder ein Gesicht. Die leiseste Berührung ließ seinen Puls rasen, und er musste sich auf die Zunge beißen, um nicht laut aufzuschreien.

Schließlich gelangte er ans andere Ende der Zelle. Gerade wollte er zwischen den Stäben auf den Gang hinausschlüpfen, als ein Wärter heranschlenderte. Gulph erstarrte mit angespannten Muskeln und presste die Lippen aufeinander. Zum Umkehren war es zu spät.

Jetzt bloß nicht bewegen!

Der Wärter ging vorbei und bog um die nächste Ecke.

Gulph atmete langsam aus und schob seinen schlanken Körper zwischen den Gitterstäben hindurch in den weiten Raum zwischen den Zellen. Die Feuerkugel hing drohend über ihm wie das Spielzeug eines Riesen. Die meisten Luftlöcher waren nun mit runden Deckeln verschlossen, um das Feuer über Nacht zu dämpfen. Durch die verbliebenen Öffnungen war die tiefrote, pulsierende Glut zu sehen, die ein gespenstisches Licht verbreitete.

Gulph blieb stehen und lauschte. Über dem Knistern der Kohlen war leises Schnarchen zu vernehmen. Er folgte dem Geräusch bis zum Ende des Zellengangs, wo ein kurzer Korridor zu einem kleinen, niedrigen Raum führte. Mit Jagdszenen bestickte Vorhänge vor den eisernen Wänden sollten hier offenbar für etwas Gemütlichkeit sorgen.

In der Mitte hing Blist ausgestreckt auf einem durchgesessenen Stuhl. Mit den Händen hielt er eine Bierflasche vor dem gewaltigen Bauch, der bei jedem Atemzug erzitterte. Er hatte den Kopf in den Nacken gelegt und den Mund voller schwarzer und gelber Zähne weit aufgerissen. Brauner Sabber war ihm über die Wange gelaufen und hatte ihm Schulter und Jacke fleckig gemacht.

Ich hatte recht. Er schnarcht wirklich laut.

Gulph schlich näher heran. Der große Schlüsselbund hing offen an Blists Gürtel. Der schwarze Schlüssel zu Nynus' Zellentür klingelte leise zwischen den anderen.

Gulph hockte sich neben den Stuhl, schob die linke Hand unter die Schlüssel und legte die rechte so darüber, dass die Schlüssel kein Geräusch mehr von sich geben konnten.

Und was nun, Pip?, dachte er und wünschte, die Freundin wäre hier.

Ihre Antwort war wie ein schwaches Echo in seinen Gedanken, aber allein die Vorstellung, sie wäre bei ihm hier an diesem schrecklichen Ort, verlieh ihm die nötige Stärke.

»Du weißt doch noch, was ich dir gezeigt habe«, schien Pip zu sagen. *»In diesem Dorf in Isurien, als wir so nötig ein paar Münzen brauchten, um uns Brot zu kaufen.«*

Gulph erinnerte sich nur zu gut. Monatelang war die Tangletree-Truppe durch Isur gezogen, bis sie ins Kampfgetümmel gerieten und festgenommen wurden. An manchen Tagen war das Publikum zufrieden gewesen, und sie hatten genug zu essen gehabt. Meistens waren sie aber knapp am Verhungern gewesen.

Ich erinnere mich. Ganz lebhaft kamen ihm die Bilder von dem Tag in den Sinn, als Pip ihm gezeigt hatte, wie man reiche Leute bestahl. Man musste sie nur kurz ablenken, wenn man ihre Geldbörse erleichtern oder gleich ganz vom Gürtel haken wollte.

»Lautlos und schnell muss es gehen«, hörte er Pip sagen. *»Zuerst übst du die Bewegung in Gedanken ein, und dann führst du sie einfach aus. Ohne zu zögern, das ist das Wichtigste.«*

Mit der Rechten hielt er die Schlüssel noch immer fest umschlossen und musterte nun die Spange, mit der sie am Gürtel eingehängt waren. Wenn er den Schlüsselring *so* drehte und dann in *diese* Richtung zog, dann musste sich die Spange leicht öffnen lassen.

Das Schnarchen stoppte. Gulph gefror das Blut in den

Adern. Blist wuchtete seine gewaltige Leibesfülle auf die andere Seite – so weit, dass Gulph glaubte, der Gefängniswärter würde vom Stuhl kippen und ihn zerquetschen. Aus der Flasche spritzte Gulph ein Schwall warmes Bier ins Gesicht. Der Stuhl wankte auf zwei Beinen und drohte ganz umzustürzen.

Dann schaukelte er wieder zurück. Blists Bauch sackte herunter, und das Schnarchen begann von neuem, noch lauter als zuvor.

Rasch griff Gulph mit der Linken nach der Spange, drehte sie erst in die eine und zog dann in die andere Richtung. Eine Feder spannte sich, die Schließe gab nach, und mit einem kaum merklichen *Klick* kam der Schlüsselbund frei.

Gulph hielt die Beute fest in der Hand, erhob sich lautlos und ging ohne einen Blick zurück. Auf dem Weg durch den Korridor war er sich sicher, Blist müsse aufwachen, den Verlust der Schlüssel bemerken und ihm wütend nachsetzen. Ganz gleich, wie die Befehle der Königin lauteten – wenn der Wärter entdeckte, dass er bestohlen worden war, würde er Gulph die Glieder einzeln aus dem Leib reißen.

Aber das Schnarchen ging unvermindert weiter und wurde erst leiser, als Gulph die Wendeltreppe zu Nynus' Zelle hinaufstieg. Er schob den schwarzen Schlüssel ins Schloss und öffnete die Tür. Nynus erwartete ihn schon und hüpfte, einen Stapel Bücher unter den Arm geklemmt, begeistert von einem Fuß auf den anderen.

»Ich wusste, du würdest es schaffen!«, rief er. »Ich wusste es!«

»Pssst! Und freu dich nicht zu früh. Noch sind wir nicht draußen. Was willst du mit den Büchern?«

»Ich kann sie doch nicht hierlassen. Was soll ich denn sonst lesen?«

»Dort wo wir hingehen, wirst du nicht viel lesen.«

»Und warum? Wohin gehen wir denn?«

Gulph konnte Nynus überreden, alle Bücher bis auf eines zurückzulassen – ein dünnes Bändchen, an dem er leidenschaftlich hing. Dann führte er den Jungen von der Zelle bis zu einem engen Seitengang. Gulph bückte sich, steckte den Kopf hinein und schnupperte.

»Hier sind wir richtig«, sagte er.

»Meinst du wirklich? Der Geruch ist ja entsetzlich.«

»Eben.«

Der Gang war nur kurz und führte in eine kleine Kammer, in der es nach faulendem Fleisch und Abwasser stank. Durch ein Gitter in der Decke schien Mondlicht auf eine niedrige Mauer mit einer rechteckigen Tür in der Mitte.

»Was ist hinter dieser Tür?«, fragte Nynus und drückte das Buch an die Brust.

»Die Freiheit, wenn ich mich nicht irre.«

Gulph drückte die Klinke und zog die Tür auf. Dahinter lag ein schwarzer Abgrund. Kaum zu fassen – der Gestank war hier noch zehnmal schlimmer.

»Ugh!«, machte Nynus, der sich Mund und Nase zuhielt und kaum zu verstehen war. »Was ist das?«

»Ein Abflussrohr. Habe ich vom Dach aus entdeckt.« Er hielt inne. »Warte mal … Horch!«

»Ich höre nichts.«

»Und genau das macht mir Angst.«

Gulph spitzte die Ohren und hoffte, dass er sich irrte. Aber er irrte sich nicht. Das Schnarchen hatte aufgehört.

»Ich fürchte …«

Er brach ab, als Geräusche in den Gang drangen: Rufe, das Ziehen von Schwertern und hastige Schritte.

»Blist ist aufgewacht!« Gulph wünschte, er wäre so schlau gewesen, nur den Schlüssel zur schwarzen Zelle mitzunehmen und nicht den ganzen Bund.

»Vielleicht kommt er ja nicht hierher«, meinte Nynus.

Sie lauschten. Der Aufruhr kam eindeutig näher.

»Oder er sieht zuallererst bei seinem kostbarsten Häftling nach«, sagte Gulph.

Noch bevor Nynus antworten konnte, schubste ihn Gulph ins Abwasserrohr. Dann holte er selbst noch einmal Luft, schwang die Beine über die Kante und sprang hinterher.

Die Reise war ebenso kurz wie unerträglich. Das Rohr war innen glatt und glibberig, sodass sie gut geschmiert in die Tiefe glitten. Gulph versuchte, nicht an die Herkunft dieser Schmiere zu denken. Er hielt die Hände an die Brust gepresst, Augen und Mund geschlossen, und ließ es geschehen.

Das Rohr spie ihn aus in ein Becken voller ätzendem Schlamm. Beim Auftreffen schlug Gulph mit den Händen auf die faulige Brühe, um nicht mit dem Kopf unterzutauchen. Träge liefen Wellen zum anderen Ende des Beckens, wo über einem Ablauf im Boden ein Strudel kreiste. Über ihm ragte das eiserne Flechtwerk der Himmelsgruft auf seinen hölzernen Stelzen bedenklich in die Höhe. Überall zwischen den Eisenträgern blitzten Fackeln auf. Die Jagd auf sie war in vollem Gange.

»Hierher!« Eine monströse Missgestalt, die einem braunen Troll ähnelte, beugte sich über den Beckenrand und reckte ihm ein Paar unförmige Hände entgegen. »Bevor es dich hinunterzieht!«

Der Troll wischte sich übers Gesicht, und unter der Schicht von zähem Schlamm kam das Gesicht von Prinz Nynus zum Vorschein. Mit der anderen Hand packte er Gulph am Kragen und half ihm aus dem Becken.

»Ich habe mein Buch verloren.« Selbst durch den ganzen Schmutz war zu erkennen, wie verzweifelt der junge Prinz war. »Es war meine Lieblingsgeschichte – über einen guten König und einen bösen Zauberer.«

»Wir werden dir andere Bücher besorgen«, erwiderte Gulph. Er warf Blists Schlüsselbund in die Brühe, wo er mit einem *Plopp* versank.

Prinz Nynus fasste Gulph an den Händen. Offenbar hatte er das Buch schon wieder vergessen, denn jetzt lachte er, dass seine Zähne nur so aus dem braunverschmierten Gesicht leuchteten. Die rasanten Stimmungswechsel des Jungen raubten Gulph fast den Atem.

»Du hast recht!«, schrie Prinz Nynus und nötigte Gulph zu einer Art Freudentanz. »Wir sind frei! Wir haben es geschafft. *Du* hast es geschafft. Das werde ich dir nicht vergessen, Gulph. Niemals!«

Gulph konnte nicht wirklich nachempfinden, wie sich die

Freiheit nach zehn langen Jahren in einer Gefängniszelle anfühlte. Jetzt musste er erst einmal sehen, dass sie so schnell wie möglich von hier verschwanden, bevor ihnen die Wärter auf die Schliche kamen. Aber wenigstens für einen Moment sollte ihn der schlammgebadete Prinz noch im Kreis herumwirbeln, während der zunehmende Mond über sie wachte.

Kapitel 6

Gulph und Nynus schlichen an den Hauswänden entlang durch die Straßen von Idilliam.

Hoch ragten die Fachwerkhäuser über ihnen auf. Ihre oberen Stockwerke reichten so weit vor, dass sich die Giebel beinahe berührten. Sie kamen an Werkstätten vorbei, an Läden und schlichten Wohnhäusern; kein Fenster war erleuchtet und die Türen alle zur Nacht verschlossen. Die Umrisse der Dächer teilten das Mondlicht in haarfeine Strahlen, durch die die beiden Jungen wie Geister huschten.

Zuerst ließ Gulph den Prinzen unbesorgt vorangehen, aber bald war klar, dass Nynus ebenso wenig Ahnung hatte, wo sie waren, wie er selbst.

»Ich fürchte, wir haben uns verlaufen«, sagte Nynus und blieb an der Ecke eines kleinen Platzes stehen, an dem alle Straßen zusammenliefen. In der Mitte stand ein Brunnen, über dem leise quietschend ein Eimer an einer verrosteten Kette hing. »Wie sehr sich die Stadt doch verändert hat, seit ich ins Gefängnis geworfen wurde.«

»Erkennst du es denn nicht wieder?«, fragte Gulph und blickte ängstlich über die Schulter.

»Doch. Nein. Ein wenig. So viele Fenster sind jetzt mit Brettern vernagelt, und es tropft aus den Dachrinnen. Außerdem ist alles jetzt so schmutzig.«

Gulph starrte die schlammverkrustete Robe des Prinzen an. Nynus starrte zurück.

Die beiden mussten schallend lachen.

Aus einem Durchgang kam ein Mann in Lumpen und stolperte murmelnd über den Platz. Bei jedem Schritt trank er einen Schluck aus einem Tonkrug. Am Brunnen beugte er sich über die steinerne Brüstung, übergab sich in den Brunnenschacht und kam beständig weitertrinkend auf die Jungen zu.

Gulph zog Nynus in eine dunkle Gasse neben einem Steinhaus, wo der Mann sie nicht sehen konnte. An einer Tür stand »WÄSCHEREI«, und auf einem kleineren Schuld hastig daruntergekritzelt »FORÜBERGEHENT GESCHLOSSN«. Irgendwo in der Nähe hörte man etwas plätschern. Als der Betrunkene vorbeiwankte, bemerkte Gulph, dass der Mann keine Selbstgespräche führte, sondern auf den Tonkrug einredete.

»Schlimme Zz ... eiten«, lallte er. »Schlimm. Aberr ... dafür hab ich ja dich. Mein einziger Freund. Wir beide. Schl ... imme Zeiten.« Er drückte den Krug wie einen Säugling an sich und verschwand in die Nacht.

»Komm«, sagte Nynus und zupfte Gulph am Kragen.

»Warte.« Gulph ging bis ans Ende der Gasse, wo an der Seite der Wäscherei ein Rohrstumpf herausragte. Von dort lief Wasser in eine tief im Pflaster eingelassene Rinne.

Gulph stellte sich unter den Strahl, bis er völlig durchnässt war, und rieb sich den fauligen Schlamm von Haut und Kleidern. Als er fertig war, fror er, ohne wirklich sauber geworden zu sein.

Wenigstens komme ich mir jetzt wieder wie ein Mensch vor.

»Wir brauchen einen richtigen Plan«, sagte er, als Nynus unter dem Rohr stand. »Aus dem Gefängnis sind wir entkommen. Jetzt müssen wir entscheiden, wo wir hinwollen.«

»Wie meinst du das?«, fragte Nynus und kratzte sich den Dreck von der Robe.

»Du sagst es doch selbst. Idilliam ist der reinste Schweinestall – und außerdem wird uns die Legion des Königs bis zum letzten Mann auf den Fersen sein. Da sollten wir wohl besser nicht hierbleiben, oder?«

Nynus schüttelte den Kopf. »Aber alleine gehe ich nicht. Mutter hat immer gesagt, wenn man über die Brücke von Idilliam geht, nimmt man das Leben in die eigene Hand. Dort draußen ist es gefährlich.«

»So schlimm ist es gar nicht. Außerdem wärst du doch gar nicht alleine, sondern bei mir. Und bei meinen Freunden.«

»Was sind das für Freunde?«

»Die Tangletree-Truppe. Jetzt müssen sie irgendwo im Schloss sein. Wenn wir sie finden, können wir alle zusammen aus der Stadt fliehen. Wir müssen es nur über die Brücke nach Isurien schaffen, dann wird alles gut.« Er sah tiefe Sorgenfalten im Gesicht des Prinzen. »Leicht wird es nicht, sich dort durchzuschlagen – das will ich gar nicht behaupten. Aber wenigstens werden wir frei sein.«

Nynus trat triefend auf den Rinnstein neben dem Rohr.

»Hör auf damit, Gulph«, sagte er. »Kein Wort mehr. Wir werden zur Königin gehen. Wir beide.«

»Zur *Königin?* Bist du verrückt? Sie ist es doch, die mich hat einsperren lassen.«

»Aber nicht mich. Meine Mutter liebt mich, Gulph. Sie hat dich zu mir geschickt, damit du mir hilfst, und wenn sie erfährt, dass du mir zur Flucht verholfen hast … nun, dann wird sie dich ebenfalls lieben.«

Der Gedanke gefiel Gulph, aber überzeugt war er nicht davon. Hatte Königin Magritt dies tatsächlich vorhergesehen, oder war er eher als Spielzeug zur Unterhaltung ihres Sohnes gedacht gewesen?

»Ich weiß nicht«, meinte er.

»Du sagst, deine Freunde seien im Schloss«, sagte Nynus und legte Gulph die Hände auf die schmalen Schultern. Sein Griff schmerzte fast, aber Gulph ließ es geschehen. »Meine Mutter ist auch dort. Wir haben also denselben Weg. Wir müssen zusammenhalten, Gulph. Wir haben keine Wahl. Nur deshalb sind wir so weit gekommen.«

»Schon möglich.«

»Also bleibst du bei mir?« Der Prinz bohrte ihm die Finger noch tiefer ins Fleisch. »Versprochen?«

»Versprochen.«

Gulph folgte Nynus hinaus auf den Platz. Der Prinz sprang auf den niedrigen Brunnenrand und blickte nacheinander in alle Straßen.

»Diese da!«, sagte er schließlich und deutete auf eine, die etwas breiter und gerader war als die anderen. An ihrem Ende ragte eine hohe Steinmauer auf: ein Teil der Schutzmauer von Schloss Berg. »Wie konnte ich das vorher nur übersehen! Ich wette alles, was du willst – das Schloss hat sich nicht verändert. Komm.«

Strahlend marschierte Nynus drauflos. Gulph trottete hinterher. Der Mond war untergegangen, während sie in der Gasse gewesen waren, und hatte das silberne Licht von der Welt genommen. Im Osten färbte der Morgen schon den Himmel rot.

Die Schlossmauer ragte auf wie ein riesiger Schatten. Während Nynus am blanken, schieferfarbenen Mauerwerk hinaufstarrte, suchte Gulph vergeblich nach einem Tor.

»Hier führt kein Weg hinein«, sagte er und trat wieder an die Seite des Prinzen. Die aufgehende Sonne vertrieb das Dunkel um die Festung. Er fürchtete sich und kam sich ausgesetzt vor. Nur die Gewissheit, dass seine Freunde noch hier gefangen saßen, hielt ihn davon ab, sofort aus der Stadt zu fliehen.

»Da«, sagte Nynus und deutete auf ein kleines Fenster hoch oben in der Mauer. Dort flackerte gelbes Kerzenlicht. »Ich glaube, das sind die Gemächer meiner Mutter.«

»Und was hilft uns das?«

»Wir können doch hinaufklettern.«

Gulph strich mit den Händen übers Mauerwerk und tastete in der verwitterten Oberfläche nach Fugen und Rissen. »Ich könnte es vielleicht schaffen, aber was ist mit dir? Ich finde, wir sollten lieber …«

Nynus war schon auf einen Holzstoß geklettert, der an der Mauer aufgeschichtet war. Er spuckte in die Hände und hangelte sich nach oben. Zwar bewegte er sich unbeholfen, aber er kam erstaunlich schnell voran.

»Langsam«, sagte Gulph und machte sich selbst an den Aufstieg. »Lass mich vor.«

Ohne nachzudenken, kletterte er an Nynus vorbei und überließ es ganz dem Geschick seiner Finger und Zehen, in der Wand Halt zu finden. Es war, als würde er vor Publikum auftreten. Sein Körper führte einfach das aus, wozu er geschaffen war.

Nicht lange und er war zehn Meter über dem Boden, mit einem herrlichen, schwindelerregenden Blick über die Stadt. Im Süden ragte der High Peak auf, an seinem Fuß lag die Brücke über der Schlucht, die Verheißung der Freiheit.

Denk nicht daran, Gulph. Einfach weiterklettern.

»Sieh zu mir her«, rief er so leise wie möglich nach unten, »und benutze dieselben Griffe wie ich.«

Er hatte gerade angefangen zu glauben, dass es klappen würde, als er unten einen Schrei hörte. Er konnte gerade noch sehen, wie sich Nynus' Hände von der Wand lösten. Für einen Augenblick schien der Prinz zu schweben, während er entsetzt zu Gulph hinaufstarrte.

Nynus stürzte ab.

Mit splitterndem Krachen schlug er auf dem Holzhaufen auf. Die Holzklötze fielen durcheinander und kullerten zusammen mit dem Prinzen bis vor eine nahe Schenke, wo sie gegen die Pferdestange schepperten und sich wie ein Kegelspiel verkeilten.

»Nynus!«, zischte Gulph. Er kraxelte hastig an der Mauer entlang. »Nynus! Geht's?«

»Glaubst du, jemand hat uns gehört?«, ächzte Nynus.

Gulph war schon bei ihm. Bevor er antworten konnte, traten zwei Männer aus dem Schatten. Sie trugen die Bronzeschilde und roten Waffenröcke der Legion des Königs – und lange Breitschwerter. Diese hatten sie gezogen, und sie schimmerten, obwohl es noch dunkel war.

»Wer da?«, rief der eine und reckte das Schwert vor. Mit knarrenden Lederstiefeln schlenderte der andere hinter den beiden Jungen herum und schnitt ihnen den Rückweg ab.

»Es tut uns leid«, platzte Gulph heraus und versuchte, sich die Panik nicht anmerken zu lassen. »Wir, äh, wir räumen das wieder auf.«

Der Soldat blickte auf die herumliegenden Holzblöcke, jeder etwa so dick wie eine junge Eiche. Er schnaubte und kam auf die Jungen zu.

Jeder einzelne Nerv in Gulphs Körper schrie: *Wir hätten gleich zur Brücke gehen sollen, solange wir konnten*, und er fragte sich, ob sie die beiden Soldaten im Gassengewirr hinter der Schenke wohl abschütteln konnten.

»Wisst ihr nicht, wen ihr vor euch habt?«, sagte Nynus und legte die Hände an die Hüften.

Gulph starrte ihn entgeistert an. Er hatte gehofft, die Soldaten würden nicht bemerken, dass sie die beiden aus der Himmelsgruft entflohenen Häftlinge waren.

Der Legionär, der eben noch gelächelt hatte, blickte verwundert drein. Dann rief sein Kamerad: »Bei den Sternen, Tomas – das sind die beiden!«

Ohne die Reaktion des ersten Soldaten abzuwarten, jagte Gulph auf die Schenke zu. Nach zwei Schritten packte ihn eine starke Hand am Kragen.

»Na, wenn uns das nicht eine Menge Rennerei erspart!«, meinte der Legionär namens Tomas.

Gulph zappelte und versuchte, sich loszureißen, bis ihm der Soldat die Schwertklinge unter die Nase hielt.

»Du willst mir doch keinen Grund geben, dich zu töten, was, Kleiner?«, sagte er. »Dich würde keiner vermissen – du bist ja schließlich nicht der Prinz!«

Gulph blieb nichts anderes übrig, als den Kampf aufzugeben. Er war bitter enttäuscht – sie waren so nah dran gewesen!

Der andere Legionär packte Nynus am Arm. Die beiden wurden um eine Ecke geführt, dann durch ein schmales Tor. Gulph biss die Zähne zusammen, während Nynus unbeeindruckt weiterplapperte.

»Überlegt, was wir euch bieten können«, sagte er. »Ich bin Prinz Nynus, der Sohn des Königs und rechtmäßiger Erbe der Krone von Toronia. Lasst mich frei – lasst *uns* frei, und ihr sollt belohnt werden.«

»Still, Junge«, sagte Tomas.

Die Legionäre zerrten sie durch enge Gänge und blieben schließlich in einem kleinen Raum voller Fleisch stehen, das an Haken von der Decke hing. Es war kühl hier und duftete angenehm nach Geräuchertem.

»Wir sind unter der Schlachterei«, flüsterte Nynus.

Tomas führte die Jungen zwischen Keulen und Rinderhälften hindurch. Gulph zuckte jedes Mal zusammen, wenn er die kalten Fleischstücke berührte. Auf einem Bord lagen Schafsköpfe aufgestapelt, alle gehäutet und ohne Augen. Ihre schauerlichen Schädel schienen sie mit den abwesenden Blicken der Toten anzustarren

Werden wir auch so enden? fragte sich Gulph entsetzt. *Haben sie uns deshalb hierhergebracht?* Auch Nynus war verstummt. Er war noch blasser als zuvor.

Am anderen Ende der Kammer schob Tomas ein geschlachtetes Schwein zur Seite. Dahinter kam eine Holztür zum Vorschein. Er öffnete sie, und die beiden Legionäre stießen Gulph und Nynus hinein. Bevor sie sich aufrappeln konnten, wurde die Tür hinter ihnen zugeschlagen. Mit lautem *Klick* drehte sich ein Schlüssel im Schloss.

Gulph musterte ihre Umgebung. Der Raum war nicht größer als die schwarze Zelle. An einer Wand stand ein Stockbett, an einer anderen ein niedriger Schreibtisch, auf dem zwei Kerzen brannten. Fenster gab es keine, und es roch muffig.

»Ich finde, in der Himmelsgruft hatten wir's besser«, sagte Gulph. Dennoch war es seltsam, dass dieser Raum eigens für sie vorbereitet schien – und dass sich sein Eingang in der Speisekammer einer Metzgerei verbarg.

»Ich glaube, du hast recht«, antwortete Nynus, die Augen vor Angst geweitet. »Hast du ihre Waffenröcke gesehen? Das waren Leute von der Legion. Der Legion des Königs.«

Er fuhr sich mit zitternder Hand über die Wange. »Oh, Gulph. Wenn sie wiederkommen, dann haben sie bestimmt meinen Vater dabei!«

Wieder klickte der Schlüssel im Schloss, und die Klinke wurde heruntergedrückt. Nynus japste erschrocken. Gulphs Mund war wie ausgetrocknet. Er drückte sich rückwärts gegen den Schreibtisch und stieß dabei eine Kerze um, die erst knisterte und dann verlosch.

Gulph packte sie und hielt sie wie ein Schwert vor sich.

Kampflos werde ich mich nicht ergeben!

Zwei Gestalten standen in der Tür.

»Mutter!«, schrie Nynus. Er sprang auf eine der beiden zu, zögerte dann und blickte unsicher drein. »Mutter?«

Königin Magritt breitete die Arme aus und lächelte unter Tränen. »Mein Junge«, sagte sie. »Mein lieber, armer Junge.«

Sie zog ihn an sich, drückte ihn fest und hüllte ihn in ihr langes, weites Kleid. Nynus schluchzte an ihrer Brust. Über den Prinzen hinweg starrte die Königin Gulph direkt ins Gesicht.

Er begriff, dass er noch immer die Kerze auf sie gerichtet hielt. Das musste albern aussehen, aber er konnte sich nicht dazu durchringen, sie zu senken. Bei ihrer letzten Begegnung hatte ihn die Königin ein missgebildetes Ungeheuer genannt und am schrecklichsten Ort einsperren lassen, den er jemals gesehen hatte.

Und doch … jetzt wirkte Königin Magritt anders als in der Arena – weniger wie eine Herrscherin, sondern irgendwie weicher. Netter. Sollte das alles nur eine List gewesen sein?

Waren ihre grausamen Worte wirklich Teil eines ausgeklügelten Plans zur Befreiung ihres Sohnes gewesen?

Zu Gulphs Überraschung lächelte sie ihn an.

Nun ließ er die Kerze sinken und nickte zaghaft.

Der Begleiter der Königin trat ins Licht der anderen brennenden Kerze, und Gulph verschlug es den Atem. Es war Hauptmann Ossilius, der ihn in die Himmelsgruft gebracht hatte.

»Du bist ein findiger Geselle«, meinte der Hauptmann und führte als angedeutete Ehrenbezeugung zwei Finger an die Schläfe. Gulph konnte das alles noch gar nicht recht glauben und starrte ihn nur an.

Dann ließ Königin Magritt ihren Sohn los und trat etwas zurück. Sie sah ihn lange und beinahe fassungslos an.

»Mein Junge«, sagte sie noch einmal. Dann wandte sie sich an Gulph. »Vom ersten Moment an, als ich dich bei Hof habe auftreten sehen, wusste ich, dass du, und nur du, der Richtige bist. Klug. Gelenkig. Ich wusste, wenn jemand meinem Sohn zur Flucht von diesem entsetzlichen Ort verhelfen kann, dann du. Ich danke dir, wirklich, von ganzem Herzen.«

»Gern geschehen«, sagte Gulph. »Obwohl ich es nicht ganz begreife …«

»Ich weiß. Es tut mir leid, was ich gestern gesagt habe. Da waren schreckliche Dinge dabei. Aber das war nur gespielt. Du verstehst doch etwas vom Schauspielern. Es musste echt wirken, sonst hätte der König Verdacht geschöpft. Das verstehst du doch, oder?«

Merkwürdig, dass eine Königin ihn um Verzeihung bat. Aber eigentlich kaum merkwürdiger als alles andere, was ihm seit der Ankunft in Idilliam widerfahren war.

»Das ist … ich meine … ich glaube, dass ich es verstehe«, stammelte er. »Und außerdem … hat sich am Ende doch alles zum Besten gefügt.«

Die Königin beugte sich vor und küsste ihn auf die Wange. Ihre Lippen waren weich, und in ihrem Atem lag ein Hauch von Erdbeerduft. Sie war ein bisschen älter, als Gulph gedacht hatte, mit feinen Fältchen in den Augenwinkeln. Und aus der Nähe sah sie ein wenig traurig aus.

Nicht zum ersten Mal fragte Gulph sich, wie seine eigene Mutter wohl ausgesehen hatte.

»Meine Männer haben euch die ganze Nacht im Auge gehabt«, sagte Hauptmann Ossilius und schloss leise die Tür hinter sich. »Wir dachten schon, dass ihr zum Schloss kommen würdet, und ließen diesen Raum vorbereiten. Hier seid ihr in Sicherheit. Niemand wird euch finden.«

»Und was ist mit Blist?«, fragte Gulph. »Ich habe ihm doch die Schlüssel gestohlen.«

»Der freut sich über den Beutel Silber, den ich ihm gegeben habe«, erwiderte Ossilius. »Er wird schweigen.«

»Sonst ist er seinen Kopf los«, sagte Königin Magritt so unvermittelt, dass Gulph zusammenzuckte.

Nynus hatte sich inzwischen in eine Ecke zurückgezogen. Dort kauerte er nun und wippte genauso trostlos und verloren vor und zurück wie bei Gulphs Ankunft in seiner Himmelsgruft-Zelle. Königin Magritt ging zu ihm.

»Und jetzt«, sprudelte es aus ihr hervor, »müssen wir Pläne schmieden, mein Liebling. Eine Weile wirst du hier in Sicherheit sein, aber ich möchte nicht, dass du weiterhin ein Gefangener bist, auch wenn die Zelle noch so bequem ist.«

Sie zog Nynus hoch.

»Da ist zum einen König Brutan«, fuhr sie fort. »Ich hasse ihn dafür, dass er dich hat einsperren lassen. Ich möchte, dass du das weißt, Nynus, und dass du mir glaubst. Es war nie mein Wille, dass man dich einsperrt. Glaubst du mir das?«

»Ja, Mutter«, antwortete Nynus.

»Gut. Aber du bist nicht der Einzige, den Brutan verraten hat.« Ihr Mund verzog sich, und sie schlang die Hände ineinander, die heftig zu zittern begonnen hatten. »Da ist die Sache mit Kalia. Die Affäre ... mit dieser Hexe ... Das werde ich ihm nie verzeihen. Niemals! Dass er sie mir vorzog ...« Sie brach ab, schluckte und fuhr dann fort. »Also, unsere Pläne: Du musst den Thron besteigen, Nynus. Er steht dir rechtmäßig zu, und bei allem, was mir teuer ist, wirst du ihn auch erlangen. König Brutan wird gestürzt werden, und du wirst an seine Stelle treten!«

Sie atmete schwer. Es herrschte völlige Stille.

»Die Legion steht auf der Seite deiner Mutter«, sagte Hauptmann Ossilius. »Brutans Schreckensherrschaft muss ein Ende haben.«

Gulph starrte sie an. Nynus mochte der legitime Nachfolger Brutans sein, aber glaubten sie denn im Ernst, dieser armselige Junge war einer solchen Aufgabe gewachsen?

Gulph hielt Nynus nicht einmal für fähig, ein Hundewelpen zu versorgen – geschweige denn für ein ganzes Königreich die Verantwortung zu tragen.

Dem Prinzen schien die Idee aber zu gefallen. Er reckte die Schultern gerade – sie waren breiter als Gulphs, aber nur Haut und Knochen – und schob stolz das Kinn vor.

»Ich … ich werde ein guter König sein«, verkündete er und nickte bedeutsam. »Gegen meinen Vater werde ich mich gnädig zeigen. Er wird sein eigenes Schloss bekommen – ein kleines, im Hinterland von Toronia. Dort wird er den Rest seiner Tage verbringen.«

»Ganz wie du willst«, sagte die Königin.

»Und was den Tausendjährigen Krieg angeht …«, fuhr Nynus fort, der nun Feuer gefangen hatte. Er hob eine Hand, als spräche er vor einer begeisterten Menge. »Ich werde ihn beenden. Mein Volk braucht Frieden. Jeder soll gut zu essen bekommen, und jede Nacht soll es Feste geben, und ich werde durch die Länder reiten, damit jeder den neuen König sehen kann.« Er drehte sich abrupt um und schlug Gulph auf den Rücken. »Und du wirst immer an meiner Seite sein. Als Erster Hofbeamter! Ohne dich wäre ich nicht hier!«

Gulph wusste nicht, was er sagen sollte. Er war Nynus' plötzliche Stimmungswechsel ja schon gewohnt, aber das war selbst für ihn ein starkes Stück: vom geknechteten Häftling zum künftigen König in einem einzigen Augenblick!

»Nynus hat natürlich recht«, sagte Königin Magritt. »Wenn er auf dem Thron sitzt, musst du an seiner Seite sein. Du bist uns ein so guter Freund, Gulph.«

Gulph strich sich über die verdreckte und ausgefranste Gauklerkluft. Dass er Erster Hofbeamter werden sollte, war noch lächerlicher als die Vorstellung von Nynus als König. Und doch … wenn Magritt recht behielt und es tatsächlich so kam, dann würde alles anders werden. Kein Spott mehr, keine abfälligen Bemerkungen über sein Aussehen, kein Gekicher hinter seinem Rücken. Ein unglaublicher Gedanke.

Die anderen sahen ihn erwartungsvoll an. »Aber natürlich, Nynus«, sagte er. »Das wäre mir eine Ehre.«

Es klopfte leise an die Tür. Hauptmann Ossilius legte die Hand an sein Schwert und zog die Tür einen Spalt weit auf. Gulph hörte Gemurmel, dann schwang die Tür ganz auf, und eine junge blonde Frau mit weißer Schürze trug ein Tablett herein. Darauf standen keine Blechnäpfe wie in der Gruft, sondern schimmernde Porzellanteller; und anstelle von zähem Fleisch und Gerstengrütze gab es glänzendes Obst und frisch gebackenes Brot, das noch dampfte.

»Das ist Limmoni«, erklärte die Königin. »Sie ist außer mir selbst und Hauptmann Ossilius die Einzige, die von euch weiß. Sie wird euch täglich zu essen bringen und den Raum sauber halten. Falls ihr eine Botschaft an mich habt, dann gebt sie Limmoni.«

Sie schnippte mit den Fingern und wies Hauptmann Ossilius in den hinteren Teil der Kammer.

»Und jetzt«, verkündete sie, »wollen wir euch wieder ansehnlich machen.«

»Sehr wohl, Euer Hoheit«, sagte Ossilius. Er nahm ein

Bündel von der Schulter, schnallte es auf und breitete einen Haufen Kleider auf dem unteren Bett aus. Nynus, dem es kurz den Atem verschlug, strich mit der Hand über die fein gewebten Stoffe.

»Nachher wird Limmoni euch Wasser bringen, damit ihr euch waschen könnt«, sagte die Königin mit leicht gerümpfter Nase, »aber zuerst ziehen wir euch etwas Elegantes an. Du zuerst, Nynus. Limmoni – geleitest du unseren Gast bitte nach draußen, bis er an der Reihe ist?«

Limmoni stellte das Tablett ab und führte Gulph zurück in die Schlachterei. Wieder zuckte er zusammen, als er das tote Schwein berührte, das die Tür verdeckte; Limmoni drückte seine Hand.

»Fürchte dich nicht vor den Toten«, sagte sie und lächelte, aber ihr war offensichtlich auch nicht ganz wohl. Das fahle Licht schien in merkwürdigen Winkeln auf ihre Stirn und Wangen zu fallen. Gulph hatte das seltsame Gefühl, dass er sie aus mehreren Richtungen gleichzeitig sah.

»Hier«, sagte sie und fischte einen leuchtend grünen Apfel aus der Schürzentasche. »Die schmecken köstlich.«

Gulph nahm die Frucht und biss hinein. Der Saft lief ihm übers Kinn; so etwas Wunderbares hatte er noch nie gegessen.

Da murmelte Limmoni: »Sie benutzen dich.«

Gulph hörte auf zu kauen und fragte sich, ob er sich verhört hatte. »Entschuldigung?«

»Die Königin hat dich benutzt, um ihren Sohn zu retten.«

»Ich weiß.«

»Und sie wird bald wieder deine Hilfe brauchen. Du darfst ihr nicht trauen. Ihnen allen nicht.«

Gulph schluckte und erstickte fast am unzerkauten Apfel. Während er hustete, spürte er, dass ihm Limmoni etwas in die Hand drückte.

»Das gehört dir«, flüsterte sie. »Behalte es immer bei dir. Und verstecke es gut. Es ist dein Freund.«

Sie neigte den Kopf zur Seite. Wieder spielte das Licht merkwürdig auf ihrem Gesicht. »Und ich bin deine Freundin.«

Sie wandte sich ab und schob sich zwischen die Reihen der geschlachteten Tiere.

»Warte!«, rief Gulph. »Werden sie nicht fragen, wo du bist?«

Sie sah über ihre Schulter zurück. »Ihre Erinnerung an mich verblasst bereits«, sagte sie. »Sei vorsichtig, Gulph.« Dann war sie verschwunden.

Gulph kniff verdutzt die Augen zusammen. Was hatte das nun zu bedeuten? In seinen Gedanken drehte und wendete er ihren Namen hin und her. *Limmoni.* Wer mochte sie sein? Und warum wollte sie ihm helfen?

Er öffnete seine Hand. Darin lag eine Goldkette mit einem grünen Edelsteinanhänger. Die Form war eigenartig – glatt auf der einen Seite, die andere rau, als wäre er nur ein Teil von einem Juwel. Er war seltsam und wunderschön zugleich, genau wie die junge Frau.

Sie sagte, sie sei meine Freundin.

Er legte die Kette um den Hals und steckte sie unter sein

Gauklerkostüm, damit sie nicht zu sehen war. Wenn die Reihe an ihn kam, wollte er sich alleine umziehen. Niemand würde etwas dagegen haben.

Er klopfte an die Tür. Als Königin Magritt ihn wieder hereinrief, hallten Limmonis Worte noch immer in seinem Kopf.

Du darfst ihr nicht trauen. Ihnen allen nicht.

Kapitel 7

Tschack. Tschack. Tschack.

Das durchdringende Geräusch wiederholte sich regelmäßig, monoton, hypnotisch. Es drang in Tarlans Traum und riss ihn aus einem tiefen, dunklen Ozean, der voller undeutlicher Eindrücke vom Fliegen war. Und vom Fallen.

Tarlan öffnete die Augen. Statt des verschwommenen Dunkels grelles Gleißen. Das Weiß war zu hell, und er legte die Hand über die Augen; aber seine Hände gehorchten ihm nicht. Beim zweiten Versuch spürte er den groben Strick um die Handgelenke auf seinem Rücken.

Tschack. Tschack. Tschack.

Allmählich gewöhnten sich seine Augen an das Licht. Er sah weiße Wolken, die der Sturm über den grauen Himmel jagte. Um ihn ragten weiße Wände auf. Eine Burg? Tarlan blinzelte. Die Wände waren nicht aus Stein, sondern aus Eis – riesige Schollen mit scharfen Kanten, grob aufeinandergestapelt zu unförmigen Türmen und Wällen.

Tschack. Tschack. Tschack.

Tarlan achtete nicht auf den stechenden Schmerz in der verletzten Schulter und setzte sich auf. Für einen Augenblick verschwamm alles vor seinen Augen, und er dachte, er würde in Ohnmacht fallen. Dann war alles wieder klar – vor ihm waren unzählige in Felle gekleidete Männer und ein Pferch voller riesiger Tiere mit Geweihen. Seitwärts brutzelten gewaltige Fleischstücke auf einem wilden Feuer. Der würzige Duft war sehr verlockend, und Tarlan lief das Wasser im Mund zusammen.

Tschack. Tschack. Tschack.

Die Hirschmenschen drängten sich um etwas, das Tarlan nicht genau erkennen konnte, rot und golden im Schnee aufgehäuft. Dann teilte sich die Gruppe, und er sah, wo das beständige Hacken herrührte.

Was sich dort im Schnee türmte, war Seethan. Vom einst so mächtigen Thorrod war nur noch eine blutige Masse aus Fleisch und verbrannten Federn übrig. Ein Jäger hieb mit der Axt auf den Kadaver ein, löste große Brocken Fleisch und reichte sie seinen Gefährten, die sie zum Feuer trugen.

Der Bratenduft gerann Tarlan in der Kehle. Und eine Wut kam über ihn wie Sturmwolken über eine Bergkette.

Seethan ist tot.

»Lasst ihn in Frieden!«, brüllte er. Er riss an seinen Fesseln, aber je mehr er zerrte, desto enger wurden sie. Er stampfte in den Schnee und versuchte aufzustehen, schrie erneut, aber sein Ruf geriet zum Schluchzen und dann zu rasendem Geheul.

Der Jäger, der Seethans Leiche zerhackt hatte, schlenderte zu Tarlan herüber und schwang dabei die Axt in der Hand. Hinter ihm waren zwei Männer mit schmucklosen Helmen.

»Hebt ihn auf«, sagte der Mann mit der Axt.

Tarlan brüllte weiter und wand sich, aber die Männer waren stark, und sein ganzer Körper schmerzte noch vom Sturz durch die Bäume. Am schlimmsten war die tiefe Wunde an der Schulter, wo der Brandpfeil ihn gestreift hatte. Er konnte sich an alle Einzelheiten des Kampfes im Wald erinnern – angesichts der Überreste von Seethan war das auch kaum zu vergessen. Und seine einzige Hoffnung war, dass die anderen Thorrods entkommen waren und zu Mirith zurückkehrten.

Mirith …

Ist sie überhaupt noch am Leben?

Als er begriffen hatte, dass es kein Entkommen gab, zwang Tarlan sich zur Ruhe. Schwieriger war es, seine Wut zu unterdrücken. Sie kochte in ihm, heiß wie ein Vulkan. Er schwelgte geradezu in diesem Gefühl. Wenn er erst die Gelegenheit dazu bekam, dann würde er diese Männer für ihre Taten bezahlen lassen!

»Der Vogel ist tot«, sagte der Jäger. Er wischte das bluttriefende Blatt ab. Um den Hals trug er einen eisernen Wendelring, halb Halsreif, halb Brustpanzer. Vermutlich war er der Anführer. Nun gut. Er würde als Erster sterben.

»Er war kein Vogel«, sagte Tarlan. »Er war ein Thorrod.«

Der Anführer zuckte mit den Schultern. »Es sind schwere Zeiten. Der König hat Yalasti und sein Volk vergessen. Wir müssen sehen, wo wir bleiben. Dieser *Vogel* wird meine Leute viele Tage ernähren.« Er streckte Tarlan eine Handvoll triefendes Fleisch hin. »Willst du?«

Tarlan spie ihm ins Gesicht. Einer der beiden Männer, die ihn festhielten, schlug ihm zweimal hart auf den Schädel. Der Anführer hob die Axt und presste ihm die Klinge an die

Kehle. Tarlan zuckte zurück, nicht wegen des kalten Metalls, sondern weil er es nicht ertragen konnte, dass Seethans Blut seinen Hals hinabrann.

»Wenn du ein Freund der Thorrods bist«, sagte der Anführer, »dann bist du nicht mein Freund. Ich mag keine Hexenjungen. Eigentlich wollte ich dich behalten, aber jetzt … habe ich meine Meinung geändert.«

Er nickte kurz seinen Kameraden zu und holte mit der Axt aus. Die Klinge blitzte weiß auf im Licht der jagenden Wolken und der blanken Eiswände. Tarlan fauchte ihn finster an; um keinen Preis wollte er diesem Unmenschen zeigen, dass er sich fürchtete.

Die Axt hatte das Ende ihres Bogens erreicht. Der Anführer der Hirschleute hielt inne, grinste und schwang die Waffe nach Tarlans Hals.

Auf den Tod gefasst, konnte Tarlan nur eines denken:

Vergib mir, Mirith. Ich habe dich im Stich gelassen.

Mit einem Mal gab es einen eiskalten Windstoß. Ein Schatten huschte über sie hinweg.

Die Axt pfiff knapp an Tarlans Hals vorbei und blieb in einem Schneehaufen stecken. Und mit durch die Luft getrudelt war der Arm des Anführers!

Er grunzte und griff mit der anderen Hand in die rote Masse seiner Schulter. Eine Blutfontäne spritzte hervor und färbte den Schnee scharlachrot. Der Schatten kam zurück und mit ihm der Wind. Diesmal sah Tarlan, was die Ursache war: ein großer, goldener Vogel, der sehr tief flog und so schnell, dass er kaum zu sehen war.

»Theeta!«, schrie er.

Das Vogelweibchen ließ den Schnabel um die Körpermitte des Anführers zuschnappen und teilte ihn in zwei Hälften. Mit einem mächtigem Flügelschlag zog sie aus dem Sturzflug wieder nach oben und warf den Oberkörper weit über die Eiswälle. Die Beine sanken auf dem Boden zusammen.

Einer der Männer ließ Tarlan vor Schreck los, um die Axt zu holen.

Theetas Schatten kehrte zurück und mit ihr ein zweiter. Tarlan blickte auf und sah Nasheen vom Himmel herabstoßen. Mit ihrer weißen Brust war sie vor den Wolken kaum auszumachen. Ihr Schnabel war kampfbereit aufgerissen. Die Spitzen der langen Schwingenfedern wogten wie flüssiges Gold, und wie Theeta machte sie dabei nicht das geringste Geräusch.

Während der Angriff der Thorrods lautlos ablief, herrschte am Boden lärmendes Durcheinander. Männer und Frauen stoben auseinander, brüllten Befehle und schlugen mit ihren Waffen gegen Schilde. Die Hirsche im Gehege bäumten sich auf und röhrten vor Panik.

Immer wieder zogen die Schatten der Thorrods über die Menge. Sie schlugen die langen Krallen tief in die Leiber der Jäger, schlitzten sie auf, pflückten sie einen nach dem anderen von der Erde auf und schmetterten sie gegen die Mauern der Eisburg. Aus Rufen wurden Schreie, aus Unordnung wurde blankes Chaos.

Und die ganze Zeit gaben die Thorrods keinen Laut von sich.

Tarlan erreichte den Schneehaufen, in dem die Axt steckte, und kniete sich hin. Ohne auf den abgetrennten Arm des Anführers zu achten, versuchte er, sich so zu drehen, dass er mit der Schneide seine Fesseln durchtrennen konnte. Das Blatt steckte aber im Schnee fest, und der Schmerz in seinem rechten Arm raubte ihm die Kraft – er bekam die Axt nicht frei.

»Lass mich.«

Mit einem leisen *Plumm* setzte Theeta neben ihm im Schnee auf. Sie breitete die Flügel schützend über ihn, reckte den Schnabel zu seinen Handgelenken vor und knabberte den Strick behutsam durch.

»Dort!« Eine Frau kam auf Tarlan zugerannt, griff sich den umgehängten Bogen vom Rücken und legte im Laufen einen Pfeil an.

Bevor sich Tarlan rühren konnte, war Nasheen schon zur Stelle, schoss mit atemberaubender Schnelligkeit senkrecht herunter, zermalmte die Frau im Schnee und hob sich mit blutigen Krallen wieder in die Höhe.

»Komm«, sagte Theeta und stupste Tarlan mit dem Schnabel an.

»Warte!«

Tarlan rannte zum Leichnam der Frau und nahm ihr den Bogen sowie einen Köcher mit Pfeilen ab. Aus dem Schneegestöber tauchte ein Mann auf. Er kreischte und fuchtelte wild mit einem langen Schwert herum. Ohne zu überlegen, zog Tarlan einen Pfeil aus dem Köcher, spannte den Bogen und schoss ihm durch den Hals.

»Komm!«, sagte Theeta wieder.

Tarlan brauchte keine weitere Aufforderung, denn nun kamen noch mehr Jäger durch den Schnee auf ihn zugelaufen, angeführt von einem regelrechten Riesen, der einen mindestens ebenso beeindruckenden Helm trug wie der getötete Anführer.

Mit einem Griff in Theetas Federkleid schwang sich Tarlan auf ihren Rücken. An einem dutzend Stellen seines Körpers flammte jäher Schmerz auf.

»Flieg, Theeta!«, rief er. »Machen wir, dass wir wegkommen.«

Sofort hoben sie ab und waren in der Luft. An der anderen Seite der Festung griff Nasheen eine Gruppe Jäger an, die mit Pfeil und Bogen bewaffnet auf den höchsten Eiswall geklettert war, um die Thorrods von oben zu beschießen. Nasheen zog der Länge nach über die Mauer und harkte mit ausgefahrenen Krallen durch die Reihe. Als sie das Ende erreichte, lagen alle tot im Schnee.

Theeta zog einen letzten Kreis über der Festung. Eis und Schnee waren rot vom Blut der Hirschleute; schlimmer noch war der Anblick von Seethans geschlachtetem Kadaver. Als Theeta die Überreste zum letzten Mal überflog, stieß sie einen Klageruf aus.

»Wir werden ihn später betrauern«, sagte Tarlan und zupfte sanft an Theetas Halsgefieder. »Jetzt müssen wir so schnell wie möglich zu Mirith zurück, sonst war das hier alles umsonst.«

Sie ließen die Eisburg auf ihrem abgelegenen, schneebedeckten Bergrücken rasch hinter sich. Nasheen flog wieder vor Theeta, die in ihrem Windschatten leichter vorankam. Unter ihnen zogen die Dörfer der Eiswüste Yalastis vorüber.

Schon näherten sie sich der felsigen Einöde und dem Berg mit Miriths Höhle. Sein Gipfel war in Wolken gehüllt. Tarlan wollte Theeta gerade zu mehr Tempo antreiben, als sich ein dunkler Umriss aus der Wolke löste.

»Kitheen!«, rief er. »Du solltest doch bei Mirith bleiben!«

Doch anstelle einer Antwort blähte Kitheen nur die Brust und setzte sich an die Spitze. Er führte den Zug eilig aufwärts zu einer Kluft nahe dem Eingang zu Miriths Höhle.

Dort lag eine Gestalt im Schnee.

Mirith!

Tarlan sprang von Theetas Rücken, noch bevor sie gelandet war. Er prallte hart auf, rappelte sich hoch und stolperte zu Mirith. Er legte ihren Kopf in seinen Schoß und wischte ihr den Schnee von Augen und Mund. Trotz der grimmigen Kälte fühlte sich ihre Haut heiß wie ein Ofen an.

»Was hast du dir nur dabei gedacht?«, fragte er. »Warum bist du nicht in der Höhle geblieben?«

»Musste … dich suchen«, krächzte die Frosthexe. Ihre Stimme klang wie raschelndes Papier und war im heulenden Wind kaum zu hören.

»Jetzt bin ich hier«, sagte Tarlan. Dann fiel ihm plötzlich ein, weswegen er überhaupt losgezogen war. Er kramte in seinem Umhang. Nur zwei der so teuer erkauften Schwarzblätter waren übrig. Wo hatte er all die anderen verloren?

Mit zitternden Händen hielt er sie in die Höhe.

»Was muss ich damit tun? Sie zerstoßen? Auskochen? Eine Salbe bereiten? Sag es mir!«

Ihre Hand schloss sich völlig ruhig um die seine. Sie besaß kaum mehr Kraft als eine Schneeflocke.

»Schwarzblatt … lindert den Schmerz … das ist alles …«

»Aber …«

»Sschh … Ich habe es gespürt.«

»Wie? Was hast du gespürt?«

»Du … Seethan … Hirsch …« Mit leisem Ächzen versuchte sie, sich aufzusetzen. »Tarlan, du bist … in Gefahr. Die Hirschmenschen … werden nicht ruhen. Du bist nun ihre Beute. Du musst … musst fort aus Yalasti.«

»Nicht ohne dich!« Tränen gefroren auf Tarlans Wangen – harte, kleine Perlen der Trauer.

»Ich sterbe.«

»Nein!«

»Nimm … dies.« Mirith zog langsam und mit letzter Kraft eine Goldkette unter ihrem Umhang hervor. Daran hing ein grüner Edelstein. Er drehte sich und funkelte, und Tarlan war für einen Augenblick wie gebannt.

»Was ist das?«, fragte er.

»Zeige es Melchior … Er wird wissen, was zu tun ist …«

»Melchior? Wer ist das?« Der Name klang vertraut, aber Tarlan war noch immer von dem Edelstein gefesselt. Nur scheute er sich, ihn anzunehmen, wagte nicht, ihn zu berühren. Denn damit würde er akzeptieren, dass Mirith sterben würde.

»Melchior ist ein alter Freund ...«

Der Edelstein drehte sich noch immer im eisigen Licht.

»Ein Zauberer«, sagte er nachdenklich. »Melchior war ein Zauberer ... In den Geschichten, die du mir erzählt hast.«

Mirith nickte, aber ihre Stimme versagte, als sie antworten wollte.

»Es gibt keine Zauberer mehr. Du hast mir gesagt, sie seien zu alt geworden und die Zeit habe sie zurückgelassen.«

»Alle ... außer dem einen. Alle ... außer Melchior.«

Tarlan blickte zur Seite. Er war zu sehr mit seinen Gefühlen beschäftigt, um klar denken zu können. »Wer ist er, Mirith? Was habe ich zu tun?«

Mirith gab keine Antwort mehr. Als Tarlan sich wieder zu ihr drehte, blickte er in Augen, die nun erloschen waren. Langsam wurde der Körper der Frosthexe in seinen Armen steif und verströmte die Fieberhitze, die ihr das Leben genommen hatte. Ihre Haut lief bläulich wie der Winterfrost an, durchscheinend und wie von innen angestrahlt. Tarlan meinte, in weiter Ferne ein langes, trauriges Seufzen zu vernehmen.

Behutsam bettete er sie in den Schnee. Dort lag sie, zart und glitzernd, als wäre sie aus dem Eis gehauen, das sie immer so geliebt hatte.

In ihren kalten Händen funkelte noch immer verlockend das grüne Juwel.

Tarlan blieb lange im Schnee sitzen. Die Kälte kroch ihm in die Glieder, aber er spürte es nicht, seine Gedanken wanderten. Er wollte Tränen weinen, aber sein Körper schien vergessen zu haben, wie das ging. Er war leer, ohne jede Empfindung.

Nach einer Weile schmiegte sich Theeta an seinen Rücken und hüllte ihn mit ihren Federn ein. Durch ihre Wärme und ihr leises, trauriges Krächzen kehrte ein wenig Leben in Tarlan zurück.

»Was soll ich tun, Theeta?«, fragte er. »Wenn Mirith will, dass ich gehe, dann muss ich das tun. Aber wohin? Wenn alle Menschen in der Welt dort draußen so sind wie diese Hirschleute, dann will ich lieber bei dir bleiben.«

Er strich dem riesigen Thorrod über die Federn. Könnte er doch nur fliegen wie sie! Fliegen … fort von allem.

»Jäger!«, rief Nasheen und unterbrach mit ihrer heiseren Stimme seine Gedanken. »Dort kommen sie!«

Er spähte an Theetas Schnabel vorbei und konnte am Horizont eine Reihe von Lichtern erkennen. Kamen sie hierher?

»Bist du sicher, dass sie es sind?«, fragte er. Nasheen gab keine Antwort; eigentlich war seine Frage überflüssig. Denn die Augen der Thorrods waren tausendmal schärfer als seine. Wenn Nasheen sagte, die Jäger seien im Anmarsch, dann war das so.

»Mirith hatte recht.« Er betrachtete den Edelstein. »Sie hatte immer recht. Mit allem.«

Er löste die Goldkette behutsam aus Miriths gefrorener Hand und verstaute sie sicher in seinem Umhang. Sofort erschienen zahllose Risse auf dem Körper der Frosthexe und liefen augenblicklich wieder zurück vom Kopf bis zu den

Zehen. Mit einem leisen, pulvrigen *Krack* zerfiel der Leichnam zu blauem Staub, wurde vom Wind ergriffen und fortgeweht über Schluchten und Grater.

»Lebewohl, Mirith«, murmelte Tarlan.

»Komm«, sagte Theeta und stieß ihn an.

»Nein.« Er wandte sich dem riesigen Vogelweibchen zu, seiner Freundin. »Ich gehe. Ihr bleibt hier.«

Theeta musterte ihn aus tiefen, schwarzen Augen. »Warum?«

Tarlan war verblüfft. Noch nie hatte ihm ein Thorrod eine Frage gestellt. Ihr Verstand arbeitete eher einfach und geradeaus und befasste sich nur mit Tatsachen.

»Weil …« Er geriet ins Stocken; so schwierig hatte er sich das nicht vorgestellt. »Weil ihr schon jetzt Seethan verloren habt. Und … wenn ich Yalasti verlassen will, muss ich die Eiswüste durchqueren. Das ist zu gefährlich. Ich darf euch nicht bitten, mich zu begleiten.«

Theeta trat zurück und drückte ihre Krallen breit in den Schnee. Sie blähte die Brust und breitete die Schwingen aus. Heißer Atem strömte aus ihrem Schnabel. Sie war eine Statue aus warmem, lebendigem Gold inmitten dieser abweisenden Winterwelt.

»Du brauchst mich nicht zu bitten«, sagte sie. »Ich bin dabei.«

Und dann kamen die Tränen. Tränen für Mirith, Tränen für Seethan. Und Tränen für den Thorrod, der vor ihm stand, seinen treuen Freund.

O Theeta, hoffentlich muss ich niemals auch um dich trauern.

»Wir kommen alle mit«, sagte Nasheen, der sanft herabschwebte und sich neben Theeta niederließ. Auch Kitheen kam dazu, schweigend wie immer, aber er nickte ebenso wie die anderen. Wie eine undurchdringliche Mauer aus Federn ragten die drei Thorrods um ihn auf.

»Da hilft wohl keine Widerrede«, meinte Tarlan. Sein rechter Arm pochte und das Herz war ihm schwer. Aber gleichzeitig war er unsagbar froh, solche Freunde an seiner Seite zu haben.

Mit seinem heilen Arm zog er sich auf Theetas Rücken. Sie wartete, bis er sich im Federkranz ihres Nackens zurechtgerückt hatte; dann breitete sie die Flügel aus und hob sich in die Luft. Nasheen und Kitheen folgten, und gemeinsam trugen die drei Thorrods Tarlan vom Berg hinunter und in die Eiswüste hinaus.

Kapitel 8

Elodie wurde vom lauten Rattern der Kutschenräder geweckt. Die Bank, auf der sie lag, rüttelte so sehr, dass sie fast auf den Boden fiel. Hastig ruderte sie mit den Armen, um das Gleichgewicht zu halten. Bestimmt würde ihr gleich übel. Wie lange war sie wohl schon unterwegs?

Ein Sonnenstrahl fiel staubig durch das kleine Kutschenfenster. Sie konnte unmöglich die ganze Nacht durchgeschlafen haben; also musste es noch derselbe Tag sein. Sie spähte hinaus. Ja, die Sonne stand tief im Westen, bald kam die Nacht.

Die Kutsche jagte über einen Weg aus Holzbohlen. Unten – tief unten – breitete sich weites Blau aus. Elodie glaubte kurz, es sei das Meer, das sie nun zum ersten Mal sehen würde. Doch dann erkannte sie in der Ferne die Ufersäume, also doch nur ein Fluss.

Das Land im Süden, das sie nun verlassen hatten, war mild und grün, eine vertraute, sanft wogende Mischung aus Feldern und Wiesen – Ritherlee, ihre Heimat. Vor ihr im Norden erstreckte sich ein riesiges Waldgebiet, wie sie es noch nie gesehen hatte. Hier drängten sich Bäume wie Zähne in einem zu engen Gebiss, das nach dem fahlgelben Abendhimmel schnappte.

Isurien!

Sie kamen auf eine Brücke, die Kutsche wechselte von den holprigen Bohlen auf festes Steinpflaster. Elodie hatte gehört, dass der Isurische Fluss breit war, aber dies hier übertraf all ihre Vorstellungen. *Ich wünschte, diese Brücke würde niemals enden*, dachte sie und starrte ins Wasser hinab. Tief dort unten fuhr ein weißes Boot stromaufwärts. Es sah unfassbar winzig aus.

Immer weiter auf dieser Brücke zu fahren würde bedeuten, dass sie nicht nach Idilliam gebracht und damit jenem Schicksal entkommen würde, das König Brutan ihr zugedacht hatte. Es bedeutete aber auch, dass sie Ritherlee niemals wiedersehen würde.

Der bloße Gedanke an ihr Zuhause erfüllte Elodie mit Trauer. Hätte sie diese kalte und harte Kutsche doch nur gegen ihre warme und gemütliche Turmkammer eintauschen können! Was hätte sie dafür gegeben, jetzt an Lord Vicerins Tafel zu sitzen, auf den Platten vor sich zarte Bratenstücke, und lachend den Gesprächen zu folgen.

Doch in Elodies Traurigkeit lag auch Hoffnung.

So schnell werden sie mich nicht aufgeben. Sie werden nach mir suchen, bis sie mich finden. Das werden sie!

Ein Zweifel huschte durch ihre Gedanken und verflog wieder:

Wenn sie glauben, dass du es wert bist.

Sie schauderte. Mit schlechtem Gewissen erinnerte sie sich daran, wie entschlossen ihre junge Aufpasserin Sylva die Kutsche verfolgt hatte. Warum war sie nur so garstig zu Sylva gewesen? Zu gerne hätte sie es ungeschehen gemacht.

Elodie fiel in der rumpelnden Kutsche erneut in den Schlaf.

Als sie wieder zu sich kam, hatten sie angehalten. In der Ferne unterhielt sich jemand, Feuer knisterte und sie hörte leises Klingen von Metall. Erschrocken setzte sie sich auf. Wo war sie?

Durchs Fenster sah sie, dass die Kutsche auf einer Lichtung voller Zelte haltgemacht hatte. Der dichte Wald ragte auf in einen purpurroten Himmel. Überall flackerten Feuer; Männer und Frauen liefen emsig hin und her, trugen Essen und Waffen oder hackten Holz. Eine kleine Gruppe übte mit Schwertern, und das metallische Klingen kam Elodie fast wie ein Abendlied vor.

Die Tür ging auf. Elodie drückte sich in die hinterste Ecke und fasste unwillkürlich an den grünen Edelstein, den sie um den Hals trug. Ein Gesicht erschien: der junge Mann, der sie auf dem Markt geschnappt hatte.

»Rühr mich nicht an«, kreischte sie.

Der Mann deutete eine Verbeugung an. Er war älter als sie, vielleicht zwanzig. Ein Narbe lief als feine rosafarbene Linie vom Haaransatz bis zum linken Kiefer hinunter. »Ich bin Fessan«, sagte er. »Ihr seid hier willkommen, Prinzessin Elodie.«

Wie? Woher weiß er das?

Verblüfft stand Elodie auf und blieb in der Kutschentür stehen. Draußen verharrten plötzlich alle regungslos, rissen Augen und Münder auf. Mehrere verbeugten sich wie Fessan, einige fielen sogar auf die Knie. Elodie starrte umher. Diese Leute hatten sie doch entführt; warum benahmen sie sich jetzt so? Sie konnte es nicht begreifen.

»Lasst mich Euch helfen.« Fessan fasste ihren Arm, aber Elodie schüttelte ihn ab.

»Lass deine dreckigen Pfoten von mir.«

Sie raffte die Röcke, die im Handgemenge auf dem Markt ziemlich gelitten hatten, und schritt die Tritte mit größtmöglicher Würde hinunter.

»Nun«, begann sie kühl, »woher wisst ihr alle, wer ich bin? Was wollt ihr von mir?«

»Da ist vieles, was ich Euch erklären muss, Prinzessin«, antwortete Fessan. »Kommt!«

Er ging auf ein großes Zelt am Waldrand zu. Mit seiner grünen Plane – dieselbe Farbe wie Fessans Waffenrock – war es vor den Bäumen kaum auszumachen. Elodie zögerte. Sollte sie versuchen, in den Wald zu fliehen? Aber es waren ja alle Blicke auf sie gerichtet. Also folgte sie dem jungen Mann zum Zelt.

Es war nur karg möbliert, mit rohen, aus Kisten gezimmerten Sitzmöbeln. In einer Ecke stand ein Fass voller großer Pergamentrollen. Von einem in die Erde gerammten Eisenpfosten hing eine Öllampe. Elodie rümpfte die Nase über den Qualm, den sie verbreitete.

»Bitte. Setzt Euch.« Fessan deutete auf einen Stapel Felle. Er gab sich ebenso ungezwungen und selbstbewusst, wie sie es auch von Lord Vicerins Männern gewohnt war. Ein Soldat, den König Brutan ausgeschickt hatte, um sie nach Idilliam zu holen? Dennoch spürte Elodie seine Anspannung. Nun, wenn er nicht in Brutans Auftrag handelte, dann konnte sie sich gut vorstellen, worauf er und sein armseliger Haufen mit ihren schäbigen Zelten und zerlumpten Kleidern es abgesehen hatten. Sie hätte es eigentlich gleich wissen müssen.

»Ich bleibe lieber stehen«, erwiderte sie mit einem angewiderten Blick auf die Felle. »Aber fasse dich kurz und sage, wie viel ihr verlangt.«

»Wie viel … wie meint Ihr das?«

»Wie viel Lösegeld. Das habt ihr ja offensichtlich nötig, so, wie ihr hier haust in diesen … Zelten. Nun, ich will gar nicht bestreiten, dass mein Adoptivvater wohlhabend ist, aber ich warne euch: Wenn ihr eure Forderung überzieht, dann werdet ihr das bereuen.«

»Wir wollen kein Geld von Lord Vicerin.«

Elodie glaubte ihm kein Wort. »Oh, dann habt ihr mich den ganzen weiten Weg nur hierhergebracht, um mich zu töten?«

Fessans Mundwinkel zuckten, und mit ihnen bebte die Narbe. »Euch *töten?* Was soll … Wie kommt Ihr auf diese Idee?«

Elodie blickte sich theatralisch im Zelt um. »Erstaunlich, dass König Brutan nicht gekommen ist, um das höchstpersönlich zu erledigen. Aber wahrscheinlich will er sich die Hände nicht schmutzig machen.«

Fessan runzelte die Stirn. »Ich werde Euch nicht töten, Prinzessin. Ganz im Gegenteil. Ich bin … Wir sind nicht mit dem König im Bunde. Wir sind der Dreizack.«

»Dreizack?« Elodie war verwirrt. Sie dachte, das wären die Spieße mit drei Zacken, mit denen Lord Vicerins Garde bei besonderen Anlässen in der Burg paradierte.

»Wir sind eine unabhängige Truppe. Eine Armee, müsste man jetzt eigentlich sagen.« Er reckte die Brust etwas vor. »Der König weiß nichts von uns. Wir halten uns hier in den Weinenden Wäldern auf, damit wir …«

»Dann seid ihr also Söldner!« Elodies Sicherheit schwand für einen Moment. Solche Leute galten als unzuverlässig. Aber zumindest kannten auch sie den Wert einer Goldmünze.

»Also gut. Ihr werdet mich nicht töten. Ihr werdet mich an ihn übergeben. Nun, egal, welchen Preis König Brutan auch immer auf meinen Kopf ausgesetzt hat, ich kann dir versichern, dass Lord Vicerin das Doppelte bezahlen wird.«

»Das wird nicht nötig sein.«

Lächelte er etwa? Elodie wurde unsicher. Hatte sie die Situation so falsch eingeschätzt?

»Ich fordere, dass ihr mich freilasst!« Sie spürte, dass ihre Wangen glühten.

»Und wo wollt Ihr hin?«

»Das geht dich nichts an!«

»Ihr seid hier keine Gefangene, Prinzessin Elodie.«

»Ich fordere, dass ihr … Was sagst du da?«

»Ihr seid keine Gefangene.«

Elodie starrte ihn an. »Aber …«

»Ich verspreche Euch, wenn Ihr erst die Wahrheit kennt, dann werdet Ihr bleiben wollen.«

»Die Wahrheit?«, fragte sie matt.

»Seid Ihr sicher, dass Ihr Euch nicht setzen wollt?«

Fessan ging um die Lampe herum, sie beschien nun seine andere Gesichtshälfte, die Narbe war nicht mehr zu sehen. Eigentlich hatte er sehr angenehme Züge.

»Bitte«, meinte sie. »Sag mir einfach, was los ist.«

Fessan holte tief Luft. »Nun gut. Wir haben Späher in Burg Vicerin. Sie beobachten Euch nun schon seit einer Weile. Die Vicerins wollen Euch auf den Thron bringen …«

»Das weiß ich.«

»… aber nur vorübergehend. Lord Vicerin ist ein ehrgeiziger Mann, Prinzessin, und er möchte den Thron für sich selbst. Dazu wird er Euch benutzen. Und dann wird er sich Eurer entledigen. Es tut mir leid, das muss sehr schwer für Euch sein.«

Elodie spürte erneut, wie die Hitze in ihr Gesicht stieg. »Ich glaube dir nicht.«

»Der Dreizack wird alles dafür tun, den rechtmäßigen Erben zum Thron zu verhelfen. Ihr seid nun die Erste. Unsere Späher suchen bereits nach Euren Brüdern. Wenn Ihr wieder vereint seid, werden wir König Brutan absetzen, und Ihr drei werdet den Thron besteigen. So sagt es die Prophezeiung.«

Fessan schritt durchs Zelt zu einem Tisch, auf dem eine grüne, sorgfältig gefaltete Flagge lag. Er hob sie auf und breitete sie aus. Sie zeigte einen dreizackigen Speer. Und um den Speer waren drei Kronen zu sehen.

»Das ist unser Banner«, sagte er. »Wir tragen es für Euch,

Prinzessin Elodie. Für Euch alle. Ihr seht also, dass Ihr hier keine Gefangene seid.« Er sank auf die Knie. »Wir sind Eure Diener.«

In Elodies Kopf pochte es schmerzhaft, und sie presste die Hände an die Schläfen.

»Eine Prophezeiung? Was sagst du da? Ich habe keine Brüder. *Ich* werde Königin sein – ich allein! Lord Vicerin hat mir das gesagt; er hat es mir *versprochen.*«

»Lord Vicerin hat Euch angelogen«, erwiderte Fessan und erhob sich. Er faltete die Fahne zusammen und legte sie wieder auf den Tisch. »Das muss sehr verwirrend für Euch sein.«

Elodie schüttelte heftig den Kopf. »Nein. Es gibt keine Prophezeiung. Sonst hätte mein Stiefvater mir das gesagt. Du bist es, der lügt!«

»Ich habe Euch die Wahrheit gesagt.«

»Das behauptest du!«

»Vergebt mir, Prinzessin Elodie. Es schmerzt mich, Euch so in Aufruhr zu sehen, aber ich kann es nicht zulassen, dass Ihr getäuscht werdet. Ist es nicht besser, die Wahrheit zu kennen?«

»Woher willst du wissen, was das Beste für mich ist?«

Fessan war mit zwei großen Schritten bei ihr. »Ihr seid grausam getäuscht worden, Prinzessin Elodie. Begreift Ihr denn nicht, was Lord Vicerin aus Euch machen will?«

»Eine Königin!«

»Nein. Eine Marionette.«

»*Was?*« Nun wurde Elodie wirklich wütend. »Mein Stiefvater liebt mich. So etwas würde er nie tun. Niemals. Wie kannst du es wagen!«

»Verzeiht, Prinzessin. Es ist die Wahrheit.«

»Hört endlich auf, so zu reden!«, blaffte sie.

Fessan wollte gerade antworten, als sein Blick über Elodies Schulter wanderte. Sie drehte sich um und sah das rothaarige Mädchen vom Markt kommen. Sie trug einen riesigen Umhang aus Bärenfell, von dessen Kapuze eine Reihe Zähne baumelte. An den nackten, schlanken Beinen blitzte ein Schwert hervor.

»Entschuldigt«, sagte sie. »Ich wollte nicht stören. Seid Ihr bereit, Prinzessin?«

Elodie fühlte sich zu überhaupt nichts bereit. Sie zog ihr Kleid zurecht und beschwor wieder die Zuversicht herauf, mit der sie das Zelt betreten hatte.

»Was willst du?«, fragte sie.

»Ich bin Palenie. Ich soll Euch ausbilden.«

»Mich ausbilden?« Elodie fand das Ganze immer befremdlicher. Was sollte sie von diesen Bauern, die sich im Wald versteckten, denn lernen? Gewiss nichts über Geschichte oder Malerei oder wie man mit durchgedrücktem Rücken und hocherhobenem Kopf einen Raum betrat.

»Ausbilden? Was willst du mir schon beibringen?«

»Den Schwertkampf«, antwortete Fessan. »Der Thron mag Euch zustehen, Prinzessin Elodie, aber ich fürchte, Ihr werdet ihn Euch erkämpfen müssen.«

Palenies Zelt war noch spartanischer eingerichtet als das von Fessan: zwei Lager aus Fellen und eine Waffensammlung. Völlig anders als Elodies Kammer in Burg Vicerin. Plötzlich hatte sie ein ungutes Gefühl. Konnte das, was Fessan über Lord Vicerin gesagt hat, etwa stimmen? Doch selbst wenn es so war, wünschte sie sich nichts sehnlicher, als wieder zu Hause zu sein.

Als sie an Palenies Seite über die Lichtung gekommen war, hatten die Leute sie neugierig gemustert … und auf seltsame Art auch fordernd. Fessan hatte behauptet, sie sei hier nicht gefangen. Warum kam sie sich dann immer noch vor, als hätte man sie entführt?

»Das ist für Euch«, sagte Palenie und schlug eine aus mehreren Fuchspelzen gearbeitete silberne Decke auseinander. »Und das ist meine.« Sie deutete auf einen schweren, schwarzen Pelz. Wie ihr Umhang musste er einst zu einem Bären gehört haben.

»Ich soll auf einem toten Tier schlafen?«

»Tut mir leid. So etwas seid Ihr wohl nicht gewohnt. Aber hier kann's ziemlich kalt werden. Ihr werdet über die Wärme froh sein.«

»Nein … Ich meine, *worauf* werden wir schlafen?«

Palenie sah sie etwas mitleidig an. »Auf dem Boden.«

Elodie rang das Schluchzen nieder, das aus ihrer Kehle drängte. Vor dieser Fremden würde sie nicht weinen. Und für den Fall, dass ihr Gesicht die Gefühle verriet, bückte sie sich tief und nestelte an dem Riss in ihrem Kleid herum.

»Schaut, die sind für Euch«, sagte Palenie und legte einen

Stapel Kleider auf der Fuchsdecke zurecht. »Kittel. Hosen. Stiefel. Euer Kleid würde hier keinen Tag überleben, fürchte ich.« Sie legte Elodie eine Hand auf den Arm. »Prinzessin, warum zieht Ihr Euch nicht um und ruht Euch ein bisschen aus? Ihr müsst erholt sein fürs Training morgen früh.«

»Erwartet ihr wirklich von mir, ein Schwert zu führen?« Elodie sah die Kleidungsstücke durch. Alles war grün und aus grobgewebtem Tuch geschneidert.

»Schwert, Speer, Pfeil und Bogen.« Palenie hatte eine sanfte Stimme. »Seht, Prinzessin. Es tut mir leid. Ich weiß, dass das schwierig ist für Euch, aber es wird nicht leicht sein, den Thron zu erlangen. Ihr müsst in der Lage sein, Euch selbst zu helfen.«

Ihre Liebenswürdigkeit war irgendwie noch schlimmer als das, was Fessan ihr mitgeteilt hatte. Elodie kämpfte gegen die Tränen an und schob sich an Palenie vorbei.

Die sagte nur: »Seid vorsichtig da draußen.«

»Willst du mich nicht aufhalten?«

»Ihr seid keine Gefangene.«

»Dann lässt du mich einfach laufen?«

»Ich rate Euch nur, nicht weit fortzugehen. Was immer Ihr tut, geht nicht in die Wälder.«

»Und jetzt sagst du mir bestimmt gleich, dass sie voller Bären sind, oder?«

»Was glaubt Ihr, woher mein Umhang stammt? Aber das meine ich gar nicht. In den Weinenden Wäldern gibt es Schlimmeres als Bären.«

Elodie lief es eiskalt den Rücken hinunter.

Draußen vor dem Zelt weinte sie und rief trotzig zu Palenie hinein: »Ich werd's drauf ankommen lassen!«

Die Feuer auf der Lichtung prasselten noch immer, aber viele Menschen waren inzwischen weggegangen. Wahrscheinlich waren sie in ihren Zelten und aßen. Bei diesem Gedanken rumorte es in Elodies Magen. Doch sie ignorierte es. Wenn sie erst von diesem verwünschten Ort geflohen war, würde sie noch genügend Zeit zum Essen haben.

Die Lichtung war auf allen Seiten von hohen Bäumen umringt. In der Dämmerung sahen sie fast schwarz aus. Die Sonne war zwar schon untergegangen, aber im Westen leuchtete der Himmel immer noch rot – daran konnte sie sich orientieren und wusste, in welcher Richtung ihr Zuhause lag. Ritherlee.

Wie weit mag es sein? Kann man eine solche Strecke zu Fuß überhaupt schaffen?

Auf dem Weg zum Waldsaum kam Elodie an einem Zelt vorbei. Zwei Leute unterhielten sich.

»Was hat er schon für eine Ahnung, wie will er Kommandant sein?«, knurrte der Mann. »Er ist ja noch fast ein Junker. Ich traue ihm nicht.«

»Still jetzt, Stown«, sagte die Frau. »Du willst doch nicht, dass er das hört.«

»Doch, das hoffe ich. Ständig sagt er uns, jetzt sei die Zeit zum Kämpfen gekommen, aber woher will er das wissen? Dieses Mädchen wird uns nur in Schwierigkeiten bringen.«

Er meint Fessan, dachte Elodie. *Und mich. Nun, ich werde keine Schwierigkeiten mehr machen. Und ich habe niemanden gebeten, für mich zu kämpfen.* Sie hob ihren Rocksaum über die Fesseln und machte sich auf in die Weinenden Wälder.

Sie verlor praktisch sofort die Orientierung. Wie schweigende Riesen erhoben sich dichte Tannen rings um sie in die Höhe. Das Dunkel nahm zu, und aus den Schatten wurden dichte, schwarze Gestalten, als würde die Nacht selbst lebendig. Die Geräusche vom Lager verklangen und ließen Elodie mit dem leisen Rascheln ihrer Tritte alleine.

Der Moosteppich, auf dem sie ging, führte über Gräben und Buckel. Elodie hätte schwören können, dass er sich in ihrem Augenwinkel bewegte wie die Wellen des großen Flusses. Immer wieder verhakten sich vorwitzige Nadeln in ihrem Kleid und Äste schienen sich just so zu recken, dass sie ihr den Weg versperrten.

Aber da war kein Weg.

Elodie blieb stehen. Sie blickte nach links. Dann nach rechts. Überall sah es gleich aus.

»Der Weg weiß am besten, wo er hinführt.«

Sie hörte die Stimme hinter sich. Atemlos und mit aufgerissenen Augen wirbelte sie herum. Dort im Dunkel war niemand.

Der Dreizack hatte sie den weiten Weg hierhergebracht, wo alles völlig unbekannt für sie war. Und dennoch ließen die elenden Stimmen sie selbst hier in den Weinenden Wäldern Isuriens nicht in Frieden. Würde sie sie jemals loswerden?

»Ach, seid still!«, schnauzte Elodie die Bäume an.

Sie stolperte weiter und schob mit den Händen das dichte Nadelwerk auseinander. Vom Boden reckten sich buschige Farnwedel in die Höhe, als wollten sie sie zurückhalten. Elodie arbeitete sich mühsam durch dichtes Unterholz und gelangte schließlich auf eine kleine Waldwiese.

Dort blieb sie keuchend stehen, ihr Kleid hing in Fetzen an ihr herunter, die Hände waren blutig zerkratzt. Elodie blickte hinauf zu den Sternen und versuchte sich zu orientieren.

Ein Schluchzen drang zu ihr, doch niemand war zu sehen.

Elodie wurde von Verzweiflung gepackt und sank auf den Boden, als das Schluchzen lauter wurde. Aus dem Geäst über ihr kam eine andere Stimme herab, sie sang eine Art Marschlied. Und eine dritte Stimme zischte etwas in einer Sprache, die Elodie nicht verstand. Mehr Stimmen kamen hinzu, der Lärm wurde immer größer, bis Elodie es schließlich nicht mehr aushielt. Sie sprang auf und jagte über die Wiese zurück in den Wald. Vielleicht konnte sie die Stimmen ja abschütteln, wenn sie nur schnell genug lief.

»Haltet den Mund!«, brüllte sie die Äste an, durch die sie brach. »Lasst mich endlich in Frieden!«

Sie bahnte sich blind einen Weg durch das Dickicht, bis sie nicht mehr konnte. Keuchend blieb sie stehen. Der Atem stach wie ein Messer in ihrer Kehle, ihr zerkratztes Gesicht war tränenüberströmt. Statt aus Tannen bestand der Wald hier aus alten, knorrigen Bäumen. Riesige verdrehte Eichen ragten über Gebüschen aus Hasel und Weide auf. In der rissigen Rinde der uralten Stämme glaubte Elodie, Gesichter zu erkennen.

Eines bewegte sich.

Sie schrie und stolperte rückwärts. Die Augen des Gesichts blinzelten. Hinter einem Holunderbusch trat ein Mann hervor. Er trug einen abgewetzten Lederwams und in seinem Gürtel steckte ein Dolch. Sein Gesicht war dreckverschmiert.

»Bleib mir vom Leib!«, kreischte Elodie. »Sonst wird dich mein Vater töten!«

Panisch suchte sie nach einem Fluchtweg, aber der Wald bot keinen Pfad. Sie war zusammengesperrt mit diesem Wilden.

Dann sah Elodie, dass er kein Mann, sondern eher ein Junge war – etwa in ihrem Alter. Unter dem Schmutz war der Umriss seines Kinns glatt und eigentlich ganz ansehnlich. Außerdem schien er ebenso erschrocken wie sie.

Elodie schöpfte tief Atem, dann ein zweites Mal. Betont langsam strich sie mit den Händen zuerst über ihr Kleid, dann durch ihr Haar. Ihre Zöpfe hatten sich gelöst, verfilzte Strähnen hingen ihr ins Gesicht – wie musste sie aussehen!?

»Kannst du mir helfen?, fragte sie, noch immer etwas atemlos.

Der Junge sagte nichts.

»Ich bin von Leuten entführt worden, die sich ›Dreizack‹ nennen. Kennst du sie? Ich … ich habe sie verlassen. Ich möchte nach Ritherlee. Könntest du mir den Weg zeigen?«

Elodie biss sich auf die Zunge. Hatte sie zu viel verraten? Der Junge machte einen guten Eindruck auf sie.

Endlich antwortete er. »Ich kann den Wald nicht verlassen.« Seine Stimme war leise und klang wie Musik.

»Oh.« Diese Antwort hatte Elodie nicht erwartet. »Warum nicht?«

»Ich kann den Wald nicht verlassen, aber du kannst bleiben. Ich werde dich beschützen.« Er senkte den Lockenkopf zu einer Verbeugung.

Ein einzelner Windstoß fuhr in die Bäume und blies durch die Fetzen, die von Elodies Kleid geblieben waren. Sie zitterte.

»Ich glaube, wir sollten bis zum Morgen warten«, sagte sie.

»Ich werde dich beschützen«, wiederholte der Junge. »Ich heiße Samial.«

»Ich bin Elodie.«

»Bitte folge mir.«

Samial drehte sich um und marschierte auf ein Weidendickicht zu. Elodie trottete hinterher und war froh, an diesem schauerlichen Ort einen Freund gefunden zu haben. Jemanden, der sie behandelte, wie sie es verdiente – obwohl er offensichtlich keine Ahnung hatte, wer sie war.

»Du lebst hier im Wald?«, fragte sie, während er ohne Mühe seinen Weg durchs Geäst fand, ja, er schien sogar fast zu schweben. Und das Beste war, solange Elodie in seinen Fußstapfen blieb, hakten sich die Dornen nicht an ihr fest.

»Ich bin mit meinem Ritter hier«, antwortete Samial. »Ich bin der Knappe von Ritter Jaken. Mein Herr hat vor vielen Jahren im Blutkrieg unter der Fahne von König Morlon gekämpft. Er und viele andere der Einheit sind seither hiergeblieben.«

Elodie wusste nur zu gut, wovon er sprach. Der Blutkrieg war nur eine Etappe des Tausendjährigen Krieges – ein Lieblingsthema ihres Lehrers. Elodie selbst fand es einfach abstoßend, dass ihr leiblicher Vater den eigenen Bruder, König Morlon, getötet und so die Krone von Toronia an sich gerissen hatte.

Sie blickte sich um und sah die Bäume nun in einem ganz anderen Licht. War dieser düstere Wald wirklich Heimstatt einer ganzen Einheit ehrwürdiger Ritter, die gegen König Brutan kämpften? Der Blutkrieg mochte fünfzehn Jahre zurückliegen, aber eine solche Streitmacht wäre wahrlich eindrucksvoller als Fessans zusammengewürfelter Haufen.

»Wie lange bist du schon bei Ritter Jaken?«, fragte sie. »Seit ich elf bin«, antwortete Samial. »Sir Jaken stammt eigentlich aus Idilliam. Aber solange Brutan auf dem Thron ist, kann er nicht dorthin zurück. Und ich auch nicht.«

Elodie musste über die Romantik der Geschichte lächeln. *Das Leben als Knappe eines Ritters im Exil!* Aber wenn Ritter Jaken und seine Männer Brutan so sehr hassten, dann würden sie bestimmt für die Fahne kämpfen. *Diese Ritter hätte ich viel lieber an meiner Seite als den albernen Dreizack.*

Sie wollte weiterfragen, als Samial über eine Böschung auf einen breiten Pfad hinuntersprang. Er sah zu ihr hinauf und hielt ihr die Hand hin. Sein Blick war so voller Trauer, dass Elodie verstummte.

Sie streckte die Hand nach ihm aus, aber zu ihrer Überraschung zog er die seine weg, bevor sie danach greifen konnte.

»Was ist los?«, fragte sie und stakste allein die Böschung hinunter. Er war nun schon ein Stück voraus, eine einsame Gestalt, die von einem Schatten in den nächsten glitt wie eine Figur aus einem alten Ritterroman.

»Nichts«, nuschelte er.

Der Weg machte eine leichte Biegung und führte durch den Tannenwald zurück zum Rand der Weinenden Wälder. Samial trat zur Seite und ließ Elodie vorbeieilen.

»Ist das euer Lager?«, fragte sie, als sie hinter den Bäumen etliche Lagerfeuer entdeckte. Sie lief auf die Lichtung und blieb abrupt stehen. Über den Feuerstellen und Zelten wehte ein Banner, das sie kannte. Es zeigte einen von drei Kronen umgebenen Dreizack.

Sie ballte die Fäuste und drehte sich wütend zu Samial um. »Du hast mich getäuscht! Wie kannst du es wagen!«

»Ich versprach dich zu beschützen«, erklärte er. »Ich konnte dich doch nicht auf der kalten Erde schlafen lassen, wo dich Wölfe und Bären finden. Lauf nicht vor dem Dreizack davon! Hier bist du in Sicherheit.«

Zum ersten Mal, seit sie ihn getroffen hatte, lächelte er. Es veränderte sein Gesicht, denn unter dem Schmutz blitzte jetzt Fröhlichkeit hervor. Elodies Wut verflog.

Die Abendluft war erfüllt von gebratenem Fleisch. Ihr Magen fing an zu knurren und erinnerte sie an ihren Hunger.

»War das ein Bär?«, fragte Samial und grinste breit.

»Du hast gut reden.« Elodie seufzte. »Wahrscheinlich hast du recht, Samial. Ich bleibe hier – fürs Erste zumindest.«

»Dann alles Gute, Elodie.«

Samial drehte sich um und kehrte in den Wald zurück, wobei es eher wirkte, als löse er sich in den Schatten auf.

»Warte!«, rief Elodie. »Kann ich dich besuchen kommen?«

Das Gesicht des Jungen blieb wie eine Lampe im Walddunkel hängen.

»Ich werde hier sein«, antwortete er.

KAPITEL 10

Wir sollten Limmoni um eine zweite Lampe bitten«, sagte Gulph.

Nynus blieb in der Mitte der Kammer stehen. Gulph war froh, dass das Auf- und Abgehen ein Ende hatte. Wie oft konnte ein Mensch in einem kleinen Raum wohl hin- und hergehen?

»Wer ist Limmoni?«

Gulph kniff die Augen zusammen. Die wundersame junge Frau hatte ihn darauf vorbereitet, dass die anderen ihren Besuch in der Kammer vergessen würden. *Wie hat sie das nur geschafft?*

»Ach, ich glaube, deine Mutter sagte, das sei ihre Dienerin«, antwortete er.

Nynus zuckte mit den Achseln. »Wozu sollten wir noch eine Lampe brauchen?«

»Wir haben hier kein Fenster. Es ist dunkel.«

Nynus nahm seine Wanderung wieder auf, die Hände hinter dem Rücken verschränkt.

»Das ist schon in Ordnung«, meinte er. »Die Dunkelheit leuchtet auf ihre eigene Weise.«

Nynus hatte die ganze Nacht kein Auge zugemacht, und sein Verhalten machte Gulph allmählich Sorgen. Wann immer er aufgewacht war, war der Prinz auf- und abgegangen und hatte Dinge gemurmelt, wie »Unrecht tun« und

»Unrecht wiedergutmachen« – aber am meisten hatte ihn der leere, abwesende Gesichtsausdruck seines Zimmergenossen schockiert. Wahrscheinlich war der Prinz nach der langen Haft einfach durcheinander.

Ich wünschte, ich könnte dir helfen, Nynus, dachte er.

Die Tür ging auf und Königin Magritt trat ein. Licht flutete durch eine geöffnete Deckenluke in das Lager der Metzgerei. Gulph holte tief Luft, als könne er das Licht einatmen. Es war wunderbar, das Licht auf dem Gesicht zu spüren.

»Schließt die Tür!«, rief Nynus abwehrend. Er wich vor dem Licht zurück und hielt die Hände schützend vor die Augen.

Die Königin ließ die Tür angelehnt und hielt einen großen Rupfensack hoch. »Heute ist der große Tag, mein Sohn«, sagte sie.

»Ich sagte, du sollst die Tür schließen!«

Die Züge der Königin wurden hart. »Ab heute werden dir alle Türen offen stehen. Aber du hast die Wahl. Möchtest du König sein oder nicht?«

Nynus blieb für einen Augenblick verkrampft stehen, entspannte sich dann aber. »Entschuldige, Mutter. Ich habe nicht gut geschlafen. Seit Jahren schlafe ich kaum. Vergib mir.«

»Da ist nichts zu vergeben.«

Sie strich ihm mit ihren in feinen Handschuhen steckenden Händen übers Gesicht, und er schloss halb die Augen. *Daher also die Angewohnheit*, dachte Gulph, dem der Prinz auch schon mehrfach die Wange gestreichelt hatte. *Das hat Magritt offenbar auch schon getan, bevor er weggesperrt wurde.*

Gulph kämpfte gegen einen Anflug von Neid. Was war nur mit seiner eigenen Mutter geschehen? Hatte sie ihn jemals auf solche Art getröstet? Manchmal fragte er sich, ob auch sie ihn wie so viele andere wegen seiner Missbildungen abstoßend gefunden und ihn deshalb weggegeben hatte.

Er räusperte sich. »Ich bitte um Entschuldigung«, sagte er mit einem Blick zur Tür. »Bedeutet das, dass Ihr uns gehen lasst?«

»Du sprichst, als wärst du ein Gefangener. Aber die Antwort ist: ja. Heute wird sich alles ändern. Und du, mein wackerer Artist, wirst eine besonders wichtige Rolle spielen.«

»Ja?«

Die Königin zog etwas aus dem Sack, das wie ein Tierfell aussah. Sie schüttelte es auf, und zum Vorschein kam ein buntes Kostüm aus rotem Pelz mit orangefarbenen Rüschen. An verschiedenen Gurten und Schnallen baumelten Klauen aus Kupfer. Der Kopf war halb Vogel, halb Echse. Gulph fand es schön und abschreckend zugleich.

»Du wirst das hier anziehen«, bestimmte die Königin. »Hinter der Maske wird dich niemand erkennen. Komm, ich helf dir.«

Sie benutzen dich. Limmonis Worte gingen Gulph durch den Kopf, während Magritt ihm mit dem Kostüm half. Es war schwer und sehr warm; fast augenblicklich fing Gulph an zu schwitzen.

»Und was bin ich?«, fragte er und zog den Pelz über die Schultern hoch. »Ich meine, was soll ich darstellen?«

»Den Bakaliss«, erklärte Königin Magritt. »Er ist Teil einer der ältesten Legenden von Toronia.«

»Ich habe diese Geschichte gelesen«, warf Nynus ein. Mit finsterer Miene wandte er sich zu Gulph um. »Sie stand in dem Buch, das wir verloren haben.«

Gulph starrte ihn entgeistert an. »Ich … es tut mir wirklich leid, das mit deinem Buch.«

Nynus' Fratze wurde zu einem fröhlichen Grinsen. »Ich mache nur Spaß. Wenn ich König bin, werde ich alle Bücher besitzen, die ich will.«

Gulph brachte nur ein schwaches Lächeln zustande. Die Stimmungsschwankungen des Prinzen waren seit ihrer Flucht eher schlimmer geworden. »Also, wie geht die Geschichte?«, fragte er.

»Der Bakaliss war eine Schlange, die unter einem Berg schlief«, erklärte Nynus. »Eines Tages kam ein König, um sie zu töten, aber die Schlange wachte auf.«

»Die Schlange biss dem König den Kopf ab«, fuhr die Königin fort, »und verschlang ihn in einem Stück.«

Sie stülpte ihm die Maske über den Kopf. Ihn schauderte. Die Geschichte war nicht ganz wie erwartet zu Ende gegangen. Und was schlimmer war, mit der Maske auf dem Kopf fühlte er sich wie in einem weiteren Gefängnis.

Es ist nur ein Kostüm, sagte er sich. Wenn er für Magritt nur seiner alten Arbeit nachgehen musste, dann brauchte er Limmonis Warnung vielleicht nicht so ernst zu nehmen.

Durch die Augenschlitze der Maske sah er, wie die Königin behutsam eine kleine Krone aus dem Sack holte. Wie die Klauen an seinem Kostüm bestand sie aus Kupfer, aber die Königin behandelte sie wie einen zerbrechlichen Kristall.

»Nimm das«, sagte sie und schob die Krone in eine verborgene Tasche des Pelzkostüms. »Halte sie gut versteckt bis zu dem Moment, in dem du sie brauchst.«

»Wofür?«

»Du wirst zusammen mit deinen Freunden auftreten, der Tangletree-Truppe.«

»Tangletree.«

»Du musst die Maske die ganze Zeit auflassen. Niemand darf dein Gesicht sehen. Und wenn die Vorstellung zu Ende ist, wirst du König Brutan die Krone aufsetzen. Das ist das Zeichen.«

»Zeichen?«

»Dass seine Herrschaft vorüber ist. Wirst du das für mich tun, Gulph? Wirst du es für uns beide tun?«

Die Krone drückte schmerzhaft gegen seine Brust. Er wusste nicht, was er sagen sollte. *Du darfst ihr nicht trauen.*

Nynus' bleiches Gesicht tauchte vor der Maske auf. Es leuchtete vor Begeisterung. »Du bist wirklich ein wahrer Freund«, sagte er. »Denk doch nur, wenn ich auf dem Thron bin, dann kannst du alles haben, was du dir je gewünscht hast: Geld, ein großes eigenes Zimmer. Und deine Freunde. Für die werde ich natürlich auch sorgen. Du hast mich doch gerettet, Gulph. Das werde ich dir nie vergessen.«

Gulph zögerte. Es war ja wirklich nur eine Kleinigkeit – dem König eine falsche Krone aufzusetzen. Er stellte sich vor, Pip hätte ihn darum gebeten. Würde er ihr die Bitte abschlagen? Natürlich nicht. Sie war seine Freundin, und so verhielt man sich unter Freunden. Aber trotzdem …

»Er wird es tun«, sagte Magritt. »Nicht wahr, Gulph?«

Ihr Blick war eisern.

Nun mach schon, Gulph, sei kein Spielverderber. Vom Spielen verstehst du doch etwas, oder?

Er lachte gezwungen. »Aber natürlich!«, sagte er und drehte sich dazu einmal im Kreis, dass die Klauen am Kostüm klapperten.

»Sehr gut«, antwortete die Königin mit einem dünnen Lächeln. »Jetzt müssen wir uns aber beeilen. Das Festmahl beginnt gleich, und ihr müsst an eurem Platz sein. Wir alle müssen an unseren Plätzen sein.«

»Warte«, sagte Nynus. »Seine Hände.«

»Was ist mit meinen Händen?«

Magritt und Nynus tauschten einen Blick aus.

»Natürlich«, sagte sie schnell. »Hände sind wie Gesichter. Man kann Menschen daran erkennen. Deine Freunde würden es merken, wenn wir sie nicht verstecken. Hier.« Sie zog ihre langen Seidenhandschuhe aus und reichte sie Gulph.

Er streifte sie sich über und stopfte die überschüssige Länge in die Ärmel.

»Also gut«, sagte er. »Ich bin bereit.«

Nynus' strahlendes Lächeln erschien vor seinen Augenschlitzen. »Ich kann's gar nicht erwarten, ihre Gesichter zu sehen«, rief er. »Der Bakaliss ist nach Idilliam gekommen!«

Der Festsaal lag tief im Innern des Schlosses. Er war prächtig ausgeschmückt mit reich geschnitzten Säulen und viel Gold. Auf einer Kanzel am einen Ende spielte eine kleine Dudelsackkapelle. Die langen, glänzenden Tafeln bogen sich unter der Last der Speisen. Gulph, der neben dem Kücheneingang stand, glaubte, das Holz ächzen zu hören. In der Saalmitte waren weitere Tische gedeckt, an denen Gäste in edlen Kleidern saßen und sich offenbar bestens unterhielten. Die Schwingtür neben ihm stand nicht still, da ein Strom emsiger Diener und Mägde in einem fort Tabletts mit Brot, Wein und dampfenden Braten heraustrugen. Lag es am Duft des Essens, am Geschnatter der Gäste, dem schweren Schlangenkostüm oder allem zusammen – Gulph fühlte sich jedenfalls leicht benommen.

Von Königin Magritt und Nynus war nichts zu sehen.

Jemand zupfte an seinem Kostüm. Er drehte sich unbeholfen um und starrte direkt ins Gesicht von Pip, die zu ihm aufsah. Sie war so schön, so vertraut mit ihren Sommersprossen und dem blaugrünen Flickenkostüm, dass er sich kaum beherrschen konnte, sie nicht in seine Arme zu schließen. Aber die Anweisungen der Königin waren deutlich gewesen.

»Ja?«, sagte er in etwas barschem Ton, der, wie er hoffte, seine Freundin täuschen würde.

»Ich habe nur gesehen, dass du irgendwie geschwankt hast. Ich dachte schon, du fällst in Ohnmacht. Du hast es bestimmt ziemlich warm da drin.«

»Ja.« Mehr wagte Gulph nicht zu sagen.

»Dich haben sie wohl geschickt, um die Truppe aufzustocken. Ich dachte … Nun, vor zwei Tagen haben wir einen von uns verloren. Man hat ihn, ähm, weggebracht in eine gewisse Himmelsgruft. Du weißt nicht zufällig was darüber?«

»Nein.«

»Na ja … Ich mache mir Sorgen um ihn.«

Selbst durch die engen Augenschlitze war Pips Not deutlich zu sehen. Gulph hätte sich am liebsten das Kostüm vom Leib gerissen und ihr alles erzählt.

Aber er beherrschte sich. Sobald König Brutan gestürzt und Nynus auf dem Thron war, würden er und Pip wieder vereint sein. So lange musste er sich eben gedulden.

Die Kapelle hörte auf zu spielen. Eine Hornfanfare ertönte. Die Diener huschten fort in die Ecken des Saals, und das Summen im Saal erstarb. Alle standen auf.

König Brutan kam hereingeschritten.

Er war groß und kräftig gebaut, seine Gestalt schien dem Saal angemessen. An seiner Seite ging Königin Magritt, in Scharlachrot gekleidet. Bemerkte der König, dass sie keine Handschuhe trug? Gulph bezweifelte es. Brutan wirkte nicht wie ein Mensch, dem solche Dinge auffielen.

Das Königspaar schritt entlang der Tischreihen bis zum Podest mit den beiden Thronsesseln, vor denen ein reich gedeckter Tisch stand. Brutan half Magritt auf den kleineren Sessel und ließ sich auf dem mit Adlern und Löwen geschmückten Thron von Toronia nieder. Als er in die blutroten Polster sank, erscholl eine weitere Fanfare, und die Gäste nahmen wieder Platz.

König Brutan riss eine Keule von einem gebratenen Fasan und hob sie über den Kopf.

»Last uns essen!«, donnerte er und stopfte sich den Mund voll.

»Wir sind dran«, sagte Pip. »Folge mir. Und nicht trödeln!«

Während sie an ihre Plätze vor dem Tisch des Königs trotteten, stellte sich auf einer erhöhten Galerie eine Musikantengruppe auf. Ein Trommler begann zu schlagen, dann nahm ein Fiedler den Rhythmus auf, und mit einem Mal war der ganze Saal von ausgelassener Musik erfüllt. Der König schmatzte und grinste und schlug im Takt auf den Tisch.

Pip fing an zu tanzen, dass die Glöckchen an ihrem Kostüm nur so klingelten. Die anderen Gaukler der Truppe begannen mit ihren üblichen Faxen und Kunststücken. Gulph sah einen Moment lang unschlüssig zu.

»Tu etwas!«, zischte Pip im Vorbeitollen.

Jäh aus seiner Träumerei gerissen, breitete Gulph die Arme aus und hüpfte den Saal hinunter. Die Gäste brüllten begeistert darüber, dass dieses Fabeltier wieder zum Leben erweckt war. Als er vor dem Königspaar ankam, renkte er sich die Schultergelenke aus und bereitete sich auf eines seiner beliebten Kunststücke vor.

Er stockte. Wenn er seine gewohnten Verrenkungen zeigte, würde man ihn sofort erkennen. Also wirbelte er wild im

Kreis, ließ die Gelenke wieder an der richtigen Stelle einschnappen und machte stattdessen eine Reihe von Rückwärtssalti. Mit dem schweren Kostüm war das nicht einfach, aber er war drahtig und stark.

»Schneller! Schneller!«, brüllte der König und schlug wieder auf den Tisch.

Gulph gab sein Bestes und geriet dabei noch mehr ins Schwitzen. Jedes Mal, wenn er den Kopf oben hatte, kam es ihm vor, als wäre der Mund des Königs mit noch mehr Essen vollgestopft, sein Umhang noch fleckiger vom Wein und die Diener, die um ihn herumhuschten, noch tiefer und ängstlicher gebückt.

Ich wette, dass ihn keiner vermissen wird, dachte Gulph. *Schlimmer als das hier kann es auch mit Nynus auf dem Thron nicht kommen.*

Gulph war schon eine Weile mit seinen Späßen zugange, als er einen hochgewachsenen Mann neben das königliche Podium treten sah. Es war Hauptmann Ossilius, der streng den Saal überblickte. Hinter ihm stand ein ganzer Trupp von Legionären in schimmernden Bronzerüstungen. Auch an den Längsseiten der Halle stellten sich nun Soldaten auf.

Einer der Männer in Ossilius' Schar war kleiner als die anderen. Der Helm bedeckte den größten Teil seines Gesichts und nur ein blasses unbehaartes Kinn ragte hervor.

Nynus.

Gleich würde er handeln müssen.

Die Musik schwoll zum Finale an. Gulph bewegte sich schneller und schlug statt Salti nun auf der Stelle ein Rad nach dem anderen. Der rote Pelz puffte gegen seine Beine, und die Kupferklauen klangen wie Schwerter. Das Publikum jubelte.

Mit einem letzten Trommelwirbel kamen die Musiker zum Schluss. Unter einem Beifallssturm stellte sich die Tangletree-Truppe in einer Reihe auf und verbeugte sich vor dem König. Gulph hatte vom Treiben seiner Freunde kaum etwas mitbekommen. Es war, als wäre er in einer eigenen Welt aufgetreten.

Dann wurde es still im Festsaal. Durch die Sehschlitze der Maske konnte Gulph sehen, dass Hauptmann Ossilius ihn anstarrte. Dann nickte er langsam, nur eine winzige Bewegung.

Gulphs Herz raste nach den akrobatischen Kunststücken. Aber jetzt pochte es wie Hammerschläge. Schweiß lief ihm übers Gesicht, rann ihm in die Augen. Wie im Nebel trat er aufs Podest. Brutan lachte laut und unerträglich. Das Gesicht des Königs war für Gulph nur ein verschwommener roter Fleck.

Er griff ins Kostüm, brachte die Kupferkrone zum Vorschein, hob seine Hände, die in den Handschuhen steckten, über den Kopf und drehte sich langsam im Kreis. Die Gäste jubelten. Der König wieherte vor Lachen.

»König Brutan!«, rief Gulph und scherte sich nicht darum, ob jemand seine Stimme erkannte. »Es genügt nicht, König von Toronia zu sein!«

Wie durch einen Schleier sah Gulph die Zornesfalten auf Brutans Stirn.

»Was hast du gesagt?«, donnerte er unheilvoll.

»Ich sage, dass Ihr auch der König der Lustbarkeit seid!«, schrie Gulph und tanzte um den Tisch herum zum Thron. Die Krone schwebte nun genau über dem Haupt des Königs.

Brutan sah zu ihr hoch. Endlich klarte Gulphs Blick wieder auf, und sie sahen sich in die Augen.

»Ja, das will ich meinen!«, rief Brutan und wand sich auf dem Thron wie ein kleiner Junge, der gleich köstliche Schokolade bekommt.

Mit zitternden Händen setzte ihm Gulph die Krone auf den Kopf.

Die Menge tobte. Gulph trat zurück. Der Tumult ging weiter.

Gulph blickte auf Hauptmann Ossilius. Was geschah hier? Jetzt, da er das Zeichen gegeben hatte, mussten die Legionäre doch ihre Waffen ziehen und den König abführen. Sollte es nicht genau so geschehen? Warum passierte nichts?

Was hatte er falsch gemacht?

Vom Thron her kam ein Röcheln. Brutan hielt den Kopf in beiden Händen. Dann fasste er sich verzweifelt an den Hals. Seine Augen traten hervor. Sein rotes Gesicht färbte sich violett, und an den Schläfen pulsierten dicke Adern. Die Zunge hing ihm aus dem Mund und schwoll an wie ein Ballon.

Der Jubel brach ab. Menschen schrien. Diener und Höflinge eilten zum Thron. Einige sprangen über den Tisch, um schneller beim König zu sein.

Entsetzt trat Gulph einen weiteren Schritt zurück. Das Kostüm schien plötzlich doppelt so schwer und der Schweiß auf seiner Haut zweimal so glitschig. Hier spielte sich etwas Schreckliches ab.

Hauptmann Ossilius bellte einen Befehl, und die Soldaten schwärmten im Saal aus, hielten die Menge zurück und versperrten die Ausgänge.

Aus Brutans Mund quoll Schaum. Er schlug mit den Armen um sich und schleuderte die Diener weg, die ihn festhalten wollten.

Wo die Krone auf der Haut auflag, war nun ein Ring aus brodelndem Fleisch, als wäre das Kupfer in Feuer getaucht worden, bevor Gulph es ihm auf den Kopf gesetzt hatte.

In Feuer – oder Gift.

Gulph riss sich die Handschuhe ab und warf sie auf den Boden. Wie tote Schlangen lagen sie auf dem mit Wein besudelten Boden. Plötzlich verstand er auch, warum Nynus darauf bestanden hatte, dass er sie trug. In diesem Moment bäumte sich Brutan vom Thron auf – den aufgequollenen Mund in einem stummen Schrei aufgerissen. Die Diener schraken entsetzt zurück.

Königin Magritt erhob sich langsam und griff den zuckenden Arm ihres Mannes.

»Ja, mein Lieber«, sagte sie leise und mit drohendem Unterton. »Es ist Zeit für dich, den Thron für immer zu räumen. Hier wartet schon jemand, um deinen Platz einzunehmen.«

Nynus trat an seine Seite. Den Helm hatte er abgesetzt. Sein Gesicht war zu einer Grimasse verzerrt, die wohl ein Lächeln sein sollte. Gulph kam es eher vor wie das kalte und verwunschene Grinsen eines Totenschädels.

Gulph sah wieder auf die weggeworfenen Handschuhe am Boden. Genau so hatte es die Königin geplant gehabt. Und Nynus, sein Freund, hatte auch davon gewusst. Und was er über Milde gegenüber seinem Vater gesagt hatte, dass er ihm ein eigenes Schloss geben wolle für den Rest seiner Tage …

Alles Lügen.

Limmoni hatte recht behalten.

Mit einem letzten Röcheln brach König Brutan tot über dem Tisch zusammen. Die vergiftete Krone kippte von seinem Kopf und rollte über die Dielen, wo sie sich drehte und immer weiter drehte, eine gefühlte Ewigkeit, und dabei klingelte wie eine Münze, bis sie endlich zur Ruhe kam. Wieder kehrte Ruhe ein. Es wurde still.

Ein Gedanke donnerte in Gulphs Kopf. *Ich habe den König getötet.*

Kapitel 11

Gulphs Kehle war wie ausgetrocknet. Sein Herz rüttelte, als müsse es heißen Sand durch seine Adern pressen. Wie ein Wolf heulte der Wind in seinem Kopf. Noch niemals hatte er eine solche Angst verspürt. Es war, als würde sein ganzer Körper – nein, sein ganzes *Wesen* – zusammenschrumpfen, sich auflösen.

Sie werden mich töten, dachte er.

Halb gelähmt vor Entsetzen, stolperte er rückwärts durch die verwirrte und verängstigte Menschenmenge. Niemand achtete auf ihn; manche schienen glatt durch ihn hindurchzustarren. Wie konnten sie jemanden in einem solch aberwitzigen Kostüm einfach übersehen?

Er stolperte über einen Stapel heruntergefallener Teller und schlug der Länge nach hin. Das Pelzkostüm riss dabei auf, und seine Schnabelmaske rutschte vom Kopf. Er schleuderte sie weg und riss sich das ganze abscheuliche Kostüm vom Leib. War das Magritts und Nynus' Art von Humor, dass sie ihn als königmordendes Ungeheuer verkleidet hatten?

»Was ist denn eigentlich los?« Das war Pips Stimme, direkt neben ihm. Auch sie war gestürzt und starrte nach vorne auf das Durcheinander um den Thron. Dann kniff sie die Augen zusammen; offenbar erkannte sie Gulph erst jetzt.

»Du!«, schrie sie. »Gulph! Das bist du!« Ihre Augen waren vor Überraschung weit aufgerissen.

»Pip! Ich muss dir so viel …« Er brach ab. Der Ausdruck in Pips Gesicht war doch nicht Überraschung. Es war das blanke Entsetzen.

Sie starrte auf die Überreste seiner Verkleidung. »Was hast du getan?«

»Warte, Pip. Lass mich erklären.«

Aber sie rannte schon davon. Er lief ihr nach, bis sie an einem umgestürzten Tisch nicht weiterkam. Sie stand mit dem Rücken zur Tischplatte und schüttelte den Kopf.

»Komm mir nicht zu nah.«

Gulph blieb stehen und streckte seine Hände aus. *Die Hände eines Mörders.* »Pip, bitte, lass mich doch …«

Sie zitterte. »Ich dachte, du wärst mein Freund! Wie konntest du nur? Du … du Mörder!«

»Ich habe nicht … Pip. Ich bin immer noch derselbe. Ich bin immer noch Gulph.«

»Nein, das bist du nicht! Verschwinde!«

Am Ende des Saals erhoben sich Rufe. In der Menge der Diener und Höflinge bildete sich eine Gasse, durch die man bis zum Podium sehen konnte. Der Tisch war zur Seite geräumt worden, und der Thron stand jetzt frei. Nynus saß darauf mit zufriedener Miene. Neben ihm stand seine Mutter, die Hand auf seine Schulter gelegt.

»Der König ist tot!«, rief Königin Magritt. »Lang lebe der neue König! Auf die Knie vor dem neuen König! Kniet nieder vor König Nynus, dem König von Toronia!«

Wie eine Welle, die von vorn durch den Saal lief, beugten sich die Menschen einer nach dem anderen auf ein Knie nieder. Die Diener in der Nähe des Throns hatten dabei angstvolle Mienen; auch viele Höflinge blickten ängstlich, andere dagegen wirkten zufrieden; die Mehrheit war wohl einfach verblüfft.

Die Welle erreichte auch Gulph und Pip. Gulph rappelte sich hoch, kniete sich hin und war froh, dass Pip es ebenso machte. Was hätten sie auch sonst tun sollen?

Auf Magritts Befehl hin zerrten mehrere von Hauptmann Ossilius' Legionären Brutans Leiche vom Tisch und schafften sie fort, wobei sie kaum mehr Ehrfurcht an den Tag legten als beim Hantieren mit einer Schweinehälfte im Metzgersladen. Mit rudernden Armbewegungen scheuchte die Königin die letzten Diener vom Podium, so dass nur sie und ihr Sohn auf dem Ehrenplatz übrig blieben.

»Toronia ist zerbrochen«, sagte sie, und ihre Stimme hallte durch den Saal. »König Nynus wird es wieder aufbauen. Er wird die Truppen der Rebellen mit seiner Stärke zerschmettern. Und mit seiner Weisheit wird er neue Gesetze erlassen, auf dass Toronia niemals wieder geteilt sein wird. Vernehmt seinen ersten Befehl als euer Herrscher.«

Die Menge lauschte schweigend. Manche rutschten verlegen herum, weil sie es auf den Knien nicht mehr aushielten. Aber der König hatte ihnen das Aufstehen noch nicht gestattet.

»Der Befehl des Königs gilt einer Hexe namens Kalia«, fuhr Magritt fort. »Kalia verführte König Brutan und verdarb ihn. Vor dreizehn Jahren gebar sie ihm drei Kinder – Drillinge.«

Vielen stockte der Atem. Manche drehten sich einander zu und flüsterten etwas. Gulph hörte mehrmals das Wort »Prophezeiung«. Er musste an das Prophezeiungslied denken, eine alte Weise, die er in den Schenken Isuriens manchmal gehört hatte, spät nachts von Betrunkenen gegrölt. Aber was hatte das damit zu tun, dass man ihn gezwungen hatte, König Brutan zu töten?

Nynus hob eine Hand. Es wurde still.

»Ruhe!«, rief er. Seine Stimme war dünn und klar. »Hört, was meine Mutter euch zu sagen hat.«

»Brutan wurde getäuscht«, fuhr die Königin fort. »Kalia ließ ihn im Glauben, diese dreimal verwunschenen Bälger wären bei der Geburt gestorben. Aber Jahre später brachte man einen Mann zu ihm, einen unter dem Namen Sir Brax bekannten, bedauernswerten Säufer.

Sir Brax' Verstand mag durch das Trinken gelitten haben, aber in einem Punkt war er sich ganz sicher: Die drei Kinder sind noch am Leben.«

Wieder ächzten viele auf. Gulph sah Pip an. Ihr schlanker Körper war voller Anspannung, sie starrte geradewegs nach vorn auf Königin Magritt und den neuen König.

»Kalia gestand die Wahrheit«, sagte die Königin. »Am Ende. Aber wo die Drillinge waren, wollte sie nicht sagen. Selbst als man sie an den Pfahl band und verbrannte, blieb ihr Mund verschlossen. Ihr Aufenthaltsort bleibt ein Geheimnis.«

Nun waren auch Schreie zu hören. Gulph konnte nicht sagen, ob die Menschen erschüttert darüber waren, dass man Kalia verbrannt hatte, oder sich sorgten, weil diese drei Kinder noch immer im Königreich weilten.

»Ruhe!«, brüllte Nynus und erhob sich vom Thron. Sein Kopf war rot angelaufen wie bei einem Kind, das gleich einen Wutanfall bekommt. »Der Nächste, der uns unterbricht, wird sich in der Himmelsgruft wiederfinden. Habe ich mich deutlich ausgedrückt?«

Keiner rührte sich.

»Zweifellos denken viele von euch nun an die Prophezeiung«, sagte die Königin. »König Nynus verkündet euch nun, dass sich die Prophezeiung als falsch erwiesen hat! Der Legende zufolge sollte Brutan durch die Hand eines dieser elenden Drillinge stürzen. Aber wie ihr selbst gesehen habt, war es Nynus, mein Sohn und einziger rechtmäßiger Thronfolger von Toronia, der ihn gestürzt hat. Die Wahrheit ist also: Nynus ist König, und was diese sogenannte Prophezeiung angeht«, sie machte eine Pause und ließ den funkelnden Blick über den Saal schweifen, »so ist in ihr ebenso wenig Leben wie nunmehr in Brutan.«

Nur dass ihr nicht den Schneid hattet, es selbst zu tun, dachte Gulph bitter. Königin Magritt mochte sich den Plan ausgedacht haben, und Nynus profitierte davon, aber seine Hände waren es gewesen, die dem König die Krone aufgesetzt hatten.

»Doch ein loses Ende hat diese Geschichte noch«, sagte die Königin. »Oder, genaugenommen, drei lose Enden.

Denn solange diese drei Bälger noch am Leben sind, werden sich alle um sie scharen, die sich der rechtmäßigen Herrschaft in Toronia widersetzen. Rebellen, undankbares Gesindel und Verbrecher, alle werden ihrem Ruf folgen. Wenn wir verhindern wollen, dass die gegenwärtigen Auseinandersetzungen zu einem allumfassenden Krieg ausarten, müssen sie beseitigt werden.«

»Dafür werden wir Belohnungen aussetzen«, sagte Nynus und breitete großzügig die Arme aus. »Hohe Belohnungen. Wer mir den Kopf eines dieser erbärmlichen Drillinge bringt, wird reichen Lohn erhalten und eine Stellung an meinem Hof.« Er fand Gulphs Blick und lächelte ihn strahlend an. »Alle, die sich um die Krone verdient machen, dürfen sich meines Wohlwollens sicher sein.«

Gulph zog es den Magen zusammen. Am liebsten wäre er davongerannt, rang sich als Antwort aber stattdessen ein Lächeln ab.

Nynus' Stimme schwoll zu lautem Rufen an. Er trat einen Schritt vor und kniff die Augen zusammen. »Ihr von der Königlichen Legion – schließt die Läden. Ich dulde kein Sonnenlicht an diesem Ort!«

Hauptmann Ossilius, der neben dem Thron stand, runzelte die Stirn. Gulph dagegen wusste genau, was im Kopf des neuen Königs vorging. Zehn Jahre hatte er in der Himmelsgruft dahinvegetiert. Zehn Jahre ohne einen Lichtstrahl. Ohne Gesellschaft. Nynus' Schuld war es daher nicht, dass sein Geist davon ebenso verdunkelt war wie die Zelle, in der man ihn eingesperrt hatte.

Hauptmann Ossilius' Verwunderung hielt ihn nicht davon ab, dem Befehl Folge zu leisten. Auf seine Anweisung eilten zwei Soldaten an die Seiten des Saals und betätigten die großen Kurbeln der Dachfenster. Langsam schoben sich dunkle Segeltuchplanen davor. Schatten glitten über die Menge und tauchten den Saal in düsteres Halbdunkel.

Gulph wartete, ebenso wie alle anderen Anwesenden, wie es nun weitergehen würde. Aber Nynus und seine Mutter hatten offenbar nichts mehr zu sagen. Wächter öffneten die Türen und winkten die Gäste hinaus; die Diener mussten die Tische abräumen. Allmählich und in aller Stille leerte sich der Festsaal.

Gulph blickte sich nach Pip um, aber sie war fort. Er ging zum Kücheneingang zurück, wo er zuvor auf sie gestoßen war, aber weder von ihr noch von der übrigen Tangletree-Truppe war etwas zu sehen.

Niedergeschlagen drehte er sich langsam im Kreis und suchte nach einem vertrauten Gesicht im Saal. Aber er war allein.

»Hier entlang«, hörte er jemanden flüstern.

Er drehte sich um. Eine der Schwingtüren fiel gerade zu. Er ging in die Küche durch. Eine weibliche Gestalt huschte vorüber, winkte mit dem Finger und verschwand in einem Korridor ... zuvor aber drehte sie den Kopf kurz in seine Richtung.

Limmoni!

Er eilte ihr nach. Der Gang wand sich hin und her und mündete schließlich in eine Gewölbekammer. An der einen

Wand waren Holztruhen aufgestapelt, an der anderen Leintücher.

Limmoni stand mitten im Raum. Als er eintrat, kam sie ihm einen Schritt entgegen. Sie bewegte sich mit schwebender Leichtigkeit, das Dienstmagdkleid und die Schürze schienen bei jeder Bewegung seltsam um ihren Körper zu fließen. »Hast du schon mal von dem Zauberer Melchior gehört?«

Gulph runzelte die Stirn. In den Geschichten, die Sidebottom John am Lagerfeuer in Isurien erzählt hatte, war dieser Name vorgekommen. »Ja. Aber ich dachte, alle Zauberer wären …«

»Ich bin Melchiors Lehrling.« Ihre Augen waren dunkelviolett und sanft, was einen gewissen Gegensatz zu ihrem scharf geschnittenen Gesicht bildete. Ihr Blick schien Gulph zu durchbohren. »Oder ich war es, genaugenommen, bis zu seinem Verschwinden. Aber jetzt muss ich ihn wiederfinden. Er muss von Nynus erfahren.«

Gulph war fassungslos. »Du bist … eine Magierin?« Das war also der Grund, weshalb sich Magritt und Nynus nicht an sie erinnern konnten – Zauberei.

Limmoni nickte.

Er ließ sich auf eine Truhe plumpsen. Dann schüttelte er die letzten Teile des albernen Bakaliss-Kostüms ab. Der rote Pelz breitete sich auf den Steinfliesen aus wie eine Blutlache.

»Was hat das alles mit mir zu tun?«, fragte er. »Warum hast du mir den Edelstein gegeben? Ich bin doch ein Niemand. Weißt du, was ich wert bin? Ein Fass Bier habe ich gekostet! Wirklich. So bin ich zur Gauklertruppe gekommen. Mein Vater hat mich eingetauscht gegen ein Fass vom besten isurischen Starkbier …«

»Er war nicht dein Vater«, sagte Limmoni.

»Ich kann froh sein, dass sie mich nicht gleich im nächsten Graben liegen ließen und … was? Was hast du gesagt?«

»Der Mann, der dich verkauft hat … Er war nicht dein Vater.«

»Wie kannst du …? Wer war er dann?«

»Er war dein Beschützer. Aber bei der Erfüllung dieser Pflicht hat er schändlich versagt. Sein Name war Sir Brax.«

Gulph kniff mehrmals die Augen zusammen. »Königin Magritt hat doch über einen Ritter mit diesem Namen gesprochen.«

»Genau der war es.«

Für einen Augenblick kam sich Gulph wieder wie ausgedörrt vor. Das Blut pochte ihm an den Schläfen. Seine Haut fühlte sich alt und vertrocknet an. Limmoni beobachtete ihn neugierig.

Gulph fuhr sich mit den Händen übers Gesicht. Die Gedanken jagten wie ein Sturm durch seinen Kopf.

»Wenn Sir Brax mein Beschützer war … Willst du damit sagen … Limmoni, heißt das etwa … dass ich … dass ich eines der Kinder aus der Prophezeiung bin? Einer der Drillinge?« Er schluckte. »Ein Sohn von König Brutan?«

Sie verschränkte die Hände hinter dem Rücken. »Ja, Gulph. So ist es. Und der Edelstein, den ich dir gegeben habe, der ist nur einer von dreien. Genau wie du nur einer von dreien bist, die in Toronia herrschen werden.«

»Woher hast du ihn?« Er fasste mit der Hand an die Kette, die plötzlich schwerer um seinen Hals zu hängen schien.

Das Schicksal hängt daran.

»Melchior übergab ihn zusammen mit dir an Sir Brax, aber der hat ihn an einen Pfandleiher verkauft. Ich bin seiner Spur gefolgt, habe ihn in Sicherheit gebracht und seither gehütet.«

Gulph hielt den grünen Stein an der langen Goldkette hoch. Er kam ihm nun nicht nur schwer vor, sondern auch giftig. *Gift.* »Ich will ihn nicht! Ich will diesen Edelstein nicht und die Krone auch nicht … Ich will das alles nicht! Ich möchte nur, dass alles wieder so wird wie früher.«

»Dass du dich vor dem Krieg verstecken musst? Und ausgelacht wirst?« Sie sagte das ganz ohne Bosheit.

»Du magst das nicht für ein besonders lebenswertes Leben halten, aber es war besser als dieses hier!«

»Gulph, es tut mir leid, aber du hast keine Wahl. Du kannst dein Schicksal nicht verleugnen.«

»Das Schicksal kümmert mich nicht.«

»Aber das Schicksal kümmert sich um dich. Es ist schrecklich, wozu Magritt und Nynus dich gezwungen haben, aber es musste geschehen. Es war bestimmt, dass er durch deine Hand starb.«

Gulph starrte sie an. Er zitterte und atmete schwer.

»Hier wirst du für eine Weile in Sicherheit sein«, sagte Limmoni. »Aber du musst Nynus weiter glauben machen, du seist sein Freund. Davon hängt alles ab.«

»Und wenn ich einfach davonlaufe?«

»Dann wird er dich verfolgen und töten lassen.«

Gulph schüttelte energisch den Kopf. »Das würde er nicht tun. Er ist doch mein Freund.«

»Er schon, aber nicht seine Mutter«, entgegnete Limmoni sanft.

»Dann muss ich also bleiben, wenn ich leben will. Oder fliehen und sterben. Ist es so?«

»Ja.«

Alle Kraft wich aus Gulphs Körper. Seine Arme hingen schlaff herunter. Er war am Ende.

»Und was geschieht nun?«, fragte er.

»Die Zukunft ist ein Rätsel, Agulphus, selbst für mich.«

»Wie hast du mich genannt?« Seltsamerweise erzeugte dieser Name in seinem Gedächtnis einen Widerhall, als hätte er ihn vor langer Zeit gehört.

»Agulphus. Das ist dein wahrer Name – der Name eines Königs.«

Gulph lief ein Schauer über den Rücken.

»Hör mich an«, fuhr Limmoni fort. »Alles wird sich wandeln – so wie der Winterwind Einzug hält. Wir können das Wetter nicht ändern, Agulphus. Aber wir können im Sturm bestehen.«

Im Gang waren Schritte zu hören. Gulph wandte sich um. Ein Schatten kam näher.

»Limmoni …« Er blickte zurück. Sie war schon verschwunden.

»Gulph?« Das war Nynus' Stimme. »Gulph! Ich weiß, dass

du hier bist. Du kannst mir nicht entwischen. Gehst du mir aus dem Weg?«

Mit zitternden Händen hängte sich Gulph die Kette wieder um den Hals und schob den Edelstein unter seinen Kittel.

»Ich bin hier, Nynus«, antwortete er und verbesserte sich: »Ich meine, Eure Majestät.«

Die Schritte wurden lauter.

Mein Halbbruder! Gulph hatte Mühe, diese Tatsache einzusehen. Schon beim bloßen Gedanken daran wurde ihm übel. Wäre doch Sir Brax nicht so ein Trunkenbold gewesen und wäre er nicht von der Tangletree-Truppe aufgenommen worden und wären sie nur nicht in Gefangenschaft geraten und nach Idilliam gebracht worden …

Wäre, wäre.

Die Übelkeit verflog und ließ nur drei Gedanken in Gulphs Bewusstsein zurück. Drei.

Ich heiße Agulphus.

Meine Zukunft ist vom Schicksal bestimmt.

Und:

Ich habe meinen Vater, den König, getötet.

Nynus' bleiches Gesicht erschien in der Tür.

»Ah, da bist du ja, Gulph. Dachtest wohl, du könntest mir entwischen, was?«

Gulph brachte mühsam ein Lächeln zustande.

»Ich, König Nynus?«, meinte er. »Ich gehe nirgendwo hin.«

Kapitel 12

Tarlan starrte auf die eintönige Landschaft, die unter Theetas Schwingen vorbeizog. Wie lange war es her, dass sie das letzte Dorf gesehen hatten? Ein Tag? Zwei? Er wusste es nicht. Die eisige Luft hatte seinen Geist ebenso abgestumpft wie seinen Körper. Sein verwundeter Arm schmerzte, obwohl er ihn mit Schwarzblatt eingerieben hatte.

Und ich dachte, in Yalasti wäre es kalt. Aber das war ja noch gar nichts, verglichen mit der Eiswüste.

Immer wieder fegten Böen von Norden heran und bliesen Tarlan ins Gesicht. Den ganzen Weg schon hatten sie gegen diesen Wind angekämpft. Anfangs hatte er noch den eisigen Biss in den Wangen gespürt, inzwischen aber spürte er gar nichts mehr. Der Wind fuhr ihm durchs Haar und durch die schwarze Robe – beides war gefroren.

Dann hörte Tarlan etwas – ein unbestimmtes Schnattern. Vor ihnen tauchten winzige, tanzende Umrisse auf, wie Glühwürmchen oder Sternschnuppen. Wie hübsch sie anzusehen waren! Tarlan überwand die Müdigkeit in den Gliedern und griff nach der glitzernden Wolke, aber sie war noch in weiter Ferne.

»Sturm«, sagte Theeta.

»Immer Sturm«, sagte Nasheen, der zu ihrer Linken durch die Lüfte zog.

Kitheen sagte nichts, wie immer.

Tarlan versuchte sich darauf zu besinnen, was Mirith ihm über die Eiswüste erzählt hatte. Aber seine Gedanken waren gefroren, ganz wie sein Haar und der Umhang. Er wusste nur, dass es ein gefährlicher Ort war und dass nur wenige, die sich hineinwagten, wieder zurückkehrten.

Die glitzernden Formen wurden immer größer und schöner. Tarlan wusste noch immer nicht, was er da sah. Aber die Sorgen der Thorrods entgingen ihm nicht.

»Bringt mich hinunter«, sagte er. »Ihr habt mich weit begleitet. Ihr sollt nicht euer Leben für mich aufs Spiel setzen.«

»Wir fliegen«, entgegnete Theeta.

Tarlan neigte den Kopf. Diese gewaltigen Vögel waren seine besten Freunde. Aber er ertrug die Vorstellung nicht, sie weiter in Gefahr zu bringen.

»Ich werde es schon schaffen«, sagte er. »So hätte es auch Mirith gewollt.«

»Thorrod ist Himmel«, sagte Nasheen.

»Wie meinst du das?«

Nasheens goldener Kopf zuckte vor Unzufriedenheit. Anfangs hatte Tarlan die Thorrods für einfältig gehalten, aber inzwischen hatte er erkannt, dass in ihren einfachen Worten große Weisheit lag.

»Himmel oben«, sagte Nasheen. »Land unten. Thorrod ist Himmel. Mirith ist Land.«

»Aber Mirith ist tot.« Tarlan unterdrückte seinen Kummer und bemühte sich, zu verstehen, was Nasheen ihm sagen wollte.

»Ja. ja«, antwortete das Thorrodweibchen und warf den Kopf zurück. »Jetzt Tarlan ist Mirith.«

»Himmel braucht Land«, sagte Theeta sanft. »Thorrod braucht Tarlan.«

»So ist«, fügte Nasheen an. Tarlan wartete darauf, dass sie fortfuhr, bis er begriff, dass sie alles gesagt hatte.

So ist.

Die Treue dieser majestätischen Tiere verschlug ihm die Sprache. Wo immer er auch hinging, sie würden ihm folgen.

Ohne Mirith hätte ich euch niemals kennengelernt, ging es ihm schmerzlich durch den Kopf.

Und mit einem Mal bekam er eine Ahnung von seiner eigenen Rolle im gewaltigen Strom der Geschichte. Die Thorrods waren uralt, das wusste er, und Mirith hatte ihm erzählt, dass es in den Bergen von Yalasti seit Tausenden von Jahren Frosthexen gab. Er hatte keinen Zweifel, dass das Bündnis zwischen ihnen weit, sehr weit zurückreichte.

»Dann sage ich euch, dass Tarlan Thorrod braucht. So wie ihr mein seid, bin ich euer. Ich werde für euch da sein. Immer. Ich werde euch nicht im Stich lassen.«

Die glitzernden Formen entpuppten sich als Eiskristalle, die der heulende Wind aus der Winterlandschaft hochgerissen hatte und nun vor sich hertrieb. Als sie den Sturm erreichten, beugte sich Tarlan nach vorn und barg den Kopf, so gut es ging, unter seinem gefrorenen Umhang. Wenn das Eis doch durch seinen Schutzschild drang – und das geschah allzu häufig –, stach es wie tausend winzige Messer auf ihn ein.

Der Schleier aus herumwirbelndem Eis verschluckte die Sonne. Es war, als flögen sie durch den dichtesten, tödlichsten Nebel, den Tarlan je erlebt hatte. Unmöglich zu sagen, in welche Richtung sie unterwegs waren. Er konnte nur hoffen, dass die Thorrods wussten, was sie taten.

»Tief!«, rief Theeta und legte die Flügel an.

Sie führte den kleinen Schwarm näher an den Boden. Der Wind blies hier zwar ebenso stark, aber es war eher Schnee als Eis, was er hier aufwirbelte. Tarlan klammerte sich fest, während sich die Thorrods weiter durch den Blizzard vorankämpften. Hoffentlich mussten sie nicht nach Yalasti zurückkehren, wo ihn die Hirschmenschen wahrscheinlich schon erwarteten.

Aber was sind schon die Hirschmenschen, dachte er. *Umkehren bedeutet, Mirith zu verraten. Ich habe ihr doch versprochen, den Edelstein zu Melchior zu bringen. Und ich werde …*

Er wollte gerade seine Hand an den Hals legen, wo die Kette hing, als etwas Großes aus dem Schneegestöber auftauchte. Wie ein riesiger, verdrehter Baum wölbte es sich hoch über Tarlans Kopf. Als die Thorrods unter dem Bogen hindurchflogen, erkannte er, dass es kein Baum war, sondern ein ungeheurer, ausgebleichter Knochen.

Bald ragten noch mehr davon aus dem Dunkel, reihenweise. Sie flogen durch den Brustkasten eines unvorstellbar großen Untiers. Tarlan merkte, wie sich seine Finger fester in Theetas Halsgefieder krallten und sein eiskalter Kiefer herunterklappte. Eis flog ihm in den Mund, aber er bemerkte es kaum – der Anblick war zu überraschend.

Sie zogen weiter über den ungeheuren Friedhof hinweg. Links in der Ferne ragte eine Art Berg auf, vielleicht war es ein Schädel. Die tiefen Schatten im Umriss sahen wie Augenhöhlen aus, jede so groß wie die Höhle, in der er mit Mirith gelebt hatte.

So beunruhigend die gewaltigen Skelette waren, boten sie doch einen gewissen Schutz gegen den Wind. Theeta tauchte tiefer hinab und flog so dicht über dem Boden, dass ihre Flügelschläge Schneewehen aufwirbelten. Die beiden anderen Thorrods folgten und hielten die scharfen Augen beständig wachsam offen. Auch Tarlan starrte nach vorn und fragte sich, wie es wohl wäre, wenn sie einem lebenden Exemplar dieser Ungeheuer begegnen würden.

Schließlich ließen sie die Knochen hinter sich. Der Sturm hielt an, aber die Luft wurde etwas wärmer. Zum ersten Mal auf diesem langen Flug verspürte Tarlan so etwas wie Zuversicht.

»Seht!«, sagte Theeta.

Aus dem Schneesturm tauchten sechs Gestalten auf, die schneller über die Schneefläche rannten, als Tarlan es für möglich gehalten hätte. Sie trugen Kleider aus überlappenden Platten eines Materials, das Tarlan nicht erkannte, und wirkten damit fast wie Reptilien. Schuhe mit besonders breiter Sohle verhinderten, dass sie im verwehten Schnee einsanken.

»Ich wusste gar nicht, dass hier Menschen leben«, sagte Tarlan besorgt.

»Ödländer«, sagte Nasheen.

»Kannibalen«, sagte Theeta.

»Wahnsinnige«, sagte Kitheen.

Tarlan starrte den dritten Thorrod an. Er sprach so selten, dass es dann immer ein ganz besonderes Ereignis war. Sie warteten alle ab, ob er noch etwas hinzufügen wollte, aber ihr schwarzbrüstiger Kamerad hatte ausgeredet.

»Nun«, meinte Tarlan. »Wer immer sie sind – und was auch immer –, wir halten uns von ihnen fern. Kommt, wir wollen …«

Ein Schrei drang durch die Eiswüste.

»Helft mir!«

Die Stimme hatte etwas Flüssiges, Schnurrendes. Etwas Ähnliches hatte Tarlan noch nie zuvor gehört. Eine gedrungene Gestalt kämpfte sich durch eine große Schneewehe.

Zunächst dachte Tarlan, es wäre ein Kind auf allen vieren, aber dann sah er, dass es ein Tier war. Sein dichter Pelz war blauweiß gestreift, in dieser eisigen Welt eine ausgezeichnete Tarnung.

Ein Tigron!

Vor Jahren hatte er aus der Ferne gesehen, wie ein Rudel dieser seltenen wilden Tiere die Ausläufer von Miriths Berg durchstreiften. Dieses hier sah klein aus, wahrscheinlich ein Welpe.

»Hilfe! Sie werden mich töten!«

Es war der kleine Tigron, der rief. Tarlan konnte ihn hören und verstehen. Seine hohe Stimme bebte, und Tarlan wusste instinktiv, dass es ein Weibchen sein musste. Er hatte sich nie etwas dabei gedacht, dass er sich mit den Thorrods unterhalten konnte – Mirith hatte das ja auch gekonnt, warum nicht auch er?

Aber bei all seinen Wanderungen in den Bergen, wenn die Weißbären aus ihren Höhlen trotteten oder die Winterkaninchen am Heidekraut knabberten, hatte er sie nie sprechen hören. Nur die Thorrods.

Und jetzt einen Tigron.

Was hat das zu bedeuten? Warum gerade jetzt?

»Wir gehen«, sagte Theeta und schwenkte weg von den Ödländern, die sich in einem Halbkreis aufgestellt hatten und den Tigronwelpen einkesselten.

»Nein«, widersprach Tarlan und griff heftig in ihr Gefieder. »Wir werden sie retten!«

Die Thorrods flogen tief und griffen von hinten an. Im letzten Moment drehten sich die Ödländer um. Ihre Kleidung bestand aus Knochenplatten, zwischen denen an den Rändern weißer Pelz hervorblitzte. Auf den Köpfen trugen sie schuppige Kapuzen mit Löchern, die mit Hunderten spitzer Zähne besetzt waren, so dass ihre wettergegerbten Gesichter aussahen, als würden sie aus dem Rachen grässlicher Echsen hervorschauen.

Die Ödländer trugen lange Speere aus Knochen, die sie auf die angreifenden Thorrods schleuderten. Doch die Vögel wichen ihnen mühelos aus. Theeta zog tief über den vordersten Mann hinweg. Der Knochenpanzer bot kaum Widerstand, als sie ihm die Krallen in den Rücken grub. Er schrie etwas in einer Sprache, die Tarlan nicht verstand, und fiel mit dem Gesicht voraus in den Schnee.

Kitheen glitt geradewegs auf einen anderen Ödländer zu, als zwei weitere Männer aus dem weißen Nichts auftauchten. Sie erschienen wie zum Leben erweckte Tote und schüttelten den Schnee von sich. Tarlan vermutete, dass sie sich dort verborgen hatten, um dem Tigron aufzulauern. Beide waren mit schweren Knochenäxten bewaffnet.

Kitheen konnte den Sturzflug nicht mehr aufhalten. Er kreischte und ruderte verzweifelt mit den Flügeln, um einen Zusammenprall zu verhindern. Die beiden Männer holten mit ihren Äxten aus.

Plötzlich tauchte Nasheen auf, schlitzte dem einen mit dem Schnabel die Brust auf und stieß den anderen mit dem Schwanz zu Boden, wo er in der Blutlache seines Kameraden liegen blieb.

Drei andere Ödländer waren inzwischen beim Tigronwelpen. Helfer gaben ihnen Deckung, indem sie lange Seile mit stacheligen Gewichten an den Enden über ihren Köpfen kreisen ließen.

»Hilfe!«, schrie der Tigron und zappelte verzweifelt in der Schneewehe, während ein Mann mit einem scharfen Knochenmesser auf seinen Hals zielte.

»Näher!«, rief Tarlan. Er griff unter seinen Umhang und zog den Bogen hervor, den er von der Eisfestung mitgebracht hatte. Als Theeta tief über die Schneewehe glitt, sprang er los. Noch in der Luft legte er einen Pfeil an, spannte und schoss. Der Pfeil drang genau in dem Moment durch den

Hals des Ödländers, als der zum tödlichen Stoß gegen das Tigronweibchen ansetzte. Mit einem Gurgeln stürzte er tot in den Schnee.

Tarlan prallte in eine Schneewehe und rollte in einer weißen Wolke aus. Verwirrt rappelte er sich hoch. Seine Hände waren leer, den Bogen hatte er verloren.

Zwei Ödländer kamen auf ihn zugerannt, mit grimmigen Gesichtern unter den zahnbesetzten Kapuzen. Hinter ihnen waren Nasheen und Kitheen mit den übrigen Männern beschäftigt. Theeta trudelte nach ihrem Sturzflug und war zu weit weg, um ihm zu Hilfe zu kommen.

Beide Männer rissen gleichzeitig die Speere hoch. Tarlans Stiefel rutschten im feinen Pulverschnee herum, als er versuchte, den Speeren auszuweichen.

Da rammte etwas so Schweres seine Hüfte, dass es ihm die Luft in einer weißen Wolke aus der Lunge presste. Er torkelte zur Seite, ruderte mit den Armen und rutschte ein Stück über eine freiliegende Eisfläche. Benommen hob er den Kopf und erwartete, dass einer der Thorrods über ihm stand. Stattdessen blickte er dem Tigron ins Gesicht.

»Du hast mir geholfen«, japste der Welpe. »Also habe ich auch dir geholfen.«

Das kleine Tier sank auf den Boden. Es blutete aus einem langen Schnitt in der Flanke. Wütend kam Tarlan auf die Füße und stellte sich den Ödländern entgegen. Er sah, dass sie vor ihm zurückwichen.

»Was ist?«, rief er. »Habt ihr Angst?«

Ängstlich wirkten sie zwar nicht. Trotzdem wichen sie

weiter zurück, bis sie bei ihren Kameraden waren. Nun standen sie Rücken an Rücken, die schützenden Platten fest um sich gezurrt, die Waffen hocherhoben, sodass sie wie eine einzige, wehrhafte Gestalt wirkten. Kitheen und Nasheen umkreisten sie, hieben mit ihren Schnäbeln und Klauen nach ihnen, ohne einen rechten Treffer zu landen.

»Theeta!«, rief Tarlan, aber sie war schon bei ihm. Die Männer waren nicht vor Tarlan zurückgewichen, sondern vor seiner Freundin, dem Thorrodweibchen.

»Komm«, sagte der riesige Vogel.

»Ja, ich komme«, antwortete Tarlan. Er biss die Zähne zusammen und wuchtete das verwundete Tigronweibchen auf seine Schulter. »Und sie hier auch.«

Sie hoben ab und flogen los, zogen weiter durch die Wildnis. Tarlan hatte keine Ahnung, in welche Richtung sie flogen, und es kümmerte ihn auch nicht. Er wollte nur fort.

»Hoch«, sagte Theeta und führte die Thorrods durch die wirbelnden Eisböen in die Höhe.

Tarlan hatte keine Kraft, um zu widersprechen, und versuchte, den Tigron unter seinem Umhang warmzuhalten. Der Welpe keuchte heftig und hatte offenbar Schmerzen, aber sein Puls war kräftig.

Schließlich ließen die Thorrods den Sturm unter sich. Die Eiswolken breiteten sich unter ihnen aus wie ein brodelnder Ozean aus Kristallen. Es war bitterkalt, und die Luft war so dünn, dass Tarlan nur mit Mühe atmen konnte. Aber zum ersten Mal seit langem fühlte er sich sicher.

»Filos«, sagte das Tigronweibchen und streckte die blauweiß gestreifte Nase unter dem Umhang hervor. »Ich heiße Filos.«

»Ich bin Tarlan.« Sie schien ihn zu verstehen, obwohl er toronisch sprach.

»Sie haben mein Rudel getötet. Mein Familie. Das sind böse Menschen.«

»Es tut mir leid.«

Sie rieb die Nase an ihm und senkte die Augenlider. »Du bist gut.«

Bald war sie eingeschlafen. Tarlan verteilte die Hälfte des verbliebenen Schwarzblatts auf ihrer Wunde und tupfte sich selbst auch ein wenig auf seine höllisch schmerzende Schulter.

Die Thorrods zogen weiter. Da sie dem Sturm entkommen waren, konnte Tarlan genau erkennen, wo sie waren. Hinter ihnen ging das Wolkenmeer in die weißen Berge von Yalasti über, seine Heimat. Vor ihnen, näher als erwartet, lösten sich die Wolken auf und brachten eine so leuchtend grüne Welt zum Vorschein, dass er seinen Augen nicht recht traute.

Die Sonne stand nun zu seiner Linken, kündete vom Ende des Tages und bestätigte ihm, was er sich schon gedacht hatte: Vor ihnen im Nordwesten lag Ritherlee. Tarlan hatte von diesem Land der Weiden und des Überflusses gehört, nun wusste auch er: Es war … wunderschön.

Endlich hatte sich alles geklärt: das Wetter und ebenso die Gedanken, die ihn beschäftigten. Ritherlee war weit entfernt von den Hirschmenschen, von den traurigen Erinnerungen an Miriths Tod und alles, was ihm Schmerz bereitet hatte. Und irgendwo dort würde er einen neuen Anfang wagen und vielleicht seinen Platz in der Welt finden. Und mit der Suche nach Melchior beginnen.

Kapitel 13

Elodie wanderte zwischen den Zelten umher. Dann blieb sie stehen und betrachtete den Morgenhimmel. Die Wolken hingen tief über der Waldlichtung und gaben ihr das Gefühl, in einer verkorkten Flasche zu sein.

Nachts war sie lange wach gelegen und hatte sich immer wieder gefragt, ob es richtig war, im Lager des Dreizacks zu bleiben. Aber hatte sie überhaupt eine Wahl gehabt, so weit von der Heimat entfernt?

Andererseits – wenn sie jetzt an Burg Vicerin dachte, an das höfische Leben, in dem sie aufgewachsen war, dann kam ihr das auch nicht mehr wie ihre Heimat vor. Und wie sie so dastand im Dunkeln, frierend und allein, war sie dem Schluchzen nahe.

Kurz vor Sonnenaufgang war Palenie aufgestanden und hatte ihr beim Verlassen des Zeltes geraten, das Frühstück nicht zu versäumen. Die Prinzessin war eingerollt in ihre rohe Felldecke auf dem harten Boden liegen geblieben und hatte sich schlafend gestellt. Wie sie jetzt mit leerem Magen durchs taunasse Gras ging, bereute sie, nichts gegessen zu haben.

Sie hatte das grüne Kittelkleid angezogen, aber es war zu eng und schlecht geschnitten. Aber ihr war nichts anderes übriggeblieben, denn jemand hatte ihr eigenes Kleid in der

Nacht weggenommen. *Wenn ich das nicht ordentlich geflickt zurückbekomme,* dachte sie, während sie an den Bändeln des Ersatzkleides herumzog, *dann wird das jemandem noch sehr leidtun.*

Als sie auf einen kleinen Platz kam, der von Zelten umgeben war, hörte sie Jubel und dann lautes Aufeinanderprallen von Metall. Eine große Gruppe hatte sich um zwei Männer versammelt, die sich mit Kurzschwertern einen Übungskampf lieferten. Sie trieben sich gegenseitig erst in die eine, dann in die andere Richtung und keuchten bei jedem Treffer auf den Schild des anderen.

Am Ende brach unter den Zuschauern Beifall aus. Die Kämpfer zogen die Helme vom Kopf. Der eine war ein älterer Mann mit angegrautem Bart. Der andere war kein Mann – es war Palenie.

»Ah, da seid Ihr ja«, sagte sie zu Elodie und rieb sich mit dem Handrücken den Schweiß aus den Augen. »Ihr kommt gerade richtig. Ihr seid als Nächste dran.«

»Da täuschst du dich«, antwortete Elodie.

»Das ist eine wertvolle Übung«, erwiderte Palenie. »Ich glaube, Ihr werdet das sehr gut machen.«

»Lieber nicht.«

Der Bärtige zog lautstark hoch und spuckte über seine Schulter. »Und du willst also die Krone haben?«

»Ja«, antwortete Elodie und richtete sich auf. »Natürlich. Sie steht mir zu.«

»Und du glaubst wirklich, Fessan kann sie für dich besorgen?«

Dies musste der Mann sein, den sie beim Verlassen des Lagers schimpfen gehört hatte. »Warum sollte ich denn wollen, dass jemand für mich kämpft?«

»Ha! Wenn's erst in die Schlacht geht, wirst du froh sein, dass ich das Kommando führe. Glaub mir, Prinzessin.«

Neben ihnen schnaubte ein dicker Mann an einem Schleifstein: »Ach, halt's Maul, Stown. Verschon uns mit deinen Geschichten.« Er unterbrach kurz das Schärfen der Schwerter und machte eine obszöne Handbewegung.

Palenie sah sie immer noch an. »Und, Prinzessin? Wollt Ihr nun, dass ich Euch unterrichte?«

Alle verstummten und warteten auf Elodies Antwort.

Stown zog noch einmal den Rotz hoch, spie aus und grinste Elodie an.

»Du bist ein abscheulicher Rüpel«, sagte sie mit eisiger Miene. »Dir würde ich nicht einmal das Kommando über ein Plumpsklo überlassen, geschweige denn eine Schlacht. Außerdem kann ich mir tausend Dinge vorstellen, die ich lieber tun würde, als hier Kampfspielchen zu treiben.«

Palenie kam auf sie zu, die braunen Augen weit aufgerissen, aber Elodie drehte sich weg. Sie marschierte erhobenen Hauptes zu den Bäumen hinüber. Hinter ihr waren Rufe zu hören und auch eine spöttische Bemerkung, wahrscheinlich von Stown. *Wen kümmert es, was sie denken!* Trotzdem war sie den Tränen nahe. Diese Leute behaupteten zwar, für sie kämpfen zu wollen, aber Palenie war offenbar die Einzige, die dabei nett zu ihr war.

Und das wahrscheinlich nur, weil Fessan sie darum gebeten hat, dachte Elodie bitter. Aber wenigstens gab es jemanden, der sie anständig behandelte.

Kaum hatte sie die Weinenden Wälder wieder betreten, wurde es angenehm ruhig um sie. Und selbst als das Flüstern einsetzte, irritierte es sie weit weniger als zuvor. Hier war sie immer noch lieber als im Lager.

Sie kämpfte sich durch dichtes Farnkraut, duckte sich unter ausladenden Ästen und sprang über moosige Rinnen – und ständig murmelten dabei die Stimmen.

Als Elodie über eine niedrige Böschung gekraxelt kam, stand sie unvermittelt vor einem großen Felsblock. War sie beim letzten Mal auch daran vorbeigekommen? Sie konnte sich nicht erinnern.

»Verirr dich bloß nicht, Kleines«, zischte es an ihr Ohr.

»Still«, schnauzte sie zurück.

Bei näherem Hinsehen entpuppte sich der Felsblock jedoch als uralte Kutsche. Sie war von Efeu und bleichen Flechten überwuchert und ragte zur Hälfte heraus. Elodie konnte nur ein geborstenes Rad erkennen und eine Art gepanzerte Kabine, die an den Wehrturm einer Burg erinnerte, mit einem Kranz von Stacheln an der Basis. Ein solches Fahrzeug hatte sie noch nie gesehen.

»Geh nicht zu nah ran«, sagte eine Stimme über ihr.

»Ich sagte doch, du sollst verschwinden«, entgegnete Elodie.

»Mit wem redest du?«, fragte eine andere Stimme.

Elodie stöhnte. »Ich sagte, hau ab!« Wütend drehte sie sich um.

Samial stand hinter ihr. Er hob die Hände, als wollte er ihre Handgelenke greifen, besann sich aber und trat zurück.

»Wen hörst du da?«, fragte er.

»Ach, du bist es.« Sie strich das Kleid glatt und versuchte, ungezwungen zu wirken. In Wirklichkeit war sie froh, mit ihm zusammenzutreffen.

»Wen hast du da gehört?«, fragte Samial noch einmal.

»Ich höre niemanden.«

»Doch, das tust du. Ich habe dich mit jemandem reden gehört.«

Elodie machte eine wegwerfende Handbewegung. »Ach, das war nichts … Ich hatte einen ziemlich schrecklichen Morgen. Ich kann nicht einmal …«

»Wen hast du gehört?«

Elodie starrte den Jungen an. Nun war sie schon extra vom Lager weggegangen, damit man nicht dauernd Dinge von ihr forderte.

»Wer sagt denn, dass ich etwas höre?«, sagte sie und runzelte die Stirn.

»Niemand sagt das. Aber es ist so. Ich weiß es.«

»Nein, ich …« Die Worte verhallten. Elodie hatte die Stimmen verleugnet, solange sie denken konnte, aber jetzt, als sie in Samials schönes, ernstes Gesicht blickte, fiel ihr kein einziger Grund ein, weshalb sie ihn belügen sollte.

»Ich weiß nicht, wer sie sind.« Ihre Stimme klang sehr hilflos in der Weite des Waldes. »Aber ich höre sie, das stimmt.«

Eine Last schien von ihren Schultern zu fallen. Sie strich sich mit der Hand über die Stirn.

»Ich verstehe«, antwortete Samial.

»Wirklich?« Ihr kam ein Gedanke. »Und du … hörst du sie denn auch?«

»Ständig.«

Sie konnte es nicht fassen. Kein Wunder, dass sie sich so zu diesem Jungen hingezogen fühlte.

»Noch nie habe ich jemanden kennengelernt, der so ist wie ich«, sagte sie leise.

Sie streckte die Hand nach ihm aus, aber er zuckte zurück, als wären ihre Finger rotglühendes Eisen.

»Samial«, sagte sie verblüfft. »Was ist?«

Seine Miene trübte sich. »Ich bin nicht wie du«, antwortete er. »Nicht wirklich.«

Elodie ließ die Hand wieder sinken. »Wie meinst du das?«

Samial schluckte. Er schloss die Augen, als ringe er mit sich selbst. Als er sie wieder öffnete, schien er die Traurigkeit abgeschüttelt zu haben, denn er fragte: »Und du bist schon wieder weggelaufen?«

Elodie musste wegen der unerwarteten Frage lachen. Sie setzte sich auf den Stamm einer umgestürzten Weide. »Weggelaufen?«, meinte sie. »Vielleicht. Ich weiß nicht.«

Samial ließ sich am äußeren Ende des Baumstamms nieder. Elodie blickte ihn ernst an. Ein Geheimnis hatte sie ihm nun schon anvertraut – warum also nicht ein zweites?

»Da ist noch etwas, das du über mich wissen solltest«, begann sie. »Es geht um den Grund, weswegen mich der Dreizack entführt hat.«

Elodie erzählte ihm alles, was sie während der vergangenen beiden Tage erlebt und über sich und ihre Bestimmung erfahren hatte. Samial hörte schweigend zu.

»Ich habe das alles so satt«, sagte sie schließlich. »Erst wollen mich die Vicerins auf den Thron setzen und nun der Dreizack. Und wer fragt mich, was ich will? Bin ich wirklich nur eine Marionette, so wie Fessan sagt? Ich komme mir wirklich vor, als würden nur die anderen an den Fäden ziehen, ob mir das nun passt oder nicht.«

Samial saß da und ließ ihre Schilderung auf sich wirken.

»Und?«, meinte Elodie. »Was, meinst du, soll ich tun?«

»Toronia, das Land der drei«, sagte Samial, »ächzt' lang in dunkler Nacht.«

»Wie?«

»Die Prophezeiung. Vor langer Zeit habe ich sie gelernt, als ich … als ich klein war. Hast du sie noch nie gehört?«

Elodie schüttelte den Kopf. Samial sprang auf den Baumstamm und rezitierte mit klarer Stimme:

»Toronia, das Land der drei
Ächzt' lang in dunkler Nacht.
Wo schwache Menschen nimmer frei,
Verführt von großer Macht.

Viel Blut und Treu' verlorengeht
In der verwünschten Zeit.
Doch zieht der Dreistern auf, ersteht
Das Königreich erneut.

Erstarkt im neuen Himmelslicht
Drei Erben zieh'n ins Land.
Die Macht des Unrechtskönigs bricht,
Er fällt durch ihre Hand.

Drei Kronen tragen sie fortan
An Herz und Klugheit gleich.
Und eine neue Zeit bricht an
In Frieden für das Reich.«

»Das ist schön«, sagte Elodie mit einem Schaudern. »Aber auch erschreckend.«

»Es handelt von dir«, sagte Samial. »Ich wusste doch, dass du etwas Besonderes bist.«

Sie wandte sich ab. Die Stimmen, die sie immer geplagt hatten, waren verstummt. Die ganzen Weinenden Wälder waren still, als warteten sie auf ein Wort von ihr.

Auf eine seltsame, verwirrende Weise erschien ihr die Welt mit einem Mal größer als zuvor.

»Ich dachte immer, das wäre es, was ich will«, sagte sie. »Eines Tages Königin sein, meine ich. Aber jetzt …«

»Es ist dir bestimmt, Prinzessin. Du kannst es nicht ändern.«

»Warum nicht? Warum kann ich nicht einfach hier bei dir bleiben, Samial?«

Der Junge setzte sich wieder hin. Seine Traurigkeit war zurückgekehrt. »Es ist kalt in den Wäldern. Kälter, als du denkst.«

»Das ist mir egal. Ich muss schon jetzt auf dem Boden schlafen. Viel schlimmer kann's wohl nicht mehr werden …«

»Du wärst immer noch eine Prinzessin.«

»Dann will ich mich auch wie eine benehmen dürfen. Mein ganzes Leben hat man mich nichts entscheiden lassen, außer über den Schmuck, den ich trage, und wie mir die Zofe das Haar machen soll. Sollte eine Prinzessin nicht selbst bestimmen können, was sie möchte?«

»Und was ist mit dem Thron?«

»Ich weiß nicht. So habe ich mir das alles nicht vorgestellt.« Sie schüttelte den Kopf. »Ich glaube, unter diesen Umständen will ich den Thron gar nicht mehr haben.«

Samial seufzte, und das Seufzen wurde zu einem Schaudern, das seinen drahtigen Körper vom Kopf bis zu den Füßen auf seltsame Weise durchfuhr. Elodie wusste nicht, was es bedeuten sollte. War er froh oder traurig – oder ging es um etwas ganz anderes?

»Also gut«, meinte Samial schließlich. »Du kannst bei mir bleiben. Aber du musst die anderen informieren.«

Als Elodie wieder ins Lager zurückkehrte, war die Gruppe der Schwertkämpfer schon fast auf Kompaniestärke angewachsen. Und sie stritten.

Eine besonders laute Stimme erkannte Elodie sofort – es war die von Stown.

»Warum ausgerechnet du?«, rief er gerade. »Warum nicht

einer von uns? Ein Kommandant sollte seinen Rang dadurch erlangen, dass er sich als würdig erweist, und nicht nur, weil irgendein alter Mann ihn dazu bestimmt hat!«

»Und wer, glaubst du, ist würdig, Stown? Du vielleicht?« Fessans Stimme war nicht so rau wie die des anderen, aber ebenso kraftvoll.

»Gut möglich! Warum nicht? Ich werde gegen jeden Mann kämpfen, der mich herausfordert!«

»Und heute Morgen bist du gegen eine Frau unterlegen!«, war nun Palenie zu hören.

»Das war ein Unentschieden, das weißt du nur zu gut!«, erwiderte Stown.

Elodie suchte sich einen Weg durch die Menge. Fessan und Palenie standen in der Nähe des Schleifsteins beisammen. Ihnen gegenüber hatten sich Stown und eine kleine Gruppe unförmiger und wütend aussehender Männer aufgebaut.

»Ich habe Melchior versprochen, den Dreizack anzuführen«, sagte Fessan, »und ich werde mein Wort auch halten.« Er rieb sich die Narbe, die über seine Wange lief, und wirkte erschöpft. »Außerdem geht es hier gar nicht um dich und mich. Es geht um die Prophezeiung.«

Stown schnaubte: »Die Prophezeiung! Der Dreizack besteht jetzt schon seit drei Jahren, und was hat uns die Prophezeiung gebracht? Gar nichts.«

»Ich sage, sie wird uns alles bringen, was wir uns wünschen«, erwiderte Fessan. »Und ich werde dafür kämpfen, dass sie in Erfüllung geht.«

»Es geht nicht darum, zu kämpfen«, sagte Palenie. Sie hatte das Schwert gezogen und drehte es nachdenklich in der Hand. Die Klinge schimmerte in der Morgensonne. »Auf die Prophezeiung hat das gar keinen Einfluss. Sie wird davon nicht angetastet. Das Schicksal wird sich seinen Weg suchen, ganz egal, was wir tun.«

»Ach so«, spottete Stown. »Dann sollen wir uns vielleicht auf die faule Haut legen und abwarten?«

»So meine ich das nicht«, entgegnete Palenie ruhig. Ihr rotes Haar leuchtete ebenso wie ihr Schwert.

Elodie wartete zaudernd auf den passenden Moment. Hatte überhaupt jemand bemerkt, dass sie hier war? Nun, sie würden schon die Ohren aufstellen, wenn sie erst erfuhren, dass sie ihnen den Rücken kehrte. Dann war diese ganze Debatte ohnehin bedeutungslos.

»Ich sage, die Prophezeiung wird niemals in Erfüllung gehen«, sagte Stown. »Habt ihr nicht gehört, was der Bote berichtet hat? Der eben aus Idilliam zurückgekehrt ist? Er sagte, Brutan ist tot – umgebracht von seinem Sohn Nynus. Seht ihr? Keine Drillinge. Kein Schicksal. Nur ein Sohn, der sich dafür gerächt hat, dass er zehn Jahre lang eingesperrt war. In Toronia sitzt jetzt ein neuer König auf dem Thron.«

Er blickte siegesgewiss um sich. Viele in der Menge traten von einem Fuß auf den anderen und ein Mann rief: »Fessan ist nur zu feige, um es zuzugeben, aber die Sache ist klar – die Prophezeiung ist gescheitert!«

»Nein!«, war da eine Stimme zu vernehmen. »Das ist sie nicht.«

Ein silbernes Pferd schritt durch die Menge. Die Menschen wichen zurück und starrten auf die blonde junge Frau, die heranritt. Noch bevor das Pferd stehen blieb, sprang sie leichtfüßig herunter. Abgesehen von ihrem Ruf war sie völlig lautlos gewesen; Elodie hatte weder Hufschlag noch das Klingen des Zaumzeugs gehört.

Fessan machte große Augen. »Herrin! Was macht Ihr hier?«

»Ich bringe Neuigkeiten aus Idilliam«, verkündete die Fremde. Das Sonnenlicht verfing sich auf seltsame Weise in ihren kantigen Zügen, sodass ihr Gesicht zuerst wie aus Marmor erschien, dann ganz gläsern. »Dieser Mann, sage ich euch, hat recht – und hat es doch wieder nicht.«

Sie zeigte mit dem Finger auf Stown. Der Graubärtige zuckte zurück, drückte dann seinen Rücken durch und sah sie misstrauisch an.

»König Brutan ist tot«, fuhr die Frau fort, »genau, wie es dieser Mann behauptet. Sein Sohn Nynus sitzt jetzt auf dem Thron. Auch dies ist wahr.« Sie drehte sich einmal im Kreis und blickte die Anwesenden an. Als ihre Augen Elodie erreichten, zuckte die Prinzessin zusammen, wie Stown zuvor. Ihr Blick wanderte weiter.

»Fessan …?«, sagte Palenie und sah fragend ihren Anführer an.

»Aber nun kommt der Fehler«, sagte die Frau. »Es war nicht Nynus, der seinen Vater umgebracht hat. Der König wurde getötet von einem anderen seiner Nachkommen. Einem von Dreien.«

Ein Schauer lief Elodie über den Rücken, und ihr Herz schien in ihrer Kehle zu schlagen. *Einer von Dreien!*

Auch andere in der Menge verstanden die Bedeutung. Einige begannen zu murmeln.

»Die Drillinge leben«, fuhr die Frau fort. »Die Prophezeiung wird sich erfüllen.«

Elodies Herz raste. *Die Prophezeiung wird sich erfüllen.* Die Worte der Frau schienen sich um sie zu ranken, sie einzufangen.

»Ich werde Melchior suchen«, sagte die Frau. »Die Räder drehen sich, aber werden sie nicht richtig gesteuert, dann werden viele von ihnen zermalmt werden. Ohne Melchiors Rat könnte alles im Verderben enden.«

»Was verlangst du von uns, Limmoni?«, fragte Fessan.

»Wisst ihr, wo er ist?«, fragte sie.

»Es überrascht mich, dass du als sein Lehrling das nicht weißt.«

»Lehrling? Bei einem toten Zauberer?«, sagte Stown.

»Tot?«, meinte diese Limmoni und neigte ihren Kopf in einem unnatürlichen Winkel. »Bist du dir sicher?«

»Jeder weiß das!«

Stown spannte einen Pfeil und zielte damit auf Limmonis Brust. »Aber du könntest ihm ja …«

Er kam nicht weiter, denn sie hatte die Hand wieder ausgestreckt. Statt auf ihn zu zeigen, machte sie nun eine Bewegung mit der flachen Hand. Die Luft um ihr Handgelenk schien sich kurz zu kräuseln, dann schoss ein Strahl aus brodelndem weißen Licht von ihrer Hand zu Stowns Bogen.

Der Schaft blitzte auf – und zerfiel zu grauem Pulver. Stown zog mit einem Schrei die Hand zurück, als sei er gestochen worden. Der Pfeil fiel auf den Boden.

Elodie schlug die Hand vor den Mund. Sie kannte Magie aus Büchern, aber im ganzen Reich hatte seit Jahren keiner mehr einen lebenden Zauberer gesehen. Die Zauberei war so tot wie die Drachen des Nordens – alle wussten das. Und doch hatte diese Frau hier vor ihren Augen Zauberei vollführt!

»Melchior lebt«, sagte Limmoni und senkte den Kopf. »Er ist mein Meister. Sprich nicht über das, was du nicht weißt.«

Elodie sah, wie sich Stown in den Kreis seiner Kumpane zurückzog. Sie schloss die Finger um den Edelstein und versuchte, das wilde Pochen ihres Herzens zu beruhigen. Sie blickte Limmoni an und erkannte, dass die junge Frau – *die Zauberin!* – ihr direkt ins Gesicht sah, ihre violetten Augen bohrten sich nahezu in sie.

Elodie wollte den Blick abwenden, konnte es aber nicht.

Öffne deine Hand.

Elodie wusste nicht, woher die Stimme kam. Sie tönte nicht in ihrem Kopf und kam auch nicht von außen wie die Stimmen, die sie sonst hörte. Sie ... *fand einfach statt.*

Langsam, als folgten sie einem fremden Befehl, öffneten sich Elodies Finger. Der Edelstein lud sich am Sonnenlicht auf und warf es in hundert blitzenden Strahlen auf die ganze Lichtung zurück. Das grüne Leuchten erfasste auch Limmonis Gesicht, und sie begann, strahlend zu lächeln. Unvermittelt stand sie direkt vor Elodie und ergriff ihre Hände. Die Prinzessin hatte nicht bemerkt, dass sie sich bewegt hatte.

»Du!«, rief Limmoni. »Du bist es!« Sie strich Elodie über die Wange und das Haar. »Schwarze Augen, genau wie dein Bruder. Rotes und goldenes Haar. Wie Feuer.«

Die Menge sah schweigend zu, aber Elodie nahm es nicht wahr. Sie hatte nur Augen für Limmoni, als wären sie beide die einzigen Menschen auf der Welt.

»Mein Bruder?«, fragte sie mit bebender Stimme. »Hast du ihn gesehen? Kennst du ihn?«

Für jede gestellte Frage purzelte ihr eine neue durch den Kopf. *Welchen Bruder meinst du? Sind sie schon zusammen und warten nur noch auf mich?*

Limmoni strich über den Edelstein. Er schien bei ihrer Berührung zu hüpfen. »Verlier das nicht, Prinzessin. Niemals. Es ist eines von Dreien, genau wie du.«

»Sie … sie haben auch jeder einen?« Elodie wollte schreien, wollte schluchzen. Sie zitterte am ganzen Körper. Limmonis Hände lagen kühl und fest auf den ihren.

Limmoni nickte. »Drei Juwelen für drei Kronen. Eines Tages werden sie zusammenkommen. Und ihr werdet das auch.«

Und wie sind sie? Sind sie wie ich?

»Ich habe nur einen deiner Brüder getroffen«, antwortete Limmoni. Hatte sie Elodies Fragen denn gehört? Hatte Elodie sie laut ausgesprochen?

»Wie heißt er?«

»Agulphus. Aber er nennt sich Gulph.«

Gulph. »Und wo ist er?«

»In Sicherheit. Sein Leben war nicht leicht, aber er ist mutig und treu. Anders als du hat er erst kürzlich erfahren, dass er ein Prinz ist. Er lebte lange Jahre bei einer Gruppe fahrender Gaukler. Doch jetzt ist alles anders.« Sie drückte Elodies Hände fester. »Alles hat sich verändert.«

»Und der andere?«

Sie schüttelte den Kopf. »Ich weiß nicht. Ich hoffe, der Dreizack wird ihn finden.«

Limmoni ließ sie los, und Elodie nahm ihre Umgebung wieder wahr. Fessan stand direkt hinter Limmoni. Er wirkte entschlossen. Wie lange hatte er schon dagestanden?

»Unsere Späher werden die drei Länder weiterhin nach ihm absuchen«, sagte er. »Wirst du hier bei uns bleiben, Limmoni?«

»Wie schon gesagt, suche ich Melchior. Ohne ihn ist alles verloren. Das ist meine Aufgabe. Ich kann nichts tun, bis er wieder unter uns ist.«

Sie steckten die Köpfe zu einer kurzen Unterredung zusammen. Elodie trat etwas zurück, während sich die Menge um sie schloss. Sie war verwirrt, und ihr Kopf schmerzte.

Gulph. Kein leichtes Leben.

Sie dachte an ihre Kindheit auf Burg Vicerin. Warum war er so tief gefallen, wenn sie so hoch aufgestiegen war? Und was war mit ihrem anderen Bruder? Wo mochte er sein?

Aus dem Sturm in ihrem Kopf schälte sich ein klarer Gedanke:

Ich muss sie finden. Unbedingt.

Es war, als wäre ein Leuchtfeuer in ihr aufgeflammt. War

das Limmonis Absicht gewesen – sie an die Prophezeiung und ihr Schicksal zu binden? Egal. Sie brauchte ihre Brüder, und ihr Gefühl sagte ihr, dass ihre Brüder auch sie brauchten.

Und dann erschrak sie, denn ihr fiel etwas anderes ein. Samial wartete in den Weinenden Wäldern auf sie. Sie war ja nur ins Lager zurückgekommen, um Lebewohl zu sagen. Aber jetzt konnte sie doch den Dreizack nicht mehr verlassen, oder?

KAPITEL 14

Legt eure Hände ins Feuer«, sagte der König.

Die beiden Jungen klammerten sich aneinander und hatten offensichtlich entsetzliche Angst. Sie sahen sehr viel jünger als Gulph aus, obwohl die Kopfgeldjäger, die sie gebracht hatten, behaupteten, sie seien beide – wie er – dreizehn. Ihre Gesichter waren zu identischen Schreckensgrimassen verzerrt, und Gulph hatte keinen Zweifel, dass sie tatsächlich Zwillinge waren.

Oder Drillinge, wie Nynus glaubte.

»Haltet ihnen die Hände fest«, rief Nynus.

Die beiden Legionäre, die die Jungen festhielten, blickten besorgt zu Hauptmann Ossilius, der neben der Tür des Thronsaals stand. Dieser war lang und schmal, fast wie ein Korridor, mit dem großen Thron von Toronia an einem Ende. Hohe Läden vor den Fenstern ließen keinen Sonnenstrahl herein; die einzige Lichtquelle im Halbdunkel war eine Feuerschale, neben dem großen Thron.

Im Gegensatz zum geschwungenen, goldenen Sessel im Festsaal war dieser schwarz und knorrig, ein Gewirr aus knotigem Holz und ineinander verwobenen Ästen, wie das Wurzelwerk eines uralten Baums. Das abgewetzte Holz reichte in Spiralen weit in die Höhe, bog dann nach vorn und bildete eine Art Baldachin.

Gulph glaubte, dass er im ganzen Leben nichts gesehen hatte, was so sehr den Geist uralter Zeiten verkörperte wie der große Thron. Er hatte allerdings auch nie etwas Verstörenderes gesehen als das geifernde Gesicht des Jungen, der jetzt darauf saß. Wie Gulph in seiner feinen Höflingskleidung so neben dem Thron stand, konnte er nicht fassen, dass er jener sanftmütige Junge war, den er in der Himmelsgruft kennengelernt hatte,

War Nynus wirklich sein Halbbruder? Unmöglich.

Gulph sah die verängstigten Zwillinge an, die im Schein der Feuerschale vor dem Thron kauerten. Auch sie waren Brüder. Und es war nicht zu übersehen, dass sie einander liebten. Musste das nicht so sein?

Er richtete den Blick auf Nynus und empfand nichts als Entsetzen.

Die Zwillinge waren nur die Letzten einer langen Reihe unglückseliger Kinder, die man aus dem ganzen Reich hierhergebracht hatte. Seit vielen Tagen war ein Kind nach dem anderen durch den langen Thronsaal geführt worden. Die meisten hatten zu weinen begonnen, bevor sie zu Nynus' Füßen landeten. Das war natürlich der Zweck des langen Saals – die Untertanen noch einmal an ihren geringen Rang zu erinnern.

Nynus' Vorhaben war sehr einfach; er wollte jedes Kind ausfindig machen lassen, das als überlebender Drilling in Frage kam. Angesichts der Größe des Reichs schätzte Gulph die Erfolgsaussichten gering ein, ja, er hielt das Ganze für Wahnsinn. Trotzdem wuchs in ihm die Furcht, irgendwann könnte doch ein Kind mit schwarzen Augen und rotgoldenem Haar vor den Thron gebracht werden.

Ein Kind, das wie er selbst aussah.

Nynus würde dann von dem Kind zu Gulph blicken. Er würde die Augen aufreißen und den einzig möglichen Schluss ziehen.

Und dann wäre es Gulph, der seine Hände ins Feuer strecken musste.

Bis jetzt waren alle dem König vorgeführten Kinder rasch wieder entlassen worden. Sie waren entweder zu jung oder zu alt gewesen oder hatten sich nicht ähnlich gesehen. Bei diesen beiden Jungen war das anders.

»Ihr seid in Idilliam geboren?«, hatte Nynus gefragt, als sie vor ihm auf die Knie gesunken waren.

Die beiden hatten genickt.

»In der Nacht, als die drei Sterne erschienen sind?«

Die Jungen hatten kurz einen Blick gewechselt und dann genickt. Nynus hatte sich vorgebeugt, unter dem hölzernen Baldachin, der wie die Klauen eines schrecklichen Ungeheuers über ihm hing, und auf dem Kopf die Krone von Toronia: ein polierter Goldreif mit feinen, eingravierten Runen.

Die Krone, die bis vor wenigen Tagen Brutan getragen hatte. Ihr Vater.

»Und eine Schwester habt ihr auch?«, fragte Nynus.

Ohne Absprache schüttelten beide heftig die Köpfe.

Nynus sprang vom Thron auf, verschränkte die bleichen Hände hinter seinen fließenden Gewändern und ging nervös auf und ab. Dabei marschierte er immer nur eine kleine

Strecke, bevor er kehrtmachte – die Strecke seiner vor kurzem erst verlassenen Zelle.

»Ihr lügt«, fuhr er die beiden an. »Ihr seid in die Prophezeiung hineingeboren. Eure Schwester wird versteckt, damit sie euch nicht verrät. Aber wir werden sie finden, macht euch da keine Sorgen. Eure Mutter war eine Hexe. Daher müsst auch ihr magische Kräfte besitzen. Und diese werdet ihr mir nun vorführen.«

Hilflos musste Gulph mit ansehen, wie die Soldaten die Hände der Jungen in Richtung der Feuerschale zogen.

»Es ist ein ganz einfacher Versuch«, erklärte Nynus und klang dabei fast vernünftig. »Wenn ihr die Auserwählten seid, werden eure Zauberkräfte die Flammen ablenken.«

Gulph wollte aufschreien und Nynus sagen, dass es nicht die Jungen waren, die er suchte. Dass er, Gulph, einer von ihnen war. Aber er hielt sich zurück. Nynus hatte schon vielen Kindern mit dem Feuer gedroht, den Versuch letztlich aber niemals durchgeführt.

»Macht schon!«, fauchte er.

Aus seinem Blick sprach eine Art von Wahnsinn, wie sie Gulph noch nie gesehen hatte: ein hohles Licht wie von einem verlöschenden Stern. War das Brutans Erbe? Der alte König musste geistesgestört gewesen sein, um seinen sechsjährigen Sohn in der Himmelsgruft einzukerkern. War Nynus auch verrückt?

Und ich?

Der Gedanke entsetzte Gulph. In seinem Körper floss das gleiche Blut wie in Nynus' Adern.

Wenn ich König wäre, würde ich dann auch so werden?

Seine Hand verlor sich an die Stelle an seinem Hals, wo, sicher verborgen hinter seinem Samtkragen, das grüne Juwel hing. Seine kühle, harte Form erinnerte ihn daran, dass er dieses Geheimnis nicht alleine tragen musste. Limmoni wusste von seiner wahren Identität und setzte sich vermutlich auch in diesem Augenblick für ihn ein. Aber schon vor Tagen war sie aufgebrochen, um Melchior zu suchen, und er hatte noch immer nichts von ihr gehört.

Trotz Nynus' ausdrücklichem Befehl zögerten die Soldaten noch. Der junge König stolzierte mit funkelnden Augen zu ihnen.

»Tut, was ich befohlen habe«, knurrte er, »sonst lasse ich euch auspeitschen!«

Mit versteinerten Mienen hielten sie die Hände der Zwillinge in die Flammen. Gulph schrie auf, aber das Kreischen der Jungen übertönte alle anderen Geräusche im Thronsaal.

Nynus beobachtete teilnahmslos, wie die Flammen an den gekrümmten Fingern der Kinder leckten. Die Jungen schrien und versuchten sich loszureißen, aber die Soldaten hielten sie fest. Langsam verbreitete sich der Geruch von verbranntem Fleisch im Saal.

»Genug!« Hauptmann Ossilius kam an die Feuerschale und zog die Jungen weg. Sie fielen schluchzend auf die Knie und wedelten die verbrannten Hände verzweifelt durch die Luft.

»Was meint ihr damit, Hauptmann?«, meinte Nynus mit eisiger Stimme.

»Der Versuch war vorüber«, erwiderte Ossilius. »Wären sie zur Magie fähig, dann hätten sie diese sofort angewandt. Es war nicht nötig, dass sie weiter litten.«

Nynus marschierte wieder ein Stück und blieb dann vor dem Hauptmann stehen.

»Ihr mögt recht haben«, sagte er. »Aber vielleicht auch nicht. Solange wir die Schwester nicht haben, können wir nicht sicher sein. Bringt sie in die Himmelsgruft. Dort werden sie bleiben, bis die Familie wieder vereint ist.«

»Es gibt keine Schwester!« Hauptmann Ossilius fuhr sich zornig durchs graue Haar. Er war hochgewachsen und überragte Nynus. Gulph erwartete fast, dass er den jungen König schlagen würde.

»Ihr vergesst, wer Ihr seid, Hauptmann Ossilius«, sagte Nynus.

»Diese Kinder sind unschuldig! Zeigt ein wenig Mitleid! Gerade Ihr solltet die Schrecken der Haft doch kennen.«

Gulph konnte den Blick nicht von den wehklagenden Jungen wenden. »Nynus«, sagte er und berührte den König am Arm. »Findet Ihr nicht, Ihr solltet …?«

Nynus stieß ihn beiseite, stürzte sich auf Ossilius, packte sein Hauptmannsabzeichen und riss es ihm vom Waffenrock. Den Legionären stockte der Atem. Ossilius verzog keine Miene.

»Das wird meine Mutter erfahren«, sagte Nynus.

Die Krone verrutschte auf seinem Kopf. Er schob sie wieder zurecht und wurde rot. Aus dem Mund eines Königs war diese Drohung einfach lächerlich.

Aber vielleicht auch nicht angesichts dessen, was Gulph über die verwitwete Königin wusste.

Hauptmann Ossilius blieb teilnahmslos stehen. Sein Gesicht verriet keine Regung, während Nynus weitere Legionäre herbefahl. Auf Anweisung des Königs legte man dem Hauptmann eiserne Handschellen und Fußfesseln an.

Das darfst du nicht tun!, dachte Gulph und ballte die Fäuste.

Aber natürlich durfte Nynus das.

Als Nynus den Befehl gab, Ossilius zur Himmelsgruft zu bringen, begegnete er Gulphs Blick. Er starrte ihn lange und eindringlich an, bis Gulph wegsah.

Weiß er Bescheid?

Als Hauptmann Ossilius abgeführt war, kehrte Nynus wieder auf den Thron zurück. Er kochte vor Wut, kaute an den Fingernägeln und trommelte mit den Fersen gegen die Sockelleiste des Throns. Die Soldaten, die noch immer die schluchzenden Jungen festhielten, traten unruhig von einem Bein aufs andere und warfen Gulph hoffnungsvolle Blicke zu, ob er vielleicht wusste, wie es weitergehen sollte.

»König Nynus«, sagte Gulph. »Soll ich …?«

»Bringt sie fort«, sagte Nynus mit einer knappen Handbewegung. »Bringt sie in die Himmelsgruft. Und belästigt mich heute nicht mehr.«

Erleichtert machten sich die Legionäre auf den Weg. Als sie weg waren, überwand sich Gulph und ging zum Thron.

»Gestattet Ihr, dass ich die Häftlinge geleite?«, sagte er und musste schlucken. »Es wäre mir eine große Ehre. Sie sind so bedeutsame Gefangene.«

Nynus sagte nichts, sondern gab nur einen Wink mit der Hand. Das genügte. Gulph eilte den Legionären hinterher und holte sie im Korridor hinter dem Thronsaal ein.

»Es hat einen Irrtum gegeben«, sagte er und bemühte sich verzweifelt um einen amtlichen Tonfall. »Es handelt sich doch nicht um die gesuchten Kinder. Sie sollen sofort in meinen Gewahrsam übergeben werden.«

»Ich weiß nicht …«, sagte der erste Legionär.

»Wir sollten nachfragen«, sagte der andere.

»Selbstverständlich könnt ihr das nachprüfen«, sagte Gulph. Beide Soldaten ließen im selben Moment die Schultern hängen.

»Nimm sie mit«, sagte der eine.

»Ich gehe dort nicht noch einmal hinein«, murmelte der andere.

Die Legionäre gingen und ließen Gulph allein mit den wimmernden Jungen. Sie starrten ihn angsterfüllt an und pressten die mit Blasen bedeckten Hände an die Brust.

»Ihr seid jetzt in Sicherheit«, sagte Gulph sanft. »Aber wir müssen uns beeilen und sehr leise sein. Habt ihr das verstanden?«

Die beiden nickten stumm.

Gulph führte sie durch ein Gewirr schmaler Dienstbotengänge, die parallel zu den großen Korridoren des Schlosses verliefen. Hoffentlich begegneten sie niemandem!

Sie hatten Glück und erreichten bald eine der Türen zum Schlosshof. Dort war zwar alles voller Menschen, aber das Haupttor direkt gegenüber stand offen.

Eine endlose Reihe von Pferdewagen holperte durch das Tor. Die Wagen, die das Schloss verließen, waren schwer mit Säcken und Fässern beladen. Am Vortag hatte Gulph gehört, wie sich die Küchenbediensteten über den Feldzug des Königs gegen die aufständischen Landbesitzer in Ritherlee unterhielten. Wahrscheinlich brachte diese Wagenkolonne Nachschub zu den Kämpfern.

Der Tausendjährige Krieg, dachte Gulph, als er die lange Reihe der Wagen aus dem Schloss hinausrollen sah. *Dauert er nun wirklich schon so lange?*

Die ankommenden Wagen dagegen waren leer. Viele waren beschädigt, mit Schwerthieben übersät und gespickt mit Pfeilen. Die Zugpferde waren ausgelaugt und schweißnass.

Alles wird fortgebracht. Gulph sah die müden, hungrigen Gesichter der Toronier, die den Aufbruch des Geleitzuges beobachteten. *Aber nichts wird hergebracht, in die Stadt.*

»Geht mit ihnen durchs Tor«, sagte Gulph zu den Jungen und deutete auf eine Gruppe Schmiede, die neben den Wagen herliefen. Mehrere Jungen, die mit ihren kurzen Schürzen als Schmiedegesellen zu erkennen waren, eilten hinter ihnen her. »Aber dann müsst ihr selbst weitersehen. Es tut mir leid. Ich wünschte, ich könnte mehr für euch tun.«

»Ihr habt schon viel getan, Herr«, sagte einer der Zwillinge.

»Vielen Dank«, sagte der andere.

Gulph hielt den Atem an, als die beiden in den Schatten eines Heuwagens huschten und hinter den Schmieden hereilten. Als er sie nicht mehr sehen konnte, ging er ins Wohngebäude des Schlosses zurück. Eigentlich sollte er erleichtert sein, er war es aber nicht.

Er sah kurz auf und entdeckte an einem Fenster weit oben eine Frau, die herabsah.

Magritt.

Er eilte hinein. Hatte sie ihn beobachtet? Hatte sie gesehen, was er getan hatte?

Den Rest des Tages erwartete Gulph jede Minute, dass sich eine Hand auf seine Schulter legte und ein Soldat der Königlichen Legion ihn zuerst vor den König und dann in die Himmelsgruft führte. Vielleicht würde er ja in eine Zelle mit Hauptmann Ossilius kommen. Sie hätten eine Menge zu bereden.

Aber nichts passierte, und Gulph stürzte sich wieder in seine Pflichten. Zu seinen Aufgaben als Erster Hofbeamter gehörten drei tägliche Sicherheitsinspektionen (ohne irgendwelche Änderungen an der Wache vorzunehmen), die Durchsicht der vielen ankommenden und abgehenden Briefe (ohne sie zu beantworten) und die Aufwartung beim König, wann immer er dies verlangte. Dabei waren seine Verpflichtungen nur vage festgelegt, und Gulph hatte den größten Teil des Tages frei. So hatte er eines Nachmittags all die unbeantworteten Briefe in der Schreibstube des Schlosses sortiert und dann in den zerfallenden Pergamenten gestöbert.

Er hoffte, auf diesem Weg etwas über sein Schicksal zu erfahren. Irgendwann war er in einer hauchfeinen Pergamentrolle mit verblichener Schrift auf die Prophezeiung gestoßen. Eine mögliche Zukunft für ihn, niedergeschrieben in Tinte. Aber stimmte die Prophezeiung überhaupt? Im Augenblick konnte er nur abwarten, was Magritt und Nynus mit ihm vorhatten. Ihm schien, dass sie das selbst nicht so recht wussten.

Oder sie passten den richtigen Moment ab.

Die Möglichkeit, mich loszuwerden.

Am Abend machte Gulph seine gewohnte Runde übers Schlossgelände. Danach spazierte er einfach weiter. Der Himmel war schwarz wie Samt und die Sterne leuchteten hell und klar. Am hellsten leuchtete ein Dreigestirn, ein perfektes Dreieck genau am höchsten Punkt. Das Sternbild der Prophezeiung. Ein grüner, ein roter und ein goldener Stern. Gulph war fasziniert. Er ging zwar weiter, blickte aber doch immer wieder hoch in den Himmel.

Welcher von den Dreien bin ich?

Er betrat glatte Steinplatten, den Weg zum Königlichen Mausoleum, einem mächtigen Steintempel direkt über dem Abgrund, der Idilliam von Isurien trennte. Schräg aus der Schlucht ragten die massiven Säulenträger, und die Wände unter der gewölbten Kuppel waren aus Granitblöcken gemauert. Eine schwere Eisentür war zwischen den verzierten Säulen eingepasst.

Ganz in der Nähe lag die Brücke von Idilliam, ein riesiger, steinerner Finger, der von der Stadtmauer bis über den Abgrund hinüberreichte. Die Brücke bot den einzigen Zugang zur Stadt. Brutan musste beim Bau gewusst haben, dass das Mausoleum das Erste sein würde, was den Besuchern der Königsstadt bei ihrer Ankunft ins Auge fallen würde.

Sinnlose Eitelkeit, dachte Gulph.

Eine Schar von Raben kreiste um das Gebäude. Hin und wieder landete ein Vogel auf dem Dach und pickte an etwas herum. Gulph musste hinsehen, ob er wollte oder nicht.

Es war Brutans Leiche, die dort auf der Kuppel lag!

Nynus hatte die Idee gehabt, den Leichnam auf dem Dach anzubringen, anstatt ihn rechtmäßig zu bestatten. Das war vor drei Tagen gewesen. Inzwischen waren seine Überreste in Verwesung übergegangen, es wimmelte von Maden.

In Gulphs Magen hob sich das Abendessen. Er drehte sich seitwärts für den Fall, dass er sich übergeben musste. Das Schlimmste konnte er verhindern. Als er sich wieder aufrichtete, passierte das, was er den ganzen Tag befürchtet hatte: »Hier bist du, Gulph!« Eine Hand packte ihn an der Schulter. »Ich habe dich überall gesucht. Wo bist du gewesen?«

Gulph schluckte den bitteren Gallengeschmack hinunter und wandte sich zu Nynus um.

»Ich bin meinen Pflichten nachgegangen, Euer Majestät.«

Grinsend versetzte ihm Nynus einen Klaps auf den Arm. »Wir sind doch Freunde, oder? Also nenn' mich Nynus!«

»Ja, Nynus.«

Nynus zog ein Taschentuch aus einem Beutel an seinem

Gürtel und reichte es Gulph. »Hier. Du siehst ein bisschen grün aus. Das muss der Gestank von dem Tier auf dem Dach sein.«

»Danke, Nynus.« Gulph drückte das Taschentuch auf den Mund und war froh, dass er so seine Miene verbergen konnte. »Was kann ich für dich tun?«

»Du kannst zuhören – das kannst du für mich tun. Ich hatte eine fabelhafte Idee und muss sie unbedingt jemandem erzählen.« Nynus ging an den Rand der Schlucht und breitete die Arme aus. »Dies! Dies ist die Zukunft!«

Gulph starrte auf den Rücken des Königs. *Nur ein Schubs. Mehr wäre nicht nötig*. Und für seine Grausamkeit gegenüber den beiden Jungen hätte Nynus es mehr als verdient. Und es wäre so leicht gewesen. Und wenn man schon einen König umgebracht hatte, was bedeutete da schon ein zweiter …?

»Die Zukunft?«, sagte er. »Das musst du mir erklären.«

»Dieser Abgrund ist unser größter Schatz. Er hält uns die Feinde vom Leib. Isur steckt voller verräterischer Rebellen, die mich stürzen wollen. Und das ist nur der Anfang. Die Herrschaftsgebiete im Westen sind an einen Kriegsherrn gefallen, den sie ›den Hammer‹ nennen. Die verfehdeten Familien auf der Insel der Knochen haben einen Bund geschlossen und wollen sich von Toronia lossagen. Und am Fuß der Unüberwindlichen Berge sammeln sich barbarische Horden in großer Zahl. Verräter, allesamt!

»Der Tausendjährige Krieg geht weiter«, pflichtete Gulph bei, der noch nicht verstand, worauf der König hinauswollte.

»Und da ist noch Ritherlee. Heute habe ich von meinen Spionen gehört, dass Lord Vicerins Armee die Knechte von den Feldern gerufen und ihnen Schwerter statt Pflugscharen gegeben hat. Seine Streitmacht ist nun doppelt so stark, und bald schon wird er auf Idilliam zumarschieren.«

»Idilliam ist bestens gesichert.«

»Nicht gut genug.«

»Und was ist mit der Schlucht?« Gulph äugte in den Abgrund, in den er seinen Halbbruder beinahe hinabgestoßen hätte.

»Sehr effizient. Besser als jeder Burggraben – nicht einmal Wasser, das man durchschwimmen könnte!« Nynus lachte – ein feines Kreischen, das Gulph in den Ohren schmerzte. »Aber sie ist nicht perfekt.«

»Was fehlt?«

Nynus deutete vorbei am Mausoleum mit den kreisenden Raben und den verwesenden Resten seines Vaters. Er zeigte direkt auf die Brücke von Idilliam.

»Das.«

»Die Brücke?« Gulph glaubte sich verhört zu haben. »Meinst du das ernst, Nynus?«

»Ich sage, sie muss weg.«

»Weg? Du meinst, sie soll zerstört werden?«

»Ja.«

Gulph starrte auf das steinerne Band, das die Königsstadt Idilliam mit Isurien und dem Rest der Welt verband. Von der Schwarzen Zelle hatte er sehnsüchtig auf die Brücke herabgesehen. Die einzige, lebenswichtige Verbindung, über die

die Stadt versorgt wurde. Wenn er sie zerstörte, dann versetzte Nynus die Stadt in einen Belagerungszustand.

Früher oder später würden alle verhungern.

Und ich werde hier mit Nynus und Magritt gefangen sein.

Nynus drehte sich lachend um. In diesem Augenblick, im Licht der Sterne der Prophezeiung, war sein bleiches Gesicht das eines Wahnsinnigen.

Kapitel 15

Ritherlee war herrlich. Wäre Tarlan ein Vogel gewesen, er wäre in trunkener Freude durch die Lüfte gesegelt. Er genoss die Wärme der Sonne, sog begierig die Düfte unzähliger Blumen und Kräuter ein und starrte benommen auf die reich in Frucht stehenden Felder, die unter ihnen im Wind wogten. Das war wirklich ein Land des Überflusses.

»Es ist so anders als Yalasti«, rief er Theeta ins Ohr. »So anders … als alles, was ich je gesehen habe!«

»Grün«, antwortete der Thorrod.

»O ja.« Tarlan lachte. »Das kann man wohl sagen.«

Filos bewegte sich unter dem Umhang. Tarlans Lachen erstarb, und er streichelte den Tigronwelpen; er machte sich Sorgen um die Kleine. Seit der Eiswüste hatte sie nichts mehr gesagt, ja nicht einmal geknurrt. Das Schwarzblatt, das er in ihre Wunde gerieben hatte, war inzwischen abgeblättert; die Schnittwunde hatte sich rot entzündet.

Tarlan griff in den Umhang und hoffte, noch ein paar Reste der wertvollen Medizin zu finden, aber alles war verbraucht. Beim Kampf mit den Ödländern hatte Nasheen einen Hieb quer über die Brust davongetragen, und aus ihrem linken Flügel waren Federn ausgerissen worden. Tarlan hatte das immer stärkere Pochen in seinem linken Arm ignoriert und ihr die letzten Blätter gegen die Schmerzen gegeben. Aber das Fliegen fiel ihr immer schwerer, es war deutlich zu sehen. Bald würde sie sich nicht mehr in der Luft halten können, fürchtete Tarlan. Theeta beklagte sich nicht; aber auch sie war erschöpft, und selbst Kitheens Flügelschläge waren nicht mehr so kräftig wie sonst.

Tarlan war der Anführer, und er musste eine Entscheidung treffen.

»Wir werden landen«, erklärte er. »Wir müssen uns alle ausruhen, und Nasheen und Filos brauchen Hilfe.«

Besorgt senkten die drei Vögel die Köpfe.

Tarlan erkannte Rauchfahnen, die hinter der flachen Hügelkette emporstiegen. Dort musste ein Dorf sein. Außerdem ragten Baumwipfel in den Himmel. Wenn dort ein Wald war, konnten sich seine Gefährten verstecken, während er Hilfe holte. Und danach würden sie sich auf die Suche nach Melchior machen.

Als sie die Hügelkette überflogen, erkannte Tarlan zu seinem Entsetzen, dass der Rauch von brennenden Häusern aufstieg. Hier lag zwar ein Dorf, aber es stand in Flammen. Menschen rannten zwischen den Höfen und Scheunen umher, riefen und schrien durcheinander. Manche trugen Eimer voll Wasser, andere fuchtelten mit landwirtschaftlichen Geräten herum, als wären es Waffen.

Sie waren bereits im Landeanflug, und Nasheens Augen fielen vor Erschöpfung immer wieder zu.

»Nasheen!«, schrie Tarlan. »Flieg zu den Bäumen!«

Der kleine Schwarm von Thorrods drehte über dem verwüsteten Dorf hastig ab. Einige Bewohner sahen ängstlich zu den riesigen Vögeln auf, aber die meisten waren zu sehr mit dem Kampf gegen die Flammen beschäftigt.

Der erhoffte Wald war kaum mehr als ein verwildertes Gestrüpp. Trotzdem bot er Schutz und hielt sie vor den Blicken der Menschen verborgen. Sie landeten direkt am Waldsaum und stolperten zusammen unter das schüttere Blätterdach der Eichen und Birken.

Kaum waren sie dort im Schatten angelangt, als Nasheen taumelte und stürzte. Ihre Brust bebte, und sie atmete nur mit großer Mühe. Theeta strich ihr mit dem Schnabel übers Gesicht. Kitheen arbeitete sich inzwischen hinter ihnen durchs Dickicht vor bis zu einem kleinen Bach, der den Hügel herabfloss.

Tarlan glitt von Theetas Rücken, barg Filos in einem Farngebüsch und deckte sie mit seinem schwarzen Umhang zu. Er prüfte ihren Atem und stellte sicher, dass ihre Wunde nicht blutete. Dann trat er zurück. Mehr konnte er nicht für sie tun.

Er blickte in die Runde. Ein gutes Versteck war dieser Ort nicht. Wenn Mirith hier wäre, hätte sie bestimmt alle nötigen Heilkräuter ausgegraben. Hätte er doch nur besser aufgepasst bei ihren Ausführungen! Was hatte sie immer zur Stärkung müder Glieder verwendet? Etwas aus gemahlenen Knochen? Nun, hier gab es keine Knochen, und selbst wenn, er hätte nichts damit anfangen können.

»Wir brauchen Hilfe«, sagte er.

»Hilfe«, krähte Nasheen, ohne die Augen zu öffnen.

Kitheen kam vom Bach zurück und träufelte ihr das Wasser aus seinem Schnabel in die Kehle.

Tarlan spähte zum brennenden Dorf hinüber. Alles, was er sehen konnte, waren die Köpfe der Menschen, die versuchten, ihre Habe zu retten.

»Wir brauchen Hilfe«, sagte er noch einmal leise für sich.

Theeta streichelte ihn mit ihrem goldenen Flügel. »Theeta kommt«, sagte sie.

»Ja«, antwortete Tarlan. »Ich glaube, ich könnte dich brauchen.«

Nebeneinander gingen sie über das Feld, das das Walddickicht vom Dorf trennte. Tarlan ließ seine gesunde Hand an seinem Bogen und versuchte, den Schmerz in der Schulter nicht zu beachten. Hatte er überhaupt die Kraft, um die Sehne zu spannen?

Eine Scheune am Rand der Siedlung war unversehrt. Davor tobte der Kampf: Mit Rechen und Sensen bewaffnete Bauern versuchten, ihre Häuser gegen Soldaten zu verteidigen, die blaue Schärpen über ihren Kettenhemden trugen. Ein ungleicher Kampf.

»Was meinst du, Theeta?«, fragte Tarlan. »Sollen wir uns einmischen?«

»Los«, antwortete der Thorrod.

Tarlan packte ihre Halsfedern und schwang sich auf ihren Rücken. Theeta breitete die Schwingen aus und flog in Richtung der Scheune. Sie hielt sich so tief, dass ihre Klauen Furchen ins Gras zogen. Als sie sich den beiden Kampfparteien näherten, zog sie leicht nach rechts und hielt auf die Soldaten zu.

»Woher weißt du, dass das der Feind ist?«, fragte Tarlan.

»Nahmen Kind«, sagte Theeta.

Alle Gesichter drehten sich zu ihnen. Ein Soldat schrie auf und ließ das kleine Mädchen fallen, das er getragen hatte. Mit grimmiger Miene setzten sich seine Kameraden von den Bauern ab und bildeten hastig eine Verteidigungsreihe gegen den anfliegenden Thorrod. Eine Frau rannte nach vorn und hob das Mädchen vom Boden auf.

»Vorsicht!«, sagte Tarlan, als zwei Soldaten ihre Speere hoben. »Nach links!«

Theeta wechselte sofort die Richtung. Ihr mächtiger Flügelschlag wirbelte Staub vor der Scheune auf. Als die Soldaten hustend und spuckend zurückwichen, lenkte Tarlan den Thorrod direkt auf sie zu und wartete darauf, dass sie die Klauen ausfuhr.

Aber das machte sie nicht. Vielmehr flog Theeta so tief und schnell, dass ihr Schwung allein genügte, um die Soldaten allesamt umzureißen.

Die Soldaten hatten sich kaum aufgerappelt, als die Dorfbewohner mit wiedergewonnenem Mut auf sie losgingen. Halb benommen versuchte der Feind, sich neu zu formieren.

Als sie aber sahen, dass der Thorrod zum zweiten Angriff ansetzte, ließen sie ihre Waffen fallen und flohen. Unter dem Jubel der Bauern landete Theeta mit Tarlan auf der Wiese neben der Scheune.

Sie hatten den Boden kaum berührt, als die Frau, deren Kind sie befreit hatten, ihnen entgegengelaufen kam.

»Danke«, rief sie unter Tränen. Sie hielt das kleine Mädchen in den Armen und blickte staunend zum Thorrod auf. »Hat euch Lady Darrand geschickt, um uns zu retten?«

»Äh, nein«, antwortete Tarlan, der die komplizierten Worte nur schwer verstand. Seit Mirith tot war, war er aus der Übung. Die Tiersprachen waren so viel einfacher. »Ich weiß nicht, wer Lady Darrand ist. Ich habe keine Ahnung, was hier eigentlich vorgeht. Ich brauche nur …«

Ein Hornsignal schnitt ihm das Wort ab. Mit donnernden Hufen und brausenden Rädern kam ein von Schimmeln gezogener Streitwagen angefahren. Dahinter rannten zwölf Männer in brauner Lederrüstung und mit Breitschwertern bewaffnet. Die Zügel hielt eine Frau in metallener Rüstung. Wo diese nicht mit Schlamm bedeckt war, schimmerte sie hell wie Silber in der Sonne von Ritherlee.

Die Frau ließ ihre Peitsche knallen und dirigierte ihre Pferde übers Feld zu Tarlan und Theeta. Der Wagen hielt, und sie zog den Helm ab. Schwarzes Haar fiel ihr über den Rücken.

»Ich bin Lady Sora Darrand«, sagte sie. Wie die andere Frau blickte sie nicht Tarlan, sondern seine riesige geflügelte Gefährtin an. »Dieses Dorf steht unter dem Schutz meiner Familie. Nennt mir den Grund, weshalb ihr hier seid.«

»Wir brauchen Hilfe«, antwortete Tarlan.

Lady Darrand runzelte die Stirn. »Wirklich? Und doch habt ihr selbst geholfen. Ist es nicht so, Amalie?«

Die Frau mit dem kleinen Kind nickte.

»Was geht hier eigentlich vor?«, fragte Tarlan. Die Angreifer waren geflohen, und die Dorfbewohner legten die Waffen weg. Ein Mann drehte einen Wasserhahn auf, und die Leute kamen mit Eimern, Kübeln und Schüsseln gerannt, füllten sie und gossen sie über das Feuer.

Lady Darrand presste die Lippen aufeinander. Tarlan bemerkte, dass sie ihn musterte. Beurteilte.

»Dies ist mein Land«, sagte sie. »Es befindet sich seit Generationen im Besitz meiner Familie. All diese Zeit haben wir in Frieden mit unseren Nachbarn gelebt, den Vicerins. Lord Vicerin und ich sind Freunde, seit wir als Kinder zusammen gespielt haben. Wir haben als Verbündete gemeinsam gegen die Unrechtsherrschaft der Krone gekämpft.«

Für Tarlan ergab das alles keinen Sinn. Lords und Ladys … Kampf gegen die Krone … all das interessierte ihn nicht, aber Lady Darrand blickte ihn erwartungsvoll an.

»Oh. Und was ist vorgefallen?«

»Für einen jungen Mann, der unsere Angelegenheiten nicht kennt, scheinst du mir ziemlich klug zu sein.«

Tarlan zuckte mit den Schultern. »Ich habe schließlich Augen im Kopf. Es ist ja nicht zu übersehen, dass hier etwas Schlimmes passiert ist.«

»Etwas Schlimmes. Richtig. Vor ein paar Tagen wurde Lord Vicerins Tochter entführt. Und jetzt ist seine Armee überall am Randalieren, besetzt das Land und tötet das Vieh. Dörfer werden niedergebrannt.« Ihre Züge wurden hart. »Und er stiehlt unsere Kinder.«

Darin konnte Tarlan keinen Sinn erkennen. »Aus Rache?«

»Nein«, meinte Lady Darrand. »Verhandlungsmacht.«

»Das verstehe ich nicht.«

»Es ist kompliziert.« Ein Schatten fiel über ihr Gesicht. »Vorgestern wurde mir die eigene Tochter aus dem Schlaf geraubt. Meine geliebte kleine Sorelle …«

Langsam begann sich Tarlan dafür zu interessieren, was diese Frau erzählte. Armeen und Königreiche kümmerten ihn nicht. Aber er wusste, was es hieß, als Kind allein in der Welt zu sein.

»Das tut mir leid«, sagte er.

Lady Darrand schüttelte sich, aber trotz ihrer strengen Miene glitzerte es in ihren Augen.

»Dies ist ein Thorrod, nicht wahr?«, fragte sie und blickte auf.

»Sie heißt Theeta.«

»Und dein Name?«

Er zögerte kurz. »Tarlan.«

»Eine solche Bestie wäre in einer Schlacht sicher von großem Vorteil.«

»Vermutlich.« Die Entschlossenheit der Frau erinnerte ihn an Mirith, aber er wusste, dass er vorsichtig sein musste. Das hatte er aus seinen wenigen Begegnungen mit Menschen gelernt.

»Du sagst, du bräuchtest Hilfe. Ich werde sie dir geben, wenn ich kann.«

Tarlan begriff, wie sie das meinte. »Und dafür sollen wir für Euch kämpfen.«

Lady Darrand hob ihre Augenbrauen und lächelte. »Ich sagte doch: Du bist klug.«

Tarlan sah zu Theeta auf. Sie erwiderte seinen Blick. Sie und seine anderen Gefährten würden tun, was immer er von ihnen verlangte, das wusste er.

Aber soll ich das von ihnen verlangen?

»Brauchst du Bedenkzeit?«, fragte Lady Darrand.

Tarlan dachte an die verletzte Nasheen im Wald und an Filos, die vielleicht im Sterben lag. Und er spürte die Hitze in seinem eigenen verwundeten Arm, spürte, wie der Schmerz langsam vom ganzen Körper Besitz ergriff.

»Nein«, antwortete er. »Wir werden Euch helfen, aber zuerst brauchen wir Eure Hilfe. Ich habe noch drei weitere Gefährten. Sie sind dort drüben im Wald. Wir brauchen einen Heiler. Wir haben … schwere Zeiten hinter uns. Pflegt uns gesund, dann werden wir Euch zu Diensten sein.«

»Deine Gefährten«, sagte Lady Darrand und kniff die Augen zusammen. »Sind sie Krieger?«

»Zwei sind Thorrods.« Mit Vergnügen beobachtete Tarlan, dass sie ihre Verwunderung nicht verbergen konnte. »Und ein Tigron. Sie ist noch jung, hat aber scharfe Krallen.« Er richtete sich auf. »Sie sind mir treu ergeben und werden tun, was ich von ihnen verlange.«

»Sie gehorchen dir?«, fragte sie überrascht.

»Ich spreche mit ihnen.«

Sie blickte ihn lange an, bevor sie einen Soldaten heranrief. Die beiden besprachen sich, dann trottete er davon und kehrte kurz darauf mit einem alten Mann zurück. Dieser war so mit Rucksack und Taschen beladen, dass er einem wandelnden Marktstand glich.

»Herrin?«, sagte er mit heiserer Stimme.

»Caraway, geh mit diesem jungen Mann. Tu alles, was in deiner Macht steht für ihn und seine … Gefährten.«

Er verbeugte sich tief. »Auch unter Euren eigenen Männern sind viele Verletzte, Herrin. Seid Ihr Euch sicher, dass Ihr es so wollt?«

»Ich bin mir sicher, Caraway. Verlier keine Zeit und tu, was man dir sagt!«

Der alte Mann zuckte unter ihren scharfen Worten zusammen. Lady Darrand entließ Tarlan mit einem Nicken, aber er war noch nicht fertig.

»Dies ist nicht unser Krieg, Lady Darrand. Wir werden helfen, die Gefahr für dieses Dorf zu bannen, mehr nicht. Sobald Eure Leute in Sicherheit sind, werden wir aufbrechen. Sind wir uns einig?«

Lady Darrand war für einen Augenblick sprachlos. Tarlan vermutete, dass sie es nicht gewohnt war, Weisungen zu erhalten – aber er war das genauso wenig. Kurz dachte er, sie würde sich weigern. Dann aber stieg sie von ihrem Streitwagen und reichte ihm die Hand. »Ich nehme deine Bedingungen an, Thorrodreiter«, sagte sie.

Tarlan ergriff ihre Hand und schüttelte sie.

»Geh voran, junger Mann«, sagte Caraway.

»Nein, steig auf, bitte«, antwortete Tarlan.

Trotz ihrer Erschöpfung beklagte sich Theeta nicht, als sich alle beide auf ihrem Rücken niederließen. Es war nur ein kurzer Flug zurück zum Wäldchen. Caraway klammerte sich an den Federn fest und hielt den Mund zusammengepresst. In der Ferne sah Tarlan, dass sich Lord Vicerins Armee mit den blauen Schärpen für einen neuen Angriff formierte. Es war noch nicht ausgestanden.

Als sie sich den Bäumen näherten, schoss Kitheen aus dem Schatten hervor, den goldenen Schnabel weit aufgerissen und das schwarze Brustgefieder gesträubt. Der alte Mann schreckte zurück und ließ seine Beutel fallen.

»Ganz ruhig, Kitheen!«, sagte Tarlan. »Es ist alles in Ordnung. Er wird euch nichts tun.«

Kitheen faltete die Flügel ein und stieß den Mann dabei fast zu Boden.

»Ob ich *ihnen* etwas antue, ist nicht gerade meine größte Sorge«, knurrte der Heiler und fasste die drei Thorrods und den Welpen ins Auge.

Tarlan versuchte, sein Grinsen zu unterdrücken, während er half, die Beutel wieder einzusammeln. Caraway öffnete sie, und obwohl seine Hände zitterten, mischte er in kürzester Zeit eine verwirrende Anzahl von Kräutern und Tinkturen zusammen. Tarlan sah fasziniert zu. Bei Mirith war die Heilkunst immer ein langes, heiliges Ritual gewesen. Caraway hatte vermutlich bei seinen Einsätzen im Kampf schneller am Werk sein müssen.

»Du zuerst«, sagte er und stand mit einer Tonschale vor Tarlan. »Es ist der linke Arm, wenn ich mich nicht irre.«

Verblüfft zog Tarlan das Hemd über die Schulter herunter. »Woher weißt du das?«

»Ich wäre kein guter Heiler, wenn ich das nicht wüsste.«

Caraway legte einen Wickel mit einer übelriechenden Paste auf Tarlans Wunde. Sie war heiß und eitrig, aber schon nach wenigen Atemzügen ließ der Schmerz tatsächlich nach. Die Wirkung kam so schnell und gründlich, dass Tarlan sofort wieder an Mirith denken musste. An Zauberkunst. An Magie.

»Hast du von einem Mann namens Melchior gehört?«, fragte er den Alten und verwünschte sich sofort dafür. Wenn man einen Zauberer suchte, war es dann vernünftig, dem erstbesten Fremden gleich den Namen auf die Nase zu binden?

»Melchior?« Der Heiler stand gerade über Filos gebeugt und untersuchte mit seinen langen Fingern behutsam ihre Verletzungen. »Du meinst den Zauberer? Ja, natürlich habe ich von ihm gehört. Wer hat das nicht?«

»Ist er berühmt?«

»Das kann man wohl sagen.« Er rieb eine Tinktur auf die Flanke des Tigronweibchens, das fast augenblicklich zu schnurren anfing.

»Lebt er hier in der Gegend?« Tarlan war, als würde der Edelstein auf seine Brust pressen und ihn bei der Suche vorantreiben. War Melchior wirklich so leicht zu finden?

»Warum willst du das wissen?« Caraway sah ihn eindringlich an.

Tarlan zuckte mit den Achseln. »Ach, reine Neugierde.« Er strich Filos über den Kopf.

»Nun, es ist eigentlich allgemein bekannt, dass Melchior

schon vor Jahren gestorben ist. Er war der letzte Zauberer auf der Welt, weißt du. Das ist nun alles vorbei. Endgültig.«

Die Worte trafen Tarlan wie ein Erdrutsch. Der Atem wich aus seiner Brust, und in seinem Kopf breitete sich Leere aus.

Und was soll ich jetzt tun?

Es war vorbei. Das gesteckte Ziel hatte sich als Wunschvorstellung erwiesen. Es gab keine Zauberer, und das Juwel um seinen Hals war nichts als ein kalter, grüner Stein, eine Erinnerung an Mirith. Da war kein Schicksal, das auf ihn wartete. Er war Tarlan, sonst nichts.

Caraway war sich der Wirkung seiner Worte nicht bewusst und wandte sich nun Nasheen zu. Neben dem riesigen, bewusstlosen Thorrod wirkte er geradezu winzig.

Tarlan zwang sich, wieder zu atmen. Zu seinem Erstaunen folgte auf den Schock ein Gefühl der Erleichterung. Er trauerte weiterhin um Mirith, aber nun war er nicht mehr an den Weg gebunden, den sie ihm bestimmt hatte. Er war frei, zu tun, was er wollte – und was das war, wusste er längst. Wenn die Schuld bei Lady Darrand erst beglichen war, wollte er für sich und seine Gefährten einen sicheren Ort zum Leben finden – weit weg von den Menschen.

Was könnte ich mir sonst wünschen?, dachte er.

Kapitel 16

»Wir können nicht auf Melchior warten«, sagte Fessan.

Elodie wusste nicht mehr, wie oft er das schon gesagt hatte. Viele im Lager waren ebenfalls dieser Meinung. Aber nicht alle.

Elodie blickte auf Stown. Der würde mit seiner Meinung bestimmt nicht hinterm Berg halten. Und Stown enttäuschte sie nicht.

»Und wenn Limmoni den Zauberer findet?«, fragte er in die Runde. »Ihr habt doch ihr Gesicht gesehen, als sie aufgebrochen ist. Ich möchte wetten, das Mädchen weiß, wo er ist.«

»Limmoni weiß, was sie tut«, stimmte Fessan zu. »Aber sie betreibt Magie. Wunder vollbringt auch sie nicht.«

»Wir brauchen seinen Rat«, sagte eine alte Frau.

»Wir werden auch ohne ihn auskommen.« Fessan stand auf und ballte die Fäuste.

Auch Elodie erhob sich von ihrem harten Hocker. Sie kamen nicht weiter, und das machte sie rasend. Da konnte sie genauso gut noch eine Runde um die Lichtung drehen, bevor die Sonne endgültig hinter den Bäumen unterging. Vielleicht bekam sie dann den Kopf frei.

Palenie legte ihr besorgt die Hand auf den Arm. »Prinzessin, alles in Ordnung?«

»Ihr seid schon den ganzen Nachmittag unterwegs gewesen, Elodie«, sagte Fessan. »Bleibt Ihr oder geht Ihr? Es wäre an der Zeit, sich zu entscheiden.«

Die Frage verblüffte Elodie. Bleiben oder gehen? Meinte er nun die Besprechung? Oder den Dreizack?

»Ich weiß nicht«, sagte sie und tastete durch das unbequeme Kleid nach dem Edelstein.

»Kann sie denn nicht einfach stillsitzen?«, grummelte Stown. »Ich werde schon vom Zuschauen ganz kribbelig.«

Alle sahen sie an – der ganze Dreizack, der sich in der Mitte der Lichtung im Kreis zusammengesetzt hatte. Fessan hatte wieder Platz genommen und war nur noch eines von vielen Gesichtern in der Menge. Der Einzige, der sie nicht anstarrte, war der junge blonde Mann neben Fessan – Rotho, der erst am Morgen zum Dreizack gestoßen war. Seine Augen wanderten unruhig über die Menge, und Elodie fragte sich, ob ihn das Geschehen hier ebenso verwirrte wie sie selbst.

»Nun gut«, antwortete sie steif, setzte sich wieder auf den Hocker und sah Fessan an. »Ich bleibe. Aber ich weiß immer noch nicht, was ich tun soll.«

»Ihr seid auf jeden Fall am richtigen Ort«, sagte Fessan. »Bitte helft uns bei der Entscheidung.«

»Wir entscheiden doch gar nichts«, brummte Stown.

Fessan beachtete ihn nicht und wandte sich wieder an die ganze Versammlung. »Begreift ihr nicht? Jetzt ist der richtige Zeitpunkt. Limmoni sagte, einer der Drillinge sei schon in Idilliam, ja sogar im Schloss. Die zweite …«, er deutete auf Elodie, »… ist hier bei uns. Wenn wir jetzt aufbrechen, können wir noch vor dem Vollmond zwei von dreien zusammenbringen.«

»Und was ist mit dem dritten Kind?«, fragte einer.

»Auch das wird gefunden werden. Es *muss* gefunden werden. Abgesehen davon braucht aber der erste Drilling – Agulphus – unsere Unterstützung. Er sitzt gewissermaßen in der Tigrongrube und schwebt jeden Atemzug in Gefahr.«

Stown schnaubte. »Du glaubst wirklich, dass wir uns jetzt gegen die Krone erheben sollten? Dass wir bereit dazu sind, es mit der ganzen Königlichen Legion aufzunehmen?«

»Mein Vater ist dort«, erwiderte Fessan. »Und er ist nicht alleine.«

Elodie stöhnte, während das Hin und Her immer weiterging. Wenn sie Fessan und die anderen vom Dreizack vorher hatte streiten hören, dann hatte sie das geärgert, weil sie sich so verlassen fühlte. Nun ärgerte sie sich, weil das Ergebnis für sie von so großer Bedeutung war.

Die dünnen Wolkenschleier lösten sich auf, und am dämmernden Himmel erschienen drei funkelnde Sterne. Elodie schaute hinauf und war erstaunt, wie nah sie zu sein schienen. Sie wirkten nicht wie Sterne, sondern wie funkelnde Juwelen, die nur knapp außer Reichweite hingen.

Ich muss mich nur etwas strecken, dann hab ich sie.

»Schaut doch, dort!«, rief Fessan und zeigte zum Himmel hinauf. »Seht ihr denn nicht die Sterne der Prophezeiung?«

Elodie schauderte. Es war, als hätte er ihre Gedanken gelesen.

»Na und?«, meinte Stown.

»Sie sind der Beweis!« Nun verlor auch Fessan langsam die Ruhe. Elodie hörte die Leidenschaft in seiner Stimme. Die Narbe in seinem Gesicht zuckte. Wie er sie wohl bekommen hatte? Im Kampf für den Dreizack vielleicht – für sie und ihre Brüder?

»Begreift ihr denn nicht?« Fessan ging nun vor der Versammlung auf und ab. »Die Räder sind in Bewegung. Alle Teile des großen Rätsels fügen sich ineinander. ES PASSIERT. ES PASSIERT *JETZT!*«

»Schön gesagt«, grunzte Stown. »Aber es bleibt doch die Tatsache, dass Melchior uns verlassen hat. Fessan glaubt, er kann den Dreizack führen, aber er führt ja nicht einmal die verwöhnte Göre, die er uns als Prinzessin angedreht hat.«

Fessan schäumte vor Wut. »Wie kannst du es wagen, die künftige Königin zu beleidigen? Auf die Knie, Stown! Du bittest sie auf der Stelle um Verzeihung!«

Stown spuckte nur auf den Boden.

Jetzt reichte es Elodie. Sie sprang wieder einmal von ihrem Hocker und trat in den Kreis. Augenblicklich wurde es still. Und mit einem Mal kam sie sich ein bisschen größer vor, den allwissenden Sternen vielleicht ein klein wenig näher.

»Stown hat recht«, sagte sie. Fessan legte die Stirn in Falten. Stowns Miene wurde zu einem frechen Grinsen. »Ich war tatsächlich so. Als ich hier ankam, war ich verwöhnt und undankbar. Das tut mir leid.«

»Noch mehr schöne Worte«, sagte Stown. »Wenn ich du wäre, kleines Mädchen …«

»Prinzessin«, verbesserte ihn Elodie. »Jetzt sei still, solange ich rede.«

Der stämmige Mann schien aufgebracht, hielt aber den Mund.

»Seit ich angekommen bin«, fuhr Elodie fort, »habe ich viel über mich selbst erfahren. Ich habe gelernt, dass ich bis jetzt in einer sehr beschränkten Welt gelebt habe. Ich habe erfahren, dass ich zwei Brüder habe und dass ich sie in meiner Nähe wissen möchte – mehr als alles andere, mehr sogar als den Thron.«

Sie ging zu Fessan hinüber, der sich sofort auf ein Knie niederließ. Elodies Rücken prickelte. »Einer meiner Brüder ist in Idilliam«, sagte sie und blickte Fessan an, der zu ihr aufsah. »Vielleicht ist er in Gefahr. Ich finde, wir sollten zu ihm stoßen.«

Ein Murmeln lief durch die Menge. Fessan erhob sich wieder. Seine Augen leuchteten, und er rief:

»Zweifelt noch jemand daran, dass wir die wahre Königin unter uns haben?«

Das Gemurmel schwoll an zu einem Rauschen.

»Sie sagt, sie will nach Idilliam aufbrechen!«, fuhr Fessan fort.

Das Rauschen wurde zum Brausen. Rotho sprang auf, riss klatschend die Hände hoch, und die anderen folgten seinem Beispiel.

»Gemeinsam schaffen wir das!«, schrie Fessan. »Denn ich sage, es ist nicht Elodie, die mit uns marschieren wird! Wir sind es, die mit ihr marschieren werden!«

Die vereinten Stimmen des Dreizacks brandeten gegen Elodie wie Wellen gegen den Strand. Es war mehr als ein Brausen. Es war ein Sturm. Ein Sturm für sie.

Wir kommen zu dir, Gulph, dachte sie und blickte in die strahlenden Gesichter. *Wir kommen.*

Das ganze Lager war in Aufruhr. Alle bauten Zelte ab, packten Vorräte in Säcke und Kisten, schirrten Pferde an und löschten Feuer. Fessan war überall gleichzeitig. Wann immer er Elodie begegnete, lächelte er sie an, als ob er immer gewusst hätte, dass es richtig war, an sie zu glauben. *Hoffentlich enttäusche ich ihn nicht*, dachte sie.

Elodie, die nicht recht wusste, was sie tun sollte, ging zu ihrem Zelt zurück, fand aber stattdessen Palenie, die schon die Planen aufrollte und die Stangen verstaute.

»Kann ich helfen?«, fragte Elodie.

»Ach, schon gut«, antwortete Palenie und warf ihr Bärenfell auf den Haufen. »Das ist schon der Rest. Wir werden unterwegs sein, noch bevor der Mond aufgeht.«

Elodie nickte. Alles geschah so schnell, und sie war es gewesen, die diese Lawine ausgelöst hatte. Es war überwältigend.

Palenie kam zu ihr herüber. »Es wird alles gut werden.« Sie lächelte. »Du warst großartig vorhin. Du hast dich wie eine Königin angehört.«

Elodie erwiderte das Lächeln. »Wirklich?«

»O ja, Prinzessin. Ihr hättet Stowns Gesicht sehen sollen. Er hat ausgesehen, als hätte er etwas Verfaultes gegessen.«

Die Mädchen lachten. Elodie spürte Wärme in sich aufsteigen und bemerkte, dass sie zum ersten Mal glücklich war, seit sie Ritherlee verlassen hatte. Der Einzige, der sie sonst zum Lachen gebracht hatte, war Samial gewesen.

Samial.

»Ich muss noch was erledigen«, sagte Elodie. »Wird nicht lange dauern!«

Sie eilte zurück in die Weinenden Wälder.

Er wird mitkommen, dachte sie. *Das muss er einfach.*

Auf dem Weg kam sie an Rotho vorbei, der Speere auf einen Wagen lud. Als er sie sah, kam er gleich zu ihr. Er war schlank, hatte breite Schultern, und sein Brustpanzer schimmerte in der Spätnachmittagssonne. Am Gürtel hing eine schmale Klinge.

»Prinzessin.« Er begrüßte sie mit einer eleganten Verbeugung.

Er sieht wie ein Ritter aus, dachte Elodie. Vielleicht war der Dreizack gar kein zusammengewürfelter Haufen, wie sie zuerst gedacht hatte.

»Als ich hörte, dass einer der drei beim Dreizack mitkämpft, konnte ich es kaum glauben«, sagte Rotho, »aber Eure Ansprache zerstreute alle meine Zweifel. Es ist mir eine Ehre, Euch zu folgen, Prinzessin, wo immer Ihr uns hinführt.« Er zog sein Schwert und ging, die Klinge flach auf den Handflächen, in die Knie. Dann hob er es zu ihr auf. »Mein Schwert ist Euer.«

Elodie wurde von Stolz erfüllt. Palenie hatte gesagt, dass alles gut würde, und vielleicht war das ja die Wahrheit. Denn wenn junge Krieger wie Rotho an sie glaubten, dann mussten doch auch andere folgen? Mit ihm und Samial an der Seite wäre die lange Reise zu ihren Brüdern und zum Thron bestimmt angenehmer.

»Ich danke dir«, sagte Elodie. »Es ist mir eine Ehre.«

Rotho beugte den Kopf noch einmal. Als er sich erhob, eilte Elodie weiter in Richtung der Bäume. Als sie zurückblickte, sah Rotho ihr immer noch nach. Dann hob er die Hand und drehte sich wieder zum Wagen um.

Im Wald war es schon dunkel, doch das war Elodie egal. Es war ja das letzte Mal, dass sie diesen düsteren Ort aufsuchen musste. Selbst jene Stimmen störten sie nicht, die am Rand ihres Bewusstseins vor sich hinflüsterten. Bald würden sie und Samial weit weg von hier sein, auf der Straße nach Idilliam.

Sie tauchte durch das Unterholz und rief Samials Namen.

An der kleinen Lichtung, wo sie ihm zum ersten Mal begegnet war, blieb sie stehen. Die Sterne der Prophezeiung warfen ihr Licht auf die Waldwiese. Oben in den Bäumen schluchzte jemand.

»Samial?«

Keine Antwort. Nur das Gemurmel der Stimmen.

Elodie rannte weiter und hielt sich dabei mit den Händen die spitzen Nadeln der Kiefernzweige vom Leib. Diese Rinne entlang, dann über die Wurzeln hinweg, dann durch das Weidengebüsch …

Sie stoppte. Direkt vor ihr flirrte die Luft. Aus dem Dunkel formte sich ein Schatten, schwarz auf schwarz. Er schwamm kurz, ein zwischen Boden und Himmel schwebender Ölfleck, der schließlich die Gestalt eines Jungen annahm.

Samial.

Elodie trat zurück und atmete hastig. Ihr Herz pochte. Was hatte sie gerade gesehen?

Das sind nur Schatten, sonst nichts, sagte sie sich. *Ein Trugbild der Dunkelheit.* Aber warum dann diese schreckliche Furcht in ihrem Herzen?

»Was hast du gesagt?«, frage Samial und trat vor.

Sie hielt das Juwel so fest gepackt, dass sie es fast von der Kette riss. »Nichts«, japste sie. »Du hast mich nur überrascht.«

Er machte ein ernstes Gesicht. »Du bist erschrocken? Warum?«

Elodie schluckte heftig und mahnte sich zur Vernunft. Er hatte sich einfach nur versteckt, sonst nichts. So musste es gewesen sein.

»Ich gehe fort«, sagte sie mit brüchiger Stimme. »Ich meine, der Dreizack bricht auf, und ich gehe mit.«

»Oh.« Die Miene des Jungen war unergründlich. »Dann hast du deine Entscheidung getroffen, Prinzessin.«

»Ja, und ich möchte, dass du mitkommst. Mit mir. Mit uns.« Elodie streckte die Hände aus. Wie immer schreckte Samial vor ihrer Berührung zurück.

Warum tut er das nur?

»Ich kann Sir Jaken nicht verlassen.«

»Wir ziehen nach Idilliam. Mein Bruder ist dort und … Bitte, Samial. Der Dreizack unterstützt mich, und Palenie ist meine Freundin, aber du bist der Einzige, der mich wirklich versteht … Ich möchte nicht ohne dich gehen.«

»Das musst du aber.«

Sie griff noch einmal nach ihm, aber er zog sich weiter in die Schatten zurück. Das Dunkel schien ihn einzuhüllen, als wäre er irgendwie ein Teil davon.

Das ist nur die Dunkelheit, sagte sie sich noch einmal.

Aber es schauderte sie, und sie setzte sich auf einen moosbedeckten Baumstumpf.

»Vielleicht wird es eine Schlacht geben«, sagte sie bitter. »Ich hab noch nie so etwas miterlebt. Woher soll ich dann wissen, was ich tun soll?«

»Du wirst es wissen«, antwortete Samial.

»Du hast gut reden! Du hast im Krieg gekämpft. Ich dachte, du würdest mir helfen, aber du willst ja nur in diesem blöden Wald vor dich hinmodern, mit deinem blöden Ritter, der …«

Hinter ihr knackte ein Zweig. Elodie sprang auf und drehte sich ängstlich um. Zuerst dachte sie, Stown würde auf sie losgehen. Aber es war Palenie, wie sie erleichtert feststellte.

»Mit wem redest du?«, fragte Palenie und blieb stehen, als sie sich durch das Weidendickicht gezwängt hatte.

Zu lügen hatte keinen Sinn. »Er heißt Samial.« Elodie drehte sich wieder zu ihrem Freund um.

Aber er war nicht mehr da – nur noch eine dunkle Wolke, etwa in der Gestalt eines Jungen, und sie löste sich allmählich in der Luft auf. Bevor sie ganz verschwand, blitzten die beiden bleichen Augenhöhlen noch einmal auf, dann erblassten sie.

»Ein Geist!«, rief Palenie. »Seht dort … Der Baum hat sich bewegt!« Zum ersten Mal sah Elodie Furcht in ihren Augen.

»Nein, er ist hier«, schrie Elodie. »Er muss hier sein …« Voller Entsetzen rannte sie über die verlassene Lichtung und versuchte, Samials flüchtige Gestalt zwischen den Bäumen auszumachen. Aber es war nichts von ihm zu sehen.

Tief im Innern wusste sie, dass Palenie recht hatte. Samial war gar kein Junge. Er war nicht einmal am Leben – er war nur ein ruheloser Geist im Übergang zwischen dieser Welt und der nächsten.

Sie hatte ihre Zeit damit verschwendet, mit den Toten zu reden.

Elodie zitterte. Allerdings nicht vor Angst, sondern vor Wut. Die ganze Zeit hatte er sie glauben lassen, sie könnte hier bei ihm im Wald bleiben – sie könnten Freunde sein.

»Viele Menschen sind hier gestorben«, sagte Palenie und musterte ängstlich die Schatten zwischen den Bäumen. »Damals im Blutkrieg. Er endete, als Brutan den Thron bestieg. Deshalb nennt man das hier die Weinenden Wälder.«

Elodie konnte nicht aufhören zu zittern. Samial hatte ihr erzählt, sein Ritter habe in diesem Krieg gekämpft. Nun wusste sie, dass er nicht der Knappe eines Ritters im Exil, sondern gemeinsam mit diesem Ritter gefallen war, in diesem Wald. Sie kannte die Wahrheit, aber sie war so schwer zu glauben. »Ich habe ihn gesehen«, sagte sie. »Wirklich.«

Palenie kam zu ihr. »Ihr habt einen Geist gesehen. Früher war er mal real, das ist er jetzt nicht mehr.« Sie ergriff Elodies Hände und fragte leise: »Elodie, war er der Einzige, den ihr gesehen habt?«

»Ja.« Heiße Tränen flossen ihr über die Wangen, als sie von der Wahrheit über sich und die Stimmen eingeholt wurde. »Aber ich höre andere. Habe sie immer gehört.«

Sie dachte daran, wie oft sie es auf den Korridoren von Burg Vicerin hatte flüstern hören. All diese Stimmen. Und all die Zeit hatte sie gedacht, sie sei verrückt.

All diese Geister.

War denn die ganze Welt verflucht? Und war sie die Einzige, die die Toten hörte?

Sie machte sich los von Palenie und rieb sich die Augen. »Und ich dachte, das wäre alles in meinem Kopf … Ich dachte, ich wäre …«

»Sprecht es nicht aus«, meinte Palenie streng. »Mit Euch ist alles in Ordnung, Elodie.«

»Außer, dass ich Geister höre?«

Sie erwartete, dass Palenie gehen würde, zurück zum Lager, um Fessan und Rotho und den anderen zu erzählen, dass ihre künftige Königin verflucht war. Stattdessen nahm Palenie behutsam ihre Hand.

»Vielleicht ist es eine besondere Gabe«, sagte sie leise. »Ihr seid immerhin eine Prinzessin.« Sie blickte nervös zu den Bäumen. »Los jetzt. Wir haben einen weiten Weg vor uns.«

Sie verließen die Weinenden Wälder, ohne dass Elodie auch nur einen einzigen Blick zurückgeworfen hätte. Es hatte keinen Sinn mehr.

Ich will ihn niemals wiedersehen, dachte sie.

Kapitel 17

Die Musikanten spielten einen fröhlichen Marsch. Hinter ihnen flatterten bunte Fahnen im Wind. Soldaten waren in Linie angetreten, die blitzenden Speere geradewegs zur Sonne gereckt. Gulph hatte mehr Soldaten erwartet, aber ein Großteil der Armee des Königs war nun jenseits der Schlucht in Isurien zur Belagerung eines Rebellendorfes abgestellt.

Gulph fragte sich, wie das Ganze wohl auf Nynus wirkte. Wahrscheinlich gefiel ihm, was er sah: treue Untertanen, die seinen Befehlen gehorchten. Obwohl er dabei war, die einzige Verbindung zwischen Idilliam und dem Rest der Welt zu kappen und sich damit auch von den Soldaten abzuschneiden, die er erst nach Isur ausgeschickt hatte.

Das ist keine Feier hier, dachte Gulph. *Es ist eine Katastrophe.*

An der Brücke hatte sich inzwischen eine Menschenmenge versammelt, die das Spektakel mitansehen wollte. Die Menschen sahen entweder wütend oder ängstlich aus. Durch die Zerstörung der Brücke wurde die Stadt isoliert, und keiner wollte hier festsitzen.

»Hebt die Rammböcke an!«, schrie Nynus.

Der König von Toronia saß neben seiner Mutter auf einer eigens errichteten Holzbühne, von der sich die Brücke überblicken ließ. Ein schwarzer Baldachin schirmte ihn von der Sonne ab, aber er musste trotzdem die Hand über die Augen legen und verzog geblendet das Gesicht.

Eine Gruppe Soldaten spannte nun auf der Brücke die Taue der vier gewaltigen Belagerungsmaschinen an. Sie stammten noch aus dem Blutkrieg und waren auf Nynus' Befehl aus den Magazinen der Garnison hergeschafft und auf der Brücke von Idilliam aufgestellt worden. Die Rammböcke waren inzwischen komplett umgebaut worden. Anstatt die gewaltigen Baumstämme seitwärts zu schwingen, hingen diese nun senkrecht und zeigten mit den Spitzen aus massivem Eisen nach unten auf den geglätteten Fels.

Durch das Spannen der Taue wurden über Zahnräder und Hebel große Gewichte in die Luft gehoben. Diese sollten nach dem Loslassen der Taue die Eisenspitzen in die Brücke rammen.

Als Nynus sein Vorhaben geschildert hatte, war es Gulph völlig verrückt vorgekommen. Jetzt, wo es vor seinen Augen in die Tat umgesetzt wurde, hatte sich seine Einschätzung kein bisschen verändert.

»Bitte hört auf!« Ein Bauer stolperte aus der Menge nach vorne. Bevor ihn jemand aufhalten konnte, war er auf die Bühne geklettert und lag dem König zu Füßen. Nynus blickte angewidert auf ihn herab.

»Bitte«, jammerte der Mann. »Meine Familie … Sie lebt in Isur. Wie soll ich sie jemals wiedersehen ohne die Brücke?«

Nynus versetzt ihm einen Tritt. Legionäre umringten den

Mann, aber er durchbrach ihre Kette und rannte auf die Brücke hinaus. Andere Zuschauer nahmen das als Zeichen und stürmten, vorbei an den Soldaten, ebenfalls auf die Brücke. Dort liefen sie zwischen den Belagerungsmaschinen hindurch und versuchten, die andere Seite zu erreichen.

Gulph konnte es kaum mit ansehen. *Sie werden es nicht schaffen*, dachte er.

Die Rammgewichte waren nun ganz nach oben gezogen und zum Einsatz bereit. Glänzend vor Schweiß und mit angespannten Muskeln warteten die Soldaten an den Tauen in der Sonne.

Nynus hob die rechte Hand.

Gulph fasste die Armlehne des Throns. »Was tut Ihr?«, rief er. »Ihr könnt das Zeichen noch nicht geben. Es sind noch Menschen auf der Brücke!«

»Nicht mehr lange!«, bellte Nynus.

»Aber das ist …« Gulph sprach nicht weiter. So groß seine Entrüstung auch war, wenn er Nynus jetzt wütend machte, wurde es für alle Beteiligten nur noch schlimmer.

Wie soll man einen Tyrannen davon abhalten, grausam zu sein?

Dann hatte er eine Idee. »Ihr möchtet doch, dass sie Euch lieben, oder? Eure Untertanen, meine ich. Aber wie wird es aussehen, wenn Ihr diese Menschen tötet?«

»Das wird ihnen zeigen, dass der König stark ist«, sagte Magritt. Ihre Stimme klang trocken und hart, wie Kieselsteine, die in einer Schachtel klapperten. »Nicht weich wie du!«

Gulph wollte zuerst widersprechen, aber ihr wütender Blick brachte ihn zum Schweigen. Er musste daran denken, wie er sie oben am Schlossfenster gesehen hatte. Ob sie vielleicht doch gesehen hatte, wie er die Zwillinge gerettet hatte?

Sei vorsichtig, Gulph, hatte er sich gesagt.

»Trotzdem, mein Liebling«, sagte Magritt. »Vielleicht hat unser Freund doch recht. Ohne die Brücke wird auch keine Nahrung in die …«

»Mutter!«, unterbrach sie Nynus. In seinen Augen blitzte es. Er ballte die Fäuste wie ein kleines Kind, das gleich einen Wutanfall bekommt. »Willst du etwa meine Entscheidung in Frage stellen?«

Gulph sah ein ängstliches Zucken im Gesicht der Königswitwe. Dann lächelte sie. »Aber nein. Der König hat immer recht.«

»O ja«, sagte Nynus mit plötzlicher Gelassenheit und blickte auf die Menge. »Ja, das habe ich.«

Selbst seine eigene Mutter wagt jetzt nicht mehr, ihm zu widersprechen, dachte Gulph mit Schaudern.

Er sah sich nach den Menschen um, die über die Brücke liefen. Ein gutes Dutzend von ihnen hatte die Hälfte geschafft; viele andere waren nicht weit dahinter. Vielleicht waren seine Befürchtungen ja doch übertrieben gewesen.

Nynus senkte die Hand.

Einer nach dem anderen prallten die vier riesigen Rammböcke aufs Gestein und trafen die schwächste Stelle, an der die Brücke in den Felsen überging. Der Aufprall war gewaltig. Die Schockwelle traf auf Gulphs Ohren und schlug gegen seine Brust, als wäre sie eine Trommel. Selbst seine Augäpfel fühlten sich an, als bebten sie in ihren Höhlen.

Entsetzt und fasziniert zugleich trat er von der Bühne herunter, um einen besseren Blick zu haben. Nynus gab ein Zeichen, und die Rammböcke donnerten aufs Neue auf die Brücke nieder. Das Lächeln des jungen Königs nahm dämonische Züge an. Eine Wolke aus grauem Staub stieg von der Brücke auf, und der Boden bebte wie ein erwachender Riese. Kein Sturm war jemals so laut gewesen.

Wieder prallten die Rammböcke auf. Aus der Mitte der Brücke löste sich ein Block von der Größe eines Hauses und stürzte in den Abgrund. Mit schreckverzerrtem Gesicht klammerte sich der Bauer, der Nynus zuvor angefleht hatte, daran fest.

Gulph sah hilflos zu, wie der Mann in den Tod stürzte. Wie viele würden heute wohl noch sterben?

Plötzlich kam Unruhe auf am anderen Ende der Brücke. Ein weißes Pferd mit Reiter brach aus den Bäumen. Obwohl sich weitere Felsbrocken von der Brücke lösten, gab der Reiter dem Pferd die Sporen und preschte auf das schmale Band aus Stein hinaus. Menschen sprangen entsetzt zur Seite, als er direkt auf die königliche Gesellschaft zujagte. Gulph stockte der Atem, als er das wehende Haar und die scharf geschnittenen Züge erkannte.

»Limmoni!« Ohne auf die Gefahr zu achten, drängte sich Gulph durchs Gewühl die Stufen hinauf und auf die Brücke.

Um die Rammböcke herum bekam man vor Staub und Dreck kaum Luft. Er musste heftig husten und lief weiter, obwohl sich die Platten unter seinen Füßen aufwarfen.

»Halt!« schrie er und huschte um die Belagerungsmaschinen herum. »Zurück, Limmoni!« Er wusste, dass sie ihn unmöglich hören konnte; er konnte sich ja selbst nicht hören, war in einer donnernden Welt verloren. Der Staub in den Augen raubte ihm die Sicht. Er rannte weiter, achtete nicht auf das Durcheinander und wollte um keinen Preis stehen bleiben.

Dann brach der Brückenteil unter ihm weg.

Er fiel nach vorn, ruderte mit den Armen und versuchte vergeblich, im bröckelnden Gestein Halt zu finden. Seine Knie schlugen auf etwas Hartem auf, dann stürzte er trudelnd hinab. Etwas schrammte an seinem Arm vorbei, und instinktiv griff er danach. Seine Finger fanden eine Bruchkante im Fels und hakten sich daran fest, was seinen Fall abrupt bremste. Der Ruck kugelte ihm den Arm aus. Was sonst eine leichte Übung für ihn war, schoss ihm nun wie ein Messerstich in die Schulter.

Heulend vor Schmerz hing er an der Kante der eingestürzten Brücke; seine Füße baumelten in der Luft.

Über ihm auf der Brücke neigte sich einer der Rammböcke gefährlich über den Abgrund. Er hörte laute Schreckensrufe. »Loslassen!«, schrie jemand, und dann stürzte die Maschine samt den umherpeitschenden Tauen an ihm vorbei und wurde von der Wolke in der Schlucht verschluckt.

Nein, dachte er. *Ich werde nicht hinunterstürzen!*

Ungeachtet der Schmerzen zog er sich ein Stück hoch und renkte das Gelenk wieder ein.

Tu, als wäre es eine Vorstellung! Sei ein Akrobat, Gulph. Gib den Leuten eine Vorstellung!

Er schleuderte die Beine seitwärts in einem Winkel, der keinem anderen möglich war, und fand am schwankenden Fels einen Halt. Langsam und unter Schmerzen zog er sich die Kante hinauf. Er zitterte am ganzen Leib und bekam nur rasselnd Luft, aber er rannte los, zurück über die Reste der Brücke, bis er wieder den Boden von Idilliam unter den Füßen hatte. Endlich wagte er, zurückzublicken. Um ihn herum nur Zerstörung. Die übrigen Rammböcke waren verstummt. In der Mitte der Brücke klaffte eine gewaltige Lücke.

Limmoni war auf der anderen Seite und jagte direkt auf die Bresche zu. Kein Pferd der Welt konnte so weit springen.

Unter der Brücke sah man viele Menschen abstürzen. Sie ruderten verzweifelt mit Armen und Beinen, und da die Rammböcke schwiegen, konnte Gulph ihre Schreie hören.

Limmoni erreichte das Ende des Brückensporns. Als sich ihr Ross mit den Hinterläufen abstieß, stand sie im Sattel auf und ließ die Zügel los. Als sie die Hände hob, ging von ihnen plötzlich ein gleißendes Licht aus.

Das Pferd sprang nicht, es schwebte über den Abgrund, während sich das Licht zu einem schimmernden Netz verwob. Dieses weitete sich nach unten, zog sich um die fallenden Menschen und fing sie auf – ein Netz des Lichts und des Lebens.

Limmoni legte die Hände ineinander, und das Netz hob sich aus dem Abgrund. Gulph sah, dass es all ihre Kräfte erforderte, das Netz in der Schwebe zu halten. Dann sank es über die Menschenmenge und setzte seine wertvolle Fracht vor dem Bergfried des Schlosses sicher im Gras ab.

Das weiße Pferd setzte auf und galoppierte weiter. Limmoni sank völlig erschöpft in den Sattel zurück. Das Lichtnetz verschwand. Die Geretteten kamen langsam wieder auf die Beine und hoben die Blicke voller Erwartung zu ihrer Retterin.

Das Licht in Limmonis Händen erlosch.

Die wundersame Reiterin hielt sich gerade noch so lange im Sattel, bis ihr Ross bei Gulph anlangte, der sie auffing und sanft auf den Boden bettete. Er konnte noch immer nicht fassen, was eben geschehen war.

»Es tut mir leid«, krächzte sie. Sie war ebenso blass wie Nynus, und das blonde Haar war voller grauem Staub. Ihre Stimme klang wie rieselnder Sand.

Gulph beugte sich über sie. »Sprich nicht«, sagte er.

»Ich muss … Ich habe nicht viel Zeit. Ich muss es dir sagen.«

»Was musst du mir sagen?«

»Melchior – ich habe ihn nicht finden können. Es tut mir leid.«

Ihr verzweifelter Blick verriet Gulph, wie ernst es ihr war.

Aber was bedeutete das für ihn? Und für seine Geschwister, wo immer sie sein mochten? Er strich ihr das Haar aus dem Gesicht und wünschte verzweifelt, dass er ihr hätte helfen können.

»Es ist alles gut«, meinte er. »Gleich wird es dir wieder bessergehen.«

Sie ergriff seine Hand, kräftig zuerst, aber dann immer schwächer. »Nein. Das wird es nicht. Dieser Sprung … um die Menschen zu retten. Das hat mich gebrochen. Meine Magie. Ich dachte, ich wäre dazu bereit, aber …«

Sie schloss die Augen und sank in sich zusammen. Sie kam Gulph mit einem Mal doppelt so schwer vor. Panisch legte er ihr den Finger an den Hals. Er spürte einen Puls, aber nur sehr schwach.

Da fiel ein Schatten auf ihn.

»Gut, dass du sie aufgehalten hast, Gulph«, sagte Nynus. Er stand unter einem großen Sonnenschirm, den seine Mutter über ihn hielt. »Obwohl es nicht so aussieht, als würde sie gleich davonlaufen.«

»Bist du bereit, die Gefangene zu übergeben?«, fragte Magritt und hob eine Braue.

»Ach«, meinte Nynus. »Ich glaube, das wird nicht nötig sein.«

Gulph starrte ihn nur an. Sollte Nynus etwa zur Besinnung gekommen sein? Er hielt das kaum für möglich.

»Nicht?«

»Nein.« Nynus lachte. »Ich glaube, ich werde sie einfach mit einem Tritt über die Kante schubsen.«

Gulph hielt Limmoni fest. »Das könnt Ihr nicht tun«, sagte er.

»Er ist der König«, entgegnete Magritt. »Er kann tun, was immer er will.« Nynus grinste und holte schon mit dem Fuß aus. »Warte … ich habe eine bessere Idee.«

Nynus verzog das Gesicht. »Ach ja? Aber sie ist eine Zauberin. Findest du nicht, wir sollten sie dafür bestrafen, dass sie uns die ganze Zeit getäuscht hat?«

»Aber natürlich, mein Lieber. Nur können Zauberer sehr nützlich sein.«

Magritt deutete auf die beiden Brückenstümpfe, die von den Seiten der Schlucht aufeinander zu ragten.

»Die Lücke ist groß, aber nicht groß genug. Ich schlage vor, dass wir unsere Zauberin an einem sicheren Ort festhalten, bis sie aufwacht. Die Zerstörung der restlichen Brücke dürfte mit Hilfe ihrer Magie dann ein Leichtes sein.«

Nynus kicherte unter seinem Sonnenschirm.

Gulph sah erst die Königin an, dann ihren Sohn. Sie waren Ungeheuer.

»An einem sicheren Ort?«, fragte er. »Was meint Ihr damit?«

Magritt lächelte von oben auf ihn herab.

»Natürlich die Himmelsgruft.«

Dichte Wolken schoben sich vor den Mond und die Sterne, aber genau über der Stadt ließen sie eine kleine Stelle frei. Wohin die Wolken auch trieben, die Lücke blieb an einer ganz bestimmten Stelle bestehen, sodass Gulph das Funkeln der Sterne der Prophezeiung sehen konnte. Wollten sie ihn rufen?

Er stand in der Dunkelheit und machte sich bereit für etwas, das er niemals für möglich gehalten hätte.

Erneut in die Himmelsgruft einzubrechen.

Gulph dehnte seine Muskeln. Es würde nicht einfach werden, über eines der Stelzenbeine hinaufzuklettern. Er war sich seiner Sache eigentlich sicher gewesen, aber nun kam ihm das Risiko doch gewaltig vor. Wenn er erwischt wurde, drohte ihm mehr, als dass Nynus seine Hand in eine Feuerschale halten lassen würde.

Als Limmoni von der halbzerstörten Brücke fortgeschafft worden war, hatte er Magritts Blick bohrend in seinem Rücken gespürt. Und Nynus hatte sich ihm gegenüber für den Rest des Tages eher reserviert verhalten. War er zum Schutz von Limmoni zu weit gegangen?

Aber dann musste er an sie denken, die nun alleine, womöglich frierend in der schwarzen Zelle lag.

Nein, er hatte seine Entscheidung gefällt.

Sie hat mir geholfen, und jetzt helfe ich ihr.

Der Aufstieg war genauso schwierig wie erwartet. Die Holzstütze war rutschig und gewunden. Gulph erwischte die spärlichen Griffe nur, weil er so außerordentlich gelenkig war.

Als er oben ankam, zog er erst die Schultern, dann die Hüften ganz schmal zusammen und zwängte sich durch einen kleinen Spalt ins Innere.

Hier hatte sich nichts verändert: Es war dunkel, es stank, und überall hallten die Schreie der Insassen. Offenbar waren hier inzwischen mehr Gefangene als zu seiner Zeit. Kein Wunder: Nynus hatte es sich zum Zeitvertreib gemacht, Menschen auch schon für die kleinsten Vergehen einsperren zu lassen.

Wo ist Blist?

Hoffentlich lag er irgendwo und schnarchte, während andere Wärter die Arbeit machten.

Gulph schlich durch die dunklen Gänge. Außer den Schreien der Insassen war überall herabtropfendes Wasser zu hören, fast schien es einen Rhythmus zu klopfen.

Immerhin hatte Nynus ihm erzählt, wo Limmoni festgehalten wurde – in der einzigen Zelle, die seit ihrer Flucht leer geblieben war, und in der Nynus zehn Jahre seines Lebens zugebracht hatte.

Dort weiter … um diese Ecke … diese Stufen hinauf …

Eine Fackel flackerte. Mit Schrecken sah Gulph zwei Legionäre ins Licht treten; ihre Brustpanzer schimmerten. Er blieb wie angewurzelt stehen. Die Soldaten kamen Schulter an Schulter heran, dann wichen sie auseinander.

Eine dritte Gestalt drängte zwischen ihnen hervor. Gulph sah eine fließende Robe, ein Paar Hände in weißen Handschuhen, ein triumphierendes Lächeln.

Magritt!

Er saß in der Falle!

Sein Herz donnerte, er wirbelte herum und rannte … direkt in die Arme des dritten Soldaten, der schon hinter ihm gewartet hatte. Eine behandschuhte Hand fasste ihn um den Hals und hob ihn fast vom Boden.

»Nein!«, japste er. »Lasst mich los!« Er trommelte mit den Fäusten auf den Mann ein und trat nach ihm – vergebens.

»Ich wusste, dass du ein Verräter bist«, sagte Magritt, die ihn wie ein Habicht umkreiste. »Nynus wollt es mir aber nicht glauben und forderte einen Beweis. Den hab ich nun.«

Gulph strampelte weiter und versuchte, sich zu wehren. »Wo ist sie?«, krächzte er. »Was habt Ihr mit ihr gemacht?«

»Die Himmelsgruft ist nicht der einzige sichere Ort in Idilliam«, antwortete Magritt triumphierend. »Deine Freundin ist im Schloss. Eingesperrt natürlich. Aber in Sicherheit.« Sie sah ihn verächtlich an. »Um deine Sicherheit dagegen ist es nicht so gut bestellt.«

»Du machst mir keine Angst!«

»Still! Wie kannst du es wagen! Unser Vertrauen zu missbrauchen, du undankbares Balg! Wir haben dich aus der Gosse aufgelesen und dir eine Stellung bei Hofe verschafft, und so dankst du es uns!«

»Ihr habt mich nicht erhöht! Ihr habt mich beschmutzt!«

Magritt kam ganz dicht an ihn heran. »Königsmörder!«, flüsterte sie.

Unwillkürlich traten Gulph Tränen in die Augen. »Ihr habt mich dazu gebracht«, schluchzte er. »Ich wusste das ja gar nicht. Ihr habt mich getäuscht.«

Magritt richtete sich auf und nickte den Legionären zu. Der eine hielt ihn weiter an der Kehle gepackt, während der andere ihm Arme und Beine in schwere Ketten legte. Plötzlich fühlte sich Gulph doppelt so schwer und konnte sich kaum noch rühren.

»Mal sehen, ob du dich da auch herauswinden kannst, du missgebildetes Ungeheuer«, sagt Magritt. Mit wehendem Umhang verschwand sie im Dunkeln.

»Das Ungeheuer, das bist du!«, schrie er hinter ihr her. Aber sie war schon fort.

Die Legionäre zerrten ihn wie ein Stück Fleisch zu einer der großen Gemeinschaftszellen. Dort wartete schon Blist mit einem schrägen Grinsen im verschwitzten Gesicht.

»Ah, der Froschjunge ist wieder da«, kicherte er und schloss die Zelle auf. Er trieb die herandrängenden Insassen mit einer dornenbewehrten Peitsche zurück und ließ Gulph hineinwerfen. Die Ketten schepperten, als er aufschlug. Ihre kalten, gebogenen Glieder bohrten sich in seinen Rücken. Die Tür wurde zugeschlagen, der Schlüssel ratschte im Schloss, und dann verhallten die Schritte der Männer im Gang draußen.

Gulph musste um jeden Atemzug ringen, so eng waren die Ketten. Eines nach dem anderen erschienen die Gesichter seiner Zellengenossen über ihm, starrten aus dem Dunkel herunter, wie es die Sterne der Prophezeiung getan hatten. Aber aus diesen Augen schien kein Licht: Gulph sah nur Hass und Verzweiflung.

Schließlich fand er eine Ecke, in die er sich zurückzog. Jetzt wusste er, wie sich ein Schaf unter Wölfen fühlte. Er rollte sich zusammen und wartete darauf, dass es vorüber war.

Kapitel 18

Beim Anflug auf das Dorf hatte Tarlan geglaubt, dass Lord Vicerins Truppe nur aus ein paar Dutzend Männern bestand. Als er nun wieder auf Theetas Rücken in der Luft war, sah er aber Hunderte, die von neuem angriffen. Es war geradezu eine Machtdemonstration.

Dahinter steckt mehr, als Lady Darrand zugeben mag, dachte er. *Lord Vicerin will ganz Ritherlee in seinen Besitz bringen. Was sonst?*

Tarlan ballte die Hände in Theetas Halskrause und schüttelte den Kopf, um seine Gedanken zu ordnen. Was Lord Vicerin vorhatte, kümmerte ihn nicht. Er und die Thorrods waren gedungene Söldner, nicht mehr und nicht weniger. Sobald sie ihre Aufgabe erledigt hatten, würden sie weiterziehen. Sollten die Menschen doch selbst sehen, wie sie ihre Probleme lösten.

»Tief über die Mühle«, sagte er zu Theeta und zog nach links.

Sein riesiges Luftschiff lehnte sich leicht zur Seite, während die Schwingenfedern sich in der veränderten Luftströmung kräuselten. Theetas Kopf ruckte hin und her, während sie mit scharfem Blick die Soldaten am Boden beobachtete, wie es ein Adler auf der Jagd nach kleinen Nagetieren tun würde.

Die Mühle kam näher. Hier wurde am erbittertsten gekämpft. Im Schatten des langsam drehenden Mühlrades setzten sich die Dorfbewohner mit ihren Sensen und Dreschflegeln tapfer gegen die angreifenden Vicerin-Truppen zur Wehr. Was ihnen an Ausrüstung und Übung fehlte, machten sie durch Eifer und Tapferkeit wett; dennoch rückten die gut bewaffneten Gegner stetig weiter vor.

»Sieh zu, dass wir die Sonne im Rücken haben«, sagte Tarlan.

Theeta steuerte kurz nach und stieß dann auf die Einheiten von Vicerin herab. Soldaten blickten entsetzt nach oben. Geblendet schlugen sie die Hände vors Gesicht. Der Thorrod kreischte. Einige Soldaten schrien. Tarlan grinste.

Sie ist ziemlich furchterregend, nicht wahr?

Theeta schoss mitten in die Soldaten hinein, riss mit den Krallen Männer vom Boden und warf sie beiseite. Ihr Schnabel ging dabei auf und zu, auf und zu. Blut spritzte bis auf Tarlans Wange. Halb entsetzt, halb begeistert, wischte er es mit dem Handrücken ab.

Nachdem sie eine Schneise in die Reihen der Angreifer geschlagen hatte, zog Theeta einen engen Kreis um die Mühle. Sie verfehlte das Mühlrad nur knapp, als sie zum zweiten Angriff herabstieß.

»Sieh doch, sie ziehen sich zurück!«, rief Tarlan und freute sich, dass er statt der Waffen der Feinde nun die Rückseiten ihrer Uniformen vor sich sah. »Machen wir ihnen Beine.«

Während eine Gruppe Bauern über die Verwundeten herfiel, jagte Theeta die fliehenden Soldaten die steile Böschung hinter der Mühle hinauf. Einer rutschte aus und stürzte; Theeta spießte ihn mit einer Kralle auf, bevor er aufstehen konnte.

Die anderen rannten noch schneller.

Als sie sicher waren, dass diese Einheit keinen weiteren Schaden anrichten konnte, lenkte Tarlan den Riesenvogel zurück zur Mühle. Hier war die Erde mit Toten und Verwundeten übersät, und das vergossene Blut färbte die blauen Schärpen rot.

Das Landvolk jubelte, als der Thorrod über sie hinwegzog. Tarlan steuerte Theeta höher hinauf, um das Schlachtfeld besser überblicken zu können. Rechts von ihnen hatte Kitheen einen Trupp Soldaten in eine enge Geländerinne getrieben, die an einer steilen Felswand endete. Die Männer, die in der Falle saßen, drehten sich um, aber schon machte sich der gewaltige Thorrod mit Schnabel und Krallen über sie her. Tarlan zog Theeta fort. Wenn Kitheen wirklich in Rage war, gab es kein Entkommen für das Opfer.

Eine weitere Runde über dem Dorf bestätigte, dass der Kampf so gut wie vorüber war. Die Thorrods hatten den Ausgang der Schlacht trotz der Übermacht der Gegner bestimmt. Inzwischen war auch bei den Truppen von Lady Darrand Verstärkung eingetroffen – leicht zu erkennen an den braunen Lederrüstungen. Gemeinsam mit den Dorfbewohnern wurden die letzten Widerstandsnester ausgehoben. Der Rest von Lord Vicerins Männern war auf dem Rückzug.

Sie hatten es geschafft!

Ein Schatten zog über Tarlan hinweg. Er sah auf; Nasheen glitt über ihnen durch die Luft. Die Wunde auf ihrer weißen Brust sah immer noch schlimm aus, aber sie flog ruhig und sicher, und sie rührte die Flügel so kraftvoll wie eh und je, Caraways Wickel wirkte offenbar Wunder. Nasheen war zwar wach gewesen zu Beginn des Kampfes, aber Tarlan hatte ihr befohlen, im Wald zu bleiben – um ihre Kräfte zu schonen, aber auch, um über den kranken Tigronwelpen zu wachen.

»Nasheen!«, rief Tarlan voller Freude über ihren Anblick. »Wie geht es dir?«

»Filos«, sagte der Thorrod. »Wach.«

Tarlan grinste. Die Neuigkeiten wurden ja immer besser.

Bald werden wir aufbrechen können!

»Gut!« antwortete er. »Geh zu ihr zurück. Pass auf sie auf. Hier ist es so gut wie vorbei. Wir kommen bald.«

»Müde«, sagte Theeta, die Nasheen nachblickte.

Tarlan tätschelte ihr den Hals. »Das glaub ich dir gern, meine Freundin. Wenn sich jemand eine Pause verdient hat, dann du. Bring mich hinunter!«

Theeta landete vor der Mühle, wo die Dorfbewohner die Toten mit Sackleinen zudeckten und die Verwundeten auf Holztragen betteten und wegtrugen. Tarlan rutschte vom Rücken des Thorrods und strich ihr über den Schnabel, was die Umstehenden ehrfürchtig beobachteten.

Lady Darrands Streitwagen tauchte hinter der Mühle auf. Die Kämpferin führte grimmig lächelnd die Zügel und reckte das blutige Schwert in die Höhe. Als sie Tarlan sah, stieß sie einen kehligen Schrei aus.

»Geh zu den anderen«, sagte Tarlan. »Ruh dich aus. Ich werde bald da sein.«

Der Thorrod hob ab im selben Augenblick, als Lady Darrands Wagen neben Tarlan stehen blieb. Er streichelte die Pferde, die von der Schlacht noch sehr aufgeregt waren.

»Es ist vorbei«, sagte Tarlan.

»Und wir sind dir sehr dankbar, Thorrodreiter«, sagte Lady Darrand. »Vicerins Ratten sind ein für alle Mal aus dem Dorf getrieben.« Sie sah ihm direkt in die Augen. »Ich weiß nicht, welches Schicksal dich zu uns geführt hat, aber ich bin sehr froh darüber. Es herrschen dunkle Zeiten in Toronia. Fahrt in Frieden.«

Tarlan nickte. »Das werden wir. Hoffentlich erhaltet Ihr Eure Tochter zurück.«

Lady Darrand hob zum Abschied den Helm.

Sie ließ die Zügel schnalzen, und Tarlan machte sich auf den Weg zurück zum Dickicht, wo die anderen auf ihn warteten.

»Bitte!«, rief jemand. »Bitte, warte einen Moment!«

Tarlan drehte sich um. Ein Mann in einem schmutzigen Umhang kam auf ihn zugelaufen.

»Ihr werdet sicher hungrig sein auf der Reise«, sagte der Mann. »Wollt Ihr nicht etwas zu essen für Euch und Euren Freund mitnehmen? Ich habe zwar nicht viel, aber ich möchte es Euch geben. Ihr habt mir mein Haus gerettet, müsst Ihr wissen.«

Tarlan zögerte. Normalerweise aß er mit Freuden, was er und seine Gefährten unterwegs auftreiben konnten.

Der Mann sah ihn aber so erwartungsvoll an, dass er einwilligte.

»Warum nicht?«, antwortete er und grinste. »Geh voran.«

»Hier bewahre ich meine Vorräte auf«, sagte der Mann. Sie standen etwas außerhalb des Dorfes vor einer Scheune. Der Mann öffnete die Tür und wies Tarlan den Weg hinein. »Alles, was Ihr hier findet, ist Euer.«

Tarlan ging hinein. Innen war es düster. Die Luft war staubig von dem an einer Wand aufgeschichteten Heu. In der anderen Ecke stand ein Fass, und daneben waren einige Kisten aufgereiht. *Dann werden die Lebensmittel wohl dort drin sein*, dachte Tarlan.

Er ging hin und hob den Deckel der ersten Kiste an.

Leer.

Auch die nächste Kiste war leer, das Fass ebenfalls.

»Hey!«, rief Tarlan. »Was soll das?«

Der Mann war nun ebenfalls in der Scheune – und schloss die Tür. Da sah Tarlan, dass sich etwas bewegte. An der Wand hinter dem Heu waren Schatten.

Eine Falle …

Wütend riss Tarlan sein Schwert hoch, als fünf Vicerin-Soldaten hervorbrachen. Überall regnete Heu herunter. Der Mann, der ihn hergelockt hatte, riss sich den Umhang ab, und zum Vorschein kam seine blaue Schärpe. Seine Klinge schlug gegen Tarlans Schwert.

Tarlan wich ihm aus und setzte seinerseits einen Hieb. Hier war es leider zu eng, um den Bogen zu benutzen. Die ungewohnte Waffe war ihm eigentlich zu schwer und unhandlich.

Wie hilfreich wäre jetzt der Schnabel eines Thorrods gewesen!

Lachend parierte der Soldat Tarlans ungeschickten Angriff, und zwar mit solcher Wucht, dass Tarlan davon zur Tür hinaus und ins Sonnenlicht stolperte.

Er sah sich nach Lady Darrands Kämpfern um, aber der Ort war gut gewählt – niemand war in Sicht.

Ich bin allein.

Tarlan fand das Gleichgewicht wieder, wich einem anderen Hieb zur Seite aus und schwang das Schwert aufs Neue. Ein weiterer Soldat wehrte Tarlan ab und zwang ihn diesmal auf die Knie. Lachend zog der Soldat einen kleinen, gebogenen Dolch aus dem Gürtel und schwang ihn nach Tarlans Gesicht. Der zuckte instinktiv zurück, und die Klinge pfiff um Haaresbreite an ihm vorbei. Dann verhakten sich seine Füße, er stürzte und ließ das Schwert fallen.

Dumpfes Dröhnen durchfuhr ihn.

Steh auf, sagte er sich. *Los jetzt!*

Aber der Mann mit dem Messer hatte sich auf ihn gestürzt. Er setzte ihm die Knie auf die Brust und presste ihm allen Atem aus der Lunge. Vergeblich tastete Tarlan nach seinem Schwert und spürte plötzlich kalten Stahl an der Kehle.

Er erstarrte.

»Töte ihn nicht!« Die Stimme kam aus der Scheune.

»Warum nicht?«, fraget Tarlans Gegner.

»Lord Vicerin will die Kinder lebend haben, weißt du das nicht mehr?«

Der Soldat nahm die Knie von Tarlans Brust und packte seine Arme. Ein anderer hielt seine Beine fest. Bevor er noch richtig Atem schöpfen konnte, hatten sie ihn schon in die Scheune zurückgezerrt.

»Nehmt ihm den Bogen ab! Fesselt ihn und zieht ihm etwas über den Kopf!«

Einen Augenblick später lag er mit dem Gesicht auf der Erde. Rasch wurden dicke Stricke um seine Handgelenke und Fesseln geschlungen. Jemand stopfte ihm einen Lappen in den Mund und zog ihm einen groben Sack über den Kopf. Dann war es dunkel für Tarlan.

Er wurde hochgehoben, dann wieder fallen gelassen. Wie ein erlegtes Tier fühlte sich Tarlan.

»Theeta!«, wollte er rufen. Aber mit dem Knebel im Mund brachte er nur ein unverständliches Stöhnen zustande.

Dann schlug etwas gegen seinen Kopf, und alles wurde schwarz.

Tarlan wachte von einem lauten Knarren auf. Sein Kopf schmerzte und war noch immer verhüllt, Arme und Beine gefesselt. Er lag, zusammengeschnürt wie ein Bergvogel im Bratrohr, auf einem Holzboden, der hin- und herschwankte.

Er versuchte sich freizustrampeln, aber etwas Schweres drückte ihn nieder. Er hatte Mirith einst von Booten erzählen hören. War er auf See?

Tarlan versuchte, den Lumpen auszuspucken, und verwünschte sich dafür, dass er wieder in Gefangenschaft geraten war. Ihm war heiß, er war halb erstickt und sehnte sich nach der kalten, reinen Luft seiner Heimat.

Yalasti. Ritherlee. Gibt es denn irgendeinen Ort, an dem ich in Frieden leben kann?

Doch die Sorge um sich selbst wich schnell einer anderen Angst:

Was ist aus meinen Gefährten geworden?

Das Schaukeln stoppte. In der Nähe wieherte ein Pferd. *Also kein Boot, eher ein Wagen*, dachte er.

Die Last wurde von seinem Körper genommen, und jemand riss ihm den Sack vom Kopf. Im hellen Licht musste er heftig blinzeln. Hände machten sich an den Knoten um seine Fesseln zu schaffen. Kaum waren sie frei, da trat er heftig aus, aber sofort spürte er ein Messer an seinen Rippen.

»Ganz ruhig, Vogeljunge«, knurrte der Soldat. »Und jetzt werde ich dir den Knebel herausnehmen. Wenn du nicht still bist, muss ich zustechen, kapiert?«

Tarlan funkelte ihn wütend an.

»Also, raus damit«, sagte der Soldat, der seine Fußfesseln gelöst hatte. »Abhauen kann er ohnehin nicht.«

Als die Lumpen von seinem Gesicht gewickelt waren, spie Tarlan den Knebel aus, bewegte den Kiefer und sog die frische Luft ein wie ein Verdurstender das Wasser.

»Los jetzt«, sagte der erste Soldat. »Lord Vicerin wird sich freuen, dass er noch eine Geisel dazubekommt.«

»Das Gefängnis, das mich hält, muss erst noch gebaut werden«, erwiderte Tarlan. »Was ist mit Theeta?«

»Mit wem?«

»Dem Thorrod, du Idiot.«

»Was kümmert mich das Ungeheuer?«, meinte der Soldat barsch. »Jetzt halt den Mund, sonst hast du gleich wieder den Sack über dem Kopf.«

Trotz aller angestauten Wut war Tarlan zu erschöpft, um weiter Widerstand zu leisten. Er hatte keine richtige Kontrolle über seinen Körper. Außerdem ließ die Wirkung von Caraways Salbe nach, seine Schulter fühlte sich heiß an und schmerzte. Er musste einfach abwarten, bis er wieder bei Kräften war. Er war schon einmal aus der Gefangenschaft entflohen und konnte es wieder schaffen.

Nur … hatte er damals die Hilfe der Thorrods gehabt.

Jetzt war er ganz auf sich gestellt.

Der Wagen hielt vor einer hohen Burg aus fein behauenem roten Stein. In regelmäßigen Abständen ragten schlanke Türme aus der Burgmauer auf. An den Masten auf den steilen Dächern flatterten blau gemusterte Fahnen.

Die Soldaten zerrten Tarlan durch eine schmale Pforte in der Mauer. Dahinter lag ein schmaler Durchgang, dann folgte eine zweite Mauer. Durch ein nächstes Tor gelangten sie zu einer Fläche, auf der alle Arten von Gemüse angebaut wurden, Reihe um Reihe.

Die Gärtner, die hier arbeiteten, sahen erschöpft aus; keiner blickte auf, als die Soldaten mit Tarlan vorbeikamen. Der Wachtposten in der Ecke ließ sie jedoch nicht aus den Augen.

So viel zu essen!, dachte Tarlan, der den Blick nicht von der Fülle des Gartens wenden konnte.

Durch ein prächtiges schmiedeeisernes Tor in einem Torbogen erhaschte er einen Blick auf Kinder, die Fangen spielten. Bei ihnen standen elegant gekleidete Frauen und unterhielten sich, während sie auf die Gruppe achtgaben. Sie trugen Sonnenschirme und fächelten sich Luft zu. Dabei stand auch ein Diener mit einem Silbertablett voller Kelche.

Größer hätte der Gegensatz zum bäuerlichen, einfachen Leben in dem Dorf nicht sein können, für dessen Verteidigung er gekämpft hatte. Und von seiner kahlen und eisigen Heimat Yalasti war das hier eine ganze Welt entfernt. Je mehr Umgang er mit Menschen hatte, desto komplizierter kam es ihm vor.

Jenseits des Küchengartens ragte eine weitere Mauer in die Höhe. Die Soldaten schoben ihn durch eine schmale Tür in einen dunklen Korridor. Die Wände hier waren schwarz und rochen feucht. Zum ersten Mal seit der Ankunft in Ritherlee schauderte Tarlan vor Kälte.

Je tiefer die Soldaten ihn in die Burg führten, desto verzweifelter wurde Tarlans Wunsch, zu fliehen. Er fragte sich, ob Theeta und die anderen ihn inzwischen wohl suchten.

Aber hier drinnen werden sie mich niemals finden.

Der Gang führte in einen langen Raum, von dem Zellen abgingen. In der Mitte saß ein Mann mit dem Rücken zu Tarlan auf einem Hocker. Er war edel gekleidet – purpurrote Roben mit weißen Pelzen. Aber Tarlans Aufmerksamkeit galt nicht dem Mann.

In den Zellen saßen Kinder!

Sie hockten in kleinen Gruppen zusammen, insgesamt vielleicht ein Dutzend. Ihre Gesichter waren schmutzig, und einige sahen aus, als hätten sie geweint. Das waren also die Geiseln, von denen seine Bewacher gesprochen hatten.

Tarlan fragte sich, ob Sorelle, die Tochter von Lady Darrand, wohl auch dabei war.

Neben der Tür lag ein angeketteter Wolf. Er sah mager aus, hatte ein fleckiges Fell und war ganz offensichtlich ausgehungert. Als sie eintraten, setzte er sich auf, winselte kläglich und zerrte an der Kette, die viel zu stramm war. Einer der Wärter versetzte ihm einen Tritt; Tarlan biss sich auf die Lippe und musste sich sehr zusammenreißen, um als Vergeltung nicht selbst um sich zu schlagen.

Der Mann auf dem Hocker sprach:

»Wird mir jemand meine Frage beantworten?« Für einen Mann hatte er eine sehr hohe Stimme. Sein Kopf wanderte langsam von einer Seite zur anderen. Tarlan hätte gerne sein Gesicht gesehen. »Was, glaubt ihr, fand Gretina am Ende des Weges?«

Die eingesperrten Kinder sahen ihn ohne Interesse an.

»Nun gut. Ich werde es euch sagen.« Der Mann hob eine Schriftrolle von seinem Schoß und las vor. »Am Ende des

Weges fand Gretina eine Hütte, die aus Brot und Knochen gebaut war. Aus dem Kamin stieg grüner Rauch, und auf der Schwelle saß eine schwarze Katze. Nachdem sie nun einen ganzen Tag und eine ganze Nacht durch den Wald gelaufen war, kam sie wieder genau dort an, wo sie losgegangen war: in den Fängen der bösen Hexe.«

Ein Junge fing an zu weinen.

Der Mann bemerkte nun Tarlan und die Soldaten, hörte auf zu lesen und rollte seinen Text zusammen.

»Genug für heute, Kinder«, sagte er.

Aus den Zellen kam ein einziges enttäuschtes Stöhnen. Alle anderen Kinder schienen erleichtert. Tarlan sah ein kleines Mädchen, das ein anderes mit dem Ellenbogen anstieß. Ihre Freundin meldete sich zu Wort:

»Bitte, Herr, dürfen wir heute nach draußen gehen?«

Der Mann, der vorgelesen hatte, lächelte nachsichtig. »Es tut mir leid, Kinder, aber ihr kennt die Regeln. Ich würde euch nur zu gerne draußen in der Sonne spielen lassen, aber ich bin für eure Sicherheit verantwortlich. Nein, es ist besser – viel besser –, wenn ihr hier geschützt seid. Ihr habt zu essen. Ihr habt Geschichten. Nichts kann euch hier geschehen. Ihr seid doch glücklich hier, oder etwa nicht?«

»Doch, Lord Vicerin«, sagten einige Kinder im Chor. Die anderen blickten finster drein.

Das ist er also! Tarlan hatte sich Lord Vicerin eher als grimmigen Kriegsherrn oder Tyrannen vorgestellt, nicht als eitlen Gecken.

»Warum haltet Ihr sie hier gefangen?«, fragte er, ohne nachzudenken.

Lord Vicerin drehte sich langsam zu ihm um. »Wie bitte?«, sagte er. »Ich habe deinen Namen nicht verstanden.«

»Mein Name tut nichts zur Sache. Ihr könnt sie doch nicht einfach so einsperren!«

Seine Bewacher packten ihn fester.

»Aber die Kinder sind glücklich. Hast du das nicht gehört?«

Tarlan musterte die ängstlichen Gesichter, die sich an die Gitterstäbe drückten.

»Glücklich *aussehen* tun sie jedenfalls nicht.«

Lord Vicerin kam heran. Er hatte glatte Haut und roch ein wenig nach Blumen. »Ich vermute, dass du keine Angst kennst?«

Er nickte den Soldaten zu, die sofort dem Wolf ein Zeichen gaben. Das ausgemergelte Tier sprang auf und fletschte seine scharfen, gelben Zähne. Mehrere Kinder schrien auf.

»Tiere ängstigen mich nicht.« Tarlan beugte sich zu dem Wolf vor. »Ist ja gut«, murmelte er. »Es ist alles in Ordnung.«

Genau wie der Tigron schien auch der Wolf jedes Wort zu verstehen. Er hörte auf zu knurren. Tarlan konnte den Schmerz des Tieres spüren und seinen Hunger. Und als er ihm in die Augen sah, wusste er, dass auch der Wolf etwas von ihm spürte.

Er rührte sich nicht und ließ sich von dem Tier beschnüffeln. Es rieb die Schnauze an seinem Haar und leckte ihm die Wange. Den Kindern stockte der Atem.

Theeta. Filos. Und jetzt du.

Schließlich rollte sich der Wolf zusammen, legte die Schnauze auf die Pfoten und sah Tarlan gebannt an.

Tarlan wunderte sich, wie natürlich seine neue Freundschaft sich anfühlte.

Dann stieg ihm Blumenduft in die Nase, und er sah Lord Vicerin über sich stehen.

»Nun, das ist ja erstaunlich«, sagte der Burgherr. »Wie heißt du? Oder soll ich dich einfach nur ›Wolfsjunge‹ nennen?«

Tarlan sagte nichts.

Die Soldaten hielten ihn fest, während ihr Herr Tarlans schwarzen Umhang anhob. Er drehte ihn um, sodass das leuchtend rote Futter zum Vorschein kam. Verglichen mit seiner eigenen edlen Kleidung wirkte Tarlans Umhang schmutzig und abgewetzt. Lord Vicerins Hände wanderten weiter zu Tarlans Hals hinauf, wo sie den grünen Edelstein an der Goldkette entdeckten. Tarlan ließ die Berührung über sich ergehen, spannte aber unwillkürlich die Muskeln an. Er spürte, dass der Wolf an seiner Seite zitterte, bereit zum Sprung.

Wage nicht, mir Miriths Juwel abzunehmen!

Dann weiteten sich, ganz langsam, Lord Vicerins Augen. Er streckte die Hände nach Tarlans Gesicht aus, zog sie dann aber zurück, als fürchte er, sich zu verbrennen. Er wollte sprechen, krächzte aber nur unverständlich. Seine Zunge flog über seine Lippen und verschwand wieder im Mund.

»Da bist du also«, sagte er schließlich. »Schwarze Augen. Haar wie Kupfer. Diese Ähnlichkeit …«

Er hob die Hand. Tarlan machte sich auf einen Schlag gefasst.

Doch zu seiner Verwunderung ging Lord Vicerin auf die Knie. Mit der erhobenen Hand machte er eine komplizierte Bewegung in der Luft und neigte dann das Haupt. Als er es wieder hob, glänzten Tränen in seinen Augen.

»Ihr seid zu uns gekommen, Prinz«, sagte er leise. »Willkommen.«

Kapitel 19

Tarlan war immer noch benommen, als er wieder in den Küchengarten kam. Sein Kopf war schwer und dröhnte. Als ihn die beiden Soldaten durch die Gemüsereihen begleiteten, wurde ihm klar, dass er nicht mehr gefesselt war. Wann hatten sie ihn losgebunden? Er konnte sich nicht erinnern.

Lord Vicerin, der ihnen vorausging, kam an das Eisentor und schloss es mit einem großen Schlüssel auf. Tarlan folgte ihm in den Garten. Die Kinder waren inzwischen fort, sodass nur eine glatte Rasenfläche und ordentlich geschnittene Hecken zu sehen waren, und ein exotisches Vogelpaar, das seine bunten Schwanzfedern in der Sonne ausbreitete.

Fasane, dachte Tarlan abwesend und schöpfte das von Mirith gehörte Wort aus einer längst verschollen geglaubten Erinnerung.

Der Duft der Blumen kitzelte seine Nase. Er blieb stehen, beugte sich nieder und legte die Hände auf die Knie.

»Kommt, Prinz«, sagte Vicerin. »Heute ist kein Tag zum Vergeuden.«

»Ich bin kein Prinz«, antwortete Tarlan und richtete sich wieder auf. »Ich sagte es euch. Mein Name ist Tarlan. Ich komme aus Yalasti. Ihr dürft mich nicht hier festhalten – ich habe mit Euren dummen Kriegen nichts zu schaffen. Ich möchte nur zurück zu meinen Freunden.«

»Freunde?« Vicerin runzelte die Stirn. »Wenn Ihr ein Freund von Lady Darrand seid, dann seid Ihr in diesen ›dummen Krieg‹, wie Ihr ihn nennt, verstrickt, ob Ihr es nun wollt oder nicht.«

»Sie meine ich nicht.«

Nun war Vicerin wirklich verwundert. Er wedelte mit der Hand vor dem Gesicht herum. »Es ist tragisch«, sagte er, »dass ihr so wenig wisst. Anscheinend haben wohlmeinende Menschen es vor euch verborgen gehalten. Aber nun werdet Ihr die Wahrheit erfahren.«

Tarlan musterte das Tor. Die Soldaten waren ihnen nicht bis in den Garten gefolgt; er war im Grunde frei. Aber dahinter waren ebenfalls Soldaten. Wenn sie ihm nur nicht die Waffen abgenommen hätten.

Könnte ich es schaffen?

Wenn er es nur durch das Schlosstor schaffte, dann würde er auch den Weg zurückverfolgen können, den der Wagen genommen hatte. Und wenn Theeta und die anderen nicht bereits auf der Suche nach ihm waren, dann würden sie dort auf ihn warten.

Drei Dinge hielten ihn davon ab, den Weg in die Freiheit zu suchen. Zum einen wollte er die Kinder im Kerker nicht sich selbst überlassen. Zweitens wollte er den Wolf befreien. Und der dritte Grund war ganz einfach Neugierde.

»Was meint Ihr damit?«, fragte er. »Was hat man vor mir verborgen?«

»Euer Schicksal.« Lord Vicerin lächelte strahlend, und seine weißen Zähne kamen zum Vorschein.

»Ich verstehe das nicht.«

»Woher habt Ihr das?« Vicerin deutete auf Tarlans Umhang.

»Den habe ich schon immer.«

»Mmm. Dieser Umhang befand sich einst im Besitz eines Mannes namens Hauptmann Leom. Als Ihr ein Baby wart, trug er Euch von einem sicheren Tod fort nach … nun, ich denke, manche würden es ›ins Exil‹ nennen. Ich sehe es eher als einen Ort, um abzuwarten.«

»Worauf?«

»Bis die Zeit reif ist.« Das Lächeln wurde breiter. »Und das ist sie nun ganz offensichtlich.«

Tarlan wusste nicht, ob er glauben konnte, was ihm dieser Mann sagte. Aber warum sollte er lügen? Und hatte ihm Mirith nicht selbst erzählt, wie sie ihn im Wald gefunden hatte, eingewickelt in genau diesen Umhang, von dem Lord Vicerin sprach?

Sein Herz war in Aufruhr. Er hatte nie viel über seine Vergangenheit nachgedacht.

»Und dann ist da dieser Edelstein, das Juwel, das Ihr um den Hals tragt«, fuhr Vicerin fort. »Ein schönes Ding. Und genau wie Ihr hat auch dieses Ding seine Bestimmung.«

»Bestimmung?« Das Wort kam ihm nur schwer über die Lippen. »Was meint Ihr damit?«

»Dass Ihr endlich am richtigen Ort angekommen seid, mein junger Prinz.«

Tarlans frisch geweckte Neugierde wurde immer größer.

»Was wisst Ihr über das Juwel?«, fragte er. »Sagt es mir!«

Lord Vicerin winkte abwehrend mit der Hand. »Nicht so wichtig. Ihr müsst nur wissen, dass es eines Tages seinen Platz in einer Krone finden wird – der Krone, die Ihr auf dem Thron von Toronia tragen werdet.«

Ein Windstoß traf Tarlans Gesicht und erlöste ihn für einen Augenblick vom intensiven Gras- und Blumenduft.

»Warum sollte ich Euch trauen?«, fragte er. »Einem fein herausgeputzten Unmenschen, der kleine Kinder und Tiere gefangen hält!«

Vicerin blickte ihn entsetzt an. Zu Tarlans Verblüffung fiel er auf die Knie und streckte ihm flehend die manikürten Hände entgegen.

»Vergebt mir, Prinz!«, rief er. »Das muss alles erschreckend für Euch sein, und ich habe Euch nicht alles erklärt. Die Zelle, die Ihr gesehen habt … In ganz Ritherlee rauben die Darrands kleine Kinder. Keines ist vor ihnen sicher. Es sieht natürlich barbarisch aus – und es bricht mir das Herz, sie so einzusperren –, aber es geschieht wirklich nur zu ihrem Besten. Das müsst Ihr mir glauben.«

»Und was ist mit dem Wolf?«

»Ein wildes Biest. Wir hoffen, dass wir es zähmen können. Wölfe können gute Schlosswächter sein. Wäre es Euch lieber, wenn er getötet würde?«

Tarlan verschränkte die Arme und starrte auf den edelgekleideten Herren herab, der unbegreiflicherweise vor ihm kauerte.

»Lady Darrand sagte mir, dass Ihr es seid, der die Kinder stiehlt«, sagte er langsam.

Vicerin nickte. »Das sieht ihr gleich. Ihre Überzeugungskraft beim Lügen wird nur noch von ihrem Charme übertroffen. Beides zusammen macht sie zu einer sehr gefährlichen Frau.« Er erhob sich wieder und kam mit seinem gepuderten Gesicht ganz nahe an Tarlan heran. »Viel Blut und Treu' verlorengeht in der verwünschten Zeit. Doch zieht der Dreistern auf, ersteht das Königreich erneut.«

»Wie? Was ist das?«

»Eine Prophezeiung. Oder ein Teil davon. Ihr, Tarlan, seid auch ein Teil davon. Ihr seid ein Drilling, einer von drei Anwärtern auf den Thron von Toronia. Ihr seid gezeugt von Brutan und versteckt in den Weiten des Königreiches, um Eure Zeit zu erwarten. Und ich gelobe Euch, dass ich, Lord Vicerin von Ritherlee, Euch Eurem Erbe zuführen werde. Das Haus Vicerin wird nicht ruhen, bis die Prophezeiung erfüllt ist.«

»Ein … Drilling?«, stammelte Tarlan. Sein Herz schlug heftig. Er konnte nicht glauben, was er da hörte. Statt an Kronen und Königreiche konnte er aber nur an Brüder und Schwestern denken. Als Waise war er aufgewachsen, und nun sollte er plötzlich eine Familie haben? »Wo sind die anderen?«

Lord Vicerin legte ihm schwer die Hand auf die Schulter und meinte mit gequältem Gesichtsausdruck. »Ach, Tarlan, sie sind verloren. Und deshalb seid Ihr so wichtig für uns. Und für Toronia.«

Er führte Tarlan zu einem hohen Turm an der inneren Burgmauer. Alles kam ihm unwirklich vor, als sie vom Garten in eine hohe, dunkel vertäfelte Halle traten. Von der

Decke hingen bunte Fahnen und an den Wänden silberne Schwerter, deren poliertes Metall im Licht von einem Dutzend brennender Fackeln schimmerte.

Ich könnte weglaufen, dachte er noch einmal. Aber sein Kopf war voller Fragen, und so blieb er.

Als sie eintraten, erschienen aus einem niedrigen Durchgang zwei Mägde, als hätten sie die ganze Zeit gewartet, dass ihr Herr eintreffen würde. Lord Vicerin schnippte mit den Fingern.

»Heißes Wasser«, sagte er. »Saubere Kleidung. In die oberste Kammer. Sofort.«

Die Mägde huschten davon, und Vicerin führte Tarlan zu einem steilen Treppenhaus. Ober angekommen, spürte Tarlan die ungewohnte Anstrengung in den Beinen.

Noch nie im Leben war er Treppen emporgestiegen.

»Und hier ist Euer Zimmer«, sagte Lord Vicerin und führte Tarlan in einen großen Raum.

Tarlan hatte einen solchen noch nie gesehen. Die Wände waren mit fliederfarbener Seide bespannt. Auf einer Frisierkommode vor dem Fenster häuften sich Gold und Juwelen. Über das gewaltige Bett voller bestickter Kissen und Decken hing ein von vier Eichenpfosten getragener Baldachin. Alles duftete nach Blumen.

»Einem Prinzen durchaus angemessen.« Er rückte einen reichverzierten Stuhl an die Wand.

Tarlan warf einen Blick auf den massiven Riegel – an der *Außenseite* der Tür. Das Ganze wirkte auf ihn wie eine Gefängniszelle.

»Ein großer Raum«, antwortete er. »Und was ist dort?« Er deutete zum anderen Ende des Zimmers.

Vicerin ging hin und öffnete die Tür zu einem großen Schrankzimmer voller Kleider in allen Farben. Als Vicerin ihm den Rücken zukehrte, bewegte er sich langsam in Richtung Tür. Er kam sich hier eingesperrt vor. Er mochte das nicht. Er wollte bei seinen Freunden sein, wollte seine Freiheit und nichts als den großen weiten Himmel über sich.

Seinen Fluchtplan vereitelten die beiden Mägde, die mit einer großen Schale mit dampfendem Wasser und einem Stapel sorgsam zusammengelegter Wäsche hereinkamen. Ihnen folgte ein ganzer Schwarm von Dienern auf dem Fuß, die das Schlafzimmer nach und nach mit Platten voller Obst und Fleisch, Weinkelchen und Wasser und Bücherstapeln anfüllten.

Die plötzliche Hektik verwirrte Tarlan ebenso wie der köstliche Duft der Speisen. Als er wieder zur Besinnung kam, war die Dienerschaft fort, und Lord Vicerin stand zwischen ihm und der Tür. Diese war nun geschlossen.

»Bitte, macht es Euch hier bequem«, sagte Vicerin. »Ihr seid hier in Sicherheit, umgeben von treuen Anhängern, die ihr Leben dafür geben würden, Euch zu Eurem rechtmäßigen Platz auf dem Thron von Toronia zu verhelfen.«

»Ich möchte nicht, dass jemand stirbt«, antwortete Tarlan. »Und es ist mir egal, für wen Ihr mich haltet. Ich möchte nur meine Freunde bei mir haben.«

Vicerins Augen zogen sich zu Schlitzen zusammen. »Nun, vielleicht … Aber jetzt seid Ihr erst einmal hier und werdet hier bleiben. Ihr werdet Eure Meinung sicher ändern. Dafür werde ich sorgen.«

Mit einer leichten Verbeugung verließ ihn Vicerin und schloss rasch die Tür hinter sich.

Mit lautem Klappern wurde der Riegel vorgeschoben.

Wütend auf Vicerin und sich selbst trat Tarlan gegen die Schale. Heißes, dampfendes Wasser ergoss sich über den Steinboden. Er packte eine Platte mit Essen und wollte sie zum Fenster hinausschleudern, aber das mundgerecht tranchierte Brathähnchen duftete herrlich, und die reifen Beeren sahen so verlockend aus, dass er es sich anders überlegte.

Er stellte die Platte aufs Bett, verschlang alles bis auf den letzten Rest und spülte mit gierigen Schlucken aus dem Wasserkrug nach. Als er fertig war, musste er laut rülpsen.

Und jetzt muss ich mal sehen, wie ich hier rauskomme.

Er streckte sich auf dem Bett lang, den Kopf voller halbfertiger Fluchtpläne.

Wenige Augenblicke später war er eingeschlafen.

Er schreckte aus einem Traum hoch, an den er sich nicht erinnern konnte. Er setzte sich auf, bemerkte, dass sein Kopf schmerzte, und fiel wieder zurück. Dabei stieß er einen Teller vom Kissen, der scheppernd auf den Boden fiel.

Tarlan setzte sich wieder auf, vorsichtiger diesmal. Er hatte den Geschmack von verdorbener Nahrung im Mund, sein

Magen drückte. Er stand auf, schwang die Arme und ging zum Fenster hinüber.

Es war Nacht geworden, aber die Burg war hell erleuchtet. Wohin er auch blickte, überall brannten Fackeln. Die hellen Fenster starrten ihn an wie neugierige Augen.

Er wandte sich ab, denn er wollte nicht beobachtet werden. Er legte die Hand in den Nacken, um die Verspannung in seinem Rücken zu lösen. Seine Finger berührten nackte Haut. Er erstarrte, eilte zur Frisierkommode und sah in den Spiegel.

Er trug nichts um den Hals.

Jemand war im Zimmer gewesen, während er geschlafen hatte.

Der grüne Edelstein war fort.

Wütend packte er den Krug, aus dem er getrunken hatte, und roch daran. Dank Miriths Lehren konnte er ein Dutzend verschiedener Heildrogen und Arzneien am Geruch erkennen. Er roch nichts.

Tarlan lief zur Tür und riss an der Klinke. Nichts. Er ging zurück ans Fenster und sah hinunter. Der Turm war hoch, und an der Außenseite gab es zum Klettern keinen Halt.

Er war tatsächlich ein Gefangener.

Tarlan konzentrierte sich auf seine Wut, die ihm half, die Angst im Zaum zu halten. Wie hatte das passieren können? Wie hatte er nur so dumm sein können, diesem verlogenen Soldaten zu folgen?

Es spielte keine Rolle. So war es nun geschehen. Nun zählte nur noch eines.

Flucht.

KAPITEL 20

Was ist los, Prinzessin?«, fragte Palenie.

»Nichts«, antwortete Elodie.

»Aber es sieht aus, als wäre Euch nicht wohl. Liegt es vielleicht an Eurem Sattel?«

»Nein, mir geht's bestens!«

Elodie trieb ihr Pferd – einen schlanken grauen Hengst namens Diskus – mit einem sanften Tritt vorwärts. Palenie hatte recht. Ihr war nicht wohl, aber es lag weder am Sattel noch an dem kratzenden grünen Kleid, das sie trug. Sie sah sich zur Kolonne um.

Ich sollte darüber froh sein.

Elodie wusste, sie sollte sich freuen, wieder im Sattel zu sitzen. Zu Hause in Ritherlee war sie für ihr Leben gern auf den hochschultrigen Ritherlee-Pferden um das Burgareal geritten.

Sie wusste, dass es eine Ehre war, so weit vorn im Zug des Dreizacks zu reiten – gleich hinter Fessan, der die Rebellen westwärts durch die Weinenden Wälder führte.

Sie sollte sich auf die kommende Schlacht freuen, obwohl sie nicht dafür trainiert war, denn jeder Schritt brachte sie der Brücke von Idilliam und damit ihrem Bruder näher.

All das wusste Elodie und konnte trotzdem nicht recht froh werden. Immer wieder kehrten ihre Gedanken zu Samial zurück und zu dem, was sie im Wald erfahren hatte.

Ich kann mit den Toten sprechen, dachte sie mit einem Schaudern.

Gemessen an dieser Tatsache spielte alles andere keine Rolle.

Nun trieb auch Palenie ihr Pferd an und schloss wieder zu Elodie auf. Eine Weile ritten sie nebeneinander, bis Palenie das Wort ergriff:

»Wir kommen bald an meinem Zuhause vorbei.«

»Oh.«

Sie deutete nach vorn. »Es liegt dort drüben, in West-Isurien. Nur ein kleines Dorf, aber ein wunderschönes. Auf dem Dorfplatz steht ein riesiger Kastanienbaum, unter dem wir feiern, mit Tanz und Musik …« Sie warf Elodie einen bangen Blick zu. »Eines Tages, wenn das alles vorbei ist, kann ich es Euch zeigen.«

Elodie riss sich von ihren trüben Gedanken los. Palenie versuchte sie aufzuheitern, und sie war ihr dankbar dafür.

»Das wäre schön«, antwortete sie und fügte leise an. »Danke, Palenie.«

»Wofür?«

»Dass du hier bist. Und dass du niemandem davon erzählt hast … du weißt schon.«

Palenie errötete. »Ich werde Eure Geheimnisse immer für mich behalten. Aber ich glaube, die anderen fänden es gar nicht schlimm, wenn Ihr es ihnen erzählen würdet. Sie werden es für eine starke, wunderbare Gabe halten, genau wie ich.«

»Wirklich?« Elodie lächelte. *Immerhin habe ich eine Freundin bei mir,* dachte sie.

Fessan an der Spitze hob die Hand. Die lange Reihe der Pferde, Wagen und erschöpften Schwertkämpfer, die zu Fuß folgten, kam langsam zum Stehen. Elodie stand im Sattel auf und blickte sich um.

Sie befanden sich am Rand einer Siedlung, die einst malerisch im Wald gelegen hatte. Nur ein paar niedergebrannte und eingefallene Hütten waren übrig geblieben. Die Bäume waren kahl und verkohlt. Der Boden war mit Leichen übersät.

»Der Krieg«, sagte Palenie.

»Ich hätte nicht gedacht, dass ich so etwas einmal sehen würde.« Elodie konnte ihr Entsetzen kaum verbergen. »Ich habe darüber gelesen, was im Krieg alles geschieht …« Sie brachte den Satz nicht zu Ende, weil ihr Blick auf eine Gruppe von Toten unter einer abgestorbenen Birke fiel. Zwei Kleinkinder waren darunter. Eine Frau hielt ihre verkohlten Arme über sie, hatte ihre Kinder beschützt, noch während sie verbrannten.

Plötzlich regte sich etwas hinter einer Ruine. Palenies Hand ging sofort ans Heft ihres Schwerts. Elodie versuchte krampfhaft, ihr eigenes Schwert zu ziehen, aber der Griff verhakte sich in der Aufhängung der Scheide, und sie bekam die Klinge nicht frei.

Sie beruhigte sich etwas, als eine kleine Gruppe von Kindern näherkam. Sie rannten vorbei an Fessan und seinen Spurensuchern und drängten sich um Elodies Pferd. Schmutzige, aber fröhliche Gesichter blickten zu ihr auf.

»Die Königin!«, riefen sie. »Die Königin ist gekommen! Zu uns!«

Elodie musste lächeln. »Wie geht es euch?«, erwiderte sie. Dann fragte sie Palenie leise: »Woher wissen sie, wer ich bin?«

Auch Palenie musste lächeln. »Neuigkeiten verbreiten sich schnell.«

Auf dem Dorfplatz wurden sie schon erwartet. Beim Eintreffen der Kolonne jubelten die vor der Schmiede versammelten Menschen. Das Gebäude, an dessen Giebelseite Hufeisen und landwirtschaftliche Geräte hingen, war als Einziges heil geblieben.

Ausgerechnet das Haus, in dem mit Feuer gearbeitet wird, dachte Elodie, *ist nicht abgebrannt.*

Eine Frau kam mit einem Blumenkranz zu ihr gelaufen. Elodie beugte sich im Sattel vor, damit die Frau ihn um ihren Hals legen konnte. Elodie atmete dankbar den Blumenduft ein, der den Gestank von verkohltem Holz und Fleisch ein wenig überdeckte. Die Blumen erinnerten sie an Ritherlee.

»Ihr bringt uns Hoffnung auf bessere Zeiten«, sagte die Frau und drückte Elodies Hand. Ihre Augen strahlten. »Das ist alles, was uns geblieben ist. Aber es genügt uns. Ihr seid alles, was wir brauchen, meine Königin.«

»Wer hat das getan?«, fragte Elodie und wies auf die Zerstörung. Alle beobachteten sie: die Dorfbewohner, die Männer und Frauen des Dreizacks, auch Fessan.

»König Nynus«, antwortete die Frau. »Seine Soldaten, meine ich. Er selbst verlässt Idilliam ja nicht, heißt es.«

»Er muss gestürzt werden«, rief ein Mann aus der Menge vor dem Tempel. »Seit dreizehn Jahren sind die Zeichen deutlich zu sehen. Jetzt ist die Zeit gekommen.«

»So ist es«, sagte die Frau. »Die drei Sterne.«

Ein Flüstern lief durch die Menge: »Die Prophezeiung … die Prophezeiung …«

»Ihr seid eine von ihnen«, fuhr die Frau fort. »Eine der drei. Geht Ihr nach Idilliam, um den Thron zu besteigen? Warten die anderen dort auf Euch? Werdet Ihr uns Frieden bringen? Wir haben so viel verloren, so viel …«

Sie weinte nun hemmungslos und drückte Elodies Hand so sehr, dass es unangenehm war. Elodie ertrug es. Viel schwerer wog die Verantwortung, die sie auf ihren Schultern spürte.

»Ich werde den Thron besteigen«, verkündete sie und war sich nicht sicher, ob es ihr eigener Wunsch war oder ob sie nur sagte, was die Frau hören wollte. »Schon bald. Dann werdet ihr in Frieden leben können. Das verspreche ich.«

»Danke«, schluchzte die Frau. »Danke, meine Königin!«

Unter Jubelrufen zogen sie weiter durchs Dorf. Kinder liefen neben den Pferden her, schwenkten Lumpen und verbrannte Zweige, als wären es Fahnen. Viele fielen auf die Knie, als Elodie vorüberritt, pressten die Hände auf die Brust und sahen sie hoffnungsvoll an.

»Seht Ihr?«, sagte Palenie, als sie auf den breiten Feldweg bogen, der vom Dorf hinaus in den immer lichter werdenden Wald führte. »Sie haben Euch schon ins Herz geschlossen.«

Niemals hatte sich Elodie vorgestellt, dass sie so vor ihr Volk treten würde. In ihren Tagträumen war sie in einem prächtigen Kleid auf einem glitzernden Balkon gestanden und hatte einer begeisterten Menge zugewunken. Der schlammige Weg und die schmutzigen Gesichter hier hätten unterschiedlicher kaum sein können, und doch war sie auch von Stolz erfüllt – und dem Wunsch, diese Menschen zu beschützen. *Wenn ich Königin bin, werde ich das alles wieder aufbauen lassen. Es soll ihnen an nichts fehlen.*

»Prinzessin Elodie!«, rief Fessan von der Spitze des Zuges. Sie lenkte ihr Pferd nach vorn und fragte sich, warum er das Wort »Prinzessin« so betont hatte.

»Bleibt jetzt dicht bei mir«, sagte er. »Die Nachricht unseres Zuges verbreitet sich schneller, als ich gedacht hätte.«

»Sie haben sich doch gefreut, uns zu sehen«, entgegnete Elodie.

»Ja. Aber das wird nicht überall so sein.«

Es ging schon auf den Abend zu, als der Dreizack eine Holzbrücke erreichte, die über einen tiefen Fluss führte. Vor der Brücke hatten sich etwa fünfzig Menschen versammelt und schienen sie zu erwarten.

Zu Elodies Verwunderung gab Fessan kein Zeichen zum Halten, sondern schickte Vorreiter aus und spornte sein eigenes Pferd zum Trab an.

»Warum tut er das?«, fragte Elodie.

»Hier steht man zur Krone«, antwortete Palenie. Sie zog ihr Schwert.

Sie waren nun so nahe herangekommen, dass Elodie die Gesichter der Wartenden erkennen konnte. Die meisten blickten sie wütend an, und als die Vorreiter sie erreichten, erhob sich der Ruf:

»Treue dem König! Treue dem König!«

In der ersten Reihe wurden nun Rechen und andere Werkzeuge hochgereckt, um den Reitern den Weg zu versperren. Es waren sogar ein oder zwei Schwerter zu sehen. Für einen Augenblick fürchtete Elodie, die Vorreiter würden geradewegs durch die Reihe brechen. Das Herz schlug ihr bis zum Hals. Im letzten Moment wandten sie sich jedoch seitwärts.

»Also gut«, murmelte Fessan. »Wenn sie die Brücke nicht freimachen, dann müssen wir eben nachhelfen.« Er wandte sich der Kolonne zu. »Umgruppieren!«, rief er. »Palenie, du übernimmst die Spitze!«

Johlend brachen einige aus der Menge hervor und bewarfen die Reiter mit Kohlköpfen und faulem Obst. Mehrere Pferde strauchelten und bäumten sich auf. Fessan bellte Befehle, um die Ordnung wiederherzustellen und zur Brücke vorzurücken. Er selbst ließ sich an Elodies Seite zurückfallen.

»Bleibt dicht bei mir!«, sagte er.

Die Vorreiter flankierten sie an beiden Seiten, so dass Elodie von einem Schutzwall aus Pferden und bewaffneten Reitern umgeben war. Rotho, der mit seinem riesigen schwarzen Streitross geradezu verwachsen schien und sein Schwert in der Hand hielt, war ganz in der Nähe. Palenie war inzwischen ganz nach vorn geritten. Sie hielt ihr Schwert hoch über den Kopf gereckt, und die Klinge blitzte in der Mittagssonne.

Der Zug traf auf die wütende Menge. Die Leute in der ersten Reihe hatten rote Köpfe und brüllten und sie rührten sich nicht vom Fleck. Erst im letzten Moment machten sie den Weg frei, um nicht niedergetrampelt zu werden. Manche waren nicht schnell genug. Elodie zuckte unter ihren Schreien zusammen. Palenie führte den Zug mitten durch den Pulk und weiter auf die Brücke. Ihre Hufschläge klangen auf den Planken der Brücke wie Kriegstrommeln.

Um Elodie herrschte dichtes Handgemenge. Fessan und seine Männer stießen die Menschen mit Ellenbogen oder den Schwertgriffen zurück. Rotho ließ seinen gewaltigen Rappen aufsteigen, sodass die Meute vor den wild schlagenden Hufen zurückwich. Elodie war hilflos eingezwängt und wurde wüst beschimpft. Immer wieder wurden faule Tomaten und anderes vergammeltes Gemüse geworfen. Etwas traf sie seitlich am Kopf und lief schleimig herab. Entsetzt strich sie sich übers Haar und griff in eine zerbrochene Eierschale.

Rotho schrie wütend auf: »Wie könnt ihr es wagen, eure Königin zu beleidigen?« Er riss das Pferd auf der Hinterhand zu einem Mann herum, der nach dem nächsten Ei griff, und schlug es ihm mit einem gezielten Schwertstreich aus der Hand. Der Mann drehte sich um und floh.

Als sich Elodie das Haar säuberte, lachte jemand. Für sie

war das noch schlimmer, als beworfen zu werden. Sie drehte sich im Sattel um und sah, dass Stown breit grinsend hinter ihr ritt.

»Na, kommt Ihr beim Kämpfen schon auf den Geschmack?«, fragte er.

»Ich dachte, du hättest dich nach hinten verdrückt«, gab sie zurück.

»Damit ich hier das Beste verpasse?«

Wütend wandte sich Elodie wieder nach vorne. Genügte es denn nicht, Feinde außerhalb des Dreizacks zu haben?

»Kehrt um!«, schrie eine Frau aus der Menge.

»Wenn ihr weitergeht, werdet ihr das bereuen!«, rief ein anderer.

»Lasst die Thronräuberin nicht durch!«, johlte ein Mann immer wieder.

»Ihr seid gewarnt!« Ein junger Mann mit langer, weißer Mähne lief neben der Kolonne her und schob sich genau wie die trabenden Pferde durchs Gedränge. »Wir wissen von Euch und den anderen Drillingen. Wenn einer von Euch den Thron besteigt, wird Blut fließen. Ihr habt mich gehört! Kehrt um!«

Fessan hob sein Schwert. Elodie fuhr der Schrecken in die Glieder. Sie wusste, dass der Thron nur mit Gewalt zu erlangen war, aber doch nicht schon heute! Wenn Fessan den jungen Mann jetzt niedermachte, dann bestätigte er damit doch nur dessen Warnung.

»Nein, Fessan! Verschone ihn!«, schrie sie. Auf einmal sah sie nicht nur einen Mann und ein Schwert, sondern ein ganzes Dorf voller brennender Leichen, ein Königreich voller erschlagener Menschen. Eine ganze Welt im Krieg.

Fessan schwang den Arm, schlug aber nicht mit der scharfen Klinge zu, sondern stieß den Mann mit dem Ellenbogen beiseite. Er steckte das Schwert in die Scheide und ritt weiter. Der Dreizack marschierte über die Brücke, und bald schon waren der Fluss und der wütende Haufen hinter ihnen verschwunden. Bald traten die Bäume zurück, und sie galoppierten auf sanft wogendes Wiesenland hinaus.

Hatte Fessan ihre Bitte gehört? Elodie wusste es nicht. Jedenfalls war der Kampf, der ihnen bevorstand, aufgeschoben – wenigstens fürs Erste.

Abends schlugen sie an einem steilen, von Wacholder überwucherten Abhang, der guten Windschatten bot, ihr Lager auf. Elodie lag fröstelnd im Zelt, das sie mit Palenie teilte. Sie konnte ihre regelmäßigen Atemzüge hören und sah ihr langes, rotes Haar ausgebreitet wie einen Schatten. Elodie ging zu viel im Kopf herum, um Schlaf zu finden – sie dachte an Samial, an ihre Brüder und an das, was kommen würde. Schließlich gab sie es auf, tastete nach dem Bärenfellumhang, den Palenie irgendwo in der Ecke hatte fallen lassen, legte ihn um und stahl sich aus dem Zelt.

Es war so kalt, dass sie scharf die Luft einsog. Sie streifte sich die mit den Zähnen eingefasste Kapuze über den Kopf und wanderte durchs Lager, bis sie an dem behelfsmäßigen

Pferch mit den Pferden anlangte. Dort stand Diskus, und sie gab ihm den mitgebrachten Apfel. Er zermahlte ihn begierig und rieb sein Maul an ihr. Sie legte ihre Stirn an seinen Kopf, fühlte mit der Hand den warmen Puls an seinem Hals und sah zum Nachthimmel hinauf.

Da waren sie: die drei Sterne der Prophezeiung. Eigentlich hätte sie sich längst an ihren Anblick gewöhnen können, aber stattdessen wuchs ihre Verwunderung jedes Mal, wenn sie sie sah.

Ich bin sie, dachte sie. *Und sie sind ich.*

Aber so ganz stimmte das nicht, denn statt »ich« musste es »wir« heißen. Ob sie wohl bald mit Gulph zusammentraf? Und was war mit ihrem anderen Bruder? Hoffentlich ging es ihm gut, wo immer er war.

»Zu dritt ist man stärker als alleine«, flüsterte sie Diskus zu und fuhr ihm über die graue Mähne.

Die Nacht schritt voran, und es wurde noch kälter. Elodie zog den Umhang fester um sich. Jemand rief etwas in weiter Ferne, oder flüsterte ganz in der Nähe – sie war sich nicht sicher.

Eine ganz gewöhnliche Stimme in der Nacht, sagte sie sich.

Oder die Stimme eines Toten. Der Gedanke ließ sie erschaudern.

Sie blies sich in die Hände, tätschelte Diskus die Flanke und machte sich auf den Weg zurück zum Zelt. Sie begegnete drei Wachleuten, die ihr alle zunickten. Jeder ihrer Schritte wurde beobachtet, so viel war klar.

Wenn sie erst Königin war, würde das für den Rest ihres

Lebens so sein. Vom Leben auf Burg Vicerin war sie das allerdings gewohnt.

»Hat dich die Prinzessin rausgeworfen?«, fragte einer der Männer. »Ist sie sich zu fein, das Zelt mit jemandem zu teilen?«

Elodie wandte sich um. Es war ein Kumpan von Stown – Merrick, wenn sie sich nicht irrte. »Was willst du damit sagen?«, fuhr sie ihn an.

Er erkannte seinen Fehler und meinte betreten: »Oh, Ihr seid's. Ich dachte, Ihr wärt Palenie. Das ist doch ihr Umhang, nicht? Außerdem gleicht ihr euch, das Haar und alles …«

»Ich habe kein rotes Haar«, erwiderte Elodie. Sahen sie sich wirklich ähnlich? Ihr war das nie aufgefallen.

»O doch. Mit einem bisschen Gold drin. Es ist fast gleich, sage ich Euch.«

»Jetzt rede keinen Unsinn, Merrick«, mischte sich sein Begleiter ein. »Du siehst doppelt, das ist alles.«

»Und unverschämt bist du dazu«, sagte Elodie und bemerkte, dass sie rot wurde. »Du kannst doch einfach verschwinden, wenn ich dich störe.« Sie raffte den Umhang um sich und ging zum Zelt zurück. Dort blieb sie stehen. Aus dem Innern kamen seltsame Geräusche, als ob jemand schwer atmete, aber stark gedämpft.

Palenie schnarcht doch nicht …

Ängstlich ging sie näher heran. Ihre Hand zitterte, und ihr Herz raste wie bei einem gehetzten Kaninchen. Sie fasste ihren Mut zusammen und zog die Plane zur Seite.

Im Licht der Sterne war Palenie zu sehen. Sie lag auf dem

Rücken und schlug mit Armen und Beinen um sich. Über ihr kniete ein Mann. Er kehrte Elodie den Rücken zu, sodass sie sein Gesicht nicht sehen konnte.

Und er hielt Palenie etwas um den Hals.

Kapitel 21

Elodie wollte ihre Arme bewegen, ihre Beine. Sie wollte laut aufschreien. Aber nichts – wie versteinert stand sie neben dem Zelteingang. Ihr Gesichtsfeld verschwamm an den Rändern, aber das Entsetzliche vor ihren Augen, das sah sie völlig klar.

Der Eindringling war dabei, Palenie zu erwürgen. Bestimmt war er einer der Unholde von der Brücke, da war sie sich sicher. Wer sonst würde es wagen, ins Lager einzudringen und so ein schreckliches Verbrechen zu begehen?

Palenie bog den Rücken durch und gab ein fürchterliches Gurgeln von sich. Für einen Augenblick sah Elodie, dass ihre Freundin sie aus blutunterlaufenen Augen flehentlich anstarrte.

Endlich kam wieder Leben in Elodie. Sie stürzte ins Zelt. Am Pfosten in der Mitte hing Palenies Schwert in seinem Futteral. Elodie packte es am Heft und zog die lange Klinge in einer einzigen flüssigen Bewegung heraus. Es fühlte sich schwer und unhandlich an. Warum nur hatte sie bei den Übungsstunden nicht besser mitgemacht?

Fasse es mit beiden Händen.

Es hätte Samials Stimme sein können, die sie hörte, aber er war weit entfernt in den Weinenden Wäldern.

Sie legte beide Hände um das kalte Metall, hob es hoch über ihren Kopf und machte sich bereit, es auf den Hals des Mannes niedersausen zu lassen. Im letzten Augenblick fasste sie es andersherum und stieß ihm die Klinge geradewegs in den Rücken. Die scharfe Spitze drang mühelos durch Lederwams, Haut und Fleisch. Mit grässlichem Schaudern spürte Elodie, wie das Metall an etwas rieb, das nur seine Rippen sein konnten.

Der Mann brach sofort zusammen. Elodie konnte beinahe sehen, wie ihn das Leben verließ, wie es einer Dampfwolke gleich aus seinem Körper strömte. Er fiel zur Seite, das Schwert glitt aus der Wunde, und er landete bäuchlings auf Palenie wie ein halbleerer Mehlsack. Der Mond sandte einen feinen Lichtstrahl herein, der die dunkle Lache aufglänzen ließ, die sich unter ihm ausbreitete und in Palenies Felldecke sickerte.

»Palenie! Alles ist gut! Ich bin da!«

Sie starrte auf das blutige Schwert, und mit einem Mal fielen ihr die Worte des weißhaarigen Jünglings ein.

Blut wird fließen!

Und der erste Tropfen war nun ausgerechnet durch ihre Hand vergossen worden.

Sie warf die Waffe beiseite und versuchte, den toten Feind von ihrer Freundin zu heben. Er war unsagbar schwer. Sie probierte es erneut, musste dabei gegen Brechreiz ankämpfen und gegen die Gedanken darüber, was sie gerade getan hatte …

Ich habe einen Menschen getötet!

Erst als sie sich mit ihrem ganzen Gewicht gegen ihn stemmte, konnte sie den Leichnam von Palenie herunterrollen. Der Tote lag nun auf dem Rücken und starrte mit gebrochenem Blick zum Zeltdach hinauf, das Gesicht von blondem Haar umrahmt.

Es war Rotho.

Elodie konnte es nicht fassen. Rotho war höflich und charmant gewesen, ein Krieger, der gesagt hatte, es sei ihm eine Ehre, für ihre Sache zu kämpfen … Warum sollte er ihrer Freundin Schaden zufügen wollen?

Dann bemerkte sie Palenies rotes Haar, das wie ein Fächer am Boden ausgebreitet war.

Rot. Sie blickte auf den Umhang, den sie trug.

Palenies Umhang.

Natürlich …

»Er dachte, du wärst ich!«

Palenie hatte etwas um den dunkelrot gefärbten Hals. Elodie riss es weg – eine Metallschlinge, so fein wie Spinngewebe. Sie schob eine Hand unter Palenies Kopf und berührte mit der anderen Hand die Wange der Freundin. Ihre blutigen Hände zeichneten rote Spuren auf Palenies blasse Haut.

»Palenie«, schrie sie. »Palenie … Wach auf!«

Sie presste die Finger auf Palenies Hals. Kein Puls. Sie horchte an ihren Lippen. Kein Atem. Sie strich ihr das Haar aus dem Gesicht.

Palenies Augen starrten an ihr vorbei – leblos wie die des Mannes, den sie eben getötet hatte.

Ihre Freundin war tot.

Elodie taumelte rückwärts aus dem Zelt. Irgendwo schrie jemand. Sie reckte die Hände in die kalte Luft, legte den Kopf in den Nacken, drehte sich langsam und wankend im Kreis und sah zu den Sternen der Prophezeiung hinauf. Ihr kaltes, gleichgültiges Licht funkelte herab.

»Elodie!« Fessan kam herangelaufen. »Elodie! Was ist passiert?«

Sie spürte, dass er sie auffing. Sie hatte nicht einmal bemerkt, dass sie fiel. Blass und voller Entsetzen blickte er sie an. Andere kamen heran, drängten sich hinter ihm und blickten ebenso bestürzt. Wer hatte sie hergerufen?

Elodie begriff, dass sie selbst geschrien hatte.

»Sie ist tot!«, heulte sie. »Palenie ist tot, und das ist meine Schuld!«

»Was? Sag mir, was passiert ist!« Während Fessan sprach, schnippte er mit den Fingern und deutete auf das Zelt. Zwei Männer rannten hinein, während Fessan Elodie vorsichtig auf den Boden bettete.

»Rotho«, schluchzte sie. Der Boden war kalt und hart. Alle Stärke verließ sie mit den vergossenen Tränen. »Es war Rotho. Er … er … er hat sie erwürgt.«

»Das war nicht deine Schuld«, sagte Fessan und legte ihr die Hand auf die Stirn.

»Doch, das war es. Wenn ich nicht gekommen wäre … wenn ich nicht hier wäre … Palenie wäre noch am Leben.«

»Es war Rotho, der sie umgebracht hat.«

»Aber er dachte, Palenie wäre ich! Es ist alles meine Schuld! Wenn ich nicht wäre … wenn ich nicht hier wäre …«

Sie rollte sich zusammen und schlang die Arme um die Knie. Sie schluchzte so heftig, dass sie am ganzen Körper zuckte.

Ein Mann kam mit aschfahlem Gesicht aus dem Zelt. Er reichte Fessan die Metallschlinge.

»Eine Garrotte«, zischte Fessan voller Abscheu. »Ich habe gehört, dass so etwas in andern Ländern benutzt wird. In Toronia kennt man solche Waffen nicht.«

Stown kam angelaufen. Er sah ins Zelt, kam dann zu Fessan marschiert und zeigte mit dem Finger auf ihn. »Das ist deine Schuld«, schrie er. »Du hast den Mörder bei uns aufgenommen!« Er wandte sich an die anderen. »Wie lange wollen wir uns noch von diesem Schwächling führen lassen? Bis wir alle im Schlaf erwürgt werden? Wie …«

Ein Faustschlag von Fessan brachte ihn zum Schweigen. Er stolperte rückwärts und hielt sich das Kinn.

»Schafft ihn mir aus den Augen«, brüllte Fessan. »Sofort!«

Stown wurde weggezerrt, und alle Umstehenden machten sich an irgendetwas zu schaffen – außer Fessan, der bei Elodie blieb und ihr den Kopf streichelte.

»Lass mich allein!«, sagte sie.

»Niemals, Prinzessin«, antwortete er.

Sie versuchte ihn wegzuschieben, aber sie hätte ebenso gut einen Felsblock wegschieben können. Schließlich gab sie auf, lehnte sich einfach mit zurückgelegtem Kopf an ihn, schrie ihre Trauer heraus, ihr Schuldbewusstsein und ihren

Schmerz, und starrte zu den Sternen hinauf, die in ihren endlos fließenden Tränen verschwammen.

Und die Sterne starrten vom Himmel herab.

Später in der Nacht, als Elodies Tränen versiegt und ihr Körper von der Kälte steif geworden war, kam eine Frau zu Fessan und kniete neben ihm nieder. Sie flüsterten.

»Was redet ihr?«, fragte Elodie. »Sagt es mir.«

»Man hat ein Grab ausgehoben«, sagte die Frau. »Wir dachten … wir dachten, Fessan möchte vielleicht ein paar Worte sagen.«

»Jetzt gleich?«

»Es muss getan werden«, erwiderte Fessan. »Hier können wir nicht bleiben. Und sie … kann nicht mit uns kommen.«

Elodie wischte sich übers Gesicht. »Wartet auf mich.«

Sie rieb sich Arme und Beine warm und eilte zurück zum Zelt. Palenies Leichnam war fort und ebenso Rothos. Den riesigen Blutfleck hatte jemand mit einem Pelzteppich zugedeckt. Trotzdem roch das Zelt nach Tod.

Sie nahm den Blumenkranz mit, den sie im Dorf bekommen hatte, und begleitete Fessan zu der hastig bereiteten Grabstelle. Sie versuchte gemeinsam mit den anderen Anwesenden, Fessans Ansprache über Mut und Opferbereitschaft zu folgen, aber die Worte bedeuteten ihr nicht viel.

Alles, was zählte, war der Moment, als sie Palenie die Blumen auf die Brust legte, kurz bevor sie mit Erde bedeckt wurde. In Erinnerung an den Kastanienbaum in Palenies Dorf hatte sie ein paar Kastanienblätter gesucht und zwischen die anderen Blumen gesteckt.

»Lebewohl, meine treue Freundin«, sagte Elodie unter Tränen. »Ruhe in Frieden.«

Ihr Körper hätte es sein sollen, der in der Erde versenkt wurde. Sie ballte die Fäuste. Sie konnte nicht begreifen, wie leicht Rotho sie getäuscht hatte … seine Verbeugungen und Komplimente. Sie wünschte, sie könnte ihn noch einmal töten.

Später nahm Fessan sie mit zu seinem Zelt. Er sprach den ganzen Weg über mit ihr und redete weiter, als sie im Zelt waren. Elodie starrte nur auf die Flamme der Öllampe, die vom Zeltpfosten herabhing.

»Elodie? Prinzessin? Hört Ihr mir überhaupt zu?«

Seine Stimme drang durch ihre Gedanken. Was hatte er gesagt? Dass er Stown und seine Anhänger zusammentreiben und aus dem Dreizack verbannen wollte?

»Es tut mir leid«, sagte sie. »Bitte, fahrt fort.«

»Ich dulde ihre Anwesenheit schon zu lange«, knurrte Fessan. »Stowns ständiges Gemecker hat mich so abgelenkt, dass ich die Viper in unserem Nest nicht bemerkt habe. Und ich selbst habe Rotho in unserem Bund willkommen geheißen! Ich weiß nicht, woher er kam, aber wir müssen wachsam sein gegen andere wie ihn, die folgen könnten. Nein, *ich* muss wachsam sein. Wenn jemand die Schuld an diesem Unglück trägt, Elodie, dann ich.«

Der Morgen dämmerte, und Elodie saß auf Diskus und ritt vorne in der Kolonne. Das Lager war abgebaut, und der Dreizack war wieder unterwegs. Im Süden, am anderen Ende einer riesigen Weide, trottete eine kleine Gruppe Männer mit gesenkten Köpfen zurück in Richtung Fluss: Stown und seine Leute auf dem Weg ins Exil.

»Alles in Ordnung?«, fragte Fessan, der zu ihr herangeritten war.

Elodie nickte nur.

»Wäre es Euch lieber, wenn ich Euch in Ruhe lasse?«

Sie nickte noch einmal, und Fessan ritt nach vorn. Er gab den anderen Zeichen, etwas Abstand zu halten.

Je heller es wurde, desto klarer wurden Elodies Gedanken. Obwohl sie einen heftigen, pochenden Schmerz spürte, vom Nacken über den ganzen Kopf bis hinter die Stirn. Sie massierte sich die Schläfen und versuchte, die Müdigkeit zu verjagen. Und die Trauer.

Der Schmerz ließ ein wenig nach, aber das Pochen blieb. Bald jedoch ging ihr auf, dass dieses Pochen gar nicht aus ihrem Kopf kam, sondern aus der Luft ringsum. Allmählich verdichtete es sich zu einem Geräusch, ziemlich nah … einem Geräusch wie …

Pferde?

»Elodie?«

Sie wandte sich um – und zuckte so heftig zusammen, dass sie die Zügel fahren ließ und ihre Füße aus den Steigbügeln rutschten. Sie wankte und wäre fast aus dem Sattel gefallen.

Samial war neben ihr.

Er ritt auf einem silbernen Pferd, das Diskus' Zwilling hätte sein können. Pferd wie Reiter schimmerten im hellen Sonnenlicht, als würde Elodie sie unter Wasser sehen.

»Vorsicht«, meinte Samial lachend, als sie sich gefangen hatte. Dann wurde sein schmutziges Gesicht plötzlich ernst. »Bist du mir böse?«

Ja, eigentlich sollte sie ihm böse sein. Er hatte sie glauben lassen, dass er wirklich existierte, dass er ihr Freund war … Aber nun wusste sie, dass beides stimmte. Er war für sie ebenso wirklich wie die Soldaten des Dreizacks, die mit ihr marschierten. Und er hatte ihr aufmerksam zugehört wie ein Freund. Nach all dem Dunkel der vergangenen Nacht war ihr Herz mit einem Mal überraschend leicht.

»Nein, Samial«, antwortete sie. »Noch nie im ganzen Leben war ich so froh, jemanden wiederzusehen!«

Samial strahlte. »Ich habe Hilfe mitgebracht«, sagte er und wies aufs Feld hinaus. Elodie stockte der Atem.

Neben dem Zug auf dem Weg galoppierte eine ganze Armee übers Feld – silberne Männer auf silbernen Pferden, ihre Rüstungen wie reinste Seide, ihre Gesichter hart wie Stahl. Gläserne Speere wurden in den Himmel gereckt, Banner aus Rauch flatterten in der Luft. Von ihren Schilden ging ein schwaches, unheimliches Glimmen aus, das die Sonne an Leuchtkraft übertraf und doch gleichzeitig dunkel war wie tiefster Schatten.

Das Pochen in Elodies Kopf war nichts als der unwirkliche, gedämpfte Donner Tausender Hufe aus einer anderen

Welt gewesen, die den Takt der Zeit schlugen – hier, in der Welt der Lebenden.

»Eine Geisterarmee«, flüsterte sie.

»Deine Armee«, sagte Samial, und Elodie spürte ein eiskaltes Kribbeln im Nacken.

»Aber wo sind sie alle hergekommen?«

»Du weißt woher. Die Stimmen, die du zwischen den Bäumen gehört hast, das waren die Stimmen dieser Männer. Die dort gestorben sind. Im Blutkrieg versprach uns Brutan einen Waffenstillstand – und Freiheit. Aber dann ließ er uns in den Wäldern einkreisen und abschlachten.«

»Oh, Samial … Mein Vater war ein Ungeheuer.«

Samial nickte. »Aber ohne Rache konnten unsere ruhelosen Seelen keinen Frieden finden. Und den Ort unseres Todes konnten wir auch nicht verlassen. Wir waren auf immer in den Weinenden Wäldern gefangen.«

»Aber wer hat euch dann befreit?«

»Du. Wo immer du uns hinführst, können wir folgen.«

Ein geisterhaftes Pferd löste sich aus der Geisterarmee und näherte sich Elodie. Es trug einen alten, sehr großen Mann mit gerade durchgestrecktem Rücken und einem verwelkten, aber sehr gütigen Gesicht. Er trug eine zerbeulte Rüstung und einen beinahe entzweigehauenen Helm.

»Ich bin Sir Jaken«, stellte er sich vor und beugte sich tief im Sattel. »Es ist mir eine Ehre, Euch zu dienen, Prinzessin.«

Als Sir Jaken und Samial ihre Plätze wieder eingenommen hatten, verneigten sich auch die anderen Ritter, einer nach dem anderen. Das Ganze begann an der Spitze der Armee und lief als Welle der Ehrbezeugung bis ans Ende des Zuges.

Elodie platzte beinahe vor Stolz.

Hufgeklapper drang durch das dumpfe Grollen der Geisterarmee und kam näher. Es war Fessan, er ritt in einem weiten Bogen und schloss dann zu Elodie auf.

»Hier passiert etwas Merkwürdiges«, sagte er und deutete auf das Feld, wo Sir Jaken und seine Ritter neben der Dreizack-Kolonne herritten. »Seht Ihr, wie sich das Gras bewegt, obwohl sich kein Wind rührt?«

»Ist das alles, was Ihr seht?«

Fessan blickte ihr tief in die Augen. »Ich sah Euch reden, als wäre da jemand. Aber ich habe niemanden gesehen. Was seht Ihr da, Prinzessin?«

Elodie wies auf die Reiter des Dreizacks. »Dasselbe wie Ihr, Fessan: eine Armee, die dazu bereit ist, König Nynus zu stürzen und mich an seiner Stelle auf den Thron zu bringen.«

Fessan schüttelte den Kopf. Dann lächelte er. »Wie Ihr wünscht, Prinzessin. Ihr seht mehr, als man mit bloßem Auge sehen kann, aber ich werde nicht weiter in Euch dringen.«

Er betrachtete noch für einige Augenblicke das Gras und schloss dann nach vorn auf, sodass Elodie wieder für sich war.

Da schob sich eine Wolke vor die Sonne, und ein Schatten glitt über die Geisterarmee. Elodie fröstelte.

Bist du auch da, Palenie? Dort bei den Toten?

Ihre Freundin hatte gesagt, ihre seltsame Fähigkeit sei eine besondere Gabe. Vielleicht hatte Palenie recht, aber fürs Erste wollte Elodie es für sich behalten – selbst gegenüber Fessan. Konnten Samial und die anderen denn gemeinsam mit dem Dreizack kämpfen? Konnten Geister überhaupt gegen Lebende kämpfen? Sie wusste es nicht, aber falls Fessan ihr nicht glaubte, würde das entsetzlich sein.

Trotzdem sah sie nun, da sie eine Totenarmee an ihrer Seite wusste, eine reelle Chance, Königin von Toronia zu werden.

KAPITEL 22

»Mehr Wildbret, Prinz Tarlan?«

Der Diener blieb neben Tarlans Stuhl stehen. Auf der silbernen Platte, die er hielt, türmten sich saftige, mundgerechte Fleischbrocken. Er trug weiße Handschuhe, und wenn ihm Tarlan ins Gesicht sah, vermied er den direkten Blickkontakt.

Tarlan schnappte sich eine Handvoll Fleisch und genoss es, die Finger dabei in den Bratensaft zu tauchen. Ebenso befriedigte ihn die kaum verhohlene Abscheu, mit der Lord Vicerin ihm dabei zusah, wie er die Speisen auf den Teller schaufelte, das Besteck beiseiteschob und sich die Bissen in den Mund stopfte.

Die Unterhaltung an der Tafel geriet ins Stocken, während sich Tarlan weiter den Bauch vollschlug. Er fand ihre Tischsitten einfach lächerlich, mit ihren winzigen Häppchen und den albernen weißen Servietten. Jeder Bissen wurde einzeln von einer ganzen Armee von Dienern präsentiert – was war denn verkehrt daran, einfach am Lagerfeuer zu sitzen und sich selbst zu nehmen, was man brauchte?

Die meisten am Tisch – hauptsächlich Vicerins Cousins und eine Reihe von Höflingen – zeigten ähnliches Missfallen wie ihr Herr. Die junge Frau mit dem rosigen Gesicht, die Tarlan gegenübersaß, war die Einzige, die sein Benehmen belustigte. Sie war etwas älter als er und beobachtete ihn mit einem etwas gequälten Lächeln. Aus den Gesprächen hatte er erfahren, dass sie Sylva hieß, aber ihre Stellung am Hof kannte er noch nicht.

»Unser hochgeborener Gast hat nach den Jahren in der Wildnis offenbar großen Hunger«, bemerkte Lord Vicerin und tupfte sich das gepuderte Gesicht mit der Serviette. Die anderen Gäste kicherten höflich. »Wenn wir Euch zum König gemacht haben, werdet Ihr jeden Tag so speisen können. Was haltet Ihr davon?«

Tarlan starrte Vicerin an und rülpste. Sylva unterdrückte ein Lachen. Die Höflinge, die in der Nähe saßen, waren schockiert. Lord Vicerin schenkte Tarlan ein nachsichtiges Lächeln und widmete sich wieder seinem Teller.

Wie eine Schlange, dachte Tarlan und erinnerte sich an die weißen Nattern, die in Miriths Höhle gekrochen waren, um sich am Feuer zu wärmen. *Er scheint langsam zu sein, aber früher oder später – wenn man es am wenigsten erwartet – dann schlägt er zu!*

Tarlan packte seinen Kelch und leerte sich den Inhalt in die Kehle. Die anderen tranken Wein, aber er hatte um frisches Wasser gebeten. Dabei stupste er seinen Sitznachbarn am Arm an. Der Mann zuckte zusammen, wischte sich über den gekräuselten Ärmelbesatz seines Rocks und blickte voller Entsetzen auf Tarlans Kleidung.

Auch Tarlan sah an seinen schmutzigen Sachen aus Yalasti herunter und war froh, dass er die Finger von dem feinen Zeug gelassen hatte, das sie ihm hingelegt hatten. Einerseits amüsierte es ihn, diese Menschen, die sich für zivilisiert hielten, vor den Kopf zu stoßen. Wichtiger aber war für ihn, dass er sich treu blieb.

Ihr wollt aus mir etwas machen, das ich nicht bin, dachte er, während er Lord Vicerin über seinen Kelch hinweg betrachtete. *Nun, ich habe eben meinen eigenen Kopf.*

Etwas allerdings nagte noch immer an ihm, und er war deswegen noch immer nicht ganz der Alte.

»Ich will meinen Edelstein zurück«, sagte er unvermittelt und knallte seinen Kelch auf den Tisch.

»Alles zu seiner Zeit«, erwiderte Vicerin. »Ich habe ihn nur an einem sicheren Ort verwahrt.«

»So wie diese Kinder?«

Einem der Gäste stockte hörbar der Atem. Auch über Sylvas Gesicht huschte ein ängstlicher Blick. Vicerin blieb jedoch völlig gelassen.

»Das Juwel ist sicher«, wiederholte er.

Da er bei diesem Thema offenbar nicht weiterkam, versuchte Tarlan es anders. »Erzählt mir von meinen Brüdern. Oder sind es Schwestern?«

Vicerin gab ihm eine ausführliche Antwort voller schöner Worte, die Tarlan nicht das Geringste verrieten. Wieder traf er Sylvas Blick. Diesmal lächelte sie freundlich und etwas traurig zurück.

»Wenn wir Euch erst auf den Thron gebracht haben«, schloss Vicerin, »dann sind wir vielleicht besser in der Lage, zu erfahren, wo Eure Geschwister sind. Leider können wir derzeit überhaupt nichts dazu sagen.« Er breitete in gespieltem Bedauern die Hände aus.

»Ich mache mir nichts aus dem Thron!«, sagte Tarlan und stieß seinen Stuhl nach hinten. »Mir geht es nur um meine Freunde. Und dazu zähle ich auch meine Geschwister!«

Endlich bekam auch Vicerins Fassade einen Riss. Mit finsterer Miene rief er vier Soldaten der Schlosswache heran.

»Der junge Prinz hat sich satt gegessen und ist müde«, fauchte er. »Geleitet ihn in seine Gemächer!«

Tarlan ließ sich von ihnen aus dem Speisesaal führen. Er war diese Art der Begleitung nun schon gewohnt: zwei Wächter vor ihm, zwei hinter ihm. Sie hielten dabei genügend Abstand, um so zu tun, als wäre er frei, aber Tarlan wusste: Sobald er versuchen würde zu fliehen, würden sie sich auf ihn stürzen.

Auf halbem Weg den Turm hinauf hörte er leise Schritte. Sylva war durch einen Seitengang gekommen und schloss zu ihm auf.

»Geh einfach weiter«, flüsterte sie. »Ihnen ist es egal, wenn ich hier bin.«

Tarlan blickte sie verblüfft an und gehorchte.

»Mein Vater hat Euch angelogen«, fuhr sie leise fort.

»Euer Vater? Ihr meint … Lord Vicerin ist …? Er starrte sie an und kam sich sehr töricht vor. Warum war ihm das nicht aufgefallen? »Er scheint Euch nicht besonders zu mögen. Für eine Tochter, meine ich.«

Sylvas Erstaunen wich schnell einem fröhlichen Lachen. »Ihr seid ziemlich taktlos!«, flüsterte sie.

»Was bedeutet das?«

»Spielt keine Rolle. Wichtig ist, Eure Schwester und ich

sind zusammen aufgewachsen. Von Eurem Bruder weiß ich nichts, aber … oh, Tarlan, sie sieht Euch so ähnlich.«

»Meine … meine Schwester? Ihr habt sie gesehen?«

»Natürlich! Die Kammer, in der sie Euch festhalten – es war ihre, bis sie vom Dreizack entführt wurde.« Sie errötete und verzog das Gesicht. »Das war der schlimmste Tag in meinem Leben. Ich hätte noch besser aufpassen sollen.«

Tarlan hatte Mühe zu folgen. »Entführt?«, fragte er hilflos. »Wer ist dieser Dreizack?«

»Nicht ›wer‹, sondern ›was‹ müsst Ihr fragen. Der Dreizack ist eine Organisation, ein Rebellenbund. Gesetzlose. Sie wollen Euch zusammenbringen, alle drei. Die Drillinge der Prophezeiung. Als Elodie entführt wurde …«

»Elodie?« Der Name schoss wie Feuer durch seine Gedanken. Er hatte eine Schwester! Sie hatte einen Namen!

Sylva schenkte ihm eines ihrer Lächeln, das er immer sympathischer fand. »Ja, Elodie, das ist ihr Name. Als sie entführt wurde, schlug ich Alarm, und die Leute meines Vaters nahmen die Verfolgung auf. Die Spur verlor sich aber an der Grenze zwischen Ritherlee und Isurien.« Sie senkte den Blick. »Ich denke, damit hat er die Wahrheit gesagt. Wir wissen nicht, wo sie ist.«

Tarlan warf einen Blick auf die Bewacher. Sie schienen an der geflüsterten Unterhaltung nicht interessiert. Trotzdem hielt er die Stimme gesenkt. »Warum erzählt Ihr mir das alles?«, fragte er. »Ich meine … danke … wirklich … aber wird Euer Vater nicht böse sein.«

Sylvas Wangen liefen dunkelrosa an. »Elodie war glücklich hier. Wir beide waren glücklich. Wie Schwestern. Wir *waren* Schwestern. Als mein Bruder Cedric in den Krieg zog, blieb mir nur noch Elodie. Aber Ihr … Ihr gehört nicht hierher, Tarlan. Ihr wollt nicht hier sein, und man sollte Euch nicht dazu zwingen. Niemand sollte gegen seinen Willen festgehalten werden.«

Sie kamen ans obere Ende der Treppe. Mit einem letzten Lächeln huschte Sylva davon. Tarlan sah ihr blassfarbenes Kleid in einem schattigen Seitengang verschwinden.

Eine Schwester, dachte er. *Und eine Freundin.*

Die Wächter geleiteten ihn wieder in die Kammer, die eigentlich eine Gefängniszelle war, und sperrten ihn für die Nacht ein.

Riesige Schwingen, die goldenen Wolken gleichen, werfen Schatten auf ein brennendes Land. Am Boden fliehen Menschen schreiend vor den Flammen. Ich reite auf den Wolken. Möchte den Menschen zurufen, dass alles gut wird, aber jemand hat mir den Mund zugenäht.

»Ich schreie!«, gellt es über mir.

Ich will aufschauen, aber jemand hat mir Ketten um den Hals geschlungen. Mein ganzer Körper ist in Ketten. Ich kann nicht einmal einen Finger rühren.

»Ich schreie!«, sagt die Stimme noch einmal. »Ich schreie!«

Ich stemme mich gegen die Fesseln, versuche verzweifelt, mich zu befreien von …

Der Traum löste sich auf. Tarlan fuhr aus dem Bett hoch. Er war hellwach, und seine Muskeln zuckten. Er versuchte, die im Schlaf gesehenen Bilder festzuhalten – die Flammen, die goldenen Wolken –, aber sie verblassten. Bis auf eines.

»Ich schreie!«

Ein heiserer Klang, den die dünne Nachtluft herantrug. Tarlan erkannte sie sofort.

»Theeta!«

Er stürzte zum Fenster, sah hinaus. Es war schon lange nach Mitternacht, und in den meisten Fenstern des Schlosses war es dunkel. Die Luft war kalt. Der Mondschein zeichnete die Linien der Festung mit Silber nach.

Drei goldene Schatten zogen vor dem Mond vorbei.

»Ich bin hier!«, schrie Tarlan in der geheimen Sprache, die nur die Thorrods kannten.

Als sie in seine Richtung einschwenkten, ging ihm das Herz auf. Er hatte recht behalten. Sein Platz war nicht bei den Menschen. Diese hier waren seine wahren Freunde; dies war sein Rudel. Und seinetwegen waren sie gekommen!

Theeta war die Erste. Mit gewaltigen Flügelschlägen hielt sie sich knapp unter dem Fenster in der Schwebe. Ihre großen schwarzen Augen glänzten, als sie zu Tarlan aufsah und ein leises Gurren von sich gab. Nasheen und Kitheen zogen hinter ihr lautlos und mit sichtlicher Freude Kreise. Nasheen schien sich von ihrer Verletzung erholt zu haben. Tarlan wusste nicht, ob er die drei Vögel schon einmal so ausgelassen und voller Energie gesehen hatte.

Und nie war er so froh gewesen, sie zu sehen.

Ohne nachzudenken – und ohne einen einzigen Blick zurück auf das Zimmer –, stieg er auf die Fensterbank und sprang auf Theetas Rücken.

Die weiche Wärme ihrer Federn war tausendmal besser als die edlen Kissen, auf denen er eben noch geschlafen hatte.

»Wir weg!«, schrie Theeta. »Wir weg!«

»Ja«, sagte Tarlan und streichelte ihr den Hals. »Das tun wir, aber … vorher muss ich noch was erledigen.«

Der Küchengarten war verlassen. Die Gärtner hatten ihre Arbeit längst beendet. Vor dem Kerker lag ein einzelner Wächter zusammengesunken neben einer leeren Flasche und schnarchte. Neben ihm lagen drei Hunde.

Die Thorrods landeten, ohne dass ein Laut zu hören war. Tarlan rutschte von Theetas Rücken und bat sie leise, zu warten.

»Seid bereit«, sagte er. »Vielleicht müssen wir eilig verschwinden.« Er lief auf Zehenspitzen zur Tür. Die drei Wachhunde hoben der Reihe nach den Kopf, als er näher kam. Sie musterten ihn kurz, erhoben sich dann und stellten knurrend das Nackenfell auf.

»Bitte«, flüsterte Tarlan. »Ich will niemandem etwas tun. Lasst mich vorbei.«

Sie sahen ihn verdutzt an. Das Knurren wurde zu etwas, das einer Sprache glich, aber es war sehr roh und schwer verständlich. Tarlan ging langsam auf sie zu und redete weiter beruhigend auf sie ein. Raubten die Menschen den Tieren möglicherweise die natürliche Fähigkeit, sich zu unterhalten?

Zu seiner Erleichterung zogen sich die Hunde zurück und ließen zu, dass er dem Wächter die Schlüssel vom Gürtel stahl und die Tür aufschloss. Aus einem Leuchter an der Wand griff er sich eine brennende Fackel und ging weiter zu den Zellen. Die Kinder schliefen friedlich hinter den Gittern. Aber ihretwegen war er nicht gekommen.

Er ging direkt zu dem Wolf. Das arme, ausgehungerte Tier war wach und beobachtete ihn genau.

»Ich höre dich«, sagte der Wolf mit kehliger, knurrender Stimme, während Tarlan am Ring nach dem passenden Schlüssel für das Vorhängeschloss suchte. »Ich bin Graudorn.«

»Ich heiße Tarlan.« Er probierte einen Schlüssel der passenden Größe aus und grinste, als das Schloss aufschnappte. »Und du, mein Freund, bist frei.«

Der Wolf stand auf zitternden Beinen und reckte sich. Ein Schauder lief über seinen Körper. »Frei, um dir zu helfen?«

»Ich hoffte, du würdest das vorschlagen.«

Zufrieden wandte sich Tarlan zum Gehen. Graudorn humpelte hinterher. Am Ende des Ganges blieb Tarlan stehen und erinnerte sich daran, was Sylva gesagt hatte:

Niemand sollte gegen seinen Willen festgehalten werden.

Er kehrte zu den Zellen zurück und betrachtete noch einmal die schlafenden Kinder. Sie waren Gefangene, genau wie er es gewesen war. Und wie Graudorn. Auch sie verdienten die Freiheit.

»Sorelle!«, rief er und ging an den Zellen entlang. »Sorelle Darrand!«

Ein kleines Gesicht tauchte im Schein der Fackel auf: ein kleines Mädchen, das sich verschlafen und zugleich überrascht die Augen rieb.

»Das bin ich«, sagte sie. Ihre Stimme bebte vor Angst.

»Es ist alles gut«, sagte Tarlan. »Ich werde dich da herausholen.«

Er schloss alle Zellen auf. Inzwischen waren alle Kinder wach. Verwirrt drängten sie sich um ihn.

Tarlan zählte. Es waren zwölf. Warum hatte er sich das nicht vorher überlegt? Sie waren eindeutig zu viele.

»Was ist los?«, fragte ein kleines Mädchen mit schmutzigem Gesicht, das ihn mit großen Augen anstarrte. »Wer bist du?«

»Der Hund macht mir Angst«, sagte ein kleiner Junge.

»Er ist kein Hund«, flüsterte Tarlan, »sondern ein Wolf. Aber er ist unser Freund. *Ich* bin auch ein Freund, und ich werde euch hier herausholen. Aber wir müssen ganz leise sein. Wisst ihr, wie man auf Zehenspitzen schleicht?«

Die Kinder nickten stumm.

»Sehr gut. Dann folgt mir. Und keinen Mucks!«

Kaum hatte er das gesagt, drang ein fürchterliches Kreischen in den Kerker. Die Kinder schlugen die Hände über die Ohren, einige begannen zu weinen. Das Nackenhaar des Wolfs sträubte sich, und er knurrte.

»Theeta!«, sagte Tarlan.

»Wer ist Theeta?«, fragte Graudorn.

»Das wirst du gleich sehen.«

Ohne weiter auf Heimlichkeit zu achten, stürzte Tarlan in den Gang. »Graudorn!«, rief er über die Schulter. »Treib sie zusammen!«

Wie ein Schäferhund drängte der Wolf die Kinder dicht zusammen, und sie folgte Tarlan. Zu Theetas Schreien kamen nun auch die der anderen beiden Vögel. Der Lärm war ohrenbetäubend. Tarlan wusste, dass nur er allein die warnenden Worte verstehen konnte. Für die Kinder musste das wirklich furchterregend sein.

Eine dunkle Gestalt verstellte ihnen den Weg nach draußen: Der Wächter, verwirrt und benommen, hatte sein Schwert halb gezogen.

»Wer ist ...?«, wollte er fragen

Tarlan rammte ihn mit voller Wucht, sodass er ins nächste Gemüsebeet flog. Als er dort aufschlug, rutschte sein Helm zur Seite, und sein Kopf prallte hart auf den Steinplatten auf. Er blieb bewusstlos liegen.

Die Wachhunde scharten sich schwanzwedelnd und mit hängenden Zungen um ihn. Tarlan kamen sie ziemlich dämlich vor.

In den Fenstern über dem Küchengarten loderten nun überall Fackeln auf. Entsetzte Gesichter blickten herunter. Tarlan beachtete sie nicht und wartete, bis die Kinder aufgeschlossen hatten.

»Weiter«, rief er. »Schnell!«

Die Thorrods warteten in der Mitte des Gartens auf sie. Sie hüpften besorgt von einer Klaue auf die andere und krähten aufgeregt.

»Alles in Ordnung«, sagte Tarlan, als er Theeta erreichte. Er strich ihr über den Schnabel. »Wir sind hier.«

»Ich mag die Vögel nicht!«, klagte ein Kind.

Tarlan drehte sich um. Die Kinder standen ein paar Schritte entfernt. Graudorn tänzelte hinter ihnen auf und ab, keuchte und ließ Tarlan nicht aus den Augen.

»Ihr braucht keine Angst zu haben. Das hier ist mein Rudel – meine Freunde, versteht ihr?«

»Die sind gruselig!«

»Ja, das sind sie«, antwortete Tarlan und lächelte grimmig. Dann suchte er Lady Darrands Tochter aus dem Gewühl heraus. »Sorelle – bist du so mutig, dass du dich als Erste traust?«

Wie erhofft, kam das kleine Mädchen trotzig nach vorn; in ihren Augen leuchtete derselbe Kampfgeist wie bei ihrer Mutter.

»Ich habe keine Angst«, piepste sie.

»Braves Mädchen!«

Tarlan hob sie Theeta auf den Rücken und zeigte ihr, wie man sich in der Federkrause am Hals festhielt. Sofort hörte Theeta zu kreischen auf, bog den Kopf nach hinten und strich dem Mädchen mit der glatten Oberseite des Schnabels über den Arm. Sorelle kicherte.

»Seht ihr?«, sagte Tarlan. »Wer kommt als nächstes?«

In wenigen Augenblicken hatten alle Kinder Platz gefunden: zwei bei Theeta und je fünf bei Nasheen und Kitheen.

»Und jetzt du, Graudorn«, meinte er zu seinem neuen Freund. Aber der Wolf achtete nicht auf ihn, sondern starrte unverwandt zum Gartentor hinüber. »Graudorn … Komm jetzt!«

Da knurrte der Wolf. Tarlan trat von Theeta zurück und sah, dass Lord Vicerin vom äußeren Burghof her auf sie zugestürmt kam. Seine langen, purpurroten Gewänder wehten hinter ihm wie eine Fahne. Sein Gesicht war wutentbrannt, und er hatte sein Schwert gezogen.

Ihm folgte ein ganzer Trupp der Schlosswache.

»Hört mit diesem Wahnsinn auf!«, rief er, als er in den Garten stürzte. »Kehrt um, dann wird Euch vergeben werden!«

»Ich habe nichts Unrechtes getan!«, blaffte Tarlan zurück. »Im Gegensatz zu Euch! Und Ihr werdet dafür bezahlen, Vicerin. Das werdet Ihr!«

Mit verblüffender Geschwindigkeit kam Vicerin auf Tarlan zu, das Schwert hoch erhoben. »Dann muss ich Euch eben gefügig *machen!*«

Tarlan wich zurück, stolperte aber über die Wegkante und geriet ins Taumeln.

Da flog Graudorn im Mondschein heran, und sein Fell blitzte silbern auf. Er schnappte nach Vicerins Arm, und der Schwung riss beide zu Boden.

Tarlan fing sich wieder und sprang auf Theetas Rücken.

»Graudorn!«, rief er. »Los jetzt!«

Der Wolf stand über dem schreienden Vicerin und riss den Kopf hin und her; mit den Zähnen hielt er immer noch den Unterarm des Schlossherrn gepackt. Nur zögernd ließ er los und trat zurück.

»Aber er hat so einen zarten Hals«, sagte der Wolf betrübt.

»Nein, dazu ist keine Zeit! Komm, Graudorn! Sofort!«

Der Wolf sprang auf den Rücken des Thorrods und ließ den wimmernden Vicerin blutend am Boden zurück. Tarlan legte einen Arm um Graudorn, den anderen um die beiden Kinder.

»Theeta! Nasheen! Kitheen!«, brüllte er. »Wir fliegen!«

Die mächtigen Vögel breiteten gleichzeitig ihre Schwingen aus und zogen sie durch die Luft. Im selben Moment stürzte die Wache in den Garten, blieb aber hustend und keuchend im Schmutz und Staub stehen, den die Thorrods bei ihrem Abflug aufgewirbelt hatten.

Rasch waren sie über die Schlossmauer hinweg und stiegen weiter. Tarlan spähte an Theetas Hals vorbei nach unten, wo sich Lord Vicerin gerade aufrappelte und seinen verletzten Arm festhielt.

»Du bist nichts!«, schrie er ihm nach, fern schon, aber deutlich zu verstehen. »Ohne das Juwel … bist du überhaupt nichts!«

»Ich brauche keine Juwelen«, schrie Tarlan trotzig zurück. »Ich brauche nur mein Rudel!«

Theeta drehte ab, und Vicerin und der Garten verschwanden hinter ihnen. Bald schon war die Burg nur noch ein dunkler, roter Fleck in der vom Mond beschienenen Landschaft.

Langsam legte sich die Aufregung. Und mit ihr auch Tarlans Trotz. Je weiter sie die Burg hinter sich ließen, desto mehr fühlte er eine innere Leere. Er versuchte sich einzureden, dass seine Freiheit wichtiger war als der Verlust von Miriths Juwel.

Es ist ja nur ein bisschen Stein, sagte er sich. Mirith hatte ihm wichtigere Dinge geschenkt. Sie hatte ihn aus dem Schnee aufgelesen und ihm das Leben gerettet. Sie hatte ihm beigebracht, wie man mit den Thorrods sprach.

Aber es machte doch einen Unterschied. Irgendwie spürte er, dass ein Teil von ihm zurückgeblieben war.

Der Morgen malte schon einen blassen, roten Streifen an den Himmel, als sie das Dorf erreichten. Tarlan gab den Vögeln Zeichen, von Osten her anzufliegen. Von unten mussten sie sich dann eindrucksvoll vor dem Sonnenaufgang abheben.

»Ich finde, wir haben so einen Auftritt verdient«, meinte er zu Theeta und strich ihr über den Hals.

Die Beobachtungsposten am Dorfrand schlugen Alarm. Trotz der frühen Stunde strömten die Bewohner mit Waffen in den Händen aus den Häusern. Kaum die Hälfte der Gebäude war übrig geblieben, und sie sahen entschlossen aus, den Rest unter allen Umständen zu verteidigen.

Dann erkannten sie, dass es die Thorrods waren, die sich näherten, ließen Sensen und Heugabeln fallen und brachen in Jubel aus. Die Vögel zogen noch einmal eine Schleife und setzten dann sanft mitten auf dem Dorfplatz auf.

Als Tarlan von Theetas Hals herabsprang, drängte sich

Lady Darrand durch die Menge nach vorn. Als sie Sorelle erblickte, wich der kriegerische Ausdruck aus ihrem Gesicht, und sie brach in Tränen aus.

Voller Stolz genoss Tarlan den Anblick von Mutter und Tochter. Immer wieder waren Freudenschreie zu hören, als die anderen Kinder nacheinander von den Vögeln herabsprangen und ihren Eltern schluchzend in die Arme fielen.

Mit der strahlenden Sorelle auf dem Arm, kam Lady Darrand zu Tarlan und küsste ihn auf die Wange.

»Meine Soldaten sahen noch, wie sie dich wegführten«, sagte sie. »Aber sie konnten nicht helfen. Es tut mir leid. Und nun bringst du mir das größte Geschenk.« Selbst in der größten Freude war ihre Stimme furchterregend. »Du bist ein Wunder, Thorrodreiter.«

Etwas schob sich an ihren Beinen vorbei – ein Tier mit blauweiß gestreiftem Fell. Tarlan fiel auf die Knie und breitete die Arme aus.

»Filos! Komm zu mir!« Das kleine Tigronweibchen sprang ihm in die Arme und schnurrte übermütig. »Bist du gesund? Geht es dir gut?«

»Besser, jetzt, wo du wieder hier bist«, antwortete Filos in ihrer Sprache und rieb den Kopf an seiner Brust. »Ich gehöre zu dir.«

»Deine Freunde sind ebenso froh, dich zu sehen, wie ich es bin«, sagte Lady Darrand und lächelte. »Tarlan – ich danke dir von ganzem Herzen für das, was du getan hast. Ich schulde dir mehr, als man jemals vergelten kann. Wann immer ich etwas für dich tun kann, lass es mich wissen.«

»Das werde ich«, sagte Tarlan.

Ihre Dankbarkeit – und Filos' Treue – wärmten ihm das Herz ebenso wie die Morgensonne, die ihm auf den Nacken schien. Doch während er das Lächeln von Lady Darrand erwiderte, riet ihm eine leise Stimme im Kopf, sich nicht zu sehr an diese Menschen zu binden. Er hatte ihnen einen Gefallen getan, aber nun mussten sie ihre Angelegenheiten wieder selbst regeln.

Es war Zeit, aufzubrechen.

Gulph presste das Gesicht gegen die Stäbe und wünschte sich zum hundertsten Mal, eine Stelle zu finden, wo er sich hindurchzwängen konnte. Die Fesseln hatten ihn nicht daran gehindert, die ganze Zelle zu erkunden; und er hatte sich vergewissert, dass keine solche Stelle existierte. Aber er gab die Hoffnung nicht auf.

»Was siehst du?«, fragte Hauptmann Ossilius.

Trotz des erbärmlichen Zustands seiner Kleider stand der ehemalige Offizier der Legion des Königs stolz und aufrecht vor ihm. Die Morgensonne, die schräg durch das Metallgeflecht hereinfiel, malte helle Streifen auf seine verdreckte Uniform. Er kratzte seinen struppigen Bart und lächelte matt.

Ossilius hatte ihn gerettet, als man ihn in die Zelle warf. Er hatte die feixenden Zellengenossen, die ihm gefährlich auf die Pelle rückten, beiseitegedrängt. Obwohl er in Ungnade gefallen war, besaß er immer noch ein gewisses Maß an Respekt; und sie ließen ihn in Ruhe, als klar war, dass Ossilius auf seiner Seite stand.

Er hatte kaum Platz um Gulph geschaffen, als er ihn verblüffte, weil er vor ihm auf die Knie fiel.

»Vergebt mir«, sagte er.

»Euch vergeben?«, fragte Gulph. »Was denn?«

»Dass Nynus und Magritt Euch festnehmen ließen. Ich fürchte, meine Treue gegenüber der Krone hat mich geblendet. Und jetzt bezahle ich dafür.«

Gulph hatte schon immer gedacht, dass Ossilius traurig aussah. Nun wirkte er geradezu verstört.

»Wir wurden alle getäuscht«, meinte Gulph.

»Und betrogen.«

»Auch das.« Gulph war der gebrochene Mann sympathisch. Aber was konnte er Tröstendes sagen? »Und deshalb sind wir auch besser als sie. Weil wir daran geglaubt haben, dass die Welt ein guter Ort ist.«

Ossilius schnaubte: »Und jetzt kennen wir die Wahrheit.«

»Ja. Und wir wissen, dass wir recht hatten.«

»Findet Ihr? Dann will ich Euch etwas über diesen ›guten Ort‹ erzählen. In dieser ›guten Welt‹ hat man mir den einzigen Sohn genommen und beinahe erschlagen. Eine Seite seines Gesichts haben sie ihm aufgespalten. Was hatte er verbrochen? Einen anderen Mann hat er verteidigt, den die Legion des Königs steinigen wollte. Deshalb bin ich selbst Legionär geworden; ich wollte die Dinge von innen verändern. Aber nichts ist besser geworden.«

»Das tut mir leid. Wo ist Euer Sohn jetzt?«

»Er konnte fliehen«, sagte Ossilius mit grimmigem Stolz. »Hin und wieder erhalte ich Nachricht von ihm – über geheime Kanäle. Er hat eine Armee der Geächteten aufgestellt – Rebellen, die nur ein Ziel kennen: Idilliam zu stürmen und die Prophezeiung erfüllt zu sehen. Er nämlich glaubt an die

Sage der Drillinge, müsst Ihr wissen. Er hat ihr sein Leben geweiht. Er ist ein starker Mann, mein Sohn. Mein Fessan.«

Als Ossilius später schnarchend neben ihm lag, rang Gulph mit sich, ob er ihm die Wahrheit sagen sollte: dass er selbst einer dieser Drillinge war. Das Geheimnis steckte in ihm wie ein Bissen im Hals. Wenn er es nur heraushusten hätte können, dann hätte er wieder frei atmen können.

Mehr als einmal war er schon so weit, wollte die Hand ausstrecken, den Mann wach schütteln und ihm alles erzählen. Jedes Mal schreckte er wieder zurück. Die Wahrheit war wie ein eingesperrtes Tier: Wenn man sie freiließ, wusste man nicht, welchen Schaden sie anrichten würde.

Gulph schlug sich noch bis tief in die Nacht mit seinen Zweifeln herum. Endlich schlief er ein.

Als sie am nächsten Tag gemeinsam vor dem Gewirr aus Eisenträgern standen, die die Wände des Gefängnisses bildeten, und über die Stadt zur beschädigten Brücke blickten, da entdeckte Gulph, dass sein Gefährte doch nicht ganz so niedergeschlagen war, wie es am Abend den Anschein gehabt hatte.

»Fessan wird kommen«, zischte Ossilius. »Ich weiß es. Schon bald werde ich meinen Sohn wiedersehen.«

»Er wird sich beeilen müssen«, meinte Gulph.

Schweigend sahen sie zu, wie ein weiterer Arbeitertrupp zum Schloss hinausmarschierte, die Füße in Ketten. Die ganze Nacht über hatten sich Männer damit geplagt, Nynus'

Plan zu Ende zu bringen. Soweit Gulph sehen konnte, war die Lücke zwischen den beiden Brückenstümpfen aber nicht breiter geworden. Wie die Wurzeln einer mächtigen Eiche krallte sich der vorragende Fels in die Seiten der Schlucht.

»Die Kluft kann immer noch überquert werden«, beharrte Ossilius. »Fessan wird Zimmerleute mitbringen und Belagerungsmaschinen. Er wird eine Möglichkeit finden.« Seine Begeisterung verflog. »Aber du hast recht, Gulph. Ewig wird sie nicht halten. Früher oder später wird die ganze Brücke von Idilliam einstürzen, und dann ist die Stadt vom Rest von Toronia abgeschnitten. Dann ist alles verloren.«

Gulph vermutete, dass schon jetzt alles verloren war, aber er klopfte Ossilius auf den Rücken. »Dann hoffen wir, dass Fessan rechtzeitig kommt.«

Am Zelleneingang gab es einen Tumult. Die anderen Häftlinge strömten nach vorn, drängten aber gleich wieder zurück und ließen den Bereich der Tür frei. Das Schloss klickte, und die Tür schwang mit einem fürchterlichen metallischen Quietschen auf. Vor ihnen stand Blist in voller Rüstung, mit einer dornenbesetzten Peitsche in der Hand. Hinter ihm standen sechs weitere Wärter, alle schwerbewaffnet.

Gulph drückte sich gegen die Wand.

»Heute ist euer Glückstag!«, donnerte Blist. »Ihr habt alle eine Freikarte aus diesem stinkenden Loch bekommen. Seid ihr bereit für den Schritt nach draußen?«

Überall erhob sich leises Gemurmel, das aber verstummte,

als die Wärter lange Ketten auf dem Boden auslegten. In regelmäßigen Abständen waren Fußeisen daran festgemacht. Nach Freiheit sah das für Gulph nicht aus.

»Der König ist ungeduldig«, fuhr Blist fort. »Er will die Brücke zerstört sehen, und zwar schnell. Also werdet ihr dabei helfen.«

»Wenn die Brücke abstürzt, dann fallen wir alle mit«, knurrte einer der Insassen.

Blist ließ die Peitsche knallen. In der Zelle hörte sich das wie eine Explosion an. Gulph zuckte zusammen.

»Und wenn schon«, lachte Blist. »Dich vermisst eh keiner.«

Unter dem wachsamen Blick der Wärter wurden Gulph, Ossilius und die anderen aus der Zelle geführt, aufgeteilt und gruppenweise aneinandergekettet. Gulph bewegte die Füße, um das Gewicht der Eisenschließen an den Fesseln zu prüfen. Sie waren unglaublich schwer. Das Laufen musste eine Qual werden.

»Du!« Eine Hand packte Gulph am Genick und zerrte ihn herum. Gulph starrte einem schmuddeligen Mann ins Gesicht. Zuerst erkannte er ihn nicht. Dann fiel es ihm ein.

»Elrick?«, japste er. »General Elrick?«

Er hatte ihn zuletzt bei der verhängnisvollen Vorstellung in der Großen Halle gesehen, als man ihn von seinen Freunden getrennt und in die Himmelsgruft geworfen hatte. Der ganze schreckliche Tag kam ihm in Erinnerung, auch Pips tränenüberströmtes Gesicht. Wo mochte sie jetzt sein? Und was war mit dem Rest der Tangletree-Truppe?

Gulph wurde ganz flau im Magen bei dem Gedanken, er könnte seine Freunde vielleicht niemals wiedersehen.

Oder noch schlimmer: dass sie tot waren.

»Es ist deine Schuld, dass ich hier bin!« General Elrick war nur noch ein wirrer, ausgemergelter Schatten des elegant gekleideten Soldaten, an den sich Gulph erinnerte. Noch ein treuer Diener, dessen Magritt überdrüssig geworden war. »Du und deine verlausten Freunde! Ich werde dich umbringen!«

Elrick packte ihn an der Kehle und drückte zu. Gulph zerrte an seinen Armen, aber Elrick war stark. Je mehr er zu atmen versuchte, desto mehr protestierten seine Lungen. Sein Atem fühlte sich an wie flüssiges Eisen. Mit hervorquellenden Augen versuchte er, die Wärter zu rufen, aber die rührten keinen Finger und genossen die Abwechslung.

Dann war mit einem Mal Hauptmann Ossilius da, holte aus und traf Elrick mit der Faust mitten ins Gesicht. Elrick flog nach hinten, ließ Gulph los und packte stattdessen seine eigene Nase.

»Du hast mir das Gesicht gebrochen!«, kreischte Elrick und hing in den Ketten fest. Zwischen seinen Fingern quoll Blut hervor.

»Wenn du das noch mal versuchst, kommst du nicht so glimpflich davon«, fauchte Ossilius. »Du bist ein Stiefellecker, Elrick. Du bist hier für all die Jahre, die du dich bei Brutan eingeschmeichelt hast. Jetzt ist er Krähenfutter, und du sitzt in der Himmelsgruft. Das ist nur gerecht.«

»Du machst mir keine Angst«, wimmerte Elrick.

»Ich glaube schon. Wenn du meinem Freund hier auch nur ein Haar krümmst, bist du tot. Verstanden?«

Während die Wärter sie an der großen Feuerkugel vorbeiführten, bekam Gulph langsam wieder Luft. Er massierte sich den Hals. *Mein Freund*, dachte er und war froh, Hauptmann Ossilius bei sich zu haben.

Als sie bei der Brücke von Idilliam ankamen, schmerzten Gulphs Beine, und seine Fußgelenke waren wund gerieben und bluteten. Mit den Ketten war es, als würde man durch tiefen Schlamm waten – nur dass der Zähne hatte.

Die Sonne sandte einzelne Strahlen durch dichte, herumwirbelnde Staubwolken. Im schmutzigen Schatten schwebten lange Reihen von Männern, die den Fels mit schweren Hämmern bearbeiteten. Bei jedem Schlag zitterte der Boden, begleitet von vielstimmigem Ächzen. Manche sangen Arbeitslieder. Es war ein Schauspiel der Muskeln in kaum verhülltem Chaos.

Zwischen den Häftlingsgruppen tänzelte eine Gestalt herum, die Gulph nicht erkannte: ein schlanker Mann in feinen Gewändern. Auf dem Kopf trug er einen goldenen Reif.

Die Krone von Toronia.

Nynus!

Er näherte sich den Gefangenen und Gulph sah, dass er nicht nur die Krone trug, sondern eine Maske, die sein ganzes Gesicht bedeckte und ihn auf diese Weise vor der verhassten Sonne schützte.

Die Maske war aus Gold gearbeitet, mit vereinfachten, geglätteten menschlichen Zügen. Aber je länger Gulph hinsah, desto mehr stieß sie ihn ab. Irgendetwas stimmte nicht mit dem scharfen Winkel zwischen den Augen und den schweren Augenbrauen. Die goldenen Lippen waren zu einem höhnischen Grinsen verzogen und enthüllten grässliche Zähne. Das Ganze wirkte schauerlich.

Als der König auf ihre Gruppe zugeschlendert kam, schlüpfte Gulph dennoch aus der Reihe. Immerhin war er Nynus' Freund gewesen. Vielleicht konnte er den König ja davon überzeugen, sie freizulassen …

Nynus war nun auf Gulphs Höhe. Die goldene Maske kehrte sich ihm zu. Gulph wollte gerade etwas sagen, als die Sonne durch den Staub drang und die Maske in gleißendes Licht tauchte. Das Gold schien Feuer zu fangen und im schwebenden Dunst vor Helligkeit zu explodieren. Gulph starrte in die Augen hinter der Maske und erkannte, dass sich Nynus nicht nur von der Sonne zurückgezogen hatte, sondern auch von allem anderen. Der junge König, der arme Junge, den er aus der schwarzen Zelle befreit hatte, war nun für niemanden mehr erreichbar.

Gulph schlurfte in den Ketten zurück in die Reihe.

»Zeigt mir, was ihr zerbrechen könnt!«, sagte Nynus. Die Maske dämpfte seine Stimme. »Wenn ihr Männer alle zusammenarbeitet, dann gibt es keinen Grund, weshalb wir nicht die Welt zerbrechen könnten!«

Mehrere Gefangene tauschten besorgte Blicke aus. Nynus ging weiter und zeigte nicht, ob er Gulph erkannt hatte.

Ich erkenne dich auch nicht wieder, dachte Gulph traurig.

Auf Blists Befehl führten die Wärter seine Gruppe zu der Stelle, wo der Brückenbogen an die Felswand stieß. Rechts und links von ihnen schlugen viele andere auf die Brücke ein. Sie waren völlig mit Staub bedeckt.

Man gab Gulph eine Spitzhacke in die Hand. Er überlegte kurz, ob er damit die Ketten an seinen Füßen durchschlagen konnte. Wahrscheinlicher aber war, dass er sich den Fuß damit abhackte. Also schwang er die Hacke über die Schulter und ließ sie auf den Boden niedersausen.

Die scharfe Metallspitze war fast nutzlos gegen das harte Gestein, und jeder Schlag schmerzte Gulph. Sie waren wie Ameisen, die an einem Berg knabberten.

Gulph erkannte jedoch, dass sie nach und nach Fortschritte machten. Jedes Mal, wenn er aufsah, waren im Boden neue Risse aufgesprungen. Früher oder später würde auch der Rest der Brücke zerstört sein.

Ein Schrei gellte. Gulph konnte gerade noch sehen, wie sich ein Gesteinsblock löste. Vier Häftlinge krabbelten verzweifelt über das abstürzende Gestein, um sich noch auf den Brückenstumpf zu retten. Ihre Gefährten auf festem Boden schrien und rissen an ihren Fußeisen. Der Felsblock donnerte in den Abgrund.

Die Ketten spannten sich, und einer nach dem anderen wurden die übrigen der Gruppe über die Kante gezogen und stürzten schreiend in die Tiefe.

Gulph spürte, wie ihm das Blut aus dem Kopf wich. Auch die anderen seiner Gruppe hatten innegehalten und zugesehen. Sie blickten einander entsetzt an und begriffen schlagartig ihre Lage: Wenn einer starb, dann starben sie alle.

Blists Peitsche knallte, und sie beugten sich alle wieder über ihre Arbeit. Gulph, der kleiner und leichter als die Übrigen war, geriet ständig ins Stolpern, wenn ihn die anderen anrempelten. Und immer, wenn er fiel, war Ossilius bei ihm.

»Halte durch, Kleiner«, meinte er, als er ihn wieder einmal auf die Füße stellte. »Fessan wird kommen.«

Gulph bewunderte seine Zuversicht, aber die Hoffnung auf Rettung schwand zusehends. Nynus hatte befohlen, dass sie die Welt zerbrachen.

Kapitel 24

Tarlan war sich nicht sicher, ob er sich jemals daran gewöhnen würde, wie grün die Welt jenseits von Yalasti doch war. Beim Flug über Ritherlee hatte ihn der ständige Wechsel der Farbe und Tönung der Landschaft in Atem gehalten. Da waren junge Felder, die frisch im Saft standen, steile, gelb gesäumte Wiesen, wo das Erdreich allmählich vom unterlagernden Felsgrund abrutschte, und dann die wolkigen Massen der Laubwälder.

Dann kam das breite Band des mächtigen Isurischen Flusses, und dahinter wurde die Welt noch grüner. Hier erstreckten sich dichte Wälder, so weit man sehen konnte – ein durchgehender Teppich aus verwobenen Nadeln und ausladenden Ästen.

Irgendwo weit im Norden lagen Idilliam und der Thron von Toronia. Tarlans Blick schweifte jedoch nicht in die Ferne, sondern richtete sich auf den Boden unter ihnen.

»Flieg tiefer, Theeta«, drängte er und zog am Halsgefieder seiner Vogelfreundin. »Unsere Späher sind uns schon wieder voraus. Ich möchte sie nicht verlieren.«

Theeta legte die Flügel an und tauchte ab in Richtung der Baumkronen. Der Wind blies Tarlan ins Gesicht und ließ sein Haar um die Schultern flattern. Er jauchzte vor Freude. Der Wind schien geradewegs durch ihn hindurchzublasen.

Hier war er, hoch in der Luft, wo er hingehörte. Niemand sonst war da, es gab nur ihn und sein Rudel.

»Dort!«, rief er, als er durch eine Lücke im Blätterdach auf einem schmalen Pfad eine Bewegung ausmachte. Es war Filos, deren blauweißgestreiftes Fell in diesem Meer aus Grün gut zu erkennen war. Als Theeta und Tarlan über sie hinwegzogen, hob der Tigronwelpe den Kopf und brüllte – ein hohes, erregtes Jaulen.

Der dunkle Graudorn war schwieriger auszumachen. Tarlan hatte das Gefühl, dass der Wolf gleich hinter Filos folgen würde. Und nach kurzer Suche fand er seine Vermutung bestätigt. Als Graudorn sie sah, bellte er ein kurzes »Yip!« und senkte die Nase wieder auf den Boden.

Es erfüllte Tarlan mit großem Stolz, seine beiden Gefährten am Boden zu sehen. Gleichzeitig dämpfte es seine Euphorie. Er war nicht hier, um Spaß in der Luft zu haben.

Sie waren unterwegs, um seine Schwester zu finden.

Je mehr er über Elodie nachdachte, desto weniger gefiel ihm die Vorstellung, dass sie in diesem scheußlichen Turmzimmer von Burg Vicerin gelebt hatte. Selbst ein Schrank voller hübscher Kleider konnte nicht darüber hinwegtäuschen, dass sie dort ebenso Gefangene gewesen war wie er.

Wo bist du jetzt?, dachte er. *Und wozu brauchen dich diese Dreizack-Leute?*

Dass sie möglicherweise noch immer gefangen war, machte ihn wütend.

Sie und sein anderer Bruder gehörten auch zu seinem Rudel.

Es wird Zeit, dass wir alle zusammenkommen, dachte er.

Vorne brüllte Filos erneut. Tarlan gab Theeta das Zeichen zur Landung. Als der große Thorrod im weichen Heidekraut auf der Lichtung aufsetzte, kam das Tigronweibchen auch schon angesprungen.

»Hier sind Menschen durchgezogen«, keuchte Filos. »Viele!«

Tatsächlich war hier eine lange Schneise ins Unterholz getreten. Am Boden fand Tarlan Huf- und Fußabdrücke und außerdem Wagenspuren, die sich erst über die Lichtung wanden und dann wieder in den Wald führten, wo der Weg deutlich breiter wurde.

»Sieht nach einer ganzen Armee aus«, sagte er. »Das müssen sie sein!«

Graudorn trottete mit hängender Zunge heran. »Wir haben auch Asche gefunden«, berichtete der Wolf mit seiner tiefen Stimme. »Menschen haben Feuer gemacht. Und Sachen zurückgelassen. Menschen sind ja so unordentlich.«

»Das sind frische Spuren«, sagte Tarlan. »Theeta, ruf die anderen zurück. Ich glaube, dass wir ihnen schon nahe sind.«

Das Thorrodweibchen legte den Kopf in den Nacken und öffnete den Schnabel. Ihre Brust zog sich zusammen, und sowohl Graudorn als auch Filos zuckten heftig. Besonders der Wolf sah verzweifelt aus und legte die Ohren flach an den Kopf; Tarlan dagegen bemerkte nichts. Dies war der Fernruf der Thorrods – ein so hoher Ton, dass ihn nur wenige Tiere hören konnten. Er war aber über viele Meilen zu hören und bedeutete nur eines:

Kommt schnell!

Sie brauchten nicht lange zu warten. Nasheen und Kitheen, die weite Kreise zogen, um das Suchgebiet zu vergrößern, schwebten lautlos heran. Theeta und Tarlan trafen sie in der Luft und schraubten sich gemeinsam in die Höhe, um über den Wald hinweg die Gegend zu überblicken.

Die Spur, die sie am Boden gefunden hatten, war von hier oben nicht zu übersehen. Breit wie eine Straße schnitt sie nach Norden zu eine breite Furche ins Waldland. Und dort bewegte sich etwas: ein langes, schlängelndes Gebilde aus Menschen und Pferden mit grünen Fahnen, die sich hell gegen die dunkleren Baumkronen abhoben.

Eine Armee.

Der Dreizack.

Tarlan konnte seine Erregung kaum bezähmen. Seit drei Tagen suchten sie sie nun. Und da waren sie!

»Bleibt hier!«, rief er Filos und Graudorn zu. »Bleibt außer Sichtweite. Theeta, Nasheen, Kitheen – auf geht's!«

»Sie sehen«, warnte Nasheen, als Theeta vorausschoss.

»Wir werden hinter einem Kiefernwäldchen anfliegen«, sagte Tarlan. »Wenn wir uns tief halten, können wir das Gelände auskundschaften, ohne dass sie uns sehen.«

Theeta suchte eine Route, die so viel Deckung wie möglich bot, und flog zwischendurch so tief, dass ihre Flügelspitzen den Boden streiften. Die beiden anderen Thorrods folgten mit aufgeplustertem Gefieder, sodass auch nicht der leiseste Luftzug zu hören war. Als sie nahe herankamen, hielt Tarlan den Atem an und spähte durch das lichte Geäst, das sie von der marschierenden Armee trennte. Wo war sie?

»Dort!«, schrie jemand direkt vor ihnen. Ein Horn ertönte und schnitt durch die Stille des Waldes. Zwei Männer in Jacken, die sie mit Blättern getarnt hatten, liefen vor ihnen über den Weg. Der Anblick der Thorrods ließ sie kurz erstarren, aber dann liefen sie weiter.

Die Kolonne machte halt. Soldaten rannten heran und bildeten die Vorhut. Reiter stellten sich im Kreis auf, zogen ihre Schwerter und hoben kampfbereit die Speere.

»Verstecken hat nun keinen Sinn mehr«, sagte Tarlan. »Sehen wir uns an, was wir da vor uns haben.«

Er lenkte Theeta über die Baumreihe und weiter hinauf über die Armee. Nach der Erfahrung mit den Hirschmenschen von Yalasti sorgte er dafür, dass sie außer Reichweite der Pfeile blieben. Augenblicke später war er froh darüber, denn eine Reihe von Bogenschützen löste sich aus dem Zug und zielte mit ihren Langbogen direkt auf die Thorrods.

»Viele Menschen«, sagte Theeta. »Viele Pferde.«

Tarlan musste ihr beipflichten. Der Dreizack war sehr viel größer, als er gedacht hatte. Sein Gefühl verhieß nichts Gutes. Beim Dorf hatten sie Lord Vicerins Truppen zwar zurückschlagen können, aber hier …

An der Spitze des Zuges wurde es hektisch. Bewaffnete Reiter drängten sich um einen Einzelnen, bildeten einen lebendigen Schutzschild um ihn.

Oder um sie.

»Flieg tiefer, Theeta«, sagte Tarlan. »Ich muss das genauer sehen. Nasheen, Kitheen – ihr bleibt hier.«

Als der Thorrod tiefer sank, breitete Tarlan die Arme aus, um zu zeigen, dass er keine Waffe trug. Ihm stockte allerdings der Atem, als die Bogenschützen ihrer Flugbahn folgten.

Sie waren gerade auf Sichtweite, als der geheimnisvolle Reiter das Gesicht hob und Tarlan in die aufmerksamen, schwarzen Augen eines Mädchens blickte.

Nein, dachte er. *Sie ist genau in meinem Alter.*

Sie trug zwar die gleiche grüne Unform wie die anderen, aber etwas war anders an ihr. Die stolze Haltung im Sattel vielleicht. Aus ihrem Gesicht leuchtete eine seltsame Mischung aus Furcht und Mut. Ihr rotgoldenes Haar – derselbe Ton wie sein eigenes – wehte auf ganz eigene Art im Wind.

»Mädchen du«, sagte Theeta. Normalerweise sprachen Thorrods völlig ohne Ausdruck und Betonung. In diesen beiden Worten hörte Tarlan deutliche Verwunderung.

»Elodie!«, schrie er. »Elodie! Elodie!«

Ihr Name flog von seinen Lippen, als wäre er seit Jahren darin eingeschlossen gewesen. So war es auch, aber noch mehr als das: Sein ganzen Leben hatte er darauf gewartet, ihn hinauszuschreien.

Sie waren nun so nahe, dass sie das Ächzen der Langbogen hören konnten, die die Bogenschützen schussbereit spannten.

»Ich tu euch nichts!«, rief Tarlan, obwohl er sich da nicht ganz sicher war. »Ich will nur meine Schwester!«

Elodie blieb der Mund offen stehen. Der junge Mann mit der Narbe im Gesicht hob die Hand in Richtung der Bogenschützen und sagte: »Nicht schießen!«

Dann rief er Tarlan zu: »Wer seid Ihr?«

»Ich heiße Tarlan! Elodie ist meine Schwester!«

Vielen in der Kolonne stockte der Atem. Tarlan war erleichtert, dass er rechtzeitig ihre Aufmerksamkeit erlangt hatte. Dennoch waren noch immer mindestens fünfzig Pfeile auf Theetas Brust gerichtet.

»Das ist keine geringe Behauptung, junger Mann«, rief der Reiter, der trotz seines jugendlichen Alters wie ein Befehlshaber wirkte. »Aber ich gebe zu, dass Ihr Prinzessin Elodie ähnlich seht. Ich bin Fessan, Kommandant des Dreizacks, und als solcher der jungen Frau, die Ihr Eure Schwester nennt, treu ergeben. Könnt Ihr beweisen, dass Ihr die Wahrheit sagt?«

»Es IST die Wahrheit.« Tarlan leckte sich die Lippen. Ihm war nicht danach, sich hier auf eine Debatte einzulassen. Nur durch Taten konnte er seine Schwester befreien und seine Gruppe vervollständigen.

»Das sagst du!«, rief Elodie und steuerte ihr Pferd aus dem Pulk heraus. Ihre dunklen Augen leuchteten. »Kannst du es beweisen? Hast du auch so eines?«

Sie griff in ihr Kleid, zog ein leuchtend grünes Juwel hervor und hielt es in die Höhe.

Tarlans Magen verkrampfte sich. Er öffnete den Mund, um etwas zu sagen, aber es kam nichts heraus.

Es sieht genau wie meines aus!

Sie waren Geschwister. Nur – wie sollte er den Beweis erbringen?

»Ich habe es verloren«, stieß er hervor und wusste nur zu gut, wie erbärmlich das klingen musste. »Aber ich *bin* dein Bruder. Du musst mir glauben.«

»Lügner!«

Tarlan wusste nicht, wer das gerufen hatte, aber bevor er antworten konnte, schwirrte auch schon ein Pfeil über seinen Kopf. Er packte Theetas Federn und riss sie gerade noch rechtzeitig herum, um drei weiteren Pfeilen auszuweichen. Er brüllte – ein tierisches Brüllen. Diese Menschen gaben vor, Worte zu lieben, aber in Wirklichkeit wollten sie nichts anderes als kämpfen.

»Nasheen!«, rief er nach oben. »Kitheen!«

Theeta kreischte, als er sie herumriss, um auf die Bogenschützen hinabzustoßen. Die Soldaten am Boden schlugen die Hände auf die Ohren. Elodie sah gebannt zu.

»Keiner schießt!«, schrie Fessan und ritt die Reihe der Bogenschützen ab. »Keiner, sage ich! Heute wird hier kein Blut vergossen!«

Tarlan zog an Theetas Federn, sodass sie in Baumwipfelhöhe den Sturzflug abfing. Die Schatten der anderen beiden Vögel fielen auf sie, während sie in der Luft flatterte.

»Wartet!«, sagte Tarlan und hob die Hand. »Noch nicht angreifen.«

Nasheen und Kitheen schlossen zu Theetas Seiten die Formation. Ihre gewaltigen, goldenen Schwingen schlugen die Luft in einem langsamen, bedrohlichen Rhythmus. Bei diesem Anblick wurden in den Reihen des Dreizacks noch mehr Waffen emporgereckt: Mit den Schwertern und Speeren sah der Zug nun aus wie ein bedrohtes Untier, das sein Nackenfell gesträubt hatte.

»Lasst sie landen!«, donnerte Fessan.

Elodie drehte sich zur Kolonne um. »Und senkt eure Waffen!«, rief sie. »Alle!«

Widerstrebend senkten die Schützen ihre Bogen und schoben die Pfeile wieder in die Köcher. Langsam löste sich die Spannung. Tarlan war erstaunt, welche Gewalt seine Schwester über diese Armee haben musste.

»Sicher jetzt«, sagte Theeta.

Tarlan hatte befürchtet, es könnte eine List sein, aber die Überzeugung des Thorrods gab ihm Hoffnung. War es das Risiko wert?

Ein Blick in Elodies erwartungsvolles Gesicht sagte ihm, dass es alles wert war.

»Hinunter, Theeta«, sagte er. »Langsam und vorsichtig. Erschrick sie nicht.«

Während ihre Gefährten weiter über ihnen kreisten, setzten sie neben Fessan auf. Als Tarlan von Theetas Rücken sprang, stieg auch Fessan von seinem Pferd. Tarlan blieb angespannt stehen, während der Anführer des Dreizacks einmal ganz um ihn herumlief.

»Ihr habt ihr Gesicht«, sagte er verwundert. Er knöpfte den Kragen von Tarlans Hemd auf. »Eure Haut ist sehr gebräunt, bis auf diese Linien hier. Ihr habt etwas um Euren Hals getragen.«

»Das Juwel, wie ich schon sagte«, entgegnete Tarlan. Er wollte trotzig klingen, aber alle Wut war aus ihm gewichen.

»Sagt mir noch einmal, wer Ihr seid.«

Tarlan richtete sich zu voller Größe auf. »Ich bin Tarlan von Yalasti. Ich habe die Eiswüste durchquert, um hierher zu kommen. Ich bin der Anführer meines Rudels. Und ich bin Elodies Bruder.«

»Ja«, sagte Fessan. »Ich glaube Euch.«

Er wandte sich etwas zur Seite, sodass er zu Tarlan und zu seinen Soldaten gleichzeitig sprechen konnte.

»Wir wollen deiner Schwester keinen Schaden zufügen«, erklärte er. »Wir beschützen sie, genau wie wir Euch beschützen werden, Tarlan, Ihr seid der Zweite von Dreien, und wir werden nicht ruhen, bis Ihr und Elodie wieder mit Eurem verlorenen Bruder vereint seid. Wir marschieren nicht nur mit der Stärke unserer Waffen, sondern mit der Macht der Prophezeiung. Eure Ankunft hat unsere Hoffnung verdoppelt, Tarlan – die Hoffnung, dass wir den grausamen König von Toronia stürzen und diesem Reich den lange ersehnten Frieden bringen werden.«

Er machte eine Pause. Tarlan hielt den Atem an, erwartete Jubel. Aber es herrschte nur erwartungsvolle Stille.

Fessan sprach weiter, aber nun so leise, dass nur Tarlan es hören konnte. Nur für diesen Augenblick wurde die übrige Welt unsichtbar.

»Werdet Ihr mit uns ziehen?«, fragte Fessan.

Der Ausdruck des jungen Mannes war so ernst und sein

Blick so durchdringend, dass Tarlan wie gelähmt war. Und dann war ihm auf einmal das ungeheuere Ausmaß des Waldes bewusst, der sie umgab, und jenseits davon das ganze riesige Königreich und der Himmel über ihm und die verborgene Unterwelt … Was waren die Streitereien der Menschen um eine Krone, verglichen mit alldem?

»Ich möchte mit …«, begann er.

»Tarlan!«

Elodie kam auf ihn zugelaufen, war plötzlich und unbestreitbar hier, vor ihm. Tränen liefen ihr übers Gesicht. Sie breitete die Arme aus, umarmte ihn und hielt ihn lange, lange fest. Ihre Brust bebte, sie sog stoßweise den Atem ein und ließ ihn in stockenden Seufzern wieder ausströmen. Auch seine Arme schlossen sich um sie. Tarlan hielt seine Schwester fest und staunte über die Kraft, die sie beide zueinanderzog.

Schließlich ließen sie sich los. Sie fasste ihn an den Schultern, hielt ihn auf Armeslänge und blickte voller Staunen in sein Gesicht. Ihre Augen leuchteten.

»Ich wollte nicht glauben, dass es dich gibt!«, lachte sie. Ihre Stimme klang so vertraut. Wie war das möglich, wenn sie sich noch nie gesehen hatten? »Als ich von dir erfahren habe, war ich so wütend … Kannst du dir das vorstellen? Aber seitdem …« Ihr Gesicht wurde ernst. »Vieles ist geschehen, Tarlan. Aber jetzt, wo du hier bist … Es ist, als hätte ich mich selbst gefunden.«

Tarlan erwog noch einmal, was er hatte sagen wollen: *Ich möchte mit eurem Krieg nichts zu schaffen haben. Lasst mich einfach mit meiner Schwester fortgehen. Lasst uns in Frieden.* Jetzt schmeckten diese Worte bitter.

»Ich bin froh, dass ich hier bin«, antwortete er.

»Nun?«, meinte Elodie mit einem Blick zu Fessan. »Wirst du?«

»Werde ich was?«, fragte Tarlan.

»Zu uns stoßen?«

Etwas löste sich in ihm; es zerbrach wie Wintereis, das zu lange in der Sommersonne gelegen hatte. Was immer es war, es zersplitterte in zahllose winzige Scherben, die dahinschmolzen und unsichtbar davonflossen.

Mirith würde es so wollen.

»Das werde ich«, sagte er, »aber unter einer Bedingung.«

»Welcher Bedingung?«, fragte Fessan.

»Dass mein Rudel auch dabei ist.«

Elodie blickte ihn verblüfft an. »Dein Rudel?«

Tarlan pfiff. Filos und Graudorn brachen ganz in der Nähe aus dem Unterholz hervor. Offensichtlich hatten sie sich nicht ferngehalten, wie er ihnen aufgetragen hatte. Er grinste und war froh.

Mehrere Menschen schrien beim Anblick der Tiere. Ein Schütze hob den Bogen, ließ ihn aber wieder sinken, als der Tigron und der Wolf Tarlan ausgelassen um die Beine sprangen.

Tarlan winkte auch Nasheen und Kitheen herunter. Mit sanften Flügelschlägen setzten sie neben ihm auf dem Weg auf. Die drei Thorrods drängten sich zusammen und gurrten leise in der Sprache, die nur Tarlan verstand.

»Ja, wir werden mit ihnen ziehen«, sagte er seinem Rudel. »Wir werden mit Elodie gehen.«

»Du kannst mit ihnen sprechen?«, fragte Elodie verwundert.

»Ja«, antwortete Tarlan stolz. »Sie sind jetzt auch dein Rudel.«

Nun erhob sich Jubel. Er begann an der Spitze des Zuges und pflanzte sich fort bis ans andere Ende. Waffen wurden wieder hochgereckt, nun aber aus Freude. Tarlan strich Filos über den Rücken, kraulte Graudorn hinter den Ohren, starrte unablässig seine Schwester an und fragte sich dabei, ob das Lächeln jemals wieder aus seinem Gesicht weichen würde.

»Zwei von dreien sind nun bei uns!«, rief Fessan, der den Tumult mit erhobener Hand zum Verstummen brachte. »Vom Dritten wissen wir, dass er uns in Idilliam erwartet. Also marschieren wir nach Idilliam! Wir marschieren für die Prophezeiung! Wir marschieren für das Königreich! Wir marschieren für die Krone der Drei!«

Kapitel 25

Gulph verbrachte den Morgen in einem Dunst aus herumwirbelndem Staub und sengender Sonne, die durch die Wolken aus pulverisiertem Gestein wie ein Ofen auf seinen Rücken niederbrannte. Seine Arme schmerzten bis auf die Knochen; an den Händen hatte er riesige Blasen. Bei jedem Schlag in den Fels klang sein Körper wie eine Glocke.

Es ging entsetzlich langsam voran. Hin und wieder brach ein Steinblock ab und taumelte in die dunklen Tiefen der Schlucht. Gulph hatte das Gefühl dafür verloren, ob die Arbeit noch Tage, Wochen oder vielleicht Jahre dauern würde. Vielleicht stürzte ja schon im nächsten Moment das letzte Stück der Brücke ein und trennte Idilliam für immer vom Rest der Welt.

Oder er würde bis ans Ende seiner Tage hier schuften.

Ein Signalhorn drang durch den Dunst. Gulph beachtete es nicht und schwang weiter seine Spitzhacke, bis er merkte, dass die Häftlinge um ihn herum innehielten.

»Mach eine Pause, Kumpel«, sagte Ossilius und legte ihm seine blutige Hand auf den Arm. Von Kopf bis Fuß mit Staub bedeckt, sah er aus wie eine zum Leben erweckte Statue.

Erschöpft stützte sich Gulph auf seine Hacke. Der Sand kratzte in seiner Kehle. Wahrscheinlich sah er genauso aus wie Ossilius, wenn nicht schlimmer. Seine feine Hofkleidung war in Fetzen, Hände und Fußgelenke sahen aus wie rohes Fleisch.

Ein Bataillon der Königlichen Legion war am äußersten Rand des Brückenstumpfs in Stellung gegangen. Aus dem Dunst tauchte eine Gruppe Bewaffneter auf, die eine Gestalt in Robe eskortierte: König Nynus. Die glatte Goldmaske schien in der Luft zu schweben, als wäre sie nicht Teil des jungen Monarchen, sondern gehörte in eine ganz andere Sphäre.

Nynus blieb in Gulphs Nähe stehen.

»Fasst euch ein Herz, die ihr im Namen des Königs arbeitet!«, rief er. Durch die Maske klang es, als käme seine Stimme aus weiter Ferne. Er sprach zwar zu allen Versammelten, seine Augen, die durch die Löcher in der Maske als helle Punkte deutlich zu erkennen waren, blieben jedoch einzig auf Gulph gerichtet. »Hier kommt eure Aussicht auf Freiheit!«

Gegen alle Vernunft schöpfte Gulph Hoffnung, doch als der König fortfuhr, wandelte sie sich in Verzweiflung.

»Die Freiheit, in eure Zellen zurückzukehren, natürlich«, erklang mit einem dünnen, metallischen Kichern seine seltsame Stimme. »Seht – eure Retterin naht!«

Zwei Legionäre traten vor. Alle Augen richteten sich auf sie. Zwischen sich zogen sie eine schlanke Gestalt, die nur ein zerrissenes graues Hemdkleid trug: Limmoni. Ihre nackten Füße schleiften über den Fels. Ihr Kopf schwankte. Die Arme waren voller Blutergüsse.

Vor dem König traten die Soldaten zur Seite. Limmoni fiel

sofort auf die Knie. Gulph wolle losspringen, aber Ossilius hielt ihn zurück.

»Du kannst ihr nicht helfen«, sagte der Hauptmann.

»Aber sie kann ja nicht einmal stehen!«

Zu Gulphs Erstaunen kämpfte sie sich wieder in den Stand. Sie schwankte, und ihre Beine drohten jeden Moment einzuknicken. Ihr Kopf hing herab und verbarg das Gesicht. Aber sie stand vor dem König.

»Du hast dich erholt«, sagte Nynus, »und wirst beenden, was du begonnen hast. Du wirst zerstören, was von der Brücke von Idilliam noch übrig ist. Wenn du das tust, steht es dir frei, dieses Land zu verlassen unter der Bedingung, dass du nicht zurückkehren wirst. Solltest du dich weigern, so wirst du sterben.«

Langsam hob sie den Kopf. Die Sonne brach durch den Dunst und tauchte ihr Gesicht in Licht. Sie blickte so entschlossen, dass Gulph der Atem stockte.

»Ich bin eine wahrhaftige Zauberin«, sagte sie. Ihre Stimme klang brüchig, aber sie hallte auf seltsame Weise und schien aus verschiedenen Richtungen gleichzeitig zu kommen. Gulph legte verwundert die Hand ans Ohr.

»Ja!«, bellte Nynus. »Und du wirst deine Macht in den Dienst des Königs stellen!«

»Kein wahrhaftiger Zauberer würde jemals tun, was du wünschst. Die Brücke von Idilliam zu zerstören, heißt, Toronia zu zerstören.«

»Ich wünsche mir nichts von dir, Zauberin! Ich befehle! Auf Anordnung des Königs wirst du die Brücke zerstören!«

»Wenn dir der Sinn nach Zerstörung steht, Maskenkönig, dann wird Zerstörung über dich kommen.«

Limmoni hob die Hand. Sie bebte am ganzen Körper, aber ihre Hand blieb völlig ruhig. Dann flammte plötzlich Licht in ihrer Handfläche auf und breitete sich als schimmerndes Netz aus, das zwischen ihren ausgestreckten Fingern waberte.

Ihre Worte schienen noch immer nachzuklingen. Während das Licht aus ihrer Hand strömte, war es Gulph, als bohrte sich der Nachhall ihrer Stimme in seinen Schädel. Die Luft um ihn summte. Der Boden wurde weich. Irgendwo – vielleicht überall – begannen Menschen zu schreien.

Ein Legionär zog sein Schwert.

»Nein!«, rief Gulph. Wieder machte er einen Satz nach vorn, um die junge Frau zu retten, die ihm gezeigt hatte, wer er wirklich war. Und wieder hielt ihn Ossilius zurück.

»Sie werden dich töten!«, zischte er. »Und als Toter wirst du ihr gar nichts nützen.«

Gulph schüttelte ihn ab und wollte seiner Freundin zur Seite springen, aber die Ketten spannten sich und rissen an seinen blutigen Fußgelenken. Er sank auf die Knie.

Das Licht explodierte aus Limmonis Hand. Aber noch während es auf seinem Weg zu Nynus' Maske ein grelles Loch in die Luft riss, stieß ihr der Legionär das Schwert in den Rücken. Entsetzt musste Gulph mit ansehen, wie ihr die blutige Spitze aus der Brust fuhr.

Das Licht flackerte und erlosch sofort. Der Blitzstrahl, den Limmoni auf Nynus geschleudert hatte, zog sich zu einem grellen Strich am Himmel zusammen und verschwand. Ihre Züge wurden hart, die Augen weiteten sich. Aus ihrem Mund troff Blut.

Gulph ballte die Fäuste, obwohl ein Dutzend Blasen an seinen Händen dabei höllisch brannten.

Und Limmoni stand noch immer.

»Töte sie noch nicht!«, sagte Nynus. Er stolzierte zu ihr, während sie im Staub das Gleichgewicht hielt. Der Legionär ließ das Heft des Schwertes los, aber die Waffe steckte immer noch in ihr. Langsam breitete sich ein dunkler Fleck um die Wunde aus und färbte das graue Kleid weinrot.

Man sah, dass Nynus am ganzen Leib vor Wut zitterte. Aus dem Mundloch der Maske flog Spucke, als er die Frau ankreischte, von der sein Plan abgehangen hatte.

»Du wagst es, dich mir zu widersetzen?«, heulte er. »Ich gab dir die Möglichkeit, dich zu retten, und so dankst du es mir? Nun, dann sollst du wirklich sterben!«

»Ich sterbe schon«, ächzte Limmoni. Mit jedem Wort quoll neues Blut aus ihrem Mund.

»Vielleicht. Aber es ist immer noch Zeit für dich, einen Platz unter den Verrätern des Königreichs einzunehmen. Sogar neben dem größten Verräter von allen. Legionäre! Bringt sie zum Mausoleum. Ich glaube, es ist höchste Zeit, dass mein Vater etwas Gesellschaft bekommt!«

Entsetzt sah Gulph, wie Limmoni, noch immer das Schwert im Leib, durch Staub und Schutt zum Fuß des Grabmals gezerrt wurde. Die Menschen, die gekommen waren, um die Zerstörung der Brücke mit eigenen Augen zu sehen –

von den höchsten Männern am Hofe bis zu den einfachsten Bauern –, wichen zurück, um sie durchzulassen. Einige stießen Flüche und Verwünschungen aus. Die meisten sahen aber schweigend zu.

Über gemauerte Treppen an der runden Außenwand des Gebäudes schafften die Soldaten Limmonis schlaffen Körper aufs Dach hinauf. Als sie die Hälfte geschafft hatten, war Gulph wegen ihres fahlen Gesichts und der baumelnden Arme überzeugt, dass sie bereits tot war. Als die Männer sie aber über die Brüstung und weiter zur Kuppel schleiften, schlug sie die Augen auf.

Ihre Blicke trafen sich. Limmoni sah Gulph so ernst und gequält an, wie er es noch niemals erlebt hatte.

»Tu etwas!«, murmelte er. »Benutze deine Magie! Rette dich!«

Aber ihre Augen trübten sich, und ihr Blick brach.

»Schafft die Zauberin an ihren Platz!«, rief Nynus. Hektisch ging er auf und ab – wie immer auf einem Raum von Zellengröße.

Der Legionär warf Limmoni auf die Wölbung der Kuppel, wo sie neben Brutans verrottetem Leichnam zum Liegen kam. Die Raben, die von seinen Überresten gefressen hatten, krächzten ärgerlich über die Störung und flatterten davon.

Limmoni hob die Arme.

»Hört auf damit. Bitte!«, schrie sie lauter, als in ihrem Zustand möglich war. Gulph erwartete, dass sie nun um ihr Leben flehen würde. Stattdessen fuhr sie fort: »Töte mich, wenn du musst, aber nicht hier. Nicht auf diese Weise. Du begreifst nicht, worauf du dich einlässt. Die Kräfte …«

Sie verschluckte sich an dem Blut, das ihr aus dem Mund quoll. Gulph zerrte vergeblich an den Fußketten. Wie war es möglich, dass sie immer noch lebte! Ein normaler Mensch wäre schon längst tot gewesen.

Aber Limmoni ist keine normale Person.

»Genug!«, kreischte Nynus. »Schlag ihr den Kopf ab!«

Die Legionäre blickten sich überrascht an. Der Erste war nur mit Messern bewaffnet, und das Schwert des anderen steckte Limmoni immer noch in der Brust.

Er zuckte mit den Achseln, rollte sie mit dem Stiefelabsatz zur Seite, packte das Schwert am Griff und zog es in einem Ruck aus ihrem Körper.

Für einen Augenblick blieb sie zusammengesunken liegen, stützte sich dann aber auf die Knie, breitete die Arme aus und hob das schmerzverzerrte Gesicht zum Himmel.

Der Legionär streckte den Rücken durch und hob das Schwert über seinen Kopf. Dann hielt er kurz inne. Die Sonne spielte auf der blutverschmierten Klinge.

Dann ließ er sie niedersausen.

Gulph schloss die Augen. Er krümmte sich zusammen und presste, von einem jähen Schmerz ergriffen, die Hände auf den Bauch. Hilflos stieß er einen Schrei der Verzweiflung aus.

Es herrschte völlige Stille. Dann schrie jemand.

Gulph richtete sich auf und öffnete die Augen. Auf dem Dach des Mausoleums standen die Legionäre. Der eine kämpfte nach dem Schwung mit dem Schwert noch immer um sein Gleichgewicht, der andere hielt triumphierend etwas in die Höhe.

Limmonis Kopf.

Trauer, Abscheu, Entsetzen krampften Gulphs Magen zusammen. Er wollte sich erbrechen, wollte Nynus und den Himmel selbst anschreien.

Was hast du getan?

Der Kopf wurde zu einem glühenden Lichtball. Er schwoll an, verzehrte die Legionäre, von denen nur dünne, schwarze Schwaden übrig blieben, die sich in der Luft auflösten wie Tinte in Wasser.

Das Licht schwebte als pulsierende, blendend helle Blase am Himmel. Dann explodierte es.

Die Druckwelle traf auf die Menge. Menschen stürzten, schrien und hielten sich aneinander fest. Die Statue eines vergangenen Königs kippte zur Seite und begrub eine Gruppe von Höflingen unter sich. Riesige Staubwolken wurden aufgewirbelt.

Als die Welle Gulph traf, war sie zwar schon schwächer geworden, aber sie warf ihn dennoch um. Als er sich wieder aufrappeln wollte, bockte der Boden unter ihm wie ein Wildpferd. Die Ketten an seinen Füßen ringelten sich wütenden Schlangen gleich.

Über das Mausoleum rollten Wolken heran und hüllten es in Schatten. Und aus den Wolken regnete es graue Asche. In wenigen Augenblicken war das ganze runde Gebäude davon bedeckt.

Es wurde still. Allmählich legte sich der Staub. Die hingestürzten Menschen kamen wieder auf die Beine, die Verletzten riefen nach Hilfe. Gulph blickte sich um und sah Ossilius völlig in die Ketten verwickelt auf der Seite liegen. Er sortierte das Durcheinander und half dem Gefährten auf.

»Was ist passiert?«, fragte der Hauptmann.

»Sie haben sie umgebracht.«

Indem er es laut aussprach, wurde es Wirklichkeit. Gulphs Hals war wie zugeschnürt. Es war vorbei. Limmoni war tot.

Aber – dort auf dem Dach des Mausoleums bewegte sich etwas!

Gulph hielt die Luft an. Eine Gestalt hievte sich aus der Asche. Limmoni lebte?! War sie mit ihrer unbegreiflichen Magie dem Tod entgangen?

Aber die Gestalt war nicht Limmoni.

»Was passiert da?«, fragte Ossilius. Er wiederholte die Frage immer wieder, bis sie sich auch in Gulphs Kopf festsetzte:

»Was passiert da?«

Aus der Asche hob sich eine große, breite Gestalt: ein Mann. Er war zur Seite gekrümmt, als wären die Knochen in seinem Rücken nicht gerade aufgereiht. Sein Kopf war missgebildet. Durch Löcher in seiner Brust fiel Licht. Sein Fleisch – durch die Fetzen, die von seiner Kleidung geblieben waren, deutlich zu sehen – war verfault und wimmelte von Maden.

Die Augen waren nur leere Höhlen.

Langsam, mit steifen, zitternden Bewegungen hob die Gestalt die Arme zum Himmel. Die Finger waren größtenteils nichts als nackte Knochen. Als er den Kopf drehte, spannten sich die freiliegenden Sehnen im Hals wie Bogensaiten.

»Was passiert da?«, flüsterte Ossilius immer wieder.

»Es ist Brutan«, antwortete Gulph, obwohl er seinen Worten nicht glaubte. *Mein Vater.*

Der lebende Leichnam auf dem Dach des Grabmals öffnete den Mund und stieß einen langen, klagenden Schrei aus, der nicht von dieser Welt war.

König Brutan von Toronia war von den Toten auferstanden.

Kapitel 26

Was passiert da?«, fragte Elodie. »Das sieht aus wie das Ende der Welt.«

Sie tippte mit den Fersen gegen Diskus' Flanken und lenkte ihn an die Spitze des Zuges, wo sich Fessan mit seinen Leutnants besprach. Zwei der drei waren kaum älter als Fessan; der dritte hatte einen dünnen weißen Bart und sah mit seinem wettergegerbten Gesicht aus, als wäre er bei allen Schlachten des Tausendjährigen Krieges dabei gewesen. Alle trugen leichte Helme und Brustpanzer, und alle blickten sie grimmig drein.

Als auch sie freie Sicht hatte, stockte Elodie der Atem. Vor ihnen ragte Idilliam auf, eine gewaltige Stadt aus grauem Stein und teilweise verdeckt von einer Wolke aus Rauch und Staub. Über steile Hänge lief ringsum eine Festungsmauer mit zahllosen Türmen. Dahinter drängten sich zahllose Häuser, manche viele Stockwerke hoch. Burg Vicerin hätte wohl hundertmal hineingepasst.

Nein, dachte Elodie. *Tausendmal.*

Die Straßen waren zwar nicht zu sehen, aber aus den Dächern ließ sich ablesen, dass sie alle von einem Punkt in der Mitte ausgingen, an dem nur Schloss Berg liegen konnte.

Das Schloss beherrschte die Silhouette der Stadt – eine ungeheure Masse an steinernen Wällen und abweisenden Zinnen. Scharlachrote Fahnen zuckten im Wind, und tausend Fenster starrten Elodie an wie zornige, schwarze Augen. Dies war ein wahrhaft bedrohlicher, fremder Ort, der ihr Angst einjagte.

Aber warum fühlt es sich dann wie eine Heimkehr an?

Vor der Stadtmauer, auf der Klippe über dem Abgrund, standen seltsame Belagerungsmaschinen, wie Elodie sie noch nicht gesehen hatte; ihre Rammböcke zeigten senkrecht nach unten. In der Nähe lag ein rundes Gebäude. Seine Dachkuppel war geborsten und halb eingefallen, als ob ein Riese daraufgetreten wäre. Von dort stieg auch der Rauch auf.

Um das Gebäude nahm sie Bewegung wahr, aber aus der Ferne konnte Elodie keine Einzelheiten erkennen; die Menschen, die sie dort vermutete, hätten ebenso gut Ameisen sein können. Es gab auch keine Möglichkeit, näher heranzukommen. Idilliam lag auf der anderen Seite eines ungeheuren Abgrunds und konnte nur über eine Brücke erreicht werden, die die Schlucht überspannte. Für Elodie war dies natürlich keine Überraschung; jeder in Ritherlee, wahrscheinlich jeder in ganz Toronia, hatte von der Brücke nach Idilliam gehört.

Überraschend war, dass sie sie zerstört hatten!

Elodie bemerkte hinter sich etwas wie ein Nachhall von Hufschlägen. Es war Samial, der auf dem letzten Teil der Reise nach Idilliam kaum von ihrer Seite gewichen war und nun auf seinem Geisterross heranritt.

»Dort hat eine Schlacht stattgefunden«, sagte er. Sein Pferd kaute unruhig auf der Trense herum. Hinter ihm schloss die

Geisterarmee auf, ein Phantomritter nach dem anderen, und sammelte sich neben den Truppen des Dreizacks am Abgrund.

Ein Grollen war zu hören wie von einem fernen Gewitter. Auf der anderen Seite des geborstenen Brückenbogens stürzte ein Teil der Wand des Mausoleums in die Schlucht und wirbelte neue Staubwolken auf.

»Das ist immer noch im Gange«, murmelte Elodie. Sie wandte sich um. »Fessan, was ist …?«

Verblüfft beobachtete sie, wie Fessan etwas an sein Auge hielt. Es sah aus wie ein rechteckiges Stück Leder, das man zu einem Rohr aufgerollt hatte. An beiden Enden war eine Glasscheibe angebracht.

»Fessan, was tut Ihr da?«

»Einen Augenblick, bitte, Prinzessin. Ich zähle.«

»Was zählt Ihr?«

Fessan starrte noch einen Augenblick lang in das merkwürdige Gerät und bewegte stumm die Lippen. Schließlich reichte er ihr mit einem Seufzer das Lederrohr.

»Ich zähle unsere Feinde. Hier. Vielleicht hab ich ja etwas übersehen.«

Fessan wandte sich wieder seinen Leuten zu, während Elodie das Rohr vorsichtig ans Auge hielt. Es war, als blickte sie in einen langen, dunklen Tunnel. An seinem Ende war ein winziges Bild von Idilliam und Schloss Berg als perfekte Miniatur. Alles schien unglaublich weit entfernt.

»Ich verstehe nicht, was …«, meinte sie.

»Dreh es andersherum«, riet Samial.

Elodie tat es und erschrak, denn nun ragte das Schloss riesig und drohend über ihr auf. Sie schrie, zuckte im Sattel zurück und fuchtelte mit der anderen Hand herum, um die riesigen Befestigungen abzuwehren, die auf sie einzustürmen schienen.

»Es ist ein Augenglas«, erklärte Samial. »Es holt die Dinge näher heran.«

Sie setzte das Rohr ab und hielt es sich aufs Neue vors Auge. Nun verstand sie seinen Zweck und besah sich die Zerstörung auf der anderen Seite der Schlucht.

Was sie als Bewegung wahrgenommen hatte, waren Hunderte von Menschen, vielleicht Tausende, die in Panik vor dem runden Gebäude flohen. Gleichzeitig strömten Soldaten aus den Stadttoren und drängten sich durch die Menge. Und im ganzen Durcheinander gab es auch Männer, die in Gruppen zusammenstanden und sich nicht rührten. Warum rannten sie nicht wie alle anderen? Dann sah sie, dass ihre Füße zusammengekettet waren.

»Was ist dort passiert?«, fragte sie und reichte Fessan das Augenglas zurück.

»Wir sind uns nicht sicher«, erwiderte der, »aber es bringt uns einen Vorteil. Der Feind ist in Auflösung begriffen und kehrt uns den Rücken zu. Es ist genau der richtige Moment, um zuzuschlagen.«

»Zuschlagen?«, fragte Elodie. »Wie soll das gehen?«

»Sie hat recht«, sagte der jüngste von Fessans Leutnants, ein hoch aufgeschossener Mann mit schwarzer Mähne und wildem Blick. »Unser Plan ist hinfällig, Fessan. Du sagtest, wir bräuchten nur geradewegs in die Stadt reiten, aber es gibt keine Brücke mehr, und deshalb auch keinen Überraschungsangriff.«

»Pläne lassen sich anpassen, Ghast«, erwiderte Fessan schroff. »Ob mit Brücke oder ohne – wir müssen unseren Vorteil nutzen. Timon, findest du nicht auch?«

»Doch, das finde ich auch«, antwortete der Mann zu seiner Linken, der eine so ungeheuer breite Brust hatte, dass er nicht nur einen, sondern zwei überlappende Brustpanzer trug. »Aber wie kommen wir hinüber?«

»Belagerungsmaschinen«, meinte der ältere Mann und strich sich den Bart.

Fessan nickte. »Ganz meine Meinung, Dorian.«

Ghast machte ein ernstes Gesicht. »Ich verstehe das nicht.«

»Das Vorauskommando«, erläuterte Fessan. »Sie sind schon seit zwei Tagen hier, fällen Bäume und bauen Triboks. Wir werden sie umrüsten und damit die Lücke überbrücken.«

Elodie hatte neugierig zugehört. »Triboks?«, flüsterte sie Samial zu. »Was ist das?«

»Riesige Katapulte«, erklärte Samial. »Einfache Wurfmaschinen aus Baumstämmen und Seilen. Damit kann man Steine gegen die Stadtmauer schleudern. Im Blutkrieg habe ich viele davon gesehen.«

»Steine schleudern? Aber wie hilft uns das, eine Brücke zu bauen?«

Samial schüttelte den Kopf. »Das weiß ich auch nicht.«

Die Unterredung des Kommandanten mit seinen Leutnants wurde immer hitziger.

»Selbst wenn es gelingt, brauchen wir Tage, bis wir über die Schlucht kommen«, sagte Ghast und sprach damit Elodies Zweifel aus. »Und trotzdem willst du sie überraschen?«

»Und angenommen, wir schaffen es tatsächlich hinüber, wie soll es dann auf der anderen Seite weitergehen?«, fragte Timon.

»Was immer dieses Gebäude zerstört hat, es war keine natürliche Kraft«, warf Ghast ein. »Dort ist das Böse in der Stadt, lasst euch das gesagt sein!«

Dorian strich sich wieder den Bart. »Ich bin dafür, schnell zu handeln. Aber bevor wir vorrücken, müssen wir alles genau auskundschaften«, sagte er.

»Und wie lange wird das dauern?«, fragte Ghast.

Elodie hielt es nicht mehr aus.

»Dorian hat recht!«, mischte sie sich ein. Sie drehten sich überrascht zu ihr um. »Wir verschwenden nur Zeit. Vergesst nicht, mein Bruder ist dort in der Stadt. Und ganz egal, welches Übel dort herrscht: Wir müssen ihn finden. Und wenn wir nur herumstehen und reden, werden wir zu spät kommen.«

Fessans Augen leuchteten. »Endlich eine Stimme der Vernunft«, sagte er. »Danke, Prinzessin Elodie. Und wie sollen wir Eurer Meinung nach vorgehen?«

Die vier Männer sahen sie erwartungsvoll an. Wollten diese erfahrenen Soldaten wirklich ihren Rat? Und war dies der passende Moment, um ihnen von der Geisterarmee zu erzählen, die dem Dreizack zur Seite stand? *Wo immer du uns hinführst, können wir folgen*, hatte Samial gesagt. Aber wenn sie dem Dreizack Verbündete versprach und sich dann herausstellte, dass die Geister in dieser Schlacht gar nicht kämpfen konnten, was dann? Würde sie dann ihre Unterstützung verlieren? Sie konnten sie ja für verrückt erklären und für nicht wert, dass man wegen ihr kämpfte. Hätte sie doch Tarlan von den Geistern erzählt und ihn gefragt, wie sie vorgehen sollte!

Trotzdem – sie hatte einen Plan.

»Lasst die Belagerungsmaschinen aus dem Wald bringen«, sagte sie. »Währenddessen schicken wir die Kundschafter aus. Bis die Maschinen aufgebaut sind, haben wir alle nötigen Informationen.«

Samial strahlte sie an, und Fessan sah beeindruckt aus. »Eine solide Strategie, Prinzessin.«

Elodie fühlte ihre Wangen prickeln. Sie stellte sich Palenies Überraschung vor; für ihr Schwertkampftraining hatte sie sich zwar nicht begeistern können, aber ganz nutzlos war sie nun doch nicht in der Schlacht. Besorgt blickte sie über den Abgrund. »Ich weiß nur nicht, wie unsere Späher hinüberkommen sollen.«

»Sie werden fliegen!«

Auf die Worte folgte ein kräftiger Windstoß, als Tarlan auf seinem geflügelten Reittier über ihnen auftauchte. Diskus bäumte sich auf, und Elodie hatte mit den Zügeln alle Hände voll zu tun.

Ihr war nicht wohl bei diesem Gedanken. Noch konnte sie

kaum glauben, dass ihr Bruder vom Himmel herab mitten in ihr Leben gekommen war. Der Gedanke, ihn so schnell wieder zu verlieren, war unerträglich.

»Nein!«, rief sie zu ihm hinauf. »Das ist zu gefährlich.«

»Ich bin aus Yalasti«, erwiderte Tarlan. »Ich bin die Gefahr gewohnt, Elodie.« Er deutete nach Idilliam. »Außerdem müssen wir Gulph dort herausholen.«

Sie wusste, was Tarlans vorgerecktes Kinn bedeutete; nur zu oft hatte sie es im Spiegel gesehen. Er hatte sich entschieden.

»Dann sei vorsichtig!«

»Mach dir keine Sorgen«, antwortete er. »Ich werde zurückkommen. Versprochen.«

Mit einem Jauchzen zog er am Halsgefieder des Thorrods. Der Vogel stieg senkrecht in die Höhe und fegte Elodie mit dem heftigen Luftwirbel beinahe aus dem Sattel. Die anderen beiden Thorrods folgten ihnen dicht dahinter über den Abgrund. Aus einem nahen Dickicht tauchten der Tigron und der Wolf auf, liefen bis an die Felskante und blickten ihnen mit aufgestellten Ohren nach.

Elodie sah die drei Vögel immer kleiner werden. Gegen die ungeheure Größe von Idilliam wirkten selbst die gewaltigen Thorrods kaum größer als Insekten.

»Ich hoffe, er weiß, was er tut«, murmelte sie.

»Sie werden zurückkehren.«

Eine Hand schloss sich um ihre. Sie war eiskalt, fasste sie aber sicher und fest. Samials Hand.

Elodie zuckte kurz zusammen. Dann legte sie die andere

Hand über die glatte, kalte Haut des Jungen. »Deshalb hast du dich nicht berühren lassen«, sagte sie langsam. »Damit ich nicht bemerke, dass du …«

»Dass ich tot bin.« Er lächelte. »Die Lebenden hassen die Kälte. Du wärst weggelaufen.«

Elodie erwiderte das Lächeln. »Du hast recht. Aber jetzt will ich bleiben.«

Fessans Stimme war über dem Gemurmel der Truppe zu hören.

»Es ist entschieden!«, verkündete er. »Wir werden die Brücke von Idilliam wiederherstellen, sie überqueren und uns dem Feind stellen. So hat es unsere Königin befohlen!«

Es wurde still. Alle schauten auf Elodie. Sie löste ihre Finger aus Samials Hand und ritt an Fessans Seite. Ihr Blick ging über das Meer von Gesichtern, der Lebenden und der Toten, und alle blickten sie an. Dann wandte sie sich Idilliam zu, wo ihr Bruder Tarlan und seine treuen Thorrods nur noch Staubkörner über einem Kriegsschauplatz waren. Über ihnen erhoben sich die unbezwingbaren Zinnen von Schloss Berg. Und irgendwo dort war Gulph, der Dritte im Bunde.

Sie wusste, dass die vergangenen Wochen nur den Zweck gehabt hatten, sie hierherzubringen, an diesen Ort und zu dieser Zeit. *Ich weiß zwar nicht, ab es dem Zufall geschuldet war oder der Prophezeiung*, dachte sie. *Aber nun bin ich hier.*

»Ich sage, Fessan hat recht«, rief sie. »Sind wir diesen weiten Weg gekommen, nur um umzukehren und uns wieder in den Wäldern zu verkriechen?«

»Nein!«, dröhnte es aus vielen Kehlen.

»Dann werden wir angreifen. Wir werden zusammenfügen, was zerbrochen wurde, und uns nehmen, was unser ist. Wir greifen an, Dreizack! WIR GREIFEN AN!«

Ihre Worte waren wie Funken, die den Dreizack in Brand setzten. Die Kolonne, die sich bis zu diesem Augenblick in einer bis weit zurück in den Wald reichenden und etwas nachlässigen Linie ausgeruht hatte, wurde im Handumdrehen aktiv. Rufe erschallten, und Schwerter wurden gezogen.

Elodies ganzer Körper kribbelte. Sie lenkte Diskus eilig beiseite, als ein Pferdezug sechs gewaltige Maschinen aus dem Schutz der Bäume zog. Die Triboks. Sie sahen wie bucklige Ungeheuer aus, die ihrer Beute auflauerten. Die Pferde zogen sie auf Schlitten voran – zum Bau von Rädern hatte vermutlich die Zeit gefehlt –, und sie hatten die Brücke noch nicht erreicht, als die Pferde vor Schweiß dampften.

Fessan befahl den Soldaten, sich hinter den Triboks einzureihen. Die Brücke war so breit, dass sie zu dreißig nebeneinander reiten konnten und trotzdem noch genügend Platz auf den Seiten blieb. Elodie war darüber sehr froh, denn die Brücke hatte weder Brüstung noch Geländer, und wer dem Rand zu nahe kam, riskierte einen tödlichen Sturz in den Abgrund.

Aber der Weg auf die andere Seite war weit.

Sie mochte bereit dazu sein, ihre Armee in die Schlacht zu führen, konnte aber kaum glauben, dass es tatsächlich geschah. Es war noch keinen Monat her, dass sie auf Burg Vicerin ein behütetes Leben geführt hatte, ohne etwas über Not und Gefahr in der wirklichen Welt zu wissen und in der

Erwartung, dass man ihr die Krone einfach so überlassen würde.

So viel war seitdem geschehen.

Weit vorn waren Tarlan und seine Gefährten nur noch als winzige Pünktchen vor den grauen Mauern von Idilliam zu sehen. Und hinter diesen Mauern war Gulph.

In der Luft neben ihr schwebten die Ritter der Geisterarmee, als würden sie über eine unsichtbare Brücke reiten. Samial war auch unter ihnen.

Genau hierher gehöre ich, dachte Elodie.

Sie drückte den Rücken durch und hob das Kinn.

Ein Hornsignal ertönte. Sie trieb Diskus mit den Fersen an, und die Armee setzte sich in Bewegung.

Der Dreizack zog in die Schlacht.

Kapitel 27

Mit Getöse stürzte die Wand des Mausoleums in sich zusammen. Dachziegel krachten wie riesige Hagelkörner in den Schutt. Über die schreiende Menschenmenge brach eine neue Staubwolke herein. Gulph drehte den Kopf weg und rieb sich den Schmutz aus den Augen.

Als er sich umblickte, sah er Brutan, den untoten König, über die Schutthalde herunterkommen.

Er konnte kaum glauben, was sich da abspielte. Wie konnte dieses Ungeheuer sein Vater gewesen sein?

Brutan kam nur langsam und mit abgehackten Bewegungen voran. Bei jedem Schritt betrachtete er seine zuckenden Beine, als sähe er sie zum ersten Mal. Er reckte die Arme und bog die knöchernen Finger durch, als wolle er ihre Festigkeit prüfen. Es war kaum zu sagen, wo seine zerfledderte Kleidung endete und das verrottete Fleisch begann.

Am Boden angekommen, blieb Brutan stehen. Die Sonne schien durch seinen zerlöcherten Körper hindurch. Der Kopf drehte sich ruckweise, gezogen von schnarrenden Sehnen. Nach jedem Ruck betrachtete er einen anderen Teil der Umgebung: den breiten Ansatz der zerstörten Felsbrücke, auf der die umgebauten Rammböcke längst verstummt waren; die Masse der Bauern, die von Nynus' Soldaten nur mühsam in Schach gehalten werden konnten, und Nynus mit der Maske, der auf einem Podest zwischen dem Mausoleum und der Stadtmauer Platz genommen hatte.

Wie kann er sehen?, fragte sich Gulph. *Er hat doch gar keine Augen.*

Noch während er das dachte, blitzte in den leeren Augenhöhlen des untoten Königs Feuer auf. Brutan riss den Kiefer auf und stieß einen durchdringenden Schrei aus. Er schien gar nicht zu enden und bohrte sich in Gulphs Schädeldecke. Vom Himmel regnete erneut Asche nieder und hüllte Brutan in eine graue Wolke ein.

»Ossilius!« Gulph riss an der Kette, um den Freund auf sich aufmerksam zu machen.

Ossilius schüttelte den Kopf, als erwachte er eben aus einem Traum. »Niemals hätte ich diese alten Geschichten für möglich gehalten …«

»Geschichten?«

»Aus dunklen Zeiten. Geschichten von Zauberern.« Er rieb sich die Augen, als würde er ihnen nicht trauen.

»Was sagen die alten Geschichten?«

»Dass die Zauberer selbst nicht magisch sind«, erklärte Ossilius: »Sie bergen die magischen Kräfte nur in sich, solange sie leben. Sterben sie, so bleibt die Magie erhalten. Geht sie nicht auf den nächsten Zauberer in der Reihe über, dann sucht sie sich einen anderen Körper.

»Brutan!«

Ossilius nickte. »Limmoni warnte Nynus genau davor, bevor sie starb. Aber er war ja zu hochmütig, um darauf zu hören. Zu hochmütig und zu dumm.«

Brutan machte zaghafte – aber zugleich riesige – Schritte auf die Menge zu. Sein Mund stand noch immer offen, aber aus seinem Geheul drangen nun Worte.

»Wo … sind sie?«, dröhnte er. »Meine Frau! Mein Sohn!« Er stolperte weiter voran. »Wo ist der, der mich ermordet hat?«

Langsam näherte er sich der Menge. Die Bauern versuchten, zurückzuweichen, aber die Reihen der Königlichen Legion versperrten ihnen den Weg. Nun strömte eine zweite Welle von Soldaten zu den Stadttoren heraus; als sie Brutan erblickten, stoppte ihr Vormarsch jäh.

Brutan schien mit jedem Schritt stärker zu werden. Er schwang die Arme wie ein Bär, und seine Finger sahen aus wie Klauen. Er zog die Schultern ein. Als Lebender war er ein stattlicher Mensch gewesen. Als Toter – oder Untoter – schien ihn erst recht niemand aufhalten zu können.

»Mein Mörder!«, brüllte er. »Ich werde dich töten!«

»Bring ihn um!«, kreischte Nynus fast gleichzeitig. Seine Stimme klang im Vergleich mit der seines Vaters schrill und dünn. Gulph fragte sich, wie er wohl dreinblickte unter dieser abscheulichen Goldmaske. Der Gesichtsausdruck der Königswitwe Magritt hinter ihm war unergründlich: wütend, entsetzt oder beides zugleich.

Mit gezückten Schwertern drängte sich ein Trio von Soldaten durch die Bauern nach vorn und stürzte sich auf den wandelnden Leichnam. Einer hackte ihm in die Brust. Die Waffe drang tief ins zerfallene Fleisch und blieb zwischen den Rippen stecken. Brutan drehte sich weg und wand dem Soldaten die Waffe aus der Hand. Dann packte er den Mann am Hals. Der Legionär schrie, aber der Schrei verstummte, als Brutan zudrückte.

Die Kameraden des Legionärs ließen ihre Schwerter fallen und wichen erschrocken zurück. Brutan schloss die knochigen Finger so fest, dass dem Mann Blut aus der Kehle sprudelte. Seine Füße trommelten gegen den Boden, dann erschlaffte er.

Gulph hielt den Atem an und wartete darauf, dass sein untoter Vater das Opfer fallen ließ. Aber er hielt ihn weiter gepackt. Von seinem Arm löste sich Asche. Zuerst dachte Gulph, das läge am Wind, aber dann erkannte er, dass sich die Asche von alleine bewegte. Sie floss von Brutans Arm zu seinem fleischlosen Handgelenk, wand sich zwischen seinen Handknochen hindurch und strömte über das Gesicht des Legionärs.

Wo die Asche den Mann berührte, setzte sofort Verwesung ein. Die Haut warf Blasen, Knochen knackten und spießten von innen durchs Fleisch heraus. Die ehemals prächtige Uniform zerfiel in Fetzen.

»Es breitet sich aus«, sagte Gulph entsetzt.

»Mögen die Sterne uns helfen«, sagte Ossilius.

In den Augen des Toten loderten Feuer auf.

Brutan öffnete die Hand. Das, was eben noch ein Soldat der Königlichen Legion gewesen war, stürzte sich auf seinen Kameraden und packte ihn an der Kehle.

Eins, zwei, drei, zählte Gulph, während sich der feine, graue Nebel vom Untoten zum Lebenden hinüberschlängelte. Das neue Opfer zuckte und schlug um sich, aber vor der dunklen

Magie gab es kein Entkommen. Nach wenigen Augenblicken war auch er ein wandelnder Leichnam, der sich auf seine entsetzten Kameraden stürzte.

Brutan widmete sich inzwischen einem anderen Legionär. Wenig später standen neben Brutan drei untote Männer in der wirbelnden Asche, mit Feuer in den leeren Augenhöhlen.

Nun kamen sie auf die Menge zu. Gulph krampfte sich der Magen zusammen.

»Wir müssen hier wegkommen«, sagte er, bückte sich und zerrte an den Ketten. Auch die anderen in ihrer Gruppe – die wie er und Ossilius gebannt zugesehen hatten – versuchten sich loszumachen.

»Die Zeit ist zu knapp«, erwiderte Ossilius. Er stand wie angewurzelt und starrte auf das Chaos, das immer größer wurde.

»Wir müssen alle zusammenarbeiten!«, rief Gulph in die Runde. »Hört alle – wir müssen unsere Ketten durchbrechen!«

Keiner hörte zu. Die Häftlinge waren ebenso von Panik ergriffen wie die Menschenmenge. Alle flohen vor den Untoten, die wie eine Wand auf sie zukamen. Wer stürzte oder zu langsam war, wurde sofort zum Opfer und damit zu einem neuen Feind. Es blieben nur wenige Fluchtwege; der Schutt um das Mausoleum blockierte den Weg nach Westen, und im Süden gähnte der Abgrund. Nur durch die Reihen der Gefangenen, die zur Zerstörung der Brücke herkommandiert waren, schien ein Entkommen möglich.

Es war wie eine Flut von Menschen. Gulph versuchte, sich die schreienden Gestalten vom Leib zu halten, die vorbeistolperten. Eine dicke Frau mit einer langen Kratzwunde im Gesicht prallte gegen ihn und rammte ihn so grob, dass er stürzte. Und schon im nächsten Moment trat ihm ein blasser Höfling auf die Finger.

»Hier!« Ossilius war wieder zu Sinnen gekommen, half ihm auf und drückte ihm einen Hammer in die Hand. »Schlag zu, als würde dein Leben davon abhängen.« Er stieß mit der Schulter einen heranstürmenden Händler beiseite und fügte an: »Was ja der Fall ist!«

Gulph hämmerte wie besessen auf die Ketten an seinen Füßen ein, Ossilius ebenso. Die anderen Gefangenen starrten sie verwundert an. Gulph klaubte eine Spitzhacke vom Boden auf und warf sie dem Nächsten zu.

»Los!«, rief er. »Alle zusammen! Das ist unsere einzige Chance!«

Das metallische Klingen fügte dem Tumult eine weitere Note hinzu. Allmählich ließ die Flut der Menschen nach, was das Hämmern erleichterte.

Das heißt aber auch, dass der Feind näherkommt, dachte Gulph verbissen.

Tatsächlich tauchte Brutans wachsende Armee der Untoten einer nach dem anderen aus der Staubwolke auf. In ihren Augenhöhlen brannte es wie rotglühende Kohlen.

Ein rauer Freudenschrei weiter vorn verriet, dass die Kette dort geborsten war. Die Befreiten ließen sofort ihre Werkzeuge fallen und liefen davon. Gulph verdoppelte seine Anstrengungen und hieb auf die Kettenglieder, die ihn und Ossilius verbanden.

Als er schon die Hoffnung aufgeben wollte, gab das Metall mit einem leisen *Pling* nach. Gulph versetzte der Kette einen Tritt. Die Fußeisen hingen noch immer schwer um ihre aufgeriebenen Fußgelenke, aber wenigstens waren sie beide nun frei.

Sie liefen in Richtung der Stadtmauer. Gulph suchte verzweifelt die Menge nach vertrauten Gesichtern ab. Wo waren bloß seine Freunde? Wo war Pip? Vielleicht war die Gauklertruppe ja über die Brücke entkommen, bevor sie zerstört wurde.

Hoffentlich sind sie in Sicherheit!

»Wir müssen uns verstecken«, rief Ossilius und zog Gulph in Richtung eines freistehenden Turms. »Für sie sind wir immer noch Verbrecher. Nynus wird das nicht vergessen.«

In der Nähe schrie eine Frau. Ganz in der Nähe. Gulph wich einem Trupp von Legionären aus, die aus dem Dunst auftauchten. Eilten sie in den Kampf, oder waren sie auf dem Rückzug? Er wusste es nicht. Er strauchelte, fing sich wieder und sah sich plötzlich Königin Magritt gegenüber.

Sie stand regungslos da. Der Schmutz und Staub schien nicht an ihrem fließenden weißen Kleid haften zu wollen. Ihr Mund war weit geöffnet. Sie war es, die schrie.

Und sie starrte direkt auf Gulph.

Nein. Sie sah knapp an ihm vorbei. Er wirbelte herum.

Dort kam Brutan aus dem Dunkel hervorgestürzt. Seine

Augen brannten wie winzige rote Sonnen. Seine grässlichen Hände schnappten auf und zu. Seine schwarze Zunge leckte die verfaulten Lippen.

»Mein Mörder!«, brüllte er. »Ich werde dich töten!«

»Nicht mich!«, schrie Magritt. »Nicht mich!«

Als sie zurückwich, verdeckte das lange Kleid ihre Füße, sodass sie über den Staub zu schweben schien.

»Dich töten!«

»Nicht mich!« Magritt zeigte mit beiden Händen auf Gulph. »Ihn! Er hat dich getötet! Er hat dir die vergiftete Krone aufgesetzt! Töte ihn! Töte ihn!«

Ohne Zögern ging Brutan auf Gulph los. Der versuchte, die Beine zu bewegen, aber die Fußeisen waren schwer, und der brennende Schmerz war nicht zu ertragen. Er wollte Luft holen, aber seine Lungen waren vom Gesteinsstaub verklebt. Er konnte sich kaum aufrecht halten.

Ein Soldat stieß mit dem Schwert nach Brutan. Der untote König wischte ihn beiseite wie eine Fliege. Das Schwert rutschte über den Boden und blieb direkt vor Gulphs Füßen liegen. Er starrte es an. Noch nie im Leben hatte er ein Schwert geführt. Wahrscheinlich hatte er nicht einmal die Kraft, es aufzuheben.

Aber Ossilius griff danach, drehte sich auf den Fersen und schwang es in weitem Bogen, genau in Richtung von Brutans Hals.

Brutan neigte den Kopf und verdrehte dabei den gebrochenen Hals in einer Weise, dass Gulph glaubte, sein Kopf müsse von den Schultern rollen. Die Klinge streifte Brutans

Schädel, von dem Knochensplitter und zappelnde Maden herausfielen.

Während Ossilius den Schwung abfing, packte Brutan die Schwertklinge. Ihre scharfe Schneide drang durch das wenige Fleisch, das auf seinen Fingern geblieben war, aber die Knochen waren stark. Der untote König schleuderte die Waffe beiseite und schloss die freie Hand um Ossilius' Kehle.

»Nein!« schrie Gulph und stürzte nach vorn. Er durfte nicht zulassen, dass sein Freund und Beschützer auch ein Untoter wurde – nicht, solange auch nur ein bisschen Leben in ihm steckte!

Aber Brutan ließ Ossilius fast augenblicklich wieder los und warf ihn wie eine Puppe zur Seite. Der Hauptmann fiel auf einen gestürzten Soldaten und griff sich stöhnend an den Hals.

Als Brutan herankam, wich Gulph zurück. Dann verfingen sich die Fußeisen ineinander, und er fiel der Länge nach hin. Von Magritt war nichts zu sehen. Nur Brutan und er waren geblieben. Das Wesen, das drohend über ihm stand, hatte rein gar nichts von dem Vater an sich, den er sich als kleiner Junge immer gewünscht hatte. Er sah nicht einmal nach einem Menschen aus. Und doch waren sie nun hier als Vater und Sohn vereint.

Brutan warf sich auf ihn. Ein Schatten fiel auf Gulph. Ein plötzlich aufbrausender Wind wirbelte Staub auf.

Er fiel nach hinten und wartete auf das Ende.

Je näher sie der Stadt Idilliam kamen, desto größer wurde Tarlans Staunen. Wo er aufgewachsen war, in einem Land der eisigen Berge und tiefverschneiten Täler, waren die größten Siedlungen kaum größer als das Dorf, das er zusammen mit Lady Darrand verteidigt hatte. Burg Vicerin war schon so groß gewesen, dass es ihm den Atem verschlagen hatte.

Schloss Berg war noch einmal etwas völlig anderes.

Es war schon für sich gesehen ein Berg … ein Berg aus Türmen, Wällen, Schanzen und Befestigungen. Wie ein Termitenhügel ragten die gewaltigen Mauern aus dem Gewühl der Straßen und Gebäude heraus. Wie viele Menschen mochten hier wohl leben? Tausende? Oder noch mehr? Tarlan kannte keine Worte, um solche Zahlen zu beschreiben.

Idilliam war einfach über alle Maßen groß, größer, als es seine Vorstellung erlaubte.

»Was sind schon Gebäude«, murmelte er. »Was zählt, sind die Menschen.«

»Tot«, kreischte Theeta, als sie näher an die Menschenmenge heranschwebten. »Nicht tot.«

Tarlan kniff die Augen zusammen. Was meinte sie damit?

Theeta sagte die widersprüchlichen Worte immer wieder und war offenbar zu verwirrt, um diese endlose Gedankenschleife zu durchbrechen.

»Ist schon gut, Theeta.« Tarlan strich ihr über den Hals, sie schien sich etwas zu beruhigen.

Wenige Augenblicke später waren es seine eigenen Nerven, die vibrierten.

Tot! dachte er, als er schwerfällige Gestalten über Schuttberge taumeln sah. *Nicht tot!*

Es war eine Schlacht im Gange, aber eine Schlacht, wie er sie noch nicht gesehen hatte. Ein schwindender Haufen von Soldaten mit schimmernden Bronzerüstungen und roten Schilden stand mit dem Rücken zur Stadtmauer und versuchte, sich zu behaupten gegen eine Welle anstürmender ... ungeheuerlich ...

Was war das nur?

Lebende Leichen!!!

Anders konnte Tarlan sie nicht beschreiben, diese schwerfällig herumstolpernden, in Fetzen gekleidete Wesen, die ihr eigenes zerfallenes Fleisch in Streifen hinter sich herzogen.

»Wie ist das möglich?«, fragte er entgeistert.

»Theeta weiß nicht«, antwortete der Vogel bekümmert.

»Tot«, rief Nasheen, die sich von links näher schwang.

»Untot«, urteilte Kitheen rechts von ihnen.

»Und ich dachte, die Eiswüste sei schlimm gewesen ...«, meinte Tarlan. »Aber das hier ...«

Er steuerte den Thorrod-Schwarm in einem großen Kreis über den Tumult. Sie blieben hoch genug, um nicht von Pfeilen oder anderen Geschossen getroffen zu werden. Aber niemand am Boden achtete auf sie.

Schreie tönten herauf.

»Brutan! Brutan ist zurückgekehrt!«

»Der untote König!«

»Brutan!«

Vater! In Tarlans Kopf drehte sich alles. Der Anblick der untoten Krieger war schon erschreckend genug, aber in diesem Zusammenhang den Namen seines Vaters zu hören, traf ihn wie ein Schlag in die Magengrube.

Aber du bist doch tot! Hatte ihm Lord Vicerin nicht mit kaum verhohlenem Vergnügen erklärt, sein Vater – der böse König von Toronia – sei ermordet worden?

»Tiefer«, bellte er.

»Gefahr!«, erwiderte Theeta.

»Flieg tiefer, Theeta!«

Der Vogel krächzte ängstlich, ging seitwärts in einen Steilflug auf die Menge zu und plusterte das goldene Gefieder auf zum Schutz gegen den aufgewirbelten Staub. Es war wie über einem brodelnden Sturzbach, und die kämpfenden Gestalten zappelten wie wütende Fische.

Vor ihnen war die Luft etwas klarer. *Seltsam.* Tarlan steuerte Theeta genau darauf zu. Ein Mann stand dort, ein ruhender Pol inmitten von Chaos. Als sie näherkamen, erkannte Tarlan, dass es kein Mann war, sondern nur seine Überreste: ein Untoter, aber dieser war größer und breiter als die anderen. Wo seine Augen hätten sein sollen, brannten rote Flammen.

Und Tarlan wusste, wer er war.

Er erkannte es nicht an der feinen Stickerei auf der königlichen

lichen Robe, die in Fetzen an der Leiche herunterhing; und auch nicht an der angelaufenen Goldkette um seinen Hals. Er wusste es, weil sich dieses Fragment von einem Mann trotz allem noch wie ein König benahm.

Das Ding, das einst Brutan gewesen war, fiel über einen Jungen her, der ausgestreckt am Boden lag. In der Nähe lagen zwei weitere Männer. Aber der Junge war es, der seine Aufmerksamkeit erregte. Den Schrecken über den toten König vergaß er jedoch sofort, als er ungläubig Brutans nächstes Opfer anstarrte.

Der Junge war in seinem Alter.

Seine Proportionen waren merkwürdig, als wäre sein Körper aus nicht ganz zueinanderpassenden Teilen zusammengefügt worden.

Seine Augen waren schwarz, wie die von Elodie und seine eigenen.

Sein Haar war auffallend rot und golden.

Wie sein eigenes.

Gulph! Er MUSSTE es sein!

»Er will meinen Bruder töten!«, rief er.

Tarlan rammte seine Fersen in Theetas Rücken und lenkte den Thorrod in einen steilen Sturzflug.

»Hinunter!«, rief er Nasheen und Kitheen zu. »Sofort hinunter!«

Mit vollkommen aufeinander abgestimmten Flügelschlägen stießen die drei mächtigen Vögel auf den untoten König hinab. Tarlan spürte die Sonne im Nacken und sah den riesigen Schatten, den sein Schwarm auf den Boden warf – ein

Schatten, der sich, als sie sich ihrem Ziel näherten, zu einer dichten, bedrohlichen Dunkelheit verdichtete. Als sie dem Boden nahe waren, wirbelten die Flügel der Thorrods heftige Staubwolken auf.

Brutan spürte den Angriff und drehte sich blitzschnell um. Er sprang in die Höhe und ließ die blutverspritzten Arme vorschnellen. Theeta wich instinktiv zur Seite aus und schlug mit den Krallen zu. Sie traf Brutan an der Schulter und riss etwas heraus, das wie ein rohes Steak aussah. Der untote König wurde herumgerissen und ruderte mit den zerfleischten Armen.

Nasheen und Kitheen hatten vorher abgedreht und standen nun über den untoten Kriegerhorden in der Luft, die ihrem Anführer zu Hilfe eilen wollten.

»Wenden!«, rief Tarlan verzweifelt. »Wenden … schnell!«

Während Theeta eine enge Kurve flog, sah Tarlan den Jungen hinaufstarren, den Mund zu einem runden »O« aufgerissen. Unter seinem schmutzigen, aufgerissenen Hemd war ein grünes Juwel an einer Goldkette zu sehen.

Tarlan konnte sein Glück kaum fassen. Er hatte recht gehabt! Endlich hatte er seinen Bruder gefunden!

Unseren Bruder, verbesserte er sich, denn in Gedanken war er sofort bei Elodie auf der anderen Seite der Schlucht.

»Wir kommen dich holen!«, rief er, ohne zu wissen, ob ihn der Junge hören konnte. Es spielte keine Rolle.

Ich komme!

Zu seiner Erleichterung hatten Nasheen und Kitheen die Armee der Untoten mit ihren Krallen und Flügeln inzwischen zurückgetrieben. Die Entlastung war aber sicherlich nur vorübergehend. Sie mussten die Ruhe unbedingt nutzen und etwas tun, bevor Brutan wieder angreifen konnte.

»Wir müssen ihn mitnehmen«, sagte Tarlan zu Theeta und leitete den nächsten Anflug ein. »Schaffst du das?«

»Mitnehmen«, pflichtete sie bei.

Als sie zum zweiten Mal über den Kampfplatz zogen, brach eine zweite Welle von Soldaten durch die Staubwolken. Aber dieses Mal waren es lebendige Soldaten aus Idilliam, die den Vorteil nutzten, den ihnen die Thorrods verschafft hatten. Angeführt wurden sie von einer merkwürdigen Gestalt: einem dünnen jungen Mann mit einer seltsamen Goldmaske vor dem Gesicht.

Auf seinem Kopf saß eine goldene Krone.

»Nynus!«, zischte Tarlan.

Alle Geschichten, die Tarlan gehört hatte, ja alles, was man ihm je erzählt hatte, traf in diesem einen Moment zusammen. Hier war sein Vater, tot und zugleich doch nicht tot. Und sein Bruder, der Dritte der Drillinge. Und sein Halbbruder, der Wahnsinnige, der die Krone an sich gerissen hatte, die ihm nicht zustand.

Und in diesem Augenblick der Ruhe und Klarheit formte sich in seinem Kopf ein einziger Gedanke:

Genau hierher gehöre ich.

»Zur Brücke von Idilliam!«, schrie Nynus. Die Goldmaske dämpfte seine Stimme nur leicht, und Tarlan konnte die schrillen Worte gut verstehen. »Ein neuer Feind rückt an. Schlagt ihn zurück. Der Feind darf nicht über die Brücke!«

Für einen Augenblick war Tarlan verwirrt. Wovon redete Nynus da? Die Feinde drangen doch schon auf ihn ein. Dann begriff er. Der junge König meinte gar nicht Brutan und seine Armee der Untoten. Er sprach von einem Angriff von außerhalb der Stadt, einem Angriff über die Brücke.

Er meinte den Dreizack.

»Sie wissen es nicht!«, sagte Tarlan. »Sie wissen nichts über die Untoten. Sie marschieren nicht gegen eine, sondern gegen zwei Armeen!«

»Warne sie«, sagte Theeta.

»Ja! Wir müssen sie warnen. Aber zuerst müssen wir meinen Bruder retten!«

Mit schnellen Flügelschlägen trug der Thorrod Tarlan zu der Stelle, wo sein Bruder lag.

»Schnell!«, schrie Tarlan. »Jetzt, Theeta! Jetzt!«

Aber sie waren zu weit entfernt, und Brutan war zu schnell. Fassungslos musste Tarlan mit ansehen, wie der untote König mit seinen Skelettarmen nach seinem Bruder griff.

Und dann war sein Bruder mit einem Mal verschwunden.

Kapitel 29

Je weiter sie auf die Brücke von Idilliam vorrückten, desto ausgelieferter fühlte sich Elodie. Ihre ganze Armee befand sich auf einem schmalen Felssporn über einem scheinbar bodenlosen Abgrund. Je länger sie dort blieben, desto angreifbarer wurden sie.

Wir können jetzt nicht umkehren, dachte sie. *Gulph braucht uns.*

Der Dreizack füllte die Brücke in voller Breite, und doch war die Geisterarmee auch mit dabei, und ihre Schlachtrösser hielten mit den lebenden Pferden mühelos Schritt. Sie waren nun ein gutes Stück näher an der Stadt, und Elodie brauchte Fessans Augenglas nicht mehr, um zu sehen, was sich davor abspielte. Dort tobte eine Schlacht, die Gegner prallten in dichten, weißen Staubwolken aufeinander. Ging es darum, dass Nynus die Macht ergriffen hatte, oder vielleicht um etwas anderes? Nun spielte das keine Rolle mehr. Der Dreizack war hier, um dem allem ein Ende zu setzen.

Aber um welchen Preis?

Wieder blickte Elodie zur Geisterarmee hinüber, die neben ihnen durch die Luft zog. *Wie viele Geister werden es am Ende wohl mehr sein?*, fragte sie sich mit Schaudern.

»Halt!«, befahl Fessan. »Alles anhalten!«

Diskus warf den Kopf nach hinten und kaute auf der Trense, während der Dreizack zum Stehen kam. Elodie tätschelte ihm den Hals. Kein Wunder, dass er unruhig war. Sie hatten die Lücke im Bogen der Brücke erreicht, und vor ihnen gähnte der Abgrund. Dort waberte Nebel, sodass seine Tiefe nicht auszumachen war.

»Es ist weit bis zur anderen Seite«, sagte Elodie.

»Das schaffen wir schon«, erwiderte Fessan. »Die Triboks!«

Elodie trat zurück, während der Dreizack seine Maschinerie in Stellung brachte. Nacheinander wurden alle sechs Katapulte nach vorn geschafft. Die Holzgestelle ächzten, als sie zurechtgerückt wurden. Elodie hielt den Atem an und fürchtete, auch der verbliebene Felsstummel könnte abbrechen.

Bitte, lass ihn halten …

Aber der Untergrund schien fest zu sein. Schon bald waren die sechs Triboks an der Abbruchkante aufgereiht und mit Felsblöcken beladen. Der weißbärtige Dorian, der vor ihnen stand, senkte den Arm zum Zeichen.

Alle Maschinen lösten gleichzeitig aus. Ihre riesigen Wurfarme aus Baumstämmen schwangen nach oben und schleuderten die Felsen in hohem Bogen über die Lücke auf die andere Seite hinüber. An jedem Geschoss war ein kräftiges Seil festgeknotet, das mit hinübergezogen wurde.

Alle Blöcke blieben liegen, wo sie aufgeschlagen waren – bis auf einen, der seitlich wegsprang und über die Kante rollte. Das Seil, das er mit sich geschleppt hatte, spannte sich und riss den Tribok, an dem es befestigt war, von seinem Sockel.

»Zurück! Zurück!«, schrie Dorian, als das große Katapult seitwärts rutschte. Soldaten sprangen beiseite. Dann neigte sich die Maschine mit lautem Ächzen zur Seite, kippte über die Kante und tauchte in den Nebel.

Elodie wartete darauf, den Aufprall in der Tiefe zu hören – aber kein Ton drang herauf.

»Fünf genügen!«, rief Fessan. »Das wird auch so klappen!«

Nun betätigte die Besatzung der Triboks große Kurbeln, um die Seile anzuspannen. Eine zweite Gruppe hangelte sich an den Seilen über den Abgrund.

Elodie beobachtete atemlos das Geschehen. Als die Männer die andere Seite erreichten, zogen sie an den Seilen, die sie hinübergetragen hatten.

Langsam, Stück für Stück, senkten sich die langen Schleuderarme der Katapulte über die Kluft.

»Elodie!« rief es links von ihr, wo eigentlich nur Luft war. Es war Samials Stimme. »Pass auf!«

Unwillkürlich duckte sie sich im Sattel. Schon pfiff ein Pfeil nur knapp über sie hinweg.

Wo war er hergekommen?

Mehr Pfeile schwirrten durch die Luft. Rufe schallten. Bogenschützen liefen durch die Reihen nach vorn ans Ende der Brücke. Mindestens die Hälfte von ihnen stürzte tot zu Boden, bevor sie ihre Pfeile aus dem Köcher gezogen hatten. Elodie starrte auf die andere Seite hinüber. Alle Männer, die sich hinübergehangelt hatten, waren von Pfeilen durchbohrt.

Die Brust zog sich ihr zusammen. *Das ist meine Schuld. Ich hätte sie nicht zum Angriff führen sollen!*

Aus dem Dunst, der das ferne Schloss verhüllte, marschierten nun die Soldaten von Idilliam her auf die Brücke.

»Rückzug!«, schrie Fessan, zog sein Schwert und schwenkte es hin und her, dass es nur so aufblitzte in der Sonne. Erschrocken bäumte sich sein Pferd auf. »Wir müssen zurück! Rückzug!«

Die Verwirrung verbreitete sich durch die Reihen. Zum Wenden war kein Platz, für eine Neuordnung fehlte die Zeit. Ein Hagel von Pfeilen traf den Dreizack, und nicht alle konnten rechtzeitig ihre Schilde anheben. Viele, zu viele lagen tot am Boden.

So ist es also, wenn man Königin ist, dachte Elodie verzweifelt. *Wenn man eine falsche Entscheidung trifft, müssen Menschen sterben.*

Ein Pfeil streifte ihren Handrücken. Sie riss die Hand an sich und rieb sich die Knöchel.

Seine Hand, dachte sie. *Sie war fest.*

Ihr kam eine Idee.

Jetzt! dachte sie und hatte nicht den geringsten Zweifel. *Jetzt ist der richtige Zeitpunkt!*

Ohne auf die Pfeile zu achten, trieb sie Diskus durch das Durcheinander am Rand der Brücke.

»Samial!«, rief sie. »Samial!«

Er war sogleich zur Stelle und blickte sie entschlossen an.

»Wie können wir helfen?«

»Du kannst mich doch anfassen …«, sagte Elodie atemlos.

»Ja, aber …«

»Könnt ihr das alle? Bei uns allen?

»Ich verstehe nicht …«

Elodie biss sich auf die Zunge und bremste ihre Gedanken.

»Könnte ein Geist einen Mann hochheben? Sein Gewicht tragen?«

»Natürlich. Aber ich verstehe immer …«

»Mehr muss ich nicht wissen. Bringe deine Armee her, Samial. Sie sollen sich unter dem fehlenden Teil der Brücke versammeln. Sag ihnen, sie sollen dicht aneinanderrücken – so dicht sie können.« Sie warf einen Blick zurück auf die Soldaten des Dreizacks, die ihre Schilde zu einem durchgehenden Schutzschirm zusammengeschlossen hatten. »Und dann sollen sie die Schilde über die Köpfe halten.«

»Aber warum …?«

»Sofort!«

Sie trieb Diskus mit den Sporen fort vom Brückenrand zu Fessan, der versuchte, Ordnung in seine Truppen zu bringen. Die Narbe in seinem Gesicht leuchtete weiß auf seinen geröteten Wangen.

»Fessan!«, rief sie. »Fessan! Hört mir zu!«

»Was tut Ihr noch hier?«, schrie er. »Wir müssen Euch in Sicherheit bringen!«

»Dazu ist keine Zeit, und das wisst Ihr. Jetzt hört auf Eure Königin!«

Fessan klappte den Mund zu.

»So ist es besser«, fuhr Elodie fort. »Ich weiß einen Weg hinüber.«

Fessan schüttelte den Kopf. »Es tut mir leid, aber ich kann …«

»Doch, das könnt Ihr. Hört zu: Wir sind nicht allein hier. Mit uns marschiert noch eine andere Armee. Eine Geisterarmee.« Sie deutete auf die Stelle, wo Samial und Sir Jaken ihre Kameraden gerade zu einer engen Formation aufstellten. »Ihr könnt sie nicht sehen – ich dagegen schon. Sie sind die Geister derjenigen, die Brutan im Blutkrieg hintergangen hat. Und sie stehen uns zur Seite!«

Fessan strengte seine Augen an. »Ich sehe nichts«, sagte er.

»Aber das habt Ihr, Ihr habt etwas gesehen. Als wir neulich durch die Wiesen geritten sind. Erinnert Ihr Euch? Da sagtet Ihr, dass sich das Gras von selbst bewegt. Ihr wusstet also, dass etwas dort war, oder nicht?«

Die Geister hoben nun die Schilde über ihre Köpfe. Die Sonne schien durch sie hindurch, brach sich aber gleichzeitig an ihrer Phantomgestalt. Für Elodie sah es aus, als hätte sich zwischen den beiden erhaltenen Stümpfen der Brücke ein silbernes Meer gebildet.

»Ich sehe nichts«, wiederholte Fessan. Seinem Ausdruck nach war er sich nicht sicher.

»Dann werde ich es beweisen!«, sagte Elodie.

Sie rutschte aus dem Sattel und rannte zum Ende der Brücke. Sie musste sich zwischen Pferden durchzwängen, bis sie die Stelle über dem Abgrund erreichte. Dort blieb sie stehen.

Auf der anderen Seite zeigten einige Bogenschützen auf sie und riefen etwas. Pfeile flogen vorbei, aber Elodie beachtete sie nicht.

Ich muss es ihm beweisen, dachte sie. *Ich muss ihn davon überzeugen. Das ist unsere einzige Chance.*

»Elodie!«, schrie Fessan. »Was tut Ihr?«

Sie schloss die Augen, ballte die Fäuste und sprang von der Klippe ins Nichts.

Sie flog, ihre Füße traten ins Leere. Plötzlich brachen alle Ängste auf sie ein.

Ich habe mich geirrt. Die ganze Zeit über habe ich mich geirrt. Es gibt keinen Samial. Es gibt keine Geister. Es gibt keine Geisterarmee und auch keine Stimmen.

Ich bin nur ein dummes, verzogenes, verrücktes Mädchen, das verdient hat, was jetzt passiert.

Zu sterben …

Mit einem dumpfen Geräusch kamen ihre Füße auf etwas Festem auf. Sie öffnete die Augen und blickte hinunter auf die silbrige Oberfläche eines erhobenen Schilds. Es zeigte ein Kreuz und einen Löwen. Durch die Lücke zwischen diesem Schild und dem Nächsten sah sie einen alten Mann heraufblicken.

Er zwinkerte ihr zu.

Neben ihr fiel ein Pfeil, fiel direkt durch die Reihen der Phantomritter.

Er fiel in den Abgrund.

Sie dagegen fiel nicht.

»Folgt mir!«, rief sie dem Dreizack zu, mit einer Stimme, die sich nicht wie ihre eigene anhörte. »Kommt mit mir!«

Ohne zurückzublicken, ging sie weiter über die Geisterbrücke. Die Bogenschützen Idilliams ließen die Waffen sinken und starrten sie mit offenen Mündern an. Für sie – und für die Männer und Frauen des Dreizacks – musste es aussehen, als würde sie geradewegs durch die Luft gehen.

Wie lange würde es wohl dauern, bis sie wieder zu schießen begannen?

Nun folgte auch Fessan. Er warf ihr einen Schild und ein Schwert zu.

Mit Schaudern erkannte sie, dass es Palenies Waffen waren.

»Ich werde Euch folgen«, sagte Fessan und sah zurück. Elodie folgte seinem Blick. Zahlreiche Soldaten stiegen aus dem Sattel und kamen auf die Geisterbrücke gelaufen. »Wir werden Euch folgen, Königin!«

Nun regnete es immer mehr Pfeile, aber Elodie und Fessan hoben ihre Schilde an und gingen weiter.

»Und Ihr seid nur eine«, bemerkte Fessan. »Was wird aus Toronia erst werden, wenn wir drei haben.«

Palenie hatte recht gehabt. Unter dem Schmutz und Schweiß in seinem Gesicht sah sie Fessans Augen leuchten vor Erstaunen.

Als sie sich der anderen Seite näherten, schlug ein Pfeil in Elodies Schild ein. Der Aufprall sandte eine Schockwelle bis in ihre Schulter. Sie schreckte zusammen, und ihre Begeisterung verflog. Die Pfeile waren so wirklich wie die Männer, die sie auf der anderen Seite erwarteten.

Der Krieg war Wirklichkeit!

Während sie das dachte, ließ der Pfeilhagel nach. Elodie wagte einen Blick nach vorn; brachten sie frische Bogenschützen? Zu ihrer Überraschung waren die Schlachtreihen von Idilliam in Auflösung begriffen. Die Soldaten rannten durcheinander und hoben die Arme zum Himmel, als würden sie etwas abwehren wollen.

Da stießen mit einem gemeinsamen Schrei die drei Thorrods aus der Dunstwolke auf sie herab, hieben den Fliehenden die Krallen in den Rücken, packten die Übrigen und schleuderten sie in den Abgrund. Auf dem Rücken von Theeta – dem Thorrod mit goldener Brust und Flügeln – saß Tarlan. Seinem Gesicht war die große Verwunderung anzusehen.

»Ihr fliegt ja!«, rief er, dirigierte sein Luftross tiefer und schwebte neben Elodie.

»Nicht ganz«, antwortete sie. »Was hast du gesehen?«

Tarlan schüttelte den Kopf und musste sich erst wieder fassen. Mit besorgter Miene sagte er:

»Ihr begebt euch in Gefahr.«

»Das hätte ich dir auch sagen können.«

»So meine ich das nicht. Ihr habt nicht nur Nynus zum Feind. Hier ist noch eine Armee. Eine Armee der … Elodie, das sind keine Lebenden. Sie sind tot, aber sie wandern umher.«

»Geister?«, fragte Elodie.

»Nein. Keine Geister. Wandelnde Leichen. Untote.«

Tarlan blickte Fessan an, der aufmerksam zuhörte. Er holte tief Luft. »König Brutan führt sie an.«

Elodie fuhr es eiskalt in die Glieder.

»Unser Vater ist tot«, flüsterte sie.

»Das war er«, entgegnete Tarlan und sah ihr in die Augen. »Jetzt ist er etwas anderes.«

Es wurde merkwürdig still. Für einen Augenblick war es, als wären sie und Tarlan allein auf der Brücke. Sie forschte in Tarlans Blick und hoffte, dass er sich geirrt hatte. Aber sie wusste, dass er die Wahrheit sagte.

»Und noch etwas«, fuhr er fort. »Ich habe unseren Bruder gesehen, Elodie. Ich habe Gulph gesehen.«

Die Kälte breitete sich in ihren Armen aus, ihren Beinen, ihrer Brust. Ihrem Herz.

»Bist du dir sicher?«

»Ganz sicher. Er trug ein grünes Juwel wie deines. Wie meines …« Mit einem Mal sah er unsagbar traurig aus. Dann wurde sein Gesicht entschlossen. »Wir müssen nach ihm suchen.«

»Ja!« Elodie wollte losgehen, kam aber nicht an den riesigen, stetig schlagenden Flügeln des Thorrods vorbei. »Lass mich vorbei, Tarlan! Lass uns alle vorbei! Wir müssen in die Stadt kommen, verstehst du nicht?«

Tarlan schüttelte den Kopf. »So wird das nicht gehen. Du hast nicht gesehen, was ich gesehen habe. Die Untoten … unser Vater … es sind zu viele.« Er blickte in die vielen Gesichter, die auf ihn gerichtet waren. »Wenn ihr die Brücke überquert, werdet ihr sterben.«

»Nein!«, schrie Elodie. »Ich bin nicht so weit gekommen, um jetzt umzudrehen. Ich bin nicht feige, Tarlan, und ich glaube, du bist es auch nicht. Wenn wir Gulph jetzt im Stich lassen, ist er vielleicht für immer verloren!«

»Gulph nicht. Er wird überleben.«

Nun wurde Elodie wütend. »Warum bist du dir da so sicher?«

»Im Augenblick ist er in Sicherheit«, beharrte Tarlan. »Ich habe ihn gesehen … Elodie, dort sind seltsame Mächte am Werk. Ich habe unseren Bruder gesehen … Ich habe Gulph gesehen …«

»Was? Was hast du gesehen?«

»Er wurde unsichtbar.«

Elodie stockte der Atem. Auch die Soldaten in ihrer Nähe hatten es gehört, und über dem Klirren des Zaumzeugs, den Rufen des Feindes und dem fernen Schlachtgetöse erhob sich allgemeines Gemurmel.

»Und wenn schon«, meinte Elodie. »Wir müssen trotzdem zu ihm.«

Nun blitzten Tarlans Augen wütend auf. »Aber ich sage dir doch, dass keiner von eurer Armee dort lebend herauskommen wird. Wollt ihr das etwa?«

Bevor Elodie etwas entgegnen konnte, trat Fessan zwischen sie und den schwebenden Thorrod.

»Wir haben keine Zeit zum Streiten«, sagte er. »Wir müssen über Elodies Brücke vorrücken, solange wir können. Wenn die Prophezeiung stimmt, dann wird Euer Bruder überleben.«

Theeta bäumte sich auf. Fessan blieb unbewegt im Wind ihrer Flügelschläge stehen. Tarlan blickte ihn finster an, und seine schwarzen Augen wurden noch dunkler. »Pass auf, was du über meinen Bruder sagst!«

Fessan wandte sich an Elodie. »Prinzessin, Ihr habt uns bis hierher geführt. Was meint Ihr? Wir werden tun, was Ihr befehlt.«

Elodie sah zwischen ihrem Bruder und Fessan hin und her. Dies war noch schwieriger als jene Entscheidung, mit Samial in den Weinenden Wäldern zu bleiben oder mit dem Dreizack loszuziehen.

Sie senkte den Schild. Sein Rand schabte dabei an der Schwertklinge.

Palenies Schild. Palenies Schwert.

Wofür war Palenie gestorben, wenn nicht für das hier? Warum waren sie hier, wenn nicht, um Gulph zu finden und Idilliam zu erobern – und damit die Krone?

Sie sah ihrem Bruder in die Augen.

»Unser Vater ist nicht der Einzige, der eine Armee von Untoten befehligt«, erklärte sie.

Tarlan machte große Augen. Er starrte Elodie ins Gesicht, dann auf ihre Füße.

»Ich verstehe nicht«, sagte er.

»Das wirst du, aber bis dahin gilt …«, sie hob das Schwert, »der Dreizack greift an!«

Kapitel 30

Langsam rappelte Gulph sich auf. Und genauso langsam bewegte er sich fort vom wankenden Leichnam seines Vaters. Der untote König war mit ausgestreckten Armen stehen geblieben und legte den Kopf zur Seite, als würde er auf etwas lauschen. In seinem offenen Brustkorb wanden sich unaussprechliche Dinge. Die roten Feuer in seinen Augen pulsierten.

Gulph machte einen weiteren Schritt nach hinten. Warum war Brutan stehen geblieben? Die riesigen Vögel hatten die ersten Reihen seiner Kämpfer zurückgedrängt, aber den König selbst hatten sie nicht angegriffen. Also warum fiel er nicht über Gulph her und packte ihn am Hals, wie er es mit allen anderen gemacht hatte?

Er blieb mit dem Fuß am ausgestreckten Arm eines Gefallenen hängen und blickte ängstlich nach unten, um nicht noch einmal über seine Fußeisen zu stolpern. Er sah die Hand des Soldaten, den hellen Boden … aber nichts sonst. *Ich kann meine Füße nicht sehen.*

Verblüfft hob er die Arme. Da war nichts als Luft. Er fuhr mit den Fingern am Revers hinunter und starrte auf die Stelle, wo seine Hände hätten sein sollen.

Da waren keine Hände.

Ein untoter Krieger stürzte sich an Brutan vorbei auf

Hauptmann Ossilius. Der hob einen Schild in die Höhe und wehrte damit die Schläge des Angreifers ab. Gleichzeitig blickte er panisch um sich.

»Gulph!«, rief er und starrte auf die Stelle, wo Gulph stand. »Gulph! Wo bist du?«

Gulph dachte an den Jungen, der mit den riesigen Vögeln geflogen war. Beim Anflug hatte der Vogel, auf dem er ritt, die Krallen ausgestreckt, dann aber im letzten Moment eingezogen. Es war alles sehr schnell gegangen, und das Gesicht des Jungen hatte er nicht genau gesehen, aber sein Mund war vor Überraschung weit offen gestanden.

Er kann mich nicht sehen – niemand sieht mich! Ich bin unsichtbar!

Er spuckte aus. Es war, als wäre sein Mund voller Sand, aber nichts kam heraus. Sein Kopf fühlte sich heiß und trocken an. So hatte er sich schon einmal gefühlt, damals im Festsaal von Schloss Berg, kurz nachdem er …

… nachdem ich meinen Vater tötete.

Ein Moment der größten Not.

Ein tierischer Instinkt, vor der Gefahr zu fliehen.

Zu verschwinden.

Gulph erinnerte sich an Pips Gesichtsausdruck, als sie in den schrecklichen Augenblicken nach Brutans Tod zusammengetroffen waren. Ihr überraschter Blick, als würde sie nicht bemerken, dass er da war.

Damals hatte er sich genauso gefühlt, seine Nase und sein Hals waren völlig ausgetrocknet gewesen.

Der untote Krieger hieb noch immer heftig auf Ossilius ein, der Schritt für Schritt zurückweichen musste.

»He!«, rief Gulph. »Hier drüben!«

Als der Untote aufsah, klaubte Gulph einen Stein auf – der von unsichtbaren Fingern vor ihm in der Luft gehalten wurde – und schleuderte ihn auf den Angreifer. Er flog geradewegs durch seine Wange und durchschlug dabei mit einem grässlichen, schmatzenden Geräusch das verrottete Fleisch.

Der Krieger hob den Kopf und kreischte fürchterlich. Dann kam er mit sengenden roten Augen auf Gulph zu. Er blieb stehen … und sah mit Entsetzen, dass seine Hand wieder sichtbar wurde. Die Armknochen erschienen, dann die Adern und Muskeln. Zuletzt kamen Haut und Kleidung wieder zum Vorschein.

Gulph erschauerte. Welch entsetzliche Erinnerung, dass auch er nicht viel mehr als ein bisschen Haut und Knochen war.

Und wieder sichtbar.

Verschwinden, verschwinden, dachte er verzweifelt, aber nichts geschah.

Der Krieger riss den Mund auf, um zu schreien, stutzte dann aber. Er rollte mit der geschwollenen Zunge und spie den Stein aus, den Gulph geworfen hatte. Gulph musste sich fast übergeben.

Und dann fuhr Hauptmann Ossilius' Schwert mit einem satten Geräusch durch den Hals des Untoten. Der Kopf wankte und fiel zu Boden. Der Rest des Körpers torkelte mit blind tastenden Armen zurück.

Mein Vater!

Gulph schaute sich erschrocken um. Hatte er sich selbst in Gefahr gebracht, um Ossilius zu retten?

Glücklicherweise war Brutan inzwischen von einem Zug von Legionären zurückgedrängt worden. Zumindest im Augenblick drohte keine Gefahr.

»Du!«, schrie Ossilius, als er auf Gulph zutaumelte. »Die Prophezeiung! Endlich begreife ich es!«

»Ich weiß nicht, was du meinst«, erwiderte Gulph unsicher.

»Aber ich!«

»Was immer du glaubst, es stimmt nicht. Ich bin nur …«

»Du bist einer der drei!« Grinsend fiel Ossilius auf die Knie und fasste Gulph an den Händen, die jetzt beide wieder normal aussahen. »Oh, wie habe ich auf diesen Tag gewartet!«

Das Grinsen wich einem gefassten Gesichtsausdruck. »Ich bin dein Diener, Gulph. Und war es schon immer. Nur wusste das bis jetzt keiner von uns.«

»Aber woher weißt du das jetzt?«

Ossilius lächelte. »Allzu viele junge Männer gibt es nicht, die sich unsichtbar machen können.«

Gulph blickte auf seine Hände. »Ach. Das.«

»Es ist ja leider nur noch wenig Magie übriggeblieben auf dieser Welt, Gulph. Aber du trägst ihr Erbe in dir. Deine Mutter war eine Hexe, musst du wissen. Und wenn ich an deinen Bruder und deine Schwester denke … welche Fähigkeiten mögen sie wohl haben?«

Ihn schauderte. »Welche Macht werdet ihr drei erst haben, wenn ihr zusammen seid?«

Wieder rannten Legionäre an ihnen vorbei, weil sich eine kleine Gruppe von Untoten näherte.

»Komm«, sagte Ossilius und schob Gulph hinter die Reste einer Mauer. »Hier können wir uns für eine Weile verstecken.«

»Ich kann immer noch nicht glauben, dass du wirklich auf meiner Seite stehst«, sagte Gulph, während sie sich hinter das geborstene Mauerwerk duckten. »Ich bin doch nur ein fahrender Gaukler. Ich war doch nicht zum König bestimmt.«

»Doch, das warst du. Du erinnerst dich an meinen Sohn, Fessan? Er hat mir all die Jahre geholfen, den Glauben an die Prophezeiung nicht zu verlieren. Am Tag, als er Idilliam verließ, um eine Rebellenarme aufzustellen, erneuerte ich meinen Schwur, die Drillinge auf den Thron zu bringen. Alles, was ich seither getan habe – *alles* –, war nur für dieses eine hohe Ziel.«

»Ich wusste, dass du nie wirklich auf Nynus' Seite warst.«

Ossilius starrte zu Boden. »Nur kein vorschnelles Lob! Immerhin habe ich Magritt und Nynus geholfen, Brutan zu stürzen. Ich hielt das für eine gute Gelegenheit, das Königreich ein für alle Mal von seiner Bosheit zu befreien.«

»Du hast getan, was du für richtig hieltest.« Zu Gulphs Erleichterung lächelte Ossilius wieder, als er aufsah.

»Und jetzt *weiß* ich auch, dass es richtig war«, meinte er. »So schrecklich Magritts und Nynus' Plan auch war – er führte dazu, dass Brutan die Krone von dir auf den Kopf gesetzt bekam. *Die Macht des Unrechtskönigs bricht, er fällt durch ihre Hand* ... So nahm die Prophezeiung ihren Lauf. Schon in diesem Augenblick hätte ich wissen müssen, wer du bist.«

Gulph erinnerte sich nur mit Grausen an die Vorfälle im Festsaal, aber im Grunde hatte Ossilius recht. Limmoni hatte ihm fast dasselbe gesagt. »Ich weiß nur, dass ich ohne dich nicht hier wäre. Und ich bin froh, dich zum Freund zu haben, Ossilius.«

»Genauso froh wie ich, dich zum König zu haben.«

Der Schlachtlärm kam wieder näher. Die Legionäre, die eben vorgerückt waren, wurden nun von einer neuen Welle von Untoten wieder zurückgedrängt. Über den furchterregenden Kriegern mit den flammend roten Augen ragte einmal mehr die hohe, unverwechselbare Gestalt von König Brutan auf.

»Ein Feind ist uns entwischt, aber da sind noch andere!«, dröhnte der untote König mit seiner abscheulichen, kratzenden Stimme. »Wo ist Nynus? Die Himmelsgruft war viel zu gut für dich! Ich hätte dich gleich töten sollen, als ich die Gelegenheit dazu hatte!«

Brutan wandte sich gegen einen Pulk von Legionären, die sich am Fuß eines nahen Turmes zusammendrängten. Als er sich näherte – in der Hand ein Schwert, das er einem seiner untoten Kämpfer abgenommen hatte –, nahmen die Soldaten Reißaus und ließen Nynus zurück, der sich gegen das Mauerwerk kauerte.

»Bleib zurück!«, kreischte Nynus durch seine goldene Maske. »Helft mir! So hilf mir doch jemand!«

Aber niemand kam. Gulph beobachtete betroffen, wie

sich die eigenen Männer von ihm abkehrten. Ihre Treue war nur durch Grausamkeit und Gewalt erzwungen worden. Im Angesicht des Todes war ihnen das eigene Leben lieber als das ihres Königs.

Gulph konnte die Augen nicht von der Maske wenden und von der goldenen Krone darüber. Was war nur aus dem dünnen, bücherliebenden Jungen geworden, mit dem er sich in der schwarzen Zelle angefreundet hatte?

Von ihm war nur ein Ungeheuer geblieben.

»Verteidigt ihn!« Es war die Stimme der Königswitwe Magritt. »Verteidigt meinen Sohn! Verteidigt euren König!«

Gulph sah sie – oder glaubte das zumindest –, wie sie in ihrem weißen Kleid wie ein Geist am Rand des Kampfplatzes schwebte. Der Wind trieb ihre Worte heran. Im Gegensatz zu ihren Soldaten wollte sie, dass ihr Sohn überlebte.

Aber ihr eigenes Leben wollte sie nicht dafür einsetzen.

»Ich muss ihm helfen«, sagte Gulph.

»Nein!«, protestierte Ossilius sofort. »Das hat er selbst zu verantworten!«

»Das ist mir egal. Ich kann ihn nicht auf diese Weise sterben sehen.«

»Du kannst nichts daran ändern!«

»Ich werde mich unsichtbar machen. Sie werden mich nicht sehen.«

Er schüttelte Ossilius' Hand ab und rannte übers Schlachtfeld. Die Fußeisen schleiften am Boden, schnitten in seine geschundenen Fesseln und ließen ihn langsamer vorankommen.

Im Laufen versuchte er, dieses seltsame Gefühl von Hitze und Trockenheit heraufzubeschwören. Nichts geschah. Er versuchte es noch einmal.

Mach mich unsichtbar!, dachte er und versuchte verzweifelt, aus der Kraft zu schöpfen, die ihm diese außergewöhnliche Fähigkeit verliehen hatte.

Das Geheimnis blieb ihm weiter verborgen. So sehr er sich auch mühte – er blieb bestens sichtbar.

Hinter einer niedrigen Mauer sprangen zwei Untote hervor. Zum Anhalten war es zu spät, also sprang Gulph in die Höhe. Er machte über ihren Köpfen einen Salto und brachte die Beine wieder rechtzeitig nach unten, um sicher zu landen.

Zum Glück habe ich meine Zirkuskunststücke nicht verlernt.

Eine Reihe von Legionären versperrte ihm den Blick auf Nynus. Er zwängte sich zwischen ihnen hindurch in die Arena, die sich am Fuß des Turms gebildet hatte. Auf einer Seite standen die Männer von Idilliam, auf der anderen die Untoten, die irgendwie begriffen hatten, dass ihr König nicht wünschte, dass sie eingriffen.

Nynus drückte sich mit dem Rücken an die Turmmauer, die blassen Hände weit über die grauen Steinblöcke gespreizt. Seine Goldmaske mit ihrer seltsamen Mischung aus Schönheit und Schrecken starrte mit unmenschlicher Anmut auf den Albtraum, der näher kam.

Von einem Balkon, der über eine Außentreppe zu erreichen war, sah Königin Magritt herunter – maskenhaft auch ihr Gesicht.

Eine Maske der Qual.

Schritt um Schritt näherte sich König Brutan seinem wimmernden Sohn. Seine zerschlissenen Stiefel wirbelten Staub auf. In der Knochenhand schwang er ein Breitschwert. Seine feurigen Augen ließen die Turmmauer in einem rötlichen Lichtschein aufflackern.

Als er Nynus erreichte, blieb Brutan stehen. Er legte die freie Hand auf die Maske. Knochen klapperten auf dem schimmernden Gold.

»Stirb«, sagte er nur und stieß Nynus das Schwert in die Brust.

Oben auf dem Balkon schrie Magritt auf.

Brutan zog das Schwert heraus, machte kehrt und schlurfte zurück zu den Reihen der Untoten.

Nynus glitt an der Wand hinunter und hinterließ eine Blutspur auf den Steinen.

Gulph rannte zu ihm und presste eine Hand auf die Wunde in seiner Brust. Mit der anderen riss er ihm die Maske vom Gesicht. Die Sonne schien auf die blasse Haut, aber diesmal zuckte Nynus nicht zusammen. Aus dem Mundwinkel lief Blut. Seine vor Angst aufgerissenen Augen sprangen von einer Seite zur anderen.

»Es ist alles gut«, sagte Gulph, obwohl es nicht so war. »Es wird alles gut werden für dich.«

Nynus hustete, und ein Schwall Blut quoll aus seinem Mund hervor.

»Zu spät … für mich …«, stöhnte er.

»Sag das nicht«, beschwichtigte Gulph.

Ganz in der Nähe klangen Schwerter aufeinander. Hauptmann Ossilius stand allein in der Arena und hielt eine Anzahl Untoter in Schach. Keiner der Soldaten kam ihm zu Hilfe.

»Helft ihm!«, schrie Gulph. »Warum helft ihr ihm nicht?«

Es nützte nichts. Die Krieger rückten vor und drängten Ossilius immer näher an die Turmwand. Gulph wollte gerade noch einmal schreien, als ein lauter Ruf den Feind zum Stehen brachte.

»Zu mir! Zu mir! Zu den Waffen!«

In der Ferne sah Gulph König Brutan auf einem Berg von Leichen stehen, mit den Armen winken und seine Truppen zu einem anderen Schauplatz bei der Brücke dirigieren. Die Krieger kehrten der Arena sofort den Rücken. Ossilius sank erschöpft an der Mauer zusammen.

Eine plötzliche und unheimliche Stille trat ein.

»Warum?«, fragte Nynus. Seine Stimme war kaum ein Flüstern, weniger als ein Hauch. Gulph beugte sich ganz nahe, um ihn zu verstehen.

»Warum was?«, fragte er.

»Warum ... mir ... helfen?«

Gulph schloss die Augen. Und öffnete sie wieder.

»Ich kann dir nicht helfen, Nynus«, sagte er. »Du liegst im Sterben.«

Blasse Finger schlossen sich um die seinen.

»Du bist ... hier ...«, krächzte Nynus. »Das ... genügt ...«

»Ich möchte nirgends sonst sein.« Gulphs Kehle war wie zugeschnürt, er musste die Worte herauspressen. Er brach in Tränen aus.

Nynus hielt ihn fester. »Aber … warum …?«

Gulph hielt die Tränen nicht mehr zurück. Etwas staute sich in ihm an – ein Seufzer, ein Schrei?

Nynus verdiente, die Wahrheit zu wissen.

»Ich habe keine Wahl. Ich muss dir helfen«, sagte er. »Und ich tue es gern. Ich bin dein Bruder.«

Kapitel 31

Nur noch zwanzig Schritte, dann war Elodie am Ende der aus Geistern gebildeten Rampe. Vor ihr lag der andere Brückenrest. Noch zwanzig Schritte, dann würde sie den Boden von Idilliam betreten. Die Stadt ihrer Geburt.

Der von einem Geist emporgehaltene Schild, auf den sie trat, schwankte. Fessan ging zum Glück neben ihr und konnte sie auffangen, bevor sie gestürzt wäre.

»Ihr solltet Euch weiter hinten einreihen«, sagte er. »Ich sehe Euch nicht gern hier an der Spitze.«

»Ich möchte nirgendwo sonst sein«, entgegnete Elodie. Sie wünschte, sie wäre so mutig gewesen, wie sie vorgab. Das Pflaster aus Schilden vor ihren Füßen teilte sich, und Sir Jaken streckte seinen Kopf herauf. Neben ihm war Samial zu sehen, mit ängstlichem Gesicht.

»Ihr müsst Euch beeilen«, sagte Sir Jaken. Die Sonne glänzte auf seinem gespaltenen Helm und schien gleichzeitig mitten hindurch. Seine geisterhafte Haut schimmerte. »Solange wir Euch tragen, können wir nicht für Euch kämpfen.«

»Ich verstehe«, antwortete Elodie.

»Was?«, meinte Fessan. »Was versteht Ihr?«

»Dass uns die Zeit davonläuft.«

Die Schilde rückten wieder zusammen. Elodie schob die

Furcht vor dem beiseite, was sie in der Stadt erwarten würde, und ging los.

Aus zwanzig Schritten wurden zehn. Im wirbelnden Dunst, der das Ende der Brücke verhüllte, waren gespenstische Schemen zu sehen. Eine Wolke innerhalb der Wolke.

»Bogenschützen bereitmachen!« rief Fessan über die Schulter.

Er ging in die Knie und zog Elodie mit sich. Zwölf Reihen von Fußsoldaten des Dreizacks neben und hinter ihnen taten es ihnen gleich, damit die Schützen weiter hinten über ihre Köpfe zielen konnten.

Aus der Staubwolke tauchte eine Armee auf. Elodie presste die Lippen aufeinander, um nicht entsetzt aufzuschreien. Tarlans Bericht über untote Krieger und einen auferstandenen König zu hören, war eine Sache gewesen. Aber mit eigenen Augen diese Masse verrottender, schlurfender Leichen zu sehen, die ihnen entgegenkamen, raubte ihr fast den Verstand.

»Los!«, schrie Fessan.

Eine Pfeilsalve pfiff über sie hinweg. Elodie duckte sich unwillkürlich. Sie hielt den Atem an, als die Pfeile auftrafen und die wandelnden Toten durchbohrten.

Aber sie wankten weiter.

»Zweite Welle! Los!«

Die zweite Salve hatte ebenso wenig Wirkung auf die herannahenden Leichen wie die erste. Die abstoßenden Gestalten waren nun zwar mit Pfeilen gespickt, kamen aber dennoch immer näher, bleckten die Kiefer mit den verfaulten Lippen und starrten aus rotlodernden Augenhöhlen nach vorn.

»Aufstehen!«, kommandierte Fessan. »Lasst sie herankommen!«

Mit zitternden Beinen erhob sich Elodie. Sie fasste ihr Schwert – Palenies Schwert. Es war unglaublich schwer. Sie konnte sich auf nichts besinnen als auf ihr wild pochendes Herz. Alles, was sie im Lager und auf der Reise gelernt hatte, schien vergessen.

Dann erbebte die Geisterbrücke, als zwei geduckte Gestalten durch die Reihen des Dreizacks nach vorne drängten: Graudorn und Filos reihten sich an Elodies Seite ein. Als sie ihre Wärme an den Beinen spürte, keimte Hoffnung in ihr auf.

Über ihr fing es an zu rauschen, als die Thorrods über sie hinwegzogen.

»Bleibt dicht bei ihr!«, rief Tarlan aus der Höhe herunter.

Der Wolf und der Tigron fletschten die Zähne und knurrten gemeinsam. *Dann spricht er mit ihnen, wie er mit den Thorrods spricht*, dachte sie. *Genau wie ich mit den Toten.*

Sie legte die Hand auf den Kopf des Tigronweibchens. Tarlan hatte gesagt, sie seien auch ihr Rudel, und sie fühlte sich durch ihre Treue gestärkt.

Eine gewaltige Gestalt arbeitete sich durch die Masse der Untoten nach vorn. Der wandelnde Leichnam war größer als die anderen und trug die Reste eines Königsmantels. Seine Hände waren nur noch blanke Knochen; das Fleisch seines Gesichts war in abstoßender Weise zur Seite gerutscht und entblößte die kahlen Schädelknochen. Seine Augen brannten.

Elodie konnte kaum atmen.

Zum ersten Mal in ihrem Leben stand sie ihrem Vater gegenüber.

Brutan riss den Mund auf und stieß einen entsetzlichen Schrei aus.

Die Untoten stürmten los.

»Für Toronia!«, donnerte Fessan und reckte sein Schwert in die Höhe. »Für Toronia!«

Die ganze Armee stimmte in den Schlachtruf mit ein. Elodie hielt ihr Schwert hoch und versuchte, ihre zitternden Hände nicht zu beachten.

Brutans Armee der Untoten rannte auf die Geisterbrücke los. Die Soldaten des Dreizacks, die noch knieten, hoben im letzten Moment die verborgenen Lanzen an. Die erste Welle der Leichen rannte direkt in die scharfen Spitzen. Zu Elodies Entsetzen starben sie nicht, sondern blieben einfach zappelnd und mit zersplitterten Rippen hängen.

Fessan neben ihr schwang sein Schwert in weitem Bogen. Die Klinge fuhr glatt durch den Hals eines anstürmenden Untoten. Der Kopf flog über den Rand der Geisterbrücke in die Tiefe, aber der Rumpf marschierte weiter. Dann stürzten sich andere Soldaten darauf, hackten ihn mit ihren Schwertern kurz und klein, bis nur noch Fetzen von Fleisch und Knochen über die Fläche der Schilde zuckten.

Elodie drehte es den Magen um, aber der fürchterliche Anblick war auch ermutigend.

Diese Wesen können also doch getötet werden!

Sie nahm ihren ganzen Willen zusammen und gewann die Kontrolle über sich zurück. Hier stand sie mit einem Schwert in der Hand und hatte eine Aufgabe zu erfüllen. Alles andere zählte nicht.

Wenn man euch in Stücke hauen muss, um euch zu töten, dachte sie finster, *dann soll es so sein …*

Während Fessan die Hiebe eines anderen Kriegers parierte, schwang Elodie ihre Klinge gegen den nächsten Leichnam. Ihr erster Schlag trennte den Arm ab, der zweite den Kopf.

Ein Schrei löste sich aus ihrer Kehle – ob aus Entsetzen oder Hochgefühl, das konnte sie nicht sagen. Als der enthauptete Leib des ersten Untoten davonwankte, drang ein Zweiter auf sie ein. Instinktiv führte sie den Schwung einfach weiter, während ihre Füße tänzelnd die Balance hielten.

»Da ist etwas«, hatte Palenie ihr auf dem Marsch erzählt, *»das wir ›Raserei‹ nennen.«*

»Dann seid ihr wütend beim Kämpfen?«, hatte Elodie gefragt.

»Es ist mehr als Wut«, hatte Palenie geantwortet. *»Wut ist rot.«*

»Rot? Und welche Farbe hat dann diese ›Raserei‹?«

»Sie ist weiß.«

Da hatte Elodie begriffen, was ihre Freundin meinte. Als ihre Klinge in den nächsten Gegner drang, strömte ein reiner, unverfälschter Zorn durch ihre Adern. Und als der Kopf des Feindes fiel, erfüllte es sie mit etwas Hellerem als der

Sonne, etwas, das über jede gewöhnliche Wut weit hinausging.

Es erfüllte sie mit Weiß.

Die beiden Armeen waren im Nahkampf ineinander verkeilt. Elodies Ohren dröhnten vom Aufeinanderprallen von Metall, von den Schreien der Verwundeten und dem hohlen Kreischen der Untoten. Brutan war über dem Meer aus Köpfen deutlich zu sehen: ein mächtiges, dröhnendes Ungeheuer, das sein Breitschwert wie eine Sense führte, das jeden zerteilte, der vor ihm stand.

Soll er nur kommen!

»Pass auf!« Der Fußsoldat neben Elodie packte sie gerade noch rechtzeitig an der Schulter und drückte sie herunter, als ein blutiges Schwert über ihren Kopf hinwegsauste. Der Soldat stieß dem Angreifer sein Schwert in den Leib, aber die geschundenen Finger des Untoten hatten sich schon um seine Kehle geschlossen. Nun hob das grässliche Wesen den Mann mit unmenschlicher Kraft vom Boden und schleuderte ihn in den Abgrund.

Mit klappernden Zähnen fiel der Leichnam nun über Elodie her. Sie versuchte, ihm mit dem Schwert zu Leibe zu rücken, aber durch den Stoß, der ihr das Leben gerettet hatte, glitt es ihr aus den Händen.

Sie war ohne Waffe. Und sie schrie.

Wie ein blauweißer Blitz flog Filos an ihr vorbei und grub ihre Fangzähne in die Kehle der Leiche. Sie biss knackend zu und riss so lange am Hals, bis der Kopf wie eine faulige Melone herunterhing. Gleichzeitig packte Graudorn die

Knöchel. Als Filos losließ, stürzte der untote Krieger um wie ein gefällter Baum.

Dann fuhr aus einer Lücke zwischen den Schilden ein Schwert wie flüssiges Silber hervor und führte zu Ende, was der Tigron begonnen hatte. Mit einem schnellen Schnitt war der Kopf abgetrennt.

»Danke!« Elodie hob ihr Schwert auf – egal, ob die Tiere sie nun verstanden oder nicht.

Sie schlug sich den Weg nach vorne frei, bemerkte aber, dass immer mehr Kämpfer des Dreizacks genau so in den Abgrund geworfen wurden wie der Mann, der ihr das Leben gerettet hatte. Mit einem tüchtigen Schwerthieb räumte sie einen weiteren Untoten beiseite und konnte wieder die Stelle sehen, an der die Geisterbrücke an den Fels schloss.

Sie war weiter entfernt als zuvor.

Sie treiben uns zurück!

Tarlan flog auf seinem Luftross vorbei. Die drei Vögel hatten die Nachhut des Feindes angegriffen, um damit den Druck auf die Front zu verringern. Nun griffen sie wieder dort ein, wo am heftigsten gekämpft wurde.

»Macht es wie sie!«, rief Elodie ihrem Bruder zu, als Theeta niederstieß. »Werft sie in den Abgrund.«

Tarlan nickte. Am tiefsten Punkt ihres Sturzfluges packte sie mit jeder Kralle einen untoten Krieger, wie eine Eule ein Mäusepaar vom Boden pflücken würde, und schleuderte sie mit einer einzigen Bewegung im hohen Bogen von der Brücke. Elodie sah mit Freuden, wie sie in der Tiefe verschwanden.

Brutan brüllte vor Wut über diesen erneuten Angriff. Und sein Ruf war erschreckend laut; er musste näher sein, als Elodie gedacht hatte. Sie trennte einem weiteren Feind den Kopf von den Schultern, wandte sich um und sah, dass der untote König nur ein paar Schritte entfernt war. Er hatte gerade einen Soldaten des Dreizacks überwältigt und hielt ihn am Hals gepackt. Elodie erwartete, dass er ihn nun hinunterwerfen würde wie all die anderen.

Stattdessen ließ Brutan nicht los.

Mit wachsendem Abscheu musste Elodie mit ansehen, wie die Augen des Soldaten in den Schädel sanken. Seine Haut färbte sich schwarz und schälte sich vom Fleisch. Die grüne Uniform blich zusehends aus und zerfiel zu Lumpen.

In den leeren Augenhöhlen der Kreatur flackerten rote Feuer auf.

Nun ließ der untote König den neuen Rekruten los. Sofort stürzte der sich auf Elodie und kreischte dabei aus dem ausgefransten Loch, das eben noch sein Mund gewesen war. Er schwang seine Klinge, und Elodie duckte sich seitlich weg. Sie drehte sich im Schwung weiter, riss ihren Schild hoch und rammte ihn der Kreatur in den Leib. Mit aller Kraft schob sie den untoten Soldaten zum Rand der Brücke. Dabei fiel eine rotgoldene Wolke um sie – ihr eigenes Haar, das der Hieb, dem sie so knapp ausgewichen war, abgetrennt hatte.

Gerade als sie glaubte, mit ihren Kräften am Ende zu sein, tauchten Filos und Graudorn an ihrer Seite auf. Und als hätten sie gewusst, was zu tun war, pressten sie die Köpfe gegen die Beine des untoten Soldaten und schafften es schließlich gemeinsam, ihn in den Abgrund zu befördern.

Elodie rang nach Atem und blickte zurück zum Schlachtfeld. Dort herrschte ein völlig unübersichtliches Ringen von Schwertern und Leibern. Sie stieg auf einen Haufen von Helmen der Kämpfer von Idilliam. So hatte sie einen besseren Überblick.

Es stand schlimmer, als sie befürchtet hatte. Der Dreizack war bis zur Mitte der Geisterbrücke zurückgedrängt worden. Und immer kamen neue Untote aus der Stadt heran, ein endloser Strom lebendiger Leichen. Wo sie hinsah, fielen Soldaten. Und aus jedem Gefallenen wurde ein neuer untoter Krieger für Brutans Sache.

Wir können nicht gewinnen, dachte Elodie verzweifelt.

»Duck dich!« Das war Tarlan, der mit Theeta über ihr in der Luft stand. »Sonst wirst du selbst zum Ziel.«

»Es hat keinen Sinn!«, rief Elodie. »Es sind zu viele.«

»Genau das habe ich Fessan auch gesagt! Aber er wollte ja nicht auf mich hören.«

Elodie ignorierte seine Bemerkung – genau wie seine Warnung, den Kopf einzuziehen. »Wir müssen uns zurückziehen.«

»Wenigstens darin sind wir uns einig.«

Die Schilde, auf denen sie stand, schwankten unter ihr und erinnerten sie daran, wie zerbrechlich die Geisterbrücke war.

Doch im nächsten Moment hatte sie wieder festen Boden unter den Füßen.

»Tarlan!«, rief sie. »Du hast recht!«

Sie zwängte sich durch die eigenen Reihen, bis sie Fessan fand. Er war von Kopf bis Fuß mit Blut bespritzt, aber abgesehen von einigen Kratzern schien er unverletzt.

»Wir müssen uns zurückziehen!«, rief sie über das Kampfgetöse hinweg.

Fessan schüttelte den Kopf. »Das hier ist unsere einzige Chance.«

»Hör auf sie!«, rief Tarlan und flog dicht heran. »Die Schlacht ist verloren!«

»Nein!«, schrie Elodie hinauf. »So meine ich das nicht! Fessan, sag mir, was wird der Feind tun, wenn wir uns zurückziehen?«

Fessan fuhr sich mit dem Handrücken über die Stirn und beschmierte sie mit Blut und Schweiß. Ein untoter Krieger kam durch eine Lücke in den Reihen direkt auf ihn zugestürmt; Fessan streckte ihn mit einem einzigen Hieb nieder.

»Sie werden uns nachsetzen«, sagt er erschöpft.

»Genau! Sie werden uns folgen und in unsere Falle tappen!«

»Was für eine Falle? Prinzessin Elodie, Ihr müsst …«

»Eine Falle aus Geistern!«

»Geistern?«, rief Tarlan, der sich über Theetas Flügel herunterlehnte. »Elodie, was redest du da?«

»Was glaubst du, worauf wir stehen?«, rief sie zurück.

Tarlan war für einen Augenblick verblüfft. Dann grinste er.

Er begreift es, dachte Elodie erleichtert. *Endlich!*

Ein neuer Ansturm traf die Reihen der Dreizack-Soldaten. Metall klirrte auf Metall.

»Erklärt uns Euren Plan«, sagte Fessan. »Aber schnell, wir müssen uns beeilen!«

»Wartet«, sagte Elodie aufgeregt. Sie legte die Hände an den Mund und rief: »Samial! Samial!«

»Wer ist Samial?«, fragte Fessan.

»Das werdet Ihr gleich sehen«, meinte Elodie, »oder auch nicht. Hört – wir stehen hier auf einer Brücke aus Geistern, Ihr versteht?«

»Auch wenn es schwer zu glauben ist, ja«, antwortete Fessan.

»Wenn wir abrücken, wird uns der Feind auf die Brücke folgen.«

»Ja, aber …«

Samial schob sich mit wunderlichen, geschmeidigen Bewegungen durchs Kampfgetümmel heran. Theeta krächzte und bäumte sich auf, als könne sie seine Gegenwart spüren.

»Du hast mich gerufen, Elodie.«

»Ja, das habe ich«, sagte sie.

Fessan befehligte einen Schutzschild um sie herum. Die Zeit lief ihnen davon. Verwundert wandte er sich wieder an Elodie: »Mit wem redet Ihr?«

»Mit Samial, meinem Freund. Er ist hier.«

»Jetzt halte den Mund und lass meine Schwester alles erklären«, knurrte Tarlan.

»Samial«, sagte Elodie. »Wir werden uns jetzt zurückziehen. Ich möchte, dass du und Sir Jaken eure Leute abzieht, und zwar in dem Augenblick, in dem wir alle wieder festen Boden unter den Füßen haben.«

»Unsere Leute abziehen?«

»Ja. Wenn die Geisterbrücke verschwindet, während die Feinde darauf stehen, werden sie in den Abgrund stürzen. Könnt ihr das schaffen?«

»Natürlich«, antwortete Samial. »Wann werdet ihr abziehen?«

Elodie starrte auf die ungeheuere Masse der Untoten.

»Jetzt sofort!«

Samial hatte sich noch nicht von der Stelle gerührt, als ganz in der Nähe lautes Dröhnen losbrach. Aus einer wirbelnden Staubwolke löste sich ein dunkler Schatten. Als die Luft wieder klar war, sah sich Elodie dem verdrehten, unmenschlichen Gesicht ihres Vaters gegenüber.

Er reckte den Arm vor und schloss die Finger um ihre Kehle. Sie wollte schreien, aber es kam kein Ton heraus. Graudorn knurrte und stürzte sich auf Brutans Beine, aber der untote König stieß ihn mit einem Tritt von sich. Filos war nicht zu sehen.

»Zurück, du Ungeheuer!«, schrie Fessan und hob das Schwert. Brutan schlug ihn nieder, als wäre er nichts weiter als eine Fliege.

Elodie fühlte ihre Kräfte schwinden. Brutans Gesicht, direkt vor ihr, war mehr Knochen als Fleisch. Seine Augen waren glühende Öfen, die sie mit ihrer Hitze versengten und mit ihrem Licht blendeten. Ihr Hals wurde kalt, immer kälter, und dann begann es unter ihrer Schädeldecke entsetzlich zu prickeln.

Dies ist nicht der Tod, dachte sie panisch. *Dies ist der Untod.*

Sie stand kurz davor, zu ihrem Vater ins Reich der Unlebendigen überzutreten.

Brutan presste die Finger zusammen.

Helft mir! So helft mir doch!

Die Welt entglitt ihr.

Etwas prallte mit voller Wucht auf Brutan und stieß ihn zur Seite. Seine Finger öffneten sich und gaben Elodie frei. Verschwommen sah sie den Schnabel eines Thorrods zuschnappen, sah goldene Federn und dann Tarlans wütendes Gesicht. Theeta schlug heftig mit den Flügeln und trieb Brutan zurück, bis sein Breitschwert aufblitzte und ihr eine Kralle abhieb. Der Thorrod kreischte vor Schmerz und bäumte sich auf. Tarlan rutschte ein Stück über die Flanke herab, konnte sich aber im letzten Moment noch halten.

Elodie fiel nach hinten. Sie ließ einfach los. Fort von diesem Ungeheuer, das einst ihr Vater gewesen war, ganz egal, wie. Sie sah Filos durch das Getümmel heranjagen und wappnete sich für den Aufprall auf den Schilden.

Es gab keinen Aufprall. Als sie wieder klar sehen konnte, war da ein Meer entsetzter Gesichter – Geistergesichter, darunter auch das von Samial – die neben ihr in die Höhe stiegen. Aber es waren nicht sie, die in die Höhe stiegen; sondern sie selbst war über die Kante der Geisterbrücke gefallen und fiel immer weiter, durch die Luft, durch kalte Wolken – hinab ins Dunkel.

Sie stürzte in den Abgrund.

Wolken hüllten sie ein und alles wurde weiß. Sie war schwerelos und fühlte sich auf einmal ganz frei. Alles, alles war nun weit weg: Tarlan, Samial, Fessan, die Schlacht, ihr Schicksal. Nun, am Ende, gab es nur noch sie allein. Und sie fiel …

Wie viele Atemzüge bleiben noch? Einer … zwei … drei …

Eine Hand schloss sich um ihren Arm. Sie schrie auf und dachte, es wäre Brutan. Aber diese Hand war warm. Sie zog, sie riss an ihrem Arm, der auf willkommene Weise schmerzte.

»Steig auf!« Es war Tarlan, der aus einer Wolke aus Federn rief.

Elodie drehte sich und versuchte, Halt zu finden. Aber Tarlans Hand rutschte ab, und sie fiel aufs Neue.

»Um Himmels willen, versuch es noch mal!«, schrie Tarlan verzweifelt.

Elodie tauchte den Arm in die Federn unter Theetas schlagenden Flügeln und hielt sich fest. Der Thorrod streckte die Krallen aus – von einer war nur noch ein blutender Stumpf übrig – und Elodie benutzte sie als Tritt, wie sie es beim Einsteigen in eine Kutsche auf Burg Vicerin getan hätte. Endlich bekam Tarlan sie am Oberarm zu fassen und zog sie vollends zu sich herauf.

»Danke, Tarlan!«, ächzte sie, als sie auf Theetas Rücken zusammenbrach. Der schwere Atem und die unregelmäßigen Flügelschläge sagten ihr, dass Theeta große Schmerzen litt. »Und danke, Theeta!«

Der verwundete Vogel krähte als Antwort.

»Gern geschehen, sagt sie«, meinte Tarlan.

Theeta arbeitete sich stetig nach oben, und als sie schließlich durch die Wolken brachen, bot sich ihnen ein entsetzlicher Anblick.

Die Kämpfer des Dreizacks waren auf dem Rückzug. Die meisten hatten inzwischen auf der isurischen Seite festen Boden erreicht. Die Armee der Untoten folgte ihnen auf den Fersen, doch während sie noch über die Fläche der Schilde vorstürmte, rückten die Geister zur Seite und lösten die Brücke auf. Kreischend verloren die Untoten jeden Halt und stürzten in die Tiefe. Die letzten Einheiten des Dreizacks hatten den Brückenstumpf erreicht, und die Geister folgten ihnen auf dem Fuß.

Es hat geklappt, dachte Elodie erschöpft.

Auf der anderen Seite stand Brutan am äußersten Ende seines Reichs und stimmte Siegesgebrüll an. Um ihn herum und die ganze Strecke bis zur Stadtmauer entlang scharte sich seine Armee der untoten Krieger. Tausende von Augen flammten rot auf; Tausende sandten ihr Kreischen zum Himmel.

Brutan, der Tyrannenkönig, herrschte wieder über Toronia.

»Es wird Zeit«, sagte Tarlan und zupfte an Theetas Federn. Der Thorrod hob sich in die Lüfte, ließ Idilliam hinter sich und zog in Richtung der Wälder Isuriens davon.

Elodie kehrte den Untoten ohne Zögern den Rücken, aber der Dreizack hatte eine schwere Niederlage erlitten. War das den langen Marsch durch die Wälder wert gewesen? War es das, was von all ihren Träumen übriggeblieben war?

»Wir werden zurückkommen«, sagte Elodie. »Unser Bruder ist dort, Tarlan. Wir werden nach ihm suchen. Er gehört zu uns, und wir werden ihn zu uns holen. Aber das ist nicht alles.«

»Nein?«, meinte Tarlan.

Der Wind wehte ihr durch das verbliebene Haar, und für einen Moment verwob es sich mit dem ihres Bruders zu einem flatternden, rotgoldenen Banner.

»Nein. Auch die Krone werden wir uns zurückholen.«

Gulph spürte, wie sein Bruder in seinen Armen erschlaffte. Nynus' blasses Gesicht wurde grau, und er schloss die Augen.

»Nynus?«

Trotz seiner Grausamkeit tat ihm der junge König leid. Und er liebte ihn. Die Goldmaske lag verlassen im Staub; nur der Junge war noch übrig. Wie hätte er mit einem solchen Vater und einer solchen Mutter einen anderen Weg beschreiten sollen?

Er warf einen kurzen Blick auf die Krone, die noch immer auf Nynus' Kopf ruhte.

Oder war es die Königswürde, der du nicht gewachsen warst?

Am Ende spielte das keine Rolle. Gulph wollte einfach nicht, dass er starb.

Nynus' Augen flackerten auf und sahen Gulph an.

»B … bruder?«, krächzte er.

Gulph schöpfte Hoffnung. Fing er sich etwa? Sollte er überleben?

Aber die Blutlache, in der Nynus lag, wurde mit jedem seiner schwachen Atemzüge größer, und die klaffende Wunde pulsierte, während er mit dem Tod rang.

»Ich hin hier«, antwortete Gulph.

Nynus hob zitternd die Hand und berührte Gulph am Kinn. »Drilling?«

Gulph nickte. »Ja.«

Nynus versuchte vergeblich, den Kopf zu bewegen, und stöhnte auf.

»Ich hätte es … erkennen müssen. Ich dachte immer … das Schicksal hat dich gebracht. Nach Idilliam. Zu mir. Das Schicksal … hat mir einen Freund gebracht.«

»Ich war dein Freund.« Gulphs Tränen liefen über sein Gesicht und weiter auf Nynus' Hand. »Aber ich bin auch dein Bruder.«

Nynus lächelte. Sein Mund war voller Blut. »In der Gruft … in der schwarzen Zelle … habe ich mir immer einen Bruder gewünscht.«

»Manchmal gehen Wünsche in Erfüllung.«

Nynus schloss wieder die Augen. Sein Körper wurde ganz ruhig. Gulph legte dem Bruder das Ohr an die Lippen und spürte, dass er ganz schwach atmete.

»Hier können wir nicht bleiben«, sagte Ossilius.

Er stand auf, wo er an der Mauer niedergesunken war, und taumelte zu Gulph hinüber. Mit seiner zerrissenen, blutgetränkten Uniform und dem zerfurchten und staubverkrusteten Gesicht sah der ehemalige Hauptmann der Königlichen Legion aus, als wäre er um zwanzig Jahre gealtert. Er deutete auf die Brücke von Idilliam.

»Welche Schlacht auch immer dort ausgetragen wurde, sie ist vorüber«, fuhr er fort, »und Brutan wird sich wieder hierher wenden. Wir müssen einen sicheren Ort finden, wenn wir uns nicht bei den Untoten einreihen wollen.«

Durch den wirbelnden Staub sah Gulph die Kreatur, die

sein Vater gewesen war, vor seinen Leichenkriegern auf- und abschreiten. Er hielt sein Schwert hoch über den Kopf und ließ sein Triumphgebrüll über die Wälle der Stadt schallen.

Eine kleine Gruppe von Legionären stolperte vorbei. Sie liefen auf ein Tor zu, das in die Stadt führte. Einige waren verwundet; alle hatten ernste Mienen und waren erschöpft. Auch an anderen Stellen versuchten sich die Reste von Nynus' Truppen zu verstecken.

Brutan hatte gesiegt.

»Du hast recht«, sagte Gulph. »Aber ich werde Nynus mitnehmen.«

Ossilius schien nicht viel von diesem Vorschlag zu halten, sagte aber: »Also gut. Aber ich werde ihn tragen. Du siehst aus, als könntest du dich kaum selbst aufrecht halten.«

»Du bist auch nicht gerade in bester Verfassung«, meinte Gulph. »Außerdem bin ich stärker, als man denkt. Und er ist mein Bruder.«

So hoben sie Nynus gemeinsam vom Boden auf, und Ossilius legte ihn Gulph in die Arme. Dort hing er schlaff, aber er schien kaum etwas zu wiegen.

»Wohin gehen wir?«, fragte Gulph.

»Zum Ausfalltor«, sagte Ossilius. »Es gibt geheime Gänge unter der Stadt, die nur die Legion des Königs kennt. Wenn wir dort hingelangen, bevor …«

»LEGT MEINEN SOHN HIN!«

Der Schrei kam so plötzlich und schrill, dass Gulph seine wertvolle Last beinahe fallen ließ. Durch seine Tränen sah er eine weiße Gestalt die Außentreppe des Turms herunterschreiten. Zuerst hielt er sie für ein Phantom, aber dann erkannte er Königin Magritt, die vor der Schlacht nach oben geflohen war. Ihr Gesicht war von Schmerz und Wut verzerrt. Gulph konnte den Blick nicht von ihren hasserfüllten Augen wenden.

Sie schien rasend vor Wut.

»LEG IHN HIN!«

Unten angekommen, stürzte sie sofort auf Gulph zu. Ihre Finger waren gekrümmt wie Klauen. Das weiße Kleid wehte um sie wie die Flügel eines riesigen Insekts. Jeder ihrer Atemzüge war ein Schrei.

Gulph stolperte überrascht ein paar Schritte nach hinten, doch Magritt hatte ihn schon eingeholt und versuchte, ihm über Nynus' reglosen Körper hinweg das Gesicht zu zerkratzen.

»LEG IHN HIN!«, kreischte sie. »LEG IHN HIN!«

»Ich will ihm doch helfen«, sagte Gulph. »Er ist mein Bruder.«

Magritt ließ die Arme hängen. Sie bohrte ihre Fingernägel in ihre Handflächen, einen nach dem anderen. Unter jedem der kleinen Dolche trat Blut hervor.

»Dein Bruder?«, fragte sie bedrohlich.

»Ja!« Gulph fühlte die Kräfte in seinen ausgemergelten Körper zurückkehren. Er trat einen Schritt vor, und Magritt wich zurück. »Er ist mein Bruder. Und weißt du, was das bedeutet, du böse alte Vettel? Das bedeutet, dass ich einer der drei bin. Und du hast mich die ganze Zeit vor deiner

Nase gehabt. Die Prophezeiung besagt, dass König Brutan durch einen der Drillinge getötet wird, und so war es auch. Und du selbst hast mich dazu gebracht, Magritt! Deinetwegen bin ich überhaupt hier. Uns alle hast du hergebracht, hierher an diesen Ort. Jetzt. Sogar Nynus, deinen Sohn!«

Als Gulph seinen Namen aussprach, zuckte Nynus in seinen Armen zusammen. Der junge König bog den Rücken durch und spie Blut aus.

Damit ging es mit ihm zu Ende. Das Leben wich aus seinem Körper, er erlag seinen Wunden. Gulph spürte, wie das Wesen, das den König ausgemacht hatte, seine sterbliche Hülle verließ.

Nynus starb in der wärmenden Umarmung seines Bruders.

Die Krone glitt von seinem Kopf, fiel vor Gulphs Füßen auf den Boden und drehte sich im Staub.

»NEIN!«, kreischte Magritt. »DU HAST IHN UMGEBRACHT!«

Sie riss ihrem toten Sohn den Dolch aus dem Gürtel und holte damit aus. Wie versteinert sah er die Klinge näherkommen und bereitete sich darauf vor, seinem Bruder in den Tod zu folgen.

Doch die Klinge verfehlte seinen Hals. Magritt erstarrte, blickte Gulph zuerst erschrocken, dann abwesend an. Ihre Augen verdrehten sich.

Erst jetzt sah Gulph ein blutiges Schwert aus ihrer Brust ragen. Ossilius hatte sie erstochen, wie Limmoni erstochen worden war. Nur verfügte Magritt über keine magischen

Kräfte, um sich gegen die Verwundung zu behaupten. Sie glitt von Ossilius' Schwert und sackte zusammen wie eine zerbrochene Puppe. Sie war tot, noch bevor sie den Boden erreichte.

»Das hätte ich schon vor langer Zeit tun sollen«, sagte Ossilius und wischte das Schwert an der Uniform ab. »Ich dachte, es müsste großartig sein, diesen alten Drachen sterben zu sehen. Aber hier gibt es keinen Triumph.«

Gulph fiel auf die Knie und legte Nynus behutsam neben die Leiche seiner Mutter. Beide sahen aus, als hätten sie ihren Frieden gefunden. Das hoffte er wenigstens.

»Wir haben keine Zeit, sie zu begraben«, sagte er mit einem Blick auf Brutan. Langsam, aber sicher kam die Armee der Untoten näher. »Wir haben überhaupt keine Zeit!«

Zögernd ging er einen Schritt auf Ossilius zu und stieß mit dem Fuß an etwas. Es war Nynus' goldene Krone.

Die Krone von Toronia.

Gulph stand im Staub und kam sich sehr klein vor, sehr verloren und sehr allein.

Ossilius hob die Krone auf und blies den Staub ab. Er drehte sie in der Sonne hin und her. Seine Augen leuchteten.

Dann sank er auf die Knie.

»Mein König«, sagte Ossilius und hielt Gulph die Krone hin.

Gulph fühlte etwas aus seinem Inneren kommen: ein Ruf oder ein Sturm. Er versuchte, es hinunterzuschlucken, aber es kam immer wieder. Dann strömte es aus ihm heraus, ein lautloses Heulen, ein unsichtbarer Atemzug, in dem sich Verzweiflung und Hoffnung zu gleichen Teilen mischten.

Er blickte durch die aufklarende Luft auf die Ruinen der Schlacht. Brutan und seine Untoten hatten für heute gesiegt. Die Brücke von Idilliam war zerstört. Gulph und Ossilius – sein einziger Freund – waren vom Rest von Toronia abgeschnitten, waren auf dieser großen Felseninsel ohne jede Hoffnung auf Flucht gefangen. Sie waren vom Tod umgeben. Früher oder später musste er sie finden. Was war überhaupt noch übrig, für das es sich zu leben lohnte?

»Ich weiß nicht, was ich tun soll«, sagte er.

»Doch, Gulph, das weißt du«, entgegnete Ossilius.

Mit zitternden Händen nahm Gulph die Krone. In dem Moment, als er sie berührte, hörte das Zittern auf. Die Krone kam ihm schwer vor – so schwer wie die ganze Welt. Wenn er sie aufsetzte, würde sie ihn erdrücken.

»Mach schon«, sagte Ossilius. »Sie gehört dir.«

Langsam, unendlich behutsam senkte Gulph die Krone auf seinen Kopf. Sie war genauso schwer, wie er erwartet hatte. Dennoch trug er ihr Gewicht. Es fühlte sich gut an, sie zu tragen, aber es war mehr als das.

Es war richtig, sie zu tragen.

»Komm«, sagte er und reichte Ossilius die Hand. »Wir haben noch viel vor.«

Wir machen halt!«, befahl Fessan, als sie mit dem letzten Tageslicht die Lichtung erreichten. »Ruht euch aus! Heute gehen wir nicht mehr weiter!«

Die Soldaten des Dreizacks gehorchten ohne Widerspruch. Erschöpft von der Schlacht und mehr noch vom langen Weg durch die Isurischen Wälder, stolperten sie heran, ließen Rucksäcke und Waffen fallen und sanken auf den Boden. Niemand machte sich die Mühe, Zelte aufzubauen oder Feuer zu machen; es genügte ihnen, am Boden zu sitzen und in den Abendhimmel hinaufzusehen.

»Schläfst du auch?«, meinte Elodie zu Samial, während die Geisterarmee zwischen den Bäumen verschwand. Der tote Junge zuckte mit den Achseln.

»Ich weiß nicht«, sagte er. »Manchmal werden meine Gedanken dünn und leicht, so als würden sie sich für den Übergang in eine andere Welt bereitmachen. Aber sie kommen immer zurück. Die Nacht ist angenehm.

»Dann geh mit den anderen in den Wald, Samial, wo es angenehm ist.«

»Ich werde nicht weit fort sein. Wenn du mich brauchst, Elodie, dann werde ich da sein.«

Es wurde dunkel. Nacheinander zogen die Sterne auf. Drei strahlten heller als die Übrigen und warfen ein gespenstisches Licht auf die Waldwiese. Unter ihrem Blick regten sich einige der Überlebenden, bereiteten etwas zu essen, versorgten Wunden oder reparierten ihre Ausrüstung. Leise Unterhaltungen kamen zustande, ein stetiges, leises Flüstern.

Fessan hatte sich etwas abseits am Rand der Lichtung auf einem Felsblock niedergelassen, das Kinn in die Faust gestützt, den Ellenbogen auf das Knie. Sein Gesicht lag im Schatten und zeigte nach unten. Seine Miene war nicht zu ergründen.

Hinter Fessan ragten drei Riesen auf: die Thorrods, die sich im Heidekraut ein Nest zurechtgemacht hatten. Nasheen und Kitheen schliefen, die goldenen Schnäbel im dichten Brustgefieder vergraben. Theeta saß wachsam und mit erhobenem Kopf für sich.

Filos und Graudorn hatten sich an ihre Flanke geschmiegt.

»Ist schon gut, Theeta«, sagte Tarlan und verzog das Gesicht, als er den Stumpf verband, der von ihrer Kralle geblieben war.

Elodie kam vom Rand der Lichtung zurück. Sie reichte ihm ein Tuch, das sie im Wasser der nahegelegenen Quelle befeuchtet hatte. »Wie schlimm ist es?«

»Ziemlich schlimm. Bleib bei ihr, während ich das festbinde.«

Sie stellte die Schüssel weg und stützte das Bein des Thorrods, während Tarlan den Verband befestigte. Theeta gab die ganze Zeit keinen Laut von sich.

Über die Lichtung wehten Gesprächsfetzen herüber:

»… hätte niemals kommen dürfen …«

»… Katastrophe …«

»… alles vorbei …«

Als Tarlan fertig war, setzte er sich wieder und strich Theeta über den Flügel.

»Schlafe, meine Freundin«, sagte er.

Gehorsam schloss der riesige Thorrod die Augen und steckte den Kopf ins Gefieder.

»Wenn wir uns vor der Welt nur so leicht verstecken könnten«, sagte Elodie.

»Wir verstecken uns nicht«, erwiderte Tarlan scharf.

»Was tun wir denn?«

Graudorn hob den Kopf und knurrte.

»Still«, sagte Tarlan. »Ruh dich aus.«

Der Wolf knurrte weiter und erhob sich. Tarlan rieb ihm das Nackenfell; es war gesträubt.

»Was ist?«, fragte Elodie.

Graudorn machte drei Schritte auf den Rand der Lichtung zu. Er starrte auf die Schatten zwischen den Bäumen und knurrte.

Tarlan sprang auf. »Wer ist da?«, rief er.

Nun blickte auch Fessan auf. Mehrere Männer kamen zu Tarlan gelaufen. Sie sahen erschöpft aus, hatten aber ihre Schwerter gezogen und hielten sie fest.

Elodie stand neben ihrem Bruder. Alle drei Thorrods waren jetzt wach und starrten gemeinsam mit Graudorn in den Wald.

Zwischen den Bäumen rührte sich etwas.

»Halt!«, rief Tarlan. »Wer seid Ihr?«

Aus den Schatten trat der Umriss eines Mannes hervor. Er kam langsam näher, mit einzelnen, wohlbedachten Schritten. Er war alt, gebeugt und hatte einen Bart. Er trug einen gelben Umhang und stützte sich auf einen knorrigen Eichenstab. In seinem langen, zotteligen Haar hatte sich Laub verfangen, und er zog eine Schleppe aus Efeu hinter sich her.

»Senkt eure Waffen«, sagte der alte Mann. »Ich komme in Frieden.«

»Das behauptest du zumindest!«, erwiderte Tarlan.

Im Licht der Sterne der Prophezeiung schob sich Fessan an den Soldaten vorbei, bis er neben Tarlan stand. Er starrte den alten Mann an. Sein Mund bewegte sich, aber kein Laut drang heraus.

»Kennst du mich?«, fragte der alte Mann. Seine Augen funkelten.

»Ja«, sagte Fessan, der endlich seine Stimme wiedergefunden hatte. »Ja, bei der Krone von Toronia, ich kenne Euch.«

Elodie blickte vom einen zum anderen. »Wer seid Ihr?«

»Willst du es ihnen sagen«, meinte der alte Mann zu Fessan, »oder soll ich …?«

»Wenn jetzt nicht endlich jemand sagt, was los ist …«, sagte Tarlan ärgerlich.

»Melchior!«, rief Fessan. Er fiel auf die Knie und verbeugte sich vor dem alten Mann. »Es ist Melchior. Er ist zurückgekehrt.«

»Das bin ich«, antwortete der Zauberer. Seine blassblauen

Augen wanderten zu Tarlan und Elodie hinüber. »Und, wie es scheint, gerade rechtzeitig.«

Er stieß seinen Stab in die Erde, legte eine knochige Hand auf Tarlans Schulter und die andere auf Elodies. Seine Bewegungen waren rasch und sicher.

»Was meint Ihr damit?«, fragten Tarlan und Elodie gleichzeitig.

»Die Räder der Prophezeiung sind in Bewegung. Ein Drilling hat König Brutan getötet, zwei andere haben sich vereinigt.« Das Licht der Sterne blitzte in den Augen des Zauberers auf. »Meine Freunde, wir haben viel zu tun. Die Schlacht um Toronia hat begonnen!«

Willkommen auf einer geheimnisvollen Reise durch extrem abenteuerliche Welten